紅頂商人

胡雪巖系列

新校版

高陽

目次

第一章

「稟大帥，」戈什哈向正在「飯後一局棋」的曾國藩請個安說：「浙江的差官求見。請大帥的示：見是不見？」

曾國藩正在打一個劫，這個劫關乎「東南半壁」的存亡，非打不可，然而他終於投子而起。

「沒有不見之理。叫他進來好了。」

那名差官穿著一身破破爛爛的行裝；九月底的天氣，早該換戴暖帽了，而他仍是一頂涼帽，頂戴是亮藍頂子，可知是個三品武官。

「浙江撫標參將游天勇，給大帥請安。」那游天勇搶上兩步，跪下去磕頭，背上衣服破了個大洞，露出又黃又黑的一塊皮肉。

「起來，起來！」曾國藩看他那張臉，彷彿從未洗過似地，內心老大不忍，便吩咐戈什哈說：「先帶游參將去息一息，吃了飯再請過來說話。」

「回大帥的話，」游天勇搶著說道：「卑職奉敝省王撫台之命，限期趕到安慶，投遞公文，請大帥先過目。」

「好，好！你給我。你起來說話！」

「謝大帥！」

游天勇站起身來，略略退後兩步，微側著身子，解開衣襟，取出一個貼肉而藏的油紙包，厚甸甸地，似乎裡面裝的不止是幾張紙的一封信。

那油紙已經破裂，但解開來看，裡面的一個尺把長的大信封卻完好如新；曾國藩接到手裡，便發覺裡面裝的不是紙，是一幅布或綢。翻過來先看信面，寫的是：「專呈安慶大營曾制台親鈞啟。」下面署明：「王有齡親筆謹緘。」

再拆開來，果不其然，是一方摺疊著的雪白杭紡；信手一抖，便是一驚，字跡黑中帶紅，還有數處紫紅斑點，一望而知是血跡——王有齡和血所書的，只有四個海碗大的字：「鵠候大援」；另有一行小字：「浙江巡撫王有齡謹率全省數百萬官民百拜泣求。」

曾國藩平生修養，以「不動心」三字為歸趨，而此時不能不色變了。

大營中的幕友材官，見了這幅驚心動魄、別具一格的求援書，亦無不動容，注視著曾國藩，要看他如何處置。

曾國藩徐徐捲起那幅杭紡，向游天勇說道：「你一路奔波，風塵勞苦，且先休息。」

「是，多謝大帥。」游天勇肅然答說：「卑職得見大帥，比甚麼都安慰；種種苦楚，這會都記不起來了。只求大帥早早發兵。」

「我自有道理。」看他不願休息，曾國藩便問他浙江的情形，「你是哪天動身的？」

「卑職是九月二十日從杭州動身的。那時餘杭已經淪陷。」游天勇答道：「看樣子，現在杭州已經被圍。」

「杭州的城池很堅固。我記得《一統志》上說，是十個城門。」曾國藩念道：「『候潮』聽得『清波』響，『湧金』『錢塘』定『太平』。宋仁宗的時候，處士徐仲晦，願子孫世世不離錢塘，說是永無兵燹之災。想來杭州可以守得住。」

他念的那兩句詩，游天勇倒是聽過，是拿杭州的十個城門，候潮門、清波門等等綴成詩句；至於甚麼宋朝人的話，他就莫名其妙了。只是聽語氣，說杭州守得住便無發兵之意，游天勇大為著急，不能不說話。

「杭州的城堅固，倒是不錯。不過守不長久的。」

「哦，」曾國藩楂開五指，抓梳著鬍鬚問：「這是甚麼道理？你倒說來我聽聽。」

「杭州存糧不足……」

杭州雖稱富足，但從無積米之家。浙西米市在杭州東北方一百里處的長安鎮；杭州的地主，每年所收租穀，除了留下一家食米之外，都運到長安鎮待價而沽，所以城裡無十日之糧。這年春夏，青黃不接之際，米價大漲，而杭州經過上年二月間的一番淪陷，劫掠一空，留下來的百姓，艱苦度日，哪裡來的錢購糧存貯？本來是想等新穀登場，好好做一番儲糧的打算，誰知兵敗如山，纍纍滿野，都便宜了太平軍。

「唉！」曾國藩深深嘆息，「在浙東的張玉良、李定太，如果肯拚命抵擋一陣就好了。」他接著又問：「守城最要緊的是糧食豐足。王撫台難道就不想辦法？」

「王撫台也在極力想辦法，去年就出告示，招商採買，答應所過地方，免抽釐稅。不過路上不平靖，米商都不敢來。」游天勇說：「卑職動身的時候，聽說王撫台預備請胡道台到上海去採辦糧食軍火，也不知運到了沒有？」

「哪個胡道台？」曾國藩問：「是胡元博嗎？」

「不是。是胡雪巖。」

「喔，喔，是他！聽說他非常能幹？」

「是！胡道台很能幹的，杭州城裡，大紳士逃的逃，躲的躲，全靠胡道台出面，借糧借捐維持官軍。」

曾國藩點點頭，默想了一下杭州的形勢，隨又問道：「錢塘江南岸呢？現在浙江的餉源在寧紹；這條路總是暢通的吧？」

「是。全靠這條路。不過……」

「你說！有甚麼礙口的？」

「回大帥的話，過錢塘江，蕭山、紹興、寧波一帶，都歸王大臣管，他跟王撫台不和。事情……」游天勇略微搖一搖頭，說不下去了。

王大臣是指欽命團練大臣王履謙。曾國藩亦深知其人，並且曾接到他來信訴苦，說紹興、寧波兩府，每月籌餉十萬兩銀子解送省城，而王有齡未發一卒渡江。現在聽游天勇的話，似乎事實並非如此。但不論誰是誰非，將帥不和，兵民相仇，總不是好兆。浙江的局勢，真個令人灰心。

「你下去休息。」以曾國藩的地位，若有所處置，自不須跟游天勇明說，更不必向他做何解釋，只這樣吩咐：「你今晚上好好睡一覺，明來取了回信，即刻趕回杭州去覆命。公文、馬匹、盤纏，我會派人給你預備。」

「是！」游天勇站起身來請個安，「多謝大帥。」

跑上海、安慶的輪船，是英商太古公司的四明號，船上的買辦叫蕭家驥，原是上海的富家子，生就一副喜歡搜奇探祕的性格，最初是因為好奇，拜了古應春做老師學英文。再由他的「師娘」七姑奶奶而認識了「舅舅」尤五——他跟著七姑奶奶的孩子這樣叫，因而對漕幫也有了淵源。但是，他跟胡雪巖一樣，是一個深懂「門檻」裡的內幕，卻是個在「門檻」外面的「空子」。

為了曾國藩派李鴻章領兵援滬，四明號接連跑了幾趟安慶；到得事畢，已在深秋，蕭家驥方得抽空去看古應春。

古應春很得意了，先跟胡雪巖合作絲茶生意，很發了點財，及至江浙局勢大變，絲茶來路中斷，改行經營地皮，由於逃難的富室大族，紛紛湧向上海租界，地價大漲特漲，越發財源茂盛。而且近水樓台，選地鳩工購料都方便，所以在新闢的二馬路上，造了一所極精緻的住宅，一家三口——七姑奶奶生了個兒子——倒用了上十口的下人。

他們師弟的感情一向深厚，自然先談些旅途情況之類的閒話。說不到幾句，聽得七姑奶奶的聲音，接著便出現在他們面前，濃妝豔抹，一張銀盆大臉，白的格外白，紅的格外紅，加以首飾炫耀，更令人不可逼視。

「師娘要出門？」蕭家驥站起身來招呼。

「是啊，有兩個遠道來的親戚，去見見上海的市面。逛逛洋行兜兜風……」

「這麼冷的天去兜風？」古應春打斷她的話笑道：「你在發瘋！」

古應春就愛捉他妻子話中的漏洞，七姑奶奶聽慣了不理他，管自己往下說：「中午請客人吃番菜，下午去看西洋馬戲。晚上還沒有定，要不要在一起吃飯？」

「不必了！晚上回家吃飯。這兩天蟹好，我去弄一簍蟹來。」

「對！」七姑奶奶大為高興，「今年還沒有好好吃過一頓蟹。」接著又嘆口氣：「遭劫！兵荒馬亂，蟹的來路都斷了。這個年頭，做人真沒味道。」

「好了，好了，不要不知足了！」古應春說：「你住在夷場上，不憂穿、不憂吃，還說做人沒有味道，那麼陷在長毛那裡的人呢？」

「就為的有人陷在長毛那裡，消息不通，生死不明，教人牽腸掛肚，所以說做人沒有味道。」說著，便是滿臉不歡。

「顧不得那麼多了。」古應春用勸慰的語氣說：「你們去逛逛散散心，晚上回來吃蟹。」

七姑奶奶沒有再說甚麼，低著頭走了。

古應春亦不免黯然，「局勢很壞。」他搖搖頭，「杭州只怕就在這幾天完蛋。」

「胡先生呢？」蕭家驥問道：「不曉得在杭州怎麼樣？」

「沒有信來。」古應春忽然流下兩滴眼淚，「這麼一個好朋友，眼看他失陷在裡面，也不曉得將來還有沒有見面的日子？這兩天晚上跟你師娘談起來，都是一整夜睡不著覺。」

「吉人天相！」蕭家驥勸慰他說：「我看胡先生，不管他的相貌、性情、行為，都不像是遭劫的人。再說，以胡先生的眼光、心思，又哪裡會坐困愁城，束手無策？」

這幾句話很有用，古應春想了好一會，點點頭說：「我也怎麼樣都看不出他是短命相。」

在古家吃了飯，師弟二人，同車而出，古應春將他送到了船公司，自己便到他的做地產的號子裡，派「出店老司務」去買蟹，特為關照：只要好，價錢不論。

有這一句話，事情就好辦了。那老司務也很能幹，到內河碼頭上等著，等到一艘嘉興來的船，載來十幾簍蟹，眼明手快，先把住一簍好的不放手，然後再談價錢。

「五錢銀子一個，大小不論；這一簍三十二個，格外克己，算十五兩銀子。」

「十五兩銀子，還說克己？」

「要就要，不要拉倒。你要曉得，蟹在嘉興不貴，這一路到上海，是拿性命換來的，難道不值五錢銀子一個？」說著，就要來奪回他的貨色。

老司務哪裡肯放，但是也不能照數付價，摸出十二兩現銀，塞到貨主手裡，此人不肯接，軟磨硬吵，十四兩銀子成交。

將蟹送到古家，七姑奶奶剛好回家，拿蟹來看，只見金毛紫背，壯碩非凡，取來放在光滑如鏡的福建漆圓桌上，八足挺立，到處橫行。那老司務看著，不由得就嚥唾沫。

七姑奶奶本性厚道，也會做人，當時便對老司務說：「買得多了，你拿幾個帶到號子裡，跟同事分著嘗嘗。」說著便從簍子裡拎了一串出來，恰好五尖五團，整整十個，就手遞了過去。

老司務卻不肯要，無奈七姑奶奶執意要大家分嘗，只好帶了回去。然後親自下廚，指揮廚子用紫蘇蒸蟹；接著又開箱子找出一套銀餐具，小鉗子、小釘錘，做得極其玲瓏可愛。

正在吃得熱鬧的當兒，只見人影幢幢，有人聲，也有腳步聲——七姑奶奶天不怕、地不怕，就怕見這種情形，一下子嚇得手足發軟、臉色蒼白；因為她家在她六歲的時候，遭過一陣火災，當時的情形就是如此，快三十年了，印象不消，餘悸猶在。

「不要這樣子，」她又氣又急地喊，「你們在亂甚麼？」

一句話沒有完，只見男僕扶進一個人來；七姑奶奶越發驚心，但總算還好，一眼瞥見古應春是好好的。他搶上幾步，親手揭開門簾，不斷地喊：「扶好，扶好！」又抽空向裡說了句，自是對七姑奶奶而發：「快叫人搬一張籐靠椅來！」

驚魂初定的七姑奶奶問道：「誰啊？」

不知從哪裡閃出來一個蕭家驥，接口說道：「胡先生！」

「那個胡先生？」

「還有哪個？小爺叔！」

七姑奶奶一聽心就酸了，急急往門口迎了出去，正好男僕扶著胡雪巖到門口，燈光映照，哪裡還認得出來？

「是小爺叔？」

「七姐！」滿臉于思、憔悴異常的胡雪巖勉強笑了笑，露出一嘴森森的白牙，「是我。」

「真的小爺叔？」七姑奶奶雙淚交流，「怎麼弄成這個樣子？」

「這時候哪裡有功夫說話？」古應春不耐煩地催促，「還不快搬籐椅來？」

七姑奶奶趕緊回身指揮丫頭，搬來一張籐椅，鋪上褥子，男僕們七手八腳地將胡雪巖扶著躺下，她這時才發覺，胡雪巖一條腿受傷了。

「快請醫生來！拿薑湯！」古應春一疊連聲地吩咐，「熬粥！」

事出突兀，七姑奶奶亂了槍法，倒是蕭家驥比較鎮靜：「師父，你讓胡先生先坐定了再說。」

胡雪巖那邊坐定下來，已有丫頭端來一碗紅棗薑湯，他一面喝，一面喘氣，手在發抖、腿在抽筋，那副樣子看在七姑奶奶眼裡，視線立刻就模糊了。

「這是虛極了！」古應春對他妻子說：「這時候還不能多吃東西，你把那枝老山人參拿出來。」

這是因為胡雪巖已經兩個月沒有吃過一頓飽飯，坐隻小船一路逃出來，由於身上帶著公事，不敢露面，晝伏夜行穿過一個接一個的「長毛窩」，沿途也不容易弄到食料；就算有，也不能盡情飽餐，因為腸胃太弱，驟飽之下，無法消化。相傳每年冬天開施粥廠，頭一天總有幾個窮漢因為過於貪心而脹死；七姑奶奶也懂這個道理，急急去取了那枝出自大內、珍藏已久的吉林老山人參來，讓胡雪巖嚼噍而食，扶保元氣。

「小爺叔，」七姑奶奶望著他那條受傷的腿說：「我看看你的傷口。」

說著，就要伸手去捧他的腳。胡雪巖急忙往裡一縮。傷是在嘉興附近為長毛盤問時，一句話不對勁被砍了一刀，無醫無藥，在荒郊野廟胡亂找了些香火掩敷，從小褂子上撕了些布條紮緊，如今正在潰爛，血汙淋漓，骯髒不堪，所以胡雪巖不願讓她沾手，「七姐，你不要動它。」胡雪巖說一句便喘氣，停了一下又說了兩個字：「我餓！」

「我曉得、我曉得！粥在熬了。」七姑奶奶想到一個辦法，「我先弄些東西來給小爺叔吃。」她親自入廚，舀了一碗現成的雞湯，撇去浮油，撕一塊脯子肉剁成肉泥，倒在湯裡，然後取一塊米粉做的奶糕，在雞湯中搗碎泡化，成了一碗「漿糊」，親手捧給胡雪巖。

一聞見香味，胡雪巖先就忍不住連連嚥著唾沫；接到手裡恨不得一下子吞進肚裡，但他想到，過於露出「饞相」，會傷他們夫妻的心，所以不得不強自抑制著，裝得斯文從容地，一匙一匙舀著吃。

一大碗漿糊吃得光光，實在意有未足；便用無可奈何的聲音說道：「七姐，五臟廟還在造反。」

「小爺叔，」古應春勸他，「等下再吃！」

「喔！」胡雪巖點點頭，但臉上是異常失望的神色。

七姑奶奶大為不忍，但也不能不顧他的腸胃，隨即說道：「這樣吧，弄點吃不壞的東西來吃。」

於是裝了幾盤零食，松子、杏仁、蜜棗、金橘餅之類，為他「煞饞」。而就在這個時候，傷科醫生到了，檢視傷口，認為相當嚴重，總要半個月才能行動。

「這，這辦不到，」胡雪巖很著急地說：「至多三、五天，我一定要回去。」

「甚麼？」七姑奶奶急急問道：「小爺叔，你還要回去？回杭州？」

「是啊！杭州城裡，多少張嘴都朝天張大了在等我。」

「小爺叔是受王撫台的重託，特為到上海來買米的。」古應春向七姑奶奶解釋，「這是救命的事，小爺叔確是不便耽擱；我已經派人去請五哥來商量了。不過，」他轉臉向傷科醫生問道：「先生，無論如何要請你費心，不管用甚麼貴重藥，總要請你想個法子，讓我們這位小爺叔，三五天以內，就能走動。」

「真的。」這時的七姑奶奶也幫著懇求，「郎中先生，你要做做好事，我們這位小爺叔早到一天，杭州城裡就要多活好些人。這是陰功積德的大好事；郎中先生，你一生看過的病人，沒有比這位再要緊的。」

最後這句話很有力量，傷科醫生大為動容，將他的傷口左看右看，攢眉咂嘴了好半天，說出一句話來。

「辦法是有，只怕病人吃不起痛苦。」

「不要緊！」胡雪巖咬一咬牙說：「甚麼痛我都不在乎。只要早好！」

「說說容易。」傷科醫生大搖其頭，「看你的樣子，人是虛弱到了極點，痛得厲害，人會昏過去。等我想想。」他轉臉問道：「古先生，你不是認識外國醫生？」

這一說，提醒了古應春，悔恨不迭——只為胡雪巖的模樣，令人震驚；一時昏瞀，竟想不起請西醫，如今倒不便「另請高明」了。

「是嗎！」他只好先回答了再說。

「外國醫生的看法來得慢，不過他們有兩樣藥很管用；你能不能去要點止痛藥來。」

「這，」古應春面有難色，他知道西醫跟中醫不同，不曾診視過病人，不肯隨便給藥，而且止痛的藥也不止一種，有外敷、有內服，「要哪一種止痛藥，總得有個藥名才好。」

「藥名就說不出來了，嘰哩咕嚕的洋文，弄不清楚。」傷科醫生略停一下，下了決心，「算了！耽誤時候，也不是一回事，我先動手。」

於是他從藥箱裡取出一個布包，一打開來，雪亮耀眼，是幾把大小不同的刀鉗，然後用新棉花擦拭傷口，運刀剜去腐肉，疼得胡雪巖滿頭大汗。古應春和七姑奶奶心驚肉跳，也陪著他淌汗，同時還得故作鎮靜，想出話來安慰病人，七姑奶奶像哄小孩似地，不斷地說：「不疼、不疼，馬上就好了。」

畢竟好了，敷上止血定痛的「降香散」，包紮妥當；傷科醫生自己也大大地舒了口氣，「總算還好，沒有變成破傷風。」他說：「『金瘡出血太多，其脈虛細著生。』如今千萬要好好照料，疏忽不得。」

接著他又說了許多禁忌，不能勞動，不能生氣，不能大說大笑，還要「忌口」，鹹、酸、辣和熱酒、熱湯都不能喝，連熱粥也在禁忌之列。

「糟了！」七姑奶奶說：「剛喝了一大碗熱雞湯。」

「喝也喝過了，提它幹甚麼？」古應春說：「以後小心就是了。」

等傷科醫生一走，古應春要改請西醫來看，七姑奶奶不贊成，胡雪巖也表示不必，因為他自覺痛楚已經減輕，證明這位傷科醫生有些手段，自不宜更換醫生。

「我精神好多了。」胡雪巖說：「辦大事要緊。五哥怎麼還不來？」

「今天是他一個徒弟續弦，在吃喜酒，我已經派人去追了。小爺叔，」古應春說：「有事你先分派我。」

「好！」他探手入懷，掏摸了好半天，才掏出一個油紙包，遞了給古應春。

打開油紙包，裡面是驚心動魄的王有齡的兩通血書，一通致閩浙總督慶端，乞援以外，更望設法督催一直逗留在衢州的李元度，帶領所募的湘勇，往杭州這方面打，好牽制長毛，減輕杭州的壓力。

還有一通是給江蘇巡撫薛煥的，要求籌餉籌糧，同時附著一件奏稿，託薛煥代繕拜發。其中詳敘杭州被圍絕糧，歸咎於駐在紹興的團練大臣王履謙，勾結劣紳，把持地方，視省城的危急，如秦人之視越；更駭人聽聞的是，居然唆使莠民戕害命官——九月廿四，長毛竄陷錢塘江南岸，與杭州隔水相望的蕭山，紹興知府廖宗元派砲船迎頭攔擊，眾寡不敵，官軍敗退。王履謙和蕭紹一帶的百姓，平時就與官軍不和，猜忌甚深，這時以為砲船通敵，回來是替長毛帶路，王履謙便下令包圍活捉，格殺不論。

廖宗元得報，知道這縱非誣陷，也是極嚴重的誤會，趕緊親自出城彈壓。暴民一聲呼嘯，將廖宗元從馬上拉下來痛毆，王履謙袖手旁觀，默贊其事。由這一番內訌，替敵人製造了機會，長毛長驅猛撲，兵不血刃而陷紹興。長毛進城的前一天，王履謙攜帶家眷輜重，由紹興逃到寧波，經海道逃到福建，而杭州的糧道，也就此斷了。王有齡自然要參劾王履謙，措詞極其嚴厲，甚至有「臣死不瞑目」的話，可以想見他對王履謙怨恨入骨。

「這兩封血書，」古應春問道：「怎麼樣處置？」

「都送薛撫台……」

「好。」古應春不等他話完，就要起身，「我連夜送去。」

「這倒不必。明天一早送去好了，我還有話。」

「是！你說。」

「我要託你面見薛撫台。」胡雪巖雖然氣弱，但低微的語聲中，仍然顯得很有決斷，「米，我自己想辦法，運米的船，回頭要問五哥，能夠不麻煩官府最好。不過，他要替我派兵護運。」

「這條路通嗎？」

「有一條路好走，你不明白；五哥知道，等他來了再說。」胡雪巖又說：「還有幾首詩，也請你送給薛撫台；你說我因為腿傷，不能當面去見他，要問杭州慘狀到甚麼樣子？請他看這幾首詩就知道了。」

一面說，一面又在衣襟中摸索半天，才掏出幾張極縐的紙。古應春攤在桌上抹平了細看，標題叫「辛酉杭城紀事詩」，作者名叫張蔭榘。一共是十二首七絕，每首都有注解，看到第五首，古應春念道：雍容鈴閣集簪裾，九月秋清氣象舒，無數妖氛驚作偪，十門從此斷軍書。詩下的注解是：「九月二十六日，賊以數十萬眾圍城，十門緊閉，文報從此不通，居民如籠中鳥，釜中魚。」

古應春念到這裡，屈指數了一下：「今天十一月初五，圍了四十天了。」

「四十天不算多，無奈缺糧已久，圍到第十天就人心大亂了。」胡雪巖嘆口氣說：「你再看下去。」

接下去看，寫的是：十面城門十面圍，大臣誰是識兵機？國人望歲君胡冑，傳說張巡整隊師。注是：「十月初六日，張軍門玉良援到，大獲勝仗；即派況副將文榜於下午入城見王中丞有齡，請城內連夜移兵出紮，便可與張軍門聯絡，以通糧道。饒軍門從旁阻之云：『明日總來得及。』不料偽逆李秀成連夜築成木城，於是餉道與張營隔絕。而十城隔濠，亦遍築土城。當張軍門令況副將入城見中丞，以滅賊自任，百姓延頸覘伺，均言賊必撲滅。」

看完這首詩和原注，古應春問道：「饒軍門是誰？」

「饒廷選。這個人因為救過廣信府，靠沈夫人出了大名，其實沒用。」胡雪巖嘆口氣說：「我勸過王雪公多少次，說他因人成事，自己膽子小得很。王雪公不聽我的話。救杭州就靠這個機會；錯過這個機會，神仙來都沒救了。」

「張玉良呢？」古應春又問：「這個人大家都說他不行，到底怎麼樣？」

「你再往下看。下面有交代。」

詩中是這樣交代：桓侯勇健世無雙，飛砲當前氣肯降？萬馬不斷軍盡泣，將星如斗落長江。

「怎麼？陣亡了？」

「陣亡了。」胡雪巖搖搖頭，「這個人也耽誤了大事，嘉興一敗，金華蘭谿又守不住，杭州就危險了。不過，總算虧他。」

「詩裡拿他比做張飛，說得他很好。」

「他是陣亡殉國的，自然要說得他好。」胡雪巖黯然說道：「我勸王雪公暫且避一避。好比推牌九搖攤一樣，這一莊手氣不順，歇一歇手，重新來過。王雪公不肯，他說他當初勸何根雲守土有責，絕不可輕離常州，現在自己倒言行不符，怎麼交代得過去？」

「看起來王雪公倒是忠臣。」

「忠臣？」胡雪巖冷笑，「忠臣幾個錢一斤？我看他……」

語聲哽咽欲絕。古應春從未聽胡雪巖說過甚麼憤激的話，而居然將「忠臣」說得一文不值，可以想見他內心的沉痛悲憤。只是苦於沒有話可以安慰他。

「先吃飯吧！」七姑奶奶說：「天大的事，總也得吃飽了才好打主意。而且小爺叔真的也餓了。」

「提到杭州，我哪裡還吃得下飯？」胡雪巖淚汪汪地抬眼，「你看最後那兩首詩。」

古應春細細看了下，顏色大變，七姑奶奶不免奇怪，「怎麼了？」她問：「說的甚麼？」

「你聽我念！」古應春一個字一個字地念。

剜肉人來非補瘡，飢民爭噉事堪傷；一腔熱血三升血，強作龍肝鳳脯嘗。「甚麼？」七姑奶奶大驚問道：「人吃人？」

古應春不即回答，一個字一個字地念著注解：「兵勇肆掠，居民鳴鑼捕獲，解送鳳山門王中丞常駐之處。中丞詢實，請王命盡斬之：屍積道旁，兵士爭取心肝下酒，飢民亦爭臠食之。『食人肉』，平日見諸史乘者，至此身親見之。」

就這一段話，將廳前廳後的人，聽得一個個面無人色，七姑奶奶連連搖頭：「世界變了！有這樣的事！」

「我也不大相信。小爺叔，真有其事？」

「不但真有其事，簡直叫無足為奇。」胡雪巖容顏慘澹地喘著氣說：「人餓極了，甚麼東西都會吃。」

他接下來，便講杭州絕糧的情形——這年浙西大熟，但正當收割之際，長毛如潮水般湧到，官軍節節敗退，現成的稻穀，反而資敵，得以作長圍久困之計。否則，數十萬長毛無以支持，杭州之圍也就不解而自解了。

杭州城裡的小康之家，自然有些存糧，升斗小民，卻立刻就感到了威脅，米店在閉城之前，就已歇業。於是胡雪巖發起開辦施粥廠，上中下三城共設四十七處，每日辰、申兩次，每次煮米一石，粥少人多，老弱婦孺擠不到前面，有去了三、四次空手而回的。

沒有多久，粥廠就不能不關閉。但官米還在計口平賣，米賣完了賣豆子，豆賣完了賣麥子。有錢的人家，另有買米的地方，是拿黃金跟鴉片向旗營的八旗兵私下交換軍糧。又不久，米麥雜糧都吃得光光，便吃藥材南貨，熟地、米仁、黃精，都可以代飯；棗栗之類，視如珍品，而海參、魚翅等等席上之珍，反倒是窮人的食料。

再後來就是吃糠、吃皮箱、吃釘鞋——釘鞋是牛皮做的；吃浮萍，吃草根樹皮。杭州人好佛，有錢人家的老太太，最喜歡「放生」，有處地方叫小雲棲，專養放生的牛羊豬鴨，自然一掃而空了。

「杭州城裡的人，不是人，是鬼；一個個骨頭瘦得成了一把，望過去臉上三個洞，兩個洞是眼睛，一個洞是嘴巴。走在路上，好比『風吹鴨蛋殼』，飄飄蕩蕩，站不住腳。」

胡雪巖喘口氣，很吃力地說：「好比兩個人在路上遇著，有氣無力在談話，說著，說著，有一個就會無緣無故倒了下去。另一個要去扶他，不扶還好，一扶頭昏眼花，自己也一跟頭栽了下去，爬不起來了。像這樣子的『倒路屍』，不曉得有多少？幸虧是冬天，如果是夏天，老早就生瘟疫了。」

「那麼，」七姑奶奶急急問道：「府上呢？」

「生死不明。」胡雪巖垂淚說道：「早在八月裡，我老娘說是避到鄉下好，全家大小送到北高峰下的上天竺，城一關，就此消息不知。」

「一定不要緊的。」七姑奶奶說：「府上是積善之家，老太太又喜歡行善做好事，吉人天相，一定平安無事。」

「唉！」古應春嘆口氣，「浩劫！」

這時已經鐘打八點，一串大蟹，蒸而又冷，但得知素稱佛地的杭州，竟有人吃人的慘狀，上上下下，誰都吃不下飯。七姑奶奶做主人的，自不能不勸，但草草終席，塞責而已。

吃飽了的，只有一個聞信趕來的尤五，吃他徒弟的喜酒，自然奉為上賓。席間聽得胡雪巖已到的消息，急於脫身，但仍舊被灌了好些酒，方得離席。此時一見之下，酒意去了七八分，只望著胡雪巖發楞。

「小爺叔，怎麼弄成這個樣子？」

「五哥，你不要問他了。真正人間地獄，九死一生，現在商量正事吧！」

「請到裡頭來。」七姑奶奶說：「我替小爺叔鋪排好了。」

她將胡雪巖的臥室安排在古應春書齋旁邊的一間小屋，裱糊得雪白的窗子，生著極大的火盆，一張西洋銅床鋪得極厚的被褥。同時又預備了「獨參湯」和滋養而易於消化的食物，讓他一面吃、一面談。

實際上是由古應春替他發言，「五哥，」他說：「一杭州的百姓都要活活餓死了，小爺叔是受王撫台的重託，到上海來辦米的，越多越好，越快越好。」

「浙江藩庫發了兩萬銀子，現銀沒法帶，我是空手來的。」胡雪巖說：「我錢莊裡也不知道怎麼樣？五哥，這筆帳只好以後再算了。」

「錢小事，」古應春接口說道：「我墊。」

「也用不著你墊，」尤五接口說道：「通裕莊一千石米在倉裡，另外隨時可以弄一千石，如果不夠，再想辦法。米總好辦，就是怎麼樣運法？」

「運河不通了，嘉興這一關就過不去。」胡雪巖說：「只有一條路，走海道經鼈子門。」

鼈子門在海寧，是錢塘江入海之處，在明朝是杭州防備倭患的第一門戶。尤五對運河相當熟悉，海道卻陌生得很，便老實說道：「這我就搞不清楚了。要尋沙船幫想辦法。」

沙船幫走海道，從漕米海運之議一起，漕幫跟沙船幫就有勢不兩立的模樣。現在要請他跟沙船幫去打交道，未免強人所難。胡雪巖喝著參湯，還在肚子裡盤算，應該如何進行，古應春卻先開口了。

「沙船幫的郁老大，我也有一面之識。事到如今，也說不得冒昧了。我去！」

說著，就站起身來；尤五將他一拉，慢條斯理地說：「不要忙，等我想一想。」

胡雪巖依然非常機敏，看出尤五的意思，便掙扎著起身，七姑奶奶趕緊一面扶，一面問：

「小爺叔，你要啥？」

胡雪巖不答她的話，站起身，叫一聲：「五哥！」便跪了下去。

尤五大驚，一跳老遠，大聲說道：「小爺叔、小爺叔，你這是為啥？折煞我了。」

古應春夫婦，雙雙將他扶了起來，七姑奶奶要開口，他搖搖手說：「我是為杭州的百姓求五哥！」

「小爺叔，你何必如此？」尤五只好說痛快話了，「只要你說一句，哪怕郁老大跟我是解不開的對頭，我也只好去跟他說好話。」

他跟郁老大確是解不開的對頭——郁老大叫郁馥華，家住小南門內的喬家濱，以航行南北洋起家，發了好大一筆財。本來一個走海道，一個走運河，真所謂「河水不犯井水」，並無恩怨可言，但從南漕海運以後，情形就很不同了。尤五倒還明事理，大勢所趨，不得不然，並非郁馥華有意想承攬這筆生意，打破漕幫的飯碗，但他手下的小弟兄，卻不是這麼想。加以沙船幫的水手，趾高氣揚，茶坊酒肆，出手闊綽，漕幫弟兄相形見絀，越發妒恨交加，常起摩擦。

有一次兩幫群毆，說起來，道理是漕幫這面欠缺。但江湖事，江湖了，郁馥華聽信了江蘇海運局中幾個候補佐雜的話，將尤五手下的幾個弟兄，扭到了上海縣衙門。知縣劉郇膏是江蘇的能員，也知道松江漕幫是「百足之蟲，死而不僵」不願多事，同時古應春在上海縣衙門也算是吃得開的，受尤五之託，去說人情。兩下一湊，劉郇膏大事化小，小事化無，傳了尤五到堂，當面告誡一番，叫他具了「不再滋事」的切結，將人領了回去。

這一下結怨就深了。在尤五想，連縣大老爺都知道松江漕幫不好惹，網開一面，郁馥華反倒不講江湖義氣，不想想大家都是「靠水吃水」，一條線上的人。既然如此，兩不往返，尤五特地召集所屬碼頭的頭腦，鄭重宣布：凡是沙船幫的一切，松江漕幫，不准參預。有跳槽改行到沙船幫去做水手的，就算「破門」，從今見面不認。

郁馥華自己也知道做錯了一件事，深感不安，幾次託人向尤五致意，希望修好。尤五置之不理，如今卻不得不違反自己的告誡，要向對方去低頭了。

「為小爺叔的事，三刀六洞，我也咬一咬牙『項』了；不過這兩年，我的旗號扯得忒足，一時無法落篷。難就難在這裡。」

「五哥，你是為杭州的百姓。」胡雪巖說：「我腿傷了，沒辦法跟郁老大去辦交涉——話說回來了，出海進鼈子門這一段，不要緊，一進鼈子門，反有風險，郁老大作興不肯點頭。只有你去託他，他要賣你一個交情，不肯也得肯。至於你說旗號扯得太足，落不下篷，這也是實話，我倒有個辦法，能夠讓你落篷，不但落篷，還讓你有面子，你看怎麼樣？」

「小爺叔，你不要問我，你說怎麼樣，就怎麼樣。其實我也是說說而已；真的沒有辦法也只好硬著頭皮去見郁老大。」

「不會讓你太受委屈。」胡雪巖轉臉說道：「老古，我請你寫封信；寫給何制台……」

「寫給何制台？」古應春說：「他現在不知道躲在那裡？」

「這難道打聽不到？」

「打聽是一定打聽得到的。」尤五接口說道：「他雖然革了職，要查辦，到底是做過制台的人，不會沒人曉得。不過，小爺叔，江蘇的公事，他已經管不到了，你寫信給他為啥？」

「江蘇的公事他雖管不到，老長官的帳，人家還是要賣的。」胡雪巖說：「我想請他交代薛撫台或者上海道，讓他們出來替五哥跟郁老大拉拉場。」

「不必，不必！」尤五亂搖雙手，「現任的官兒，我跟他們身分不配，這種應酬，場面上尷尬得很，多一事不如少一事。」

古應春倒覺得胡雪巖的話，大有道理，便道：「冤家宜解不宜結，如有地方大員出面調停，雙方都有面子，應該順勢收篷了。」

「這還在其次，」他接下來講第二個理由，「為了小爺叔的公事，郁老大的沙船是無論如何少不了的；不過風險太大，就算賣五哥你的面子，欠他的這個情，將來很難補報。有官府出面，一半就等於抓差；五哥，你的人情債不就可以輕得好多？」

「老古的話，一點不錯。」胡雪巖連連點頭，「我正是這個意思。」

既然他們都這樣說，尤五自然同意。於是胡雪巖口述大意，古應春代為執筆，寫好了給何桂清的信，約定第二天一早分頭奔走，中午都得辦妥。至於運米的細節，要等尤五跟郁馥華言歸於好以後才談得到。

安頓好了兩撥客人，七姑奶奶上床已交半夜子時了，向丈夫問起胡雪巖的公事，聽說其中有寫信給何桂清的這一段周折，當時就「跳」了起來。

「這是甚麼時候？還容得你們『城頭上出棺材，大兜大轉』！且不說杭州城裡的老百姓，都快餓死光了，光是看小爺叔這副樣子來討救兵，就該連夜辦事。」她氣鼓鼓地說：「真正是，看你們男子漢，大丈夫，做事怎麼這樣子娘娘腔？」

古應春笑了，「你不要跟我跳腳，你去問你哥哥！」他說：「不是我勸，五哥跟郁老大的過節還不肯解呢！」

「等我去！」七姑奶奶毫不遲疑地，「等我去跟五哥說。」

不用她去，尤五恰好還有私話要跟妹夫來說，一開門就遇見，見她滿臉不悅的樣子，不由得詫異。

「怎麼？跟哪個生氣？」

古應春一聽這話，趕緊攔阻：「七姐，你跟五哥好好說。五哥有五哥的難處；只要你講得有道理，五哥會聽的。」

「好，我就講道理。五哥，你進來坐，我請問你一句話，是小爺叔的交情要緊？還是甚麼制台、撫台的面子要緊？」

「你問這話啥意思？」

「自然有講究。你先回了我的話，我再講緣故給你聽。」

「當然小爺叔的交情要緊。」

「好！」七姑奶奶臉色緩和下來了，「我再問一句，杭州一城百姓的命，跟我們漕幫與郁老大的過節，五哥，你倒放在天平上秤一秤，哪一方來得重？」

尤五啞然，被駁得無話可說。古應春又高興，又有些不安；因為雖是娘舅至親，到底要保持一分客氣，有些話不便率直而言，現在有了「女張飛」這番快人快語，足以折服尤五，但又怕她妻子得理不讓人，再說下去會使得尤五起反感，希望她適可而止。

七姑奶奶長了幾歲，又有了孩子，自然亦非昔比，此時聲音放得平靜了：「依我說，小爺叔是想替你掙面子，其實主意不大高明。」

「這樣說，你必有高明主意？」古應春點她一句：「倒不妨慢慢說給五哥聽一聽，看看行不行得通？」

「要做官的出來拉場，就有點吃罰酒的味道，不吃不行……」

「對！」尤五一拍大腿，大為稱賞，「阿七這話說到我心裡了，小爺叔那裡我不好駁，實實在在是有點這樣的味道。」

「江湖事，江湖了。」七姑奶奶又有些慷慨激昂了，「五哥，你明天去看郁老大，只說為了杭州一城百姓的性命，小爺叔的交情，向他低頭，請他幫忙。這話傳出去，哪個不說你大仁大義？」

尤五凝神想了一下，倏然起身，一句話不說就走了——他要跟妹夫說的私話，就是覺得不必驚動官府，看看另外有更好的辦法沒有？這話，現在也不必再說了。

一到小南門內喬家濱，老遠就看到郁家的房子，既新且大。郁馥華的這所新居，落成不久，就有小刀會起事為劉麗川頭尾盤踞了三年；咸豐五年大年初一，江蘇巡撫吉爾杭阿由法國海軍提督辣尼爾幫忙，克復了上海縣城，郁馥華收復故居，大事修葺，比以前更加華麗了。

尤五還是第一次到郁家來，輕車簡從，無人識得，他向來不備名帖，只指一指鼻子說：「我姓尤，松江來的。」

尤五生得勁氣內斂，外貌不揚，衣飾亦樸素得很，郁家的下人不免輕視，當他是來告幫求職的，便淡淡地說了句：「我們老爺不在家，你明天再來。」

「不，我有極要緊的事，非見你家老爺不可。請派人去找一找，我就在這裡立等。」

「到哪裡去找？」郁家的下人聲音不好聽了。

尤五是極有涵養的人，而且此來既然已下了降志以求的決心，亦就容易接受委屈，便用商量的語氣說道：「既然如此，你們這裡現成的條凳，讓我坐等，可以不可以？」

郁家門洞裡置兩條一丈多長的條凳，原是供來客隨帶的跟班和轎夫歇腳用的，尤五要坐，有何不可？儘管請便就是。

這一坐坐了有個把時辰，只見來了一輛極漂亮的馬車，跨轅的俊僕，跳下車來，將一張腳踏凳放在車門口，車廂裡隨即出來一名華服少年，昂然入門。

這個華服少年是郁馥華的大兒子郁松年，人稱「郁家秀才」——郁馥華雖發了大財，總覺得子姪不得功名，雖富不貴，心有未足，所以延請名師，督促郁松年下帷苦讀。但「場中莫論文」，一直連個秀才都中不上，因而捐銀五萬，修葺文廟，朝廷遇有這種義舉，不外兩種獎勵，一種是飭令地方官為此人立牌坊褒獎，一種是增加「進學」，也就是秀才的名額。郁馥華希望得到後一種獎勵，經過打點，如願以償。

這是為地方造福，但實在也是為自己打算。學額既已增加，「入學」就比較容易；郁松年畢竟得青一衿。秀才的官稱叫做「生員」；其間又有各種分別，占額外名額的叫做「增生」，但不論如何，總是秀才，稱郁松年為「郁家秀才」，表示這個秀才的名額，是郁家斥巨資捐出來的，當然有點菲薄的意味在內。

但是郁松年倒非草包，雖不免紈袴習氣，卻是有志於學，彬彬有禮，當時已經在下人一片「大少爺」的招呼聲中，進入屏門，忽然發覺有異，站定了，回身注視，果然看到了尤五。

「尤五叔！」他疾趨而前，請了個安，驚喜交集地問：「你老人家怎麼在這裡？」

「我來看你老人家，」尤五氣量甚寬，不肯說郁家下人的壞話，「聽說不在家，我等一等好了。」

「怎麼在這裡坐？」郁松年回過臉去，怒聲斥責下人：「你們太沒有規矩了，尤五爺來了，怎麼不請進去，讓貴客坐在這裡？」

原先答話的下人，這才知道自己「有眼不識泰山」。自家主人跟尤五結怨，以及希望修好而不得的經過，平時早就聽過不止一遍；如今人家登門就教，反倒慢客，因此而得罪了尤五，過在不宥，說不定就此敲碎了絕好的一隻飯碗，所以嚇得面無人色。

尤五見此光景，索性好人做到底了，「你不要罵他，你不要罵他。」他趕緊攔在前面，「管家倒是一再邀我進去，是我自己願意在這裡等，比較方便。」

聽得這一說，郁松年才不言語，「尤五叔，請裡面坐！」他說：「家父在勘察城牆，我馬上派人去請他回來。」

「好的，好的！實在是有點要緊事，不然也不敢驚動你老人家。」

「尤五叔說哪裡話？請都請不到。」

肅客入廳，只見華堂正中，懸一塊藍底金字的匾額，御筆四個大字：「功襄保赤」。這就是郁馥華此刻去勘察城牆的由來——當上海收復時，外國軍艦在浦江南碼頭開砲助攻，從大南門到大東門的城牆，轟壞了一大片，朝廷以郁家巨宅曾為劉麗川盤踞，郁馥華難免資匪之嫌，罰銀十萬兩修復城牆，而經地方官陳情，又御賜了這一方匾額。如今又有長毛圍攻上海的風聲，郁馥華怕自己所修的這段城牆不夠堅固，萬一將來由此攻破，責任不輕，所以連日勘察，未雨綢繆。

聽郁松年說罷究竟，尤五趁機安了個伏筆，「令尊一向熱心公益，好極，好極！」他說：「救人就是救己，我今天就是為了這件事來的。」

「是！」郁松年很恭敬地問道：「尤五叔是先吩咐下來，還是等家父到了再談？」

「先跟你談也一樣。」於是尤五將胡雪巖間關乞糧的情形，從頭細敘，談到一半郁馥華到家，打斷了話頭。「尤五哥，」郁馥華是個中號胖子，走得上氣不接下氣，又喘又笑地說：「哪陣風把你吹來的？難得，難得！」

「無事不登三寶殿，有件事來求你，正跟你們老大談。」

郁松年接口提了一句：「是要運糧到杭州……」

郁馥華腦筋極快，手腕極其圓滑，聽他兒子說了這一句，立刻就猜想到一大半，急忙打岔說：「好說，好說！尤五哥的事，總好商量。先坐定下來，多時不見，談談近況。尤五哥，你的氣色好啊，要交鴻運了！」

「託福，託福。郁老大，今天我來……」

「我曉得，我曉得。」郁馥華不容他談正事；轉臉向他兒子說道：「你進去告訴你娘，尤五叔來了；做幾樣菜來請請尤五叔，要你娘親手做。現成的『糟缽頭』拿來吃酒，我跟你尤五叔今天要好好敘一敘。」

尤五早就聽說，郁馥華已是百萬身價，起居豪奢；如今要他結髮妻子下廚，親手治饌款客，足見不以富貴驕人，這點像煞不忘貧賤之交的意思，倒著實可感，也就欣然接受了盛情。

擺上酒來，賓主相向相坐，郁馥華學做官人家的派頭，子弟侍立執役，任憑尤五怎麼說，郁松年不敢陪席。等他執壺替客人斟滿了，郁馥華鄭重其事地雙手舉杯，高與鼻齊，專敬尤五，自然有兩句要緊話要交代。

「五哥，」他說：「這幾年多有不到的地方，一切都請包涵。江海一家，無分南北西東，以後要請五哥隨處指點照應。」說著，仰臉乾了酒，翻杯一照。

尤五既為修好而來，自然也乾了杯，「郁老大，」他也照一照杯，「過去的事，今天一筆勾消。江海一家這句話不假，不過有些地方，也要請老大你手下的弟兄，高抬貴手！」

「言重，言重！」郁馥華惶恐地說了這一句，轉臉問道：「看福全在不在？」

尤五也知道這個人，是幫郁馥華創業的得力助手；如今也是面團團的富家翁。當時將他喚了來，不待郁馥華有所言語，便兜頭作了個大揖，滿臉陪笑地寒暄：「尤五叔，你老人家還認得我吧？」

「喔，」尤五有意眨一眨眼，做出驚喜的神氣，「是福全哥，你發福了。」

「不敢當，不敢當。尤五叔，你叫我小名好了。」

「真的，他們是小輩，尤五哥你客氣倒是見外了。」郁馥華接著轉臉告誡福全：「你關照下去，江海一家，松江漕幫的弟兄，要當自己人一樣，處處尊敬、處處禮讓。尤五叔有啥吩咐，就跟我的話，一式一樣。」

他說一句，福全答應一句，神態不但嚴肅，而且誠懇。江湖上講究的是「受人一尺，還人一丈」；尤五見此光景，少不得也有一番推誠相與、謙虛退讓的話交代。

多時宿怨，一旦解消，郁馥華相當高興。從利害關係來說，沙船幫雖然興旺一時，而漕幫到底根深蒂固，勢力不同，所以兩幫言歸於好，在沙船幫更尤其來得重要。郁馥華是個極有算計的人，覺得這件事值得大大鋪張一番；傳出去是尤五自己願意修好，豈不是足可以增加光彩與聲勢的一件好事？

打定了主意，當即表示，就在這幾天，要挑個黃道吉日，大擺筵宴，略申敬意。言語懇切，尤五不能也不宜推辭；當下未吃先謝，算是定了局。

這一下情分就更覺不同，郁馥華豪飲快談，興致極好。尤五卻頗為焦急，他是有要緊事要談，那有心思敘舊？但又不便掃他的高興；這樣下去，等主人喝得酩酊大醉，豈不白來一趟？

等了又等，也是忍了又忍，快將忍不住時，郁松年看出苗頭，提醒他父親說：「爹！尤五叔有事要跟爹商量呢！」

「喔，喔，是的。」郁馥華不能再裝馬虎了，隨即轉臉說道：「尤五哥，你倒請再說一遍看。」

「是這樣的，有一批米，要借重老大你的船；走海道，由海寧進鼈子門，入錢塘江，運到杭州。」尤五又說：「杭州城裡的百姓，不但吃草根樹皮，在吃人肉了，所以這件事務必要請老大你幫忙，越快越好。」

「尤五哥，你的事，一句話。不過，沙船幫的情形，瞞不過你，鼈子門這條路從來沒有去過，水性不熟，會得擱淺，豈不耽誤大事？」他緊接著說：「當然，漕幫弟兄可以領路，不過沙船走在江裡，路道不對。這樣子，我馬上找人來商量，總要想條萬全之計。好不好明天給你回話？」

聽得這一說，尤五頗為不悅，心裡在想，這種兵荒馬亂的時候，到哪裡都是冒險，就算承平時候，風濤險惡，也沒有甚麼保險不出事的把握。說要想一條萬全之計，不就是有心推託？想是這樣想，當然絕沒有發作的道理，不過話要點他一句，「郁老大，」他說：「親兄弟，明算帳，人情歸人情，生意歸生意，請你仔細盤算一下，運費出公帳，何必放著河水不洗船？」

「言重，言重！尤五哥，你誤會了，我絕不是在這上頭打算盤。為的是……」郁馥華覺得怎麼樣說都不合適，而且也要問問路上的情形，便改口問道：「尤五哥，那位胡道台，我久仰大名，好不好領我會一會他？」

胡道台就是胡雪巖，這幾年連捐帶保，官運亨通，成了浙江省城裡亦官亦商的一位特殊人物；尤五原就有意替他們拉攏見一面，現在郁馥華自己開口，當然毫無推辭，而且表示：「說走就走，悉聽尊便。」

「今天太匆促了！一則喝了酒，二則，草草未免不恭。準定明天一早，我去拜訪，不知道胡道台耽擱在哪裡？」

「他住在舍親古應春家。明天一早我來接。」

「原來是老古那裡。我們也是熟人，他府上我去過；不必勞駕，我自己去就是了。」

談到這裡，告一段落，而且酒也夠了，尤五起身告辭。一回到古家，七姑奶奶迎上前來，雖未開口，那雙眼睛卻比開口還顯得關切。

「怎麼樣？」

尤五不答，只問胡雪巖的傷勢如何？這倒是使得七姑奶奶可以高興的，誇讚傷科醫生有本事；胡雪巖的痛楚大減，傷口好得很快，預計三天以後，就可以下床走動了。

「這也是人到了這裡，心就安了。」七姑奶奶又說：「人逢喜事精神爽，郁老大如果肯幫忙，真比吃甚麼藥都有用。」

「幫忙是肯幫的，事情沒有那麼快。先跟小爺叔談了再說。」

於是從頭談起。一旁靜聽的七姑奶奶，先是一直含著笑，聽到郁馥華說要明天才有回話，一下子跳了起來。

「這明明是推託嘛！」

「七姐，」胡雪巖趕緊攔住她說：「人家有人家為難的地方。你先不要著急，慢慢兒商量。」

「我是替你著急。小爺叔！」

「我曉得，我曉得。」胡雪巖依舊從容不迫地，「換了我是郁老大，也不能不仔細，海面上沒有啥，一進了鼈子門，走在錢塘江裡，兩岸都是長毛，他自然要擔足心事。這件事只有這樣辦，一方面，我們要跟他說實話，哪裡有危險，哪裡沒有危險，出了危險，怎麼樣應付？

「一方面得要請他放點交情，冒一冒險。俗語說：『前半夜想想人家，後半夜想想自己。』我們現在先想自己，有甚麼好處到人家那裡，人家肯看交情上頭，冒一冒險。」

「對！」尤五不勝傾倒，「小爺叔這兩句話入情入理，照這樣去想，事情就可以辦通了。」

「好吧！」七姑奶奶無可奈何，轉個念頭，自己女流之輩，可以不必來管這樁大事，便即說：「天塌下來有長人頂，與我不相干，你們去商量。」說完轉身就走。

「七姐！」胡雪巖急忙喊道：「有件事非跟你商量不可。你請回來！」

她自然又立腳站定。胡雪巖原是聽她的話近乎賭氣，其實並沒有甚麼事要她商量，不過既已說出口，倒又不得不找件事跟她商量了。

靈機一動，開口只道：「七姐，上海我半年不曾來過了，最近有沒有好的館子？」

「有啊！」七姑奶奶答道：「新開一家泰和館，一統山河的南北口味，我吃過幾次，菜聒聒叫。」

「地方呢，寬敞不寬敞？」

「豈止寬敞？慶興樓、復新園、鴻運樓，數得出的幾家大館子，哪一家都沒有它講究。」七姑奶奶問道：「小爺叔，你是不是要請客？」

「我的心思瞞不過七姐。」胡雪巖笑著回答，是有意恭維她一句，然後轉臉看著尤五說：「五哥，你既然委屈了索性看我們杭州一城百姓的面上，委屈到底，請你出面請個客拿郁老大手下的大小腳色都請到，我們漕幫弟兄，最好也都到場，給足了他面子，看他怎麼說？」

「好的。一句話。」

「那就要託七姐了，定泰和館的席。名歸五哥出，錢歸我出……」

「這用不著你交代。」七姑奶奶搶著說：「就不知道有多少人；要定多少桌席？」

這當然要問尤五，他慢吞吞地答道：「要麼不請；請了就不管他多少人了。我只備一張帖子，統請沙船幫全體弟兄，拿泰和館包下來，開流水席，有一桌算一桌。」

「這倒也痛快。就這麼說了。」胡雪巖向七姑奶奶拱拱手：「拜託，拜託！」

七姑奶奶最喜歡排場熱鬧，一諾無辭，但粗中有細，想了想問道：「哪一天請？」

「不是要快嘛！」尤五答，「要快就在明天。」

七姑奶奶不作聲，將排在門背後的皇曆取了下來，翻了翻說：「明天怕不成功，是好日子，總有人做親，在他那裡請客。後天是個平日，『宜祭祀、訂盟，餘事不宜。』不曉得可以不可以？」

「可以！」胡雪巖接口便說：「我們這就算『訂盟』。」

事不宜遲，七姑奶奶當時便取了一封銀洋，親自坐馬車到泰和館去定席。尤五便找古家的帳房趙先生來，寫好一封大紅全帖，送到喬家濱郁家，同時又派人去找他一個心愛的徒弟李得隆來辦事。

他們兄妹在忙，胡雪巖一個人躺在床上盤算，等尤五再回進來時，他已經盤算停當了。

「五哥，我們現在一樁樁來談。米怎麼樣？」

「我已經關照下去，今天下午就可定局。」尤五答道：「雖說多多益善，也要看郁老大有多少船？總而言之一句話，只要他有船，我就有米。」

「那好。我們談船。郁老大怕來怕去，是怕長毛。不過不要緊，長毛在岸上，我們在江裡，他們沒有炮船，就不怕他。至多坐了小划子用洋槍來攻，我們自己能有一批人，備它幾十桿好槍，說開火就開火，打他個落花流水。」胡雪巖又說：「這批人，我也想好了，不知道老古跟楊坊熟不熟？」

尤五懂他的意思，點點頭說：「很熟的。就不熟也不要緊。」

「何以呢？」胡雪巖問。

「小爺叔，你的意思是不是想借洋將華爾的人？」

「對啊！」胡雪巖問：「不是說洋將跟上海道的交涉，都是楊坊在居間接頭的嗎？」

「一點不錯。楊坊是『四明公所』的董事，寧波也是浙江，為家鄉的事，他沒有不肯出力的道理，就算不認識，一樣也可以請他幫忙。」

「我對此人的生平不大清楚，當然是有熟人從中說話，事情更容易成功。不過，我想是這樣，行不行得通，還不曉得。先要問一問老古；他不知道甚麼時候回來？」

「不必問他，」尤五手一指，「現成有個人在這裡。」

這個人就是蕭家驥。他是一早跟了古應春去辦事的，由於胡雪巖關照，王有齡的兩封血書要面遞薛煥，所以古應春一直守在江蘇巡撫設在上海的行署中，等候傳見。為怕胡雪巖惦念，特地先派蕭家驥回來送信。

「你看，」胡雪巖對尤五說：「這就是我剛才算盤，要借重洋將的道理。官場辦事，沒有門路，就教行不通；要見薛撫台一面都這麼難，哪裡還能巴望他派兵替我們護糧。就算肯派，也不是三天兩天就走得動的。」他加重語氣又說：「我主意打定了，決定我們自己想辦法。」

於是尤五將他的打算告訴了蕭家驥；蕭家驥靜靜地聽完，並未作聲。

「怎麼樣？家驥！」胡雪巖催問著；已看出他另有主意。

「這件事有個辦法，看起來費事，其實倒容易。」他說：「不如請英國或者法國的海軍提督，派兵船護送。」

「這……」尤五首先就表示懷疑，「這行得通嗎？」

「行得通的。」蕭家驥說：「外國人另有一套規矩，開仗是一回事，救老百姓又是一回事。如果說：這批米是軍糧，他們就不便護送；為了救老百姓，當然可以。」

聽這一說，胡雪巖大為高興；但是，「這要怎麼樣說法，跟哪個去接頭？」他問。

「我就可以去！」蕭家驥自告奮勇；但立刻又加了一句：「不過先要問問我師父。」

「你的師父當然贊成，」尤五接口說道：「不過，我始終不大相信，只怕沒有這麼好的事。」

「那也不妨雙管齊下。」胡雪巖問蕭家驥：「你看，我們自己出錢，請華爾派幾十個人保護，這個辦法可以不可以試一試？」

「試是沒有甚麼不可以試的。」蕭家驥答說：「不過，我看很難。為甚麼呢……」

為的是第一，華爾部下的「傭兵」，已經為上海道吳煦「慣」壞了，花了大錢，未必能得他們的出死力；第二，這批傭兵是「步軍」，在水上能不能發揮威力，大成疑問。

「說得有道理。」胡雪巖最不肯淹沒人的長處，對蕭家驥大為欣賞，「家驥，這件事倒要請你好好幫我一個忙。」

「胡先生言重了，有甚麼事，儘管吩咐就是。」

一個賞識，一個仰慕，於是尤五有了一個計較，暫且不言，要等古應春回來了再說。

「薛撫台見著面了。」古應春的神情不愉，「小爺叔，王雪公要想指望他肯出甚麼大力，恐怕是妄想。」

「他怎麼說？」胡雪巖很沉著地問。

不問還好，問起來教人生氣。薛煥嘆了一大篇苦經，又怪王有齡在浙江自己不想辦法練軍隊，軍餉都接濟了皖南和江西，如今局勢一壞，連帶上海亦吃緊。又提到他在江蘇的時候，如何跋扈剛愎，言下大有落到今日的光景，是自取其咎之意。

「也難怪他！」古應春又說：「京裡鬧得天翻地覆，兩個親王都送了命，如今又是恭王當政，一朝天子一朝臣，曾國藩也快到兩江來了，薛撫台署理兩江總督跟實缺江蘇巡撫的兩顆印把子，看起來搖搖欲墜，心境當然不好。」

「我知道。」胡雪巖說：「你沒有來之前，我跟五哥還有家驥，都商量過了，本來就不想靠他。不過，他到底是江蘇巡撫，王雪公的摺子，一定只有請他拜發。不知道這件事，他辦了沒有？」

「這他不敢不辦。」古應春說：「連催李元度的公事，都已經交代下去。我還怕下面太慢，特意打了招呼，答應所有的公事，明天都一起辦出。」

「那就不管它了。我們商量我們的。」

於是尤五和蕭家驥將剛才所談經過，源源本本說了給古應春聽。這在他是個很大的安慰，本來為了要見薛煥，將大好時光，白白蹧蹋，不但生氣，而且相當著急。照現在看起來，路子甚多，事情並不是無處措手，因此愁懷一去，精神大為振作。

「既然如此，我們要把宗旨先定下來；請兵護送的事，能夠說動英、法提督，派兵護送，不但力量夠強，足可保險，而且還不用花錢，不過有兩層顧慮，第一，恐怕仍舊要江蘇巡撫出公事；第二，不是三、五天之內可以辦得成的。」

「慢就不行！」胡雪巖立即答說：「我現在度日如年，巴不得明天就走。」

「要快只有雇華爾的部下。這筆錢，恐怕不在少數。」

「要多少？」

「要看雇多少人；每個人起碼三十兩銀子，死一個撫恤一千。照五十個人算，最少一千五，如果……」

如果全數陣亡，就得另外撫恤五萬；話到口邊，古應春才發覺這話太喪氣，果然如此，胡雪巖的性命自然也就不保，所以把話硬嚥了下去了。

胡雪巖卻不以為意，「一千五就一千五，帶隊官總要多送些，我不在乎。倒是，」他指著蕭家驥說：「他的顧慮不錯，只怕在岸上打慣了仗的，一上了船，有勁使不出，有力用不上。」

「這要問他們自己才知道。雖說重賞之下，必有勇夫，性命到底是拿錢換不來的；如果他們沒有把握，當然不敢貿然答應。我們局外人，不必自作聰明。」

古應春最後這句話，頗有告誡學生的意味，因而原有一番意見想陳述的蕭家驥，就不便開口了。

「說到楊坊，我也認識；交情雖不深，倒承他不棄，還看得起我。今天晚上我就去看他。」

「對了！我們分頭行事。此刻大家定規一下，米跟沙船，歸我；請洋將歸你，」尤五對古應春說：「還有件事，你要調一批現頭寸來。」

「這不要緊！」胡雪巖從手上取下一個戒指，交給古應春，「我往來的幾家號子你是曉得的；看存著有多少頭寸，你隨意調度就是。」

戒指是赤金的，沒有一兩也有八錢，其大無比，其俗也無比，但實際上是一枚圖章，憑戒面上「胡雪巖印」四個朱文篆字，調集十萬八萬銀子，叱嗟立辦。不過以古應春實力，也還用不到此。

「不必！你這個戒指片刻不離身，還是你自己帶著。」

「不然！」胡雪巖說：「我另外還有用意。這一次回杭州，好便好；如果將來再不能見面，一切託你料理。人欠欠人，等我明天開出一張單子來交給你。」

託到後事，無不慘然；古應春也越發不肯收下他那枚戒指圖章，拉過他的手來，硬要替他戴上，正在拉拉扯扯的時候，七姑奶奶回來；少不得詢問究竟。大家都知道她重感情，說破了一定會惹她傷感，所以彼此使了個眼色，隨意扯句話掩飾了過去。

「菜定好了，八兩銀子一桌的海菜席；包他們四十桌。」七姑奶奶說：「那裡老闆說是虧本生意，不過要借這樁生意創招牌。人家既然看得這麼重，人少了，場面不夠熱鬧，面子上不好看，五哥，我倒有點擔心。」

「擔甚麼心?叫人來幫場面、吃酒席，還怕沒有人？回頭我會關照李得隆。」

「那麼郁老大那裡呢？」

「這你更可以放心。小爺叔想的這個辦法，在郁老大求之不得，來的人一定多。」尤五又說：「你再要不放心，我叫李得隆放個風出去，說我們包了泰和館，大請沙船幫，不來就是看不起我們。」

「那好。我叫人去通知，再預備十桌在那裡。」七姑奶奶一面說，一面就走了出去。

「七姐真有趣。」胡雪巖笑道：「好熱鬧，一定是福氣人。」

「閒話少說。我還有一樁事，應春，你看如何？」尤五說道：「小爺叔要人幫忙；我說實話，你我去都沒啥用處。我派李得隆，你派蕭家驥，跟了小爺叔一路到杭州。」

「嗯！」古應春略有遲疑的神情。

「不必，不必。」胡雪巖最知趣，趕緊辭謝。

古應春實在很為難。因為蕭家驥跟他的關係，與漕幫的情形不同；漕幫開香堂收徒弟，師父之命，其重如山，而且出生入死，不當回事。蕭家驥到底只是學洋文、學做生意的徒弟，到這種性命出入的事，不便勉強，要問問他本人。

但是胡雪巖這方面的交情，實在太厚；能有一分力，一定要盡一分力，絕說不出推辭的話來。同時看出胡雪巖口稱「不必」，臉上卻有失望的表情，越覺得過意不去了。

想一想只有老實說：「小爺叔，如果我有個親兄弟，我都一定叫他跟了你去。家驥名為徒弟，到底姓蕭；我來問問他看。」說到這裡，發覺話又不妥，如果蕭家驥膽怯不肯去；豈不又顯得自己的徒弟「不夠料」，因而只好再加一句掩飾的話：「他老太太病在床上，如果病勢不礙；我想他一定會去的。」

話剛完，門外有人接口，是蕭家驥的聲音；他正好走了來聽見，自告奮勇：「我去！我一定去！」

這一下解消了古應春的難題；也覺得臉上很有光彩，但胡雪巖卻不能不辭謝——他也知道蕭家驥母親病在床上的話，是古應春為了體恤徒弟，有意留下的一個退步。只是「光棍好做，過門難逃」，而且這個「過門」，古應春不便來打，要自己開口。

「家驥，我曉得你義氣。不過為人忠孝當先，令堂老太太身體不舒服，你該留下來侍奉。」

「不礙，不礙！」蕭家驥也很機警，很快地答說：「我娘胃氣痛是老毛病，兩三天就好了。」

「那就這樣吧！」古應春站起身來，「既然你要跟了去，一切事情要接得上頭才好，你跟我一起去看『大記』楊老闆。」

楊坊開的一家專銷洋莊的號子，就叫「大記」，師徒二人到了那裡，楊坊正在大宴客商，相邀入座應酬一番，亦無不可；但古應春為了表示事態緊急，堅辭婉拒，同時表示有個不情之請：需要當時就單獨交談。

「好！」楊坊慨然許諾，「請到這面來。」

就在客廳一角，促膝並坐，古應春開門見山地道明來意，楊坊吸了口氣，樣子顯得頗為棘手似地。

「楊兄，恕我再說句不該說的話，浙東浙西，休戚相關，看在貴省同鄉的面上，無論如何要請你想辦法。」

「我自然要想辦法，自然要想辦法。」楊坊一疊連聲地說：「為難的是，最近華爾跟吳道台鬧意氣。洋人的脾氣很倔，說好甚麼都好，犯了他的性子，不容易說得進話去。現在只有這樣：我先派人去約他，今天晚上見個面。等我敷衍完了客人，我們一起去，便菜便酒，你何妨就在這裡坐了。」

說到這話，古應春自然不便再推辭，入席酬酢，同時在肚子裡盤算，如何說動華爾？

「師父，我想我先回去一趟，等下再來。」蕭家驥忽然說道：「我要好好去問一問胡先生。」

「問甚麼？」

「洋人做事情仔細，又是打仗；路上的情形，一定要問得清清楚楚。不然絕不肯答應。」

「一點不錯。」楊坊大為讚許，「這位小阿弟實在有見識。那你就快去吧！兩個鐘頭談得完談不完？」

「夠了。」

「好，我就約華爾九點鐘碰頭，八點半鐘請你無論如何趕了來。」

蕭家驥不到預定的時間，就已去而復回，除了將他想到該問的情形都問明白以外，還帶來胡雪巖一句話。

「師父！胡先生叫我跟師父說：請將不如激將！」

這真有點「軍師」的味道了；運籌帷幄，決勝千里。付下來這樣一個「錦囊」。古應春在顛簸的馬車上，反覆體味著「請將不如激將」這六個字。

華爾紮營在滬西靜安寺附近，楊坊是來慣的，營門口的衛兵拿馬燈一照，揮揮手放行，馬車一直駛到華爾的「簽押房」。

介紹過後，四個人圍坐在一張小圓檯上，楊坊開個頭，說古應春是浙江官場的代表之一，有事相懇。接著便由古應春發言，首先補充楊坊的話，表明自己的身分，說浙江官場的正式代表是胡雪巖，一個受有清朝官職的很成功的商人，而他是胡雪巖所委派的代表。

說到這裡，華爾提出第一個疑問：「胡先生為甚麼要委派代表？」

「他受傷了。傷勢很重，為了希望在三到五天以內趕回去，他需要遵守醫生的囑咐，絕不能行動。」古應春說：「他就住在我家養傷。」

「喔！」華爾是諒解的神態，「請你說下去。」

於是古應春道及本意，提出希望以外，還有一番恭維，說華爾一定會站在人道的立場，助成這場義舉，而他的勇敢的部下，亦一定會圓滿達成任務。

說到一半，華爾已在不斷搖頭，等他說完，隨即用冷峻的聲音答道：「抱歉！我很同情，但是沒有辦法給你們甚麼幫助。」

「這太教我失望了。」古應春問道：「你能不能告訴我，不能予以幫助的原因？」

「當然！第一，浙江不是我應該派兵的範圍；第二，任務很危險，我沒有把握。」

「第一個理由，似乎不成立。我已經說過，這是慈善任務……」

「不！」華爾搶著說：「我有我的立場。」

「你的立場不是助順——幫助中國政府嗎？」

「是的。」華爾很勉強地說：「我必須先顧到上海。」

「但是，抽調五十個人，不至於影響你的實力。」

「是不是會影響，要我來判斷。」

「上校，」楊坊幫著說好話，「大家都對你抱著莫大的希望，你不應該這樣堅拒。」

「不！」華爾逕自搖頭，「任務太危險。這是毫無價值的冒險。」

「並不危險！」古應春指著蕭家驥說：「他可以為你解釋一切情況。」

「不！我不需要聽他的解釋。」

這樣子拒人於千里之外，且大有渺視之意，古應春忍不住火發，想到胡雪巖的話，立即有了計較，冷笑一聲，面凝寒霜地對楊坊說：「人言不可信。都說客將講公理正義，急人之急，忠勇奮發；誰知道完全不是這回事。一群膽怯貪利的傭兵而已！」

說到最後這一句，華爾勃然變色，霍地站起來，居高臨下地俯視著古應春喝道：「你說誰是膽怯貪利的傭兵？」

「你應該知道。」

「我當然知道！」華爾咆哮著，「你必須道歉，我們不是傭兵。」

「那麼，你是正規軍隊？」

「當然。」

「正規軍隊，一定受人指揮，請問，你是不是該聽命於中國官員？是薛還是吳，只要你說了，我自有辦法。」

這一下擊中了華爾的要害，如果承認有人可以指揮他，那麼找了可以指揮他的人來下命令，豈不是自貶身分。

「說老實話，貪利這一點，也許我過分了，但是我不承認說你膽怯，也是錯了！」

「你最大的錯誤，就是這一點。說一個軍人膽怯，你知道不知道是多麼大的侮辱？」

古應春絲毫不讓，針鋒相對地頂了過去：「如果是侮辱，也因為你自己的表現就是如此！」

「甚麼！」華爾一把抓住了古應春的肩，使勁地搖撼著：「你說！我何處有膽怯的表現？」

一看他要動武，蕭家驥護師心切，首先就橫身阻擋，接著楊坊也來相勸，無奈華爾的氣力大，又是盛怒之際，死不放手。

古應春卻是神色泰然，冷冷說道：「凡是膽怯的人，都是勇於私鬥的。」

一句話說得華爾放了手，轉身對楊坊說道：「我必須維持我的威信；此人的行為，所侮辱的不是個人，是整個團體。這件事相當嚴重。如果他沒有合理的解釋，他將要擔負一切不良的後果。」

楊坊不知道古應春葫蘆裡賣的甚麼藥？不免怨責：「這樣子不大好！本是來求人的事，怎麼大破其臉？如今，有點不大好收場了。」

他是用中國話說的，古應春便也用中國話回答他：「你放心！我就要逼得他這個樣子！我當然有合理的解釋。」

楊坊哪知道他是依照胡雪巖「請將不如激將」這條「錦囊妙計」，另有妙用，只鄭重其事地一再囑咐：「千萬平和，千萬平和，不要弄出糾紛來。」

「你請放心，除非他蠻不講理，不然一定會服我。」古應春用中國話說了這幾句，轉臉用英語向華爾說：「上校！杭州有幾十萬人，瀕臨餓死的命運，他們需要糧食，跟你我現在需要呼吸一樣。如果由於你的幫助，冒險通過這條航路，將糧食運到杭州，有幾十萬人得以活命。這是『毫無價值的冒險』嗎？」

一句話就將華爾問住了。他捲了根菸就著洋燈點燃，在濃密的煙氛中噴出答語：「冒這個險，沒有成功的可能。」

「是不是有可能，我們先不談；請你回答我的話：如果冒險成功，有沒有價值？」

華爾被逼得沒有辦法，只能承認：「如果能成功，當然有價值。」

「很好！」古應春緊接著他的話說：「我認為你是一個有價值的人，當然也願意做有價值的事。你應該記得，我向你說過，這個任務並不危險，蕭可以向你說明一切情況。而你，根本不做考慮；聽到洪楊的部隊，先就有了怯意……」

「誰說的！」華爾大不服氣，「你在侮蔑我。」

「我希望你用行為表現你的勇敢，表現你的價值。」

「好！」華爾受激，脫口說道：「讓我先了解情況。」說著，便站起身來，走到一張地圖面前立定。

事情有了轉機，楊坊既佩服，又興奮，趕緊取了桌上的洋燈，同時示意蕭家驥去講解情況。連古應春一起跟著過去，在洋燈照映下都望著牆壁上所貼的那張厚洋紙畫的地圖；這比中國的輿圖複雜得多，又釘著好些紅藍小三角旗，更讓人看不明白。但蕭家驥在輪船上也常看航海圖，所以略略注視了一會，便已瞭然。

「在海上不會遭遇任何敵人；可能的危險從這裡開始。」蕭家驥指著龍子門說：「事實上也只有一處比較危險的地方，因為海面遼闊，洪楊部隊沒有砲艇，不能威脅我們的船隻。只有這一處，南北兩座山夾束，是個隘口，也就是聞名的『浙江潮』所以造成的由來，衝過這個隘口，江面又寬了，危險也就消失了。」

「那麼這個隘口的江面，有多寬？」

「沒有測量過。但是在岸上用長槍射擊，就能打到船上也沒有力量了。」

華爾搖搖頭：「我不怕步槍。」他接著又問：「有沒有砲台？」

「絕沒有。」古應春在旁邊接口。

「即使沒有砲台，也一定有臨時安置的砲位。如果是我，一定在這裡部署砲兵陣地。」

「你不要將洪楊部隊，估計得太高。」古應春又說：「他們不可能了解你們的兵法。」

這一點，華爾認為說得不錯；他跟長毛接過許多次仗，對此頗有了解，他們連用洋槍都不十分熟練，當然不會懂得用火力扼守要隘的戰法。再進一步看，即使懂得，亦用不著防守這個隘口，因為在這一帶的清軍，兵力薄弱，更無水師會通過這隘口，增援杭洲；那麼，布砲防守，豈不是置利器於無用之地？

但是，「多算勝」的道理，中外兵法都是一樣的，華爾覺得還是要採用比較安全的辦法，所以又問：「這個隘口，是不是很長？」

「不會。」古應春估計著說：「至多十里八里路。」

「那麼，用甚麼船呢？」

「用海船。」

所謂海船就是沙船。華爾學的是陸軍，對船舶是外行，不過風向順逆之理總知道的，指著地圖說道：「現在是西北風的季節，由東向西行駛，風向很不利。」

「這一點，」古應春很謹慎地答道：「我想你不必過慮。除了用帆以外，總還有其他輔助航行的辦法。海船堅固高大，船身就具備相當的防禦力，照我想，是相當安全的。」

「這方面，我還要研究，我要跟船隊的指揮者研究。最好，我們能在黑夜之間，偷渡這個隘口，避免跟洪陽部隊發生正面的衝突。」

這樣的口氣，已經是答應派兵護航了，楊坊便很高興地說：「謝謝上校！我們今天就做個決定，將人數以及你所希望補助的餉銀，規定下來，你看如何？」

「你們五十個人，我照數派給你們。其他的細節，請你們明天跟我的軍需官商量。」

「好的！」楊坊欣然答道：「完全遵照你的意思。」

於是「化干戈為玉帛」，古應春亦含笑道謝，告辭上車。

「老古，」在車中，楊坊表示欽佩，「你倒是真有一套。以後我們多多合作。」

「僥倖！虧得高人指點。」古應春說：「也是胡道台一句話：請將不如激將。果然把華爾激成功了。」

「原來胡道台也是辦洋務的好手。」

「他倒不十分懂洋務；只是人情熟透，熟透！」

「幾時我倒要見見他。」楊坊又說：「華爾的『軍需官』，也是我們中國人，我極熟的。明天晚上我約他出來吃花酒，一切都好談。」

「那好極了。應該我做東。明天早晨，我就備帖子送到你那裡，請你代勞。」

「你做東，還是我做東，都一樣，這就不去說它了。倒是有句話，我要請教，杭州不是被圍了嗎？糧船到了那裡，怎麼運進城？」

這句話讓古應春一楞，「啊，」他如夢初醒似地，「這倒是！我還沒有想到。等我回去問了，再答覆你。」

「可以不可以今天就給我一個確實回音？」

到了杭州的事，此刻言之過早，而且米能不能運進杭州城，與楊坊無干，何以他這麼急著要答覆？看起來，別有作用，倒不能不弄個明白。

這樣想著，便即問道：「為甚麼這麼急？」

「我另外有個想法。如果能運進杭州城，那就不必談了，否則……」楊坊忽然問道：「能不能此刻就替我引見，我想跟胡道台當面談一談。」

「這有甚麼不可以？」

於是馬車轉向，直駛古家；車一停，蕭家驥首先奔了進去通知。胡雪巖很講究禮節，要起床在客廳裡迎接會面，七姑奶奶堅決反對，結果折衷辦法，起床而不出房門，就在臥室裡接見客人。

女眷自然迴避。等古應春將楊坊迎了進來，胡雪巖已經穿上長袍馬褂，扶著蕭家驥的肩，等在門口了。

彼此都聞名已久，所以見禮以後，非常親熱，互相仰慕，話題久久不斷。古應春找個機會，插進話去，將與華爾交涉的經過，略略說了一遍；胡雪巖原已從蕭家驥口中，得知梗概，此刻少不得要向楊坊殷殷致謝。

「都是為家鄉的事，應當出力。不過，」楊坊急轉直下地轉入本題，「糧船到了杭州，不曉得怎麼運進杭州？」

提到這一層，胡雪巖的臉色，馬上轉為憂鬱了；嘆口氣說：「唉！這件事也是失策。關城之先，省城裡的大員，意見就不一，有的說十個城門統統要關；有的說應該留一兩個不關。結果是統統關了。這裡一關，長毛馬上在城外掘壕溝，做木牆。圍困得實騰騰。」他一口氣說到這裡，喘息了一下又說：「當初還有人提議，從城上築一道斜坡，直到江邊，作為糧道。這個主意聽起來出奇，大家都笑，而且工程也浩大，所以就沒有辦。其實，此刻想來，實在是一條好計，如果能夠這麼做，雖費點事，可是糧道不斷，杭州就能守得住！」接著，又是一聲長嘆。

聽得這樣說法，古應春先就大為著急：「小爺叔，」他問：「照你這麼說，我們不是勞而無功嗎？」

「這也不見得。」胡雪巖說：「只要糧船一到，城裡自然拚死命殺開一條血路，護糧進城。」

楊坊點點頭，看一看古應春，欲語不語地；胡雪巖察言觀色，便知其中有話。

「楊兄，」他說：「你我一見如故，有話敬請直說。」

「是這樣的，我當然也希望杭州的同鄉，有一口活命的飯吃。不過，凡事要從最壞的地方去打算：萬一千辛萬苦將糧船開到杭州，城裡城外交通斷絕，那時候，胡先生，你怎麼辦？」

「我請問楊兄，依你看，應該怎麼辦？」

「在商言商，這許多米，總不能送給長毛，更不能丟在江裡。」楊坊說道：「如果運不進杭州城，可以不可以請胡先生改運寧波？」

原來他急於要見胡雪巖，是為了這句話。古應春心想：此人倒也是厲害腳色，「門檻」精得很，不可小覷了他。因此，很注意地要聽胡雪巖如何回答。

「楊兄的話很實在。如果米運不進杭州城，我當然改運別處，只要不落在長毛手裡，運到甚麼地方都可以。」說到這裡，胡雪巖下了一個轉語：「不過，楊兄的話，我倒一時答應不下。為甚麼呢？因為寧波的情形，我還不曉得，許了楊兄，倘或辦不到，豈不是我變成失信用？」

「寧波的情形，跟上海差不多……」

因為寧波也有租界。江蘇的富室逃到上海，浙東的大戶，則以寧波租界為避難之地；早在夏天，寧波的士紳就條陳地方官。願集資五十萬兩銀子，雇英法兵船代守寧波，及至蕭紹失守，太平軍一路向東，勢如破竹，攻餘姚、下慈谿、陷奉化，寧波旦夕不保。於是英、法、美三國領事，會商以後，決定派人到奉化會晤太平軍守將范汝增，勸他暫緩進攻寧波。

范汝增對這個請求，不做正面答覆，但應允保護洋人，因此三國領事已經會銜了布告，保護租界；但陸路交通，近乎斷絕，商旅裹足，也在大鬧糧荒。楊坊的打算，一方面固然是為桑梓盡力，另一方面亦有善價而沽，趁此機會做一筆生意的想法。

不過楊坊的私心，自然不肯透露，「胡先生，」他說：「據我曉得，逃在寧波的杭州人也不少。所以你拿糧食改運寧波，實在是不得已而求其次的唯一出路。」

「那麼，到了寧波呢？如果不能上岸，又怎麼辦？」

「不會的。英、法、美三國領事，哪一位都可以出面保護你，到那時候，我當然會從中聯絡。」

「既然如此……」胡雪巖矍然而起——想好了主意，一時興奮，忘卻腿傷，一下子摔倒在地，疼得額上沁出黃豆大的汗珠。

蕭家驥動作敏捷，趕緊上前扶起；古應春也吃了一驚，為他檢視傷勢。亂過一陣，胡雪巖方能接著他自己的話說下去。

「楊兄，既然如此，我們做一筆交易。杭州缺糧，寧波也缺糧，我們來合作；寧波，我負責運一批米過去，米、船，都歸我想辦法。杭州這方面，可以不可以請你託洋人出面，借個做善事的名義，將我這一批米護送進城？」

「這個辦法……」楊坊看著古應春，頗有為難的神情。

「小爺叔，做生意，動腦筋，不能不當你諸葛亮。」古應春很委婉地說：「可惜，洋務上，小爺叔你略為有點外行，這件事行不通。」

「怎麼呢？」

「因為外國領事，出面干預，要有個名目；運糧到寧波，可以『護僑』為名，為的洋人不能沒有食物接濟。但杭州的情形就不同了，並無英法美三國僑民需要救濟；而救濟中國百姓，要看地方，在交戰區域，民食軍糧是無從區分的。」

等古應春解釋完了，楊坊接著補充：「八月裡，英國京城有一道命令給他們的公使，叫做『嚴守中立』，這就是說，哪一面也不幫。所以胡先生的這個打算，好倒是好，可惜辦不通。」

胡雪巖當然失望，但不願形諸顏色，將話題回到楊坊的要求上，慨然說道：「那就一言為定了。這批米如果運不進杭州城，就轉運寧波。不過，這話要跟郁老大先說明白，到時候，沙船不肯改地方卸貨，就要費口舌了。」

「這一層，我當然會請應春兄替我打招呼，我要請胡先生吩咐的是糧價……」

「這不要緊！」胡雪巖有力地打斷他的話，「怎麼樣說都可以。如果是做生意，當然一分一釐都要算清楚；現在不是做生意。」

「是，是！」楊坊不免內慚；自語似地說：「原是做好事。」

談話到此告一段落，古應春怕胡雪巖過於勞累，於傷勢不宜，邀了楊坊到客廳裡去坐，連蕭家驥在一起，商定了跟華爾這方面聯絡的細節，直到深夜方散。

第二天大家分頭辦事，只有胡雪巖在古家養傷，反覺清閒無事；行動不便，不能出房門，一個人覺得很氣悶，特為將七姑奶奶請了來，不免有些微怨言。

「我是不敢來打擾小爺叔，讓你好好養傷。」七姑奶奶解釋她的好意，「說話也費精神的。」

「唉！七姐，你哪曉得我的心事。一個人思前想後，連覺都睡不著，有人談談，辰光還好打發。」

談亦不能深談，胡雪巖一家，消息全無，談起來正觸及他的痛處。因此，平日健談的七姑奶奶，竟變得笨嘴拙舌，不知道說甚麼好？

「七姐，」胡雪巖問道：「這一陣，你跟何姨太太有沒有往來？」

何姨太太就是阿巧姐。從那年經胡雪巖撮合，隨著何桂清到通州；不久，何桂清果然由倉場侍郎，外放浙江巡撫，升任兩江總督，一路扶搖直上。阿巧姐著實風光過一陣子。

「好久沒有見到她了。」七姑奶奶不勝感慨地，「那時候哪個不說她福氣好？何大人在常州的時候，我去過一次，她特為派官船到松江來接我，還有一百個兵保護，讓我也大大出了一次風頭。到了常州，何大人也很客氣。何太太多病，都是姨太太管事，走到哪裡，丫頭老媽子一大群跟著，那份氣派還了得！人也長得越漂亮了，滿頭珠翠，看上去真像一品夫人。哪曉得何大人壞了事！前一晌聽人說，人都老得認不得了。伍子胥過昭關，一夜功夫急白了頭髮，看起來真有這樣的事。」

「這樣說起來，她倒還是有良心的。」

「小爺叔是說她為何制台急成這個樣子？」

「是啊！」胡雪巖說：「我聽王雪公說，何制台的罪名不得了。」

「怎樣不得了？莫非還要殺頭？」

胡雪巖看著她，慢慢點頭，意思是說：你不要不信，確有可能。

「這樣大的官兒，也會殺頭？」七姑奶奶困惑地，大有不可思議之感。

「當然要殺！」胡雪巖忽然出現了罕見的激動，「不借一兩個人頭做個榜樣，國家搞不好的。平常作威作福，要糧要餉，說起來是為了朝廷、為了百姓；到真正該他出力的時候，收拾細軟，一溜了之。像這樣的人，可以安安穩穩拿刮來的錢過舒服日子；盡心出力，打仗陣亡的人，不是太冤枉了嗎？」

七姑奶奶從未見過胡雪巖有這樣氣急敗壞的憤激之態，因而所感受的衝擊極大。同時也想到了他的境況，心裡有著說不出的難過。

「小爺叔，」她不由自主地說：「我看，你也用不著到杭州去了，糧船叫五哥的學生得隆跟家驥押了下去，你在上海養養傷，想辦法去尋著了老太太，將一家人都接到上海來，豈不甚好？」

「七姐，謝謝你！你是替我打算，不過辦不到。」

「這有甚麼辦不到？」七姑奶奶振振有詞地說：「這一路去，有你無你都一樣。船歸李得隆跟沙船幫的人料理，洋將派來保護的兵，歸家驥接頭。你一個受了傷的人，自己還要有人照應，去了能幫甚麼忙？越幫越忙，反而是累贅。」

「話不錯。不過到了杭州，沒有我從中聯絡，跟王雪公接不上頭，豈不誤了大事？」

想一想這話也不錯，七姑奶奶便又問道：「只要跟王撫台接上頭，城裡派兵出來運糧進城，小爺叔，就沒有你的事了。」

「對。」

「那就這樣，小爺叔，你不要進城，原船回上海，我們再商量下一步，怎麼樣想法子去尋老太太。」七姑奶奶又說：「其實，小爺叔你就在杭州城外訪查也可以；總而言之，已經出來了，絕沒有自投羅網的道理。」

「這話也說得是……」

聽他的語氣，下面還有轉語，七姑奶奶不容他出口，搶著說道：「本來就是嘛，小爺叔，你是做生意的大老闆，捐班的道台，跟何制台不同，沒有啥守土的責任。」

「不盡是為公，為的是交情。」胡雪巖說：「我有今天，都是王撫台的提拔，他現在這樣子為難，真正是在十八層地獄裡受熬煎，我不跟他共患難，良心上說不過去。」

「這自然是義氣，不過這份義氣，沒啥用處。」七姑奶奶說：「倒不如你在外頭打接應，還有用些。」

這話說得很有道理，但胡雪巖總覺得不能這麼做。他做事一向有決斷，不容易為感情所左右——其實，就是為感情所左右，也總在自己的算盤上先要打得通，道穿了，不妨說是利用感情。而對王有齡，又當別論了。

「唉！」他嘆口氣，「七姐，我何嘗不知道你是一句好話，不但對我一個人好，而且對王雪公也好。不過，我實在辦不到。」

「這就奇怪了！既然對你好，對他也好，又為甚麼不這麼做？小爺叔，你平日為人不是這樣的。」

「是的。我平日為人不是這樣，唯獨這件事，不知道怎麼，想來想去想不通。第一，我怕王雪公心裡會說，胡某人不夠朋友，到要緊關頭，他一個人丟下我不管了。第二，我怕旁人說我，只曉得富貴，不知道啥叫生死交情。」

「噯！」七姑奶奶有些著急了，因此口不擇言，「小爺叔，你真是死腦筋，旁人的話，哪裡聽得那麼多，要說王撫台，既然你們是這樣深的交情，他也應該曉得你的心。而況，你又並沒有丟下他不管，還是替他在外面辦事。」說到這裡，她覺得有一肚子的議論要發：「為人總要通情達理。三綱五常，總也要合道理，才有用處。我最討厭那些偽道學，或者不明事理的說法：甚麼『君要臣死，不能不死；父要子亡，不得不亡』！你倒想想看，忠臣死了，哪個替皇帝辦事？兒子死了，這一家斷宗絕代，孝心又在哪裡？」

胡雪巖笑了，「七姐，」他說：「聽你講道理，真是我們杭州人說的：『刮拉鬆脆』。好痛快！」

「小爺叔，你不要恭維我，你如果覺得我的話，還有點道理，那就要聽我的勸！」七姑奶奶講完君臣、父子，又談「第五倫」朋友，「我聽說大書的說『三國』，桃園結義，劉關張不願同年同月同日生，但願同年同月同日死，這話就不通！如果講義氣的好朋友，死了一個，別的都跟著他一起去死，這世界上，不就沒有君子，只剩小人了？」

「這話倒是。」胡雪巖興味盎然，「凡事不能尋根問柢，追究到底好些話都不通。」

「原是如此！小爺叔，這天把，我夜裡總在想你的情形，想你，當然也要想到王撫台。我從前聽你說過，他曾勸過何制台不要從常州逃走，說一逃就身敗名裂了！這話現在讓他說中，想來杭州如果不保，王撫台是絕不會逃走，做個大大的忠臣。不過，你要替他想一想，他還有甚麼好朋友替他料理後事？不就是小爺叔你嗎？」

這話說得胡雪巖矍然動容，「七姐，」他不安地，「你倒提醒我了。」

「謝天謝地！」七姑奶奶合掌當胸，長長地舒了口氣，「小爺叔，你總算想通了。」

「想是還沒有想通。不過，這件事我倒真的要好好想一想。」

於是他一面跟七姑奶奶閒談，一面在心裡盤算。看樣子七姑奶奶的話絲毫不錯，王有齡這個忠臣是做定了！杭州的情形，要從外面看，才知道危險；被圍在城裡的，心心念念只有一個想法：救兵一到，便可解圍。其實，就是李元度在衢州的新軍能夠打到杭州，亦未見得能擊退重重包圍的長毛。破城是遲早間事；王有齡殉節，亦是遲早間事。且不說一城的眼光，都注視在他身上，容不得他逃，就有機會也不能逃走，因為一逃，不但所有的苦頭都算白吃，而且像何桂清這樣子，就能活又有甚麼味道？

「我想通了。」胡雪巖說：「王雪公是死定了！我要讓他死得值。」

「是嘛！」七姑奶奶異常欣慰，「原說小爺叔是絕頂聰明的人，哪裡會連這點道理都想不通？常言道的是『生死交情』，一個人死了，有人照他生前那樣子待他，這個人就算有福氣了。」

「是啊！他殉了節，一切都在我身上，就怕……」

他雖沒有說出口來，也等於說明白了一樣。這倒不是他自己嫌忌諱，是怕七姑奶奶傷心。然而，在這樣的情形之下，以七姑奶奶的性情，自然也會有句痛快話。

「小爺叔，這一層你請放心。萬一有個三長兩短，一切都在我們兄妹夫妻身上。」

「是了！」胡雪巖大大地喘了口氣，「有七姐你這句話，我甚麼地方都敢去闖。」

這話又說得不中聽了，七姑奶奶有些不安：「小爺叔，」她惴惴然地問：「你是怎麼闖法？」

「我當然不會闖到死路上去。我說的闖是，遇到難關，壯起膽子來闖。」胡雪巖說：「不瞞你說，這一路來，我遇見長毛，實在有點怕；現在我不怕了，越怕越誤事，索性大膽去闖，反倒沒事。」

第二章

由瀏河出長江，經崇明島南面入海；一共是十八號沙船，保護的洋兵——最後商量定規，一共是一百十二個人，一百士兵，大多是「呂宋人」；十二個官長，七個呂宋人，三個美國人，還有兩個中國人算是聯絡官。分坐兩號沙船，插在船隊中間。

胡雪巖是在第一條船上。同船的有蕭家驥、李得隆、郁馥華派來的「船老大」李慶山，還有一個姓孔的聯絡官。一切進退行止，都由這五個人在這條船上商量停當，發號施令。

一上船，胡雪巖就接到警告，沙船行在海裡，忌諱甚多，舵樓上所設，內供天后神牌的小神龕，尤其不比等閒。想起「是非只為多開口」這句話，胡雪巖在船上便不大說話，閒下來只躺在鋪位上想心事。但是，別人不同，蕭家驥雖慣於水上生活，但輪船上並無這些忌諱；姓孔的更不在乎；李慶山和李得隆識得忌諱，不該說雖不說，該說的還是照常要說。相形之下，就顯得平日談笑風生的胡雪巖彷彿心事重重，神情萬分抑鬱似地。

於是姓孔的提議打麻將，蕭家驥為了替胡雪巖解除寂寞，特地去請他入局。

「五個人怎麼打。除非一個人做……」

說到「做」字，胡雪巖縮住了口；他記起坐過「水路班子」的船，「夢」字是忌諱的，要說「黃粱子」，便接下去：「除非一個人做黃粱子。」

蕭家驥一楞，想了一下才明白，「用不著。」他說：「我不想打。胡先生你來，解解厭氣。」

於是胡雪巖無可無不可地入了局。打到一半，風浪大作，被迫終止，胡雪巖又回到鋪上去睡覺，心裡不免忐忑不安，加以不慣風濤之險，大嘔大吐，心裡那份不寧帖，真有求生不得，求死不能之感。

「胡先生，不要緊的！」蕭家驥一遍一遍地來安慰他。

不光是語言安慰，還有起居上的照料，對待胡雪巖真像對待古應春一樣，尊敬而親熱。胡雪巖十分感動，心裡有許多話，只是精神不佳，懶得去說。

入夜風平浪靜，海上湧出一輪明月，胡雪巖暈船的毛病，不藥而癒，只是腹飢難忍，記得七姑奶奶曾親手放了一盒外國餅乾在網籃，起床摸索，驚醒了熟睡中的蕭家驥。

「是我！」他歉然說道：「想尋點乾點心吃。」

「胡先生人舒服了！」蕭家驥欣然說道：「尾艙原留了粥在那裡，我替你去拿來。」

於是蕭家驥點上一盞馬燈，到尾艙去端了粥來，另外是一碟鹽魚，一個鹽蛋，胡雪巖吃得一乾二淨，抹一抹嘴笑道：「世亂年荒，做人就講究不到哪裡去了。」

「做人不在這上面，講究的是心。」蕭家驥說：「王撫台交胡先生這樣的朋友，總算是有眼光的。」

「沒有用！」胡雪巖黯然，「盡人事，聽天命。就算到了杭州，也還不知道怎麼個情形，說不定就在這一刻，杭州城已經破了。」

「不會的。」蕭家驥安慰他說：「我們總要朝好的地方去想。」

「對！」胡雪巖很容易受鼓舞，「人，就活在希望裡面。家驥，我倒問你，你將來有甚麼打算？」

這話使蕭家驥有如逢知音之感。連古應春都沒問過他這句話，所以滿腹大志，無從訴說；不想這時候倒有了傾訴的機會。

「我將來要跟外國人一較短長。我總是在想，他們能做的，我們為甚麼不能做？中國人的腦筋，不比外國人差，就是不團結；所以我要找幾個志同道合的人，聯合起來，跟外國人比一比。」

「有志氣！」胡雪巖脫口讚道：「我算一個。你倒說說看，怎麼樣跟他們比？」

「自然是做生意。他到我們這裡來做生意，我們也可以到他那裡去做生意。在眼前來說，中國人的生意應該中國人做，中國人的錢也要中國人來賺。只要便宜不落外方，不必一定要我發達。」

胡雪巖將他的話細想了一會，讚嘆著說：「你的胸襟了不起。我一定要幫你，你看，眼前有啥要從外國人那裡搶過來的生意。」

「第一個就是輪船……」

於是，從這天起，胡雪巖就跟蕭家驥談開辦輪船公司的計畫，直到沙船將進黿子門，方始停了下來。

依照預定的計畫，黑夜偷渡，越過狹處，便算脫險，沿錢塘江往西南方向走，正遇著東北風，很快地到了杭州，停泊在江心。但是，胡雪巖卻不知道如何跟城裡取得聯絡，從江心遙望，鳳山門外，長毛蝟集，彷彿數十里連綿不斷，誰也不敢貿然上岸。

「原來約定，是王雪公派人來跟我聯絡，關照我千萬不要上岸。」胡雪巖說：「我只有等、等、等！」

王有齡預計胡雪巖的糧船，也快到了，此時全力所謀求的，就是打通一線之路，直通江邊，可以運糧入城。無奈十城緊圍，戰守俱窮，因而憂憤成疾，肝火上升，不時吐血，一吐就是一碗，失血太多，頭昏目眩，臉如金紙，然而他不肯下城休息，因為休息亦歸於無用，倒不如勉力支撐，反倒可收激勵士氣的效用。

哀兵的士氣，倒還不壞，但俗語道得好：「皇帝不差餓兵」，打仗是費氣力的事，枵腹操戈，連跑都跑不動，哪談得到殺敵？所以每天出城攻擊，長毛一退，官軍亦隨即鳴金收兵。這樣僵持了好久，一無成就，而城裡餓死的人，卻是越來越多了；先還有做好事的人，不忍見屍骨暴露，掘地掩埋，到後來埋不勝埋，只好聽其自然，大街小巷「路倒屍」不計其數，幸好時值冬天，還不致發生疫癘，但一城的屍臭，也薰得人夠受的了。

到了十月底，城外官軍的營盤，都為長毛攻破，碩果僅存的，只有候潮門外，副將曾得勝一營，屹然不動。這一營的不倒，是個奇蹟；但說穿了不稀奇，城外比較容易找糧食，真的找不到了，到長毛營盤裡去找。反正打仗陣亡也是死，絕糧坐斃也是死，既然如此，不如去奪長毛的糧食，反倒是死中求活的一條生路。因此，曾軍打起仗來，真有視死如歸之概。說也奇怪，長毛望見「曾」字旗幟，先就心慌，往往不戰而遁；但是，這一營也只能自保，要想進擊破敵，實力懸殊過甚。到底無能為力。

只是王有齡卻對這一營寄以莫大的期望，特別下令仁和知縣吳保豐，將安置在城隍上的一尊三千斤重的大砲，費盡力量，移運到曾得勝營裡，對準長毛的壁壘，大轟特轟。這一帶倒是長毛絕跡了，但仍無法直通江邊，因為大砲射程以外，長毛仍如牛毛，重重隔阻，處處填塞，始終殺不開重圍。

就在這時候，抓住一名奸細——奸細極易分別，因為城裡的人，不是面目浮腫，就是骨瘦如柴，走路挪不了三寸，說話有氣無力，如果遇到一個氣色正常，行動舒徐，說話不必側耳就可以聽得清楚的，必是從城外混進來的；這樣一座人間地獄，還有人跳了進來，其意何居？不問可知。

果然，抓住了一頓打，立刻打出了實話，此人自道是長毛所派，送一封信來給饒廷選部下的一名營官，約定裡應外合的日期。同時也從他口中得到一個消息，說錢塘江中，停泊了十幾號大船，滿裝糧食。這不問可知，是胡雪巖的糧船到了，王有齡突覺精神一振，當即去看杭州將軍瑞昌，商量如何殺開一條血路，能讓江中的糧食運入城？

不須多做商量，便有了結果，決定請副都統傑純，當此重任。事實上怕也只有此人堪當重任——傑純是蒙古人，他祖先駐防杭州，已有好幾代，傑純本人是正六品驍騎校出身，武藝嫻熟，深得軍心，積功升到正四品的協領，頗為瑞昌所倚重。

咸豐十年春天，杭州城第一次為長毛轟破，瑞昌預備自刎殉國，傑純勸他不必輕生，認為安徽廣德來的敵軍，輕騎疾進，未有後繼，不足為憂，不妨固守待援。瑞昌聽了他的話，退守滿營；營盤在西湖邊上，實際是一座子城，俗稱滿城。因為防禦得法，長毛連攻六天，勞而無功；傑純的長子守城陣亡，傑純殮而不哭，認為長子死得其所，死得其時。

到了第七天，張玉良的援兵到了，傑純怒馬突出，擋者披靡，配合援軍，大舉反攻，將長毛逐出城外十幾里。以此功勞，賞戴花翎，升任為寧夏副都統，但仍舊留在杭州，成了瑞昌的左右手。

這次杭州再度吃緊，傑純戰功卓著，賜號巴圖魯，調任乍浦副都統，這是海防上的一個要缺；但乍浦已落入長毛手中，所以仍舊留防省城。杭州十城，最關緊要的就是北面的武林門和南門的鳳山門；鳳山門原由王有齡親自坐鎮，這一陣因為嘔血過多，氣衰力竭，才改由傑純防守——胡雪巖的糧船，就泊在鳳山門外的江面，讓傑純去殺開一條血路，亦正是人和地理，兩皆相合的順理成章之事。

圍鳳山門的長毛主將叫做陳炳文，照太平天國的爵位，封號稱為「朗天義」。他本來要走了——長毛的軍糧，亦漸感不敷，李秀成已經擬定行軍計畫，回蘇州度歲，預備明年春天，捲土重來。但陳炳文已從城裡逃出來的難民口中，得知城內絕糧，已到了人吃人的地步，所以翻然變計，堅持不走；同時也知道城內防守，以鳳山門為重點，因而又厚集兵力，一層夾一層，直到江邊，彈丸之地，集結了四萬人之多。

等到糧船一到，遙遙望見，陳炳文越發眼紅，一方面防備城內會衝出來接糧，一方面千方百計想攻奪糧船；無奈江面遼闊，而華爾的部下防守嚴密，小筏子只要稍稍接近，便是一排槍過來，就算船打不沉，人卻非打死打傷不可。

一連三日，無以為計，最後有人獻策，仿照赤壁鏖兵，大破曹軍的辦法，用小船滿載茅柴，澆上油脂，從上游順流而下，火攻糧船。

陳炳文認為此計可行。但上游不是自己的戰區，需要派人聯絡，又要稟報忠王裁奪，不是一兩天所能安排停當的。同時天氣回暖，風向不定，江面上有自己的許多小筏子，萬一弄巧成拙，惹火燒身，豈不糟糕？因而遲疑未發。就在這時候，糧船上卻等不得了。

因為一連三天的等待，胡雪巖度日如年，眠食俱廢。而護航洋兵的孔聯絡官，認為身處危地，如果不速做處置，後果不堪設想，不斷催促胡雪巖，倘或糧食無法運上陸地，就應依照原說，改航寧波。沙船幫的李慶山口中不言，神色之間亦頗為焦急，這使得胡雪巖越發焦躁，雙眼發紅，終日喃喃自語，不知說些甚麼，看樣子快要發瘋了。

「得隆哥，」蕭家驥對胡雪巖勸慰無效，只好跟李得隆商議，「我看，事情不能不想辦法了。這樣『併』下去要出事。」

「是啊！我也是這樣在想。不過有啥辦法呢？困在江心動彈不得。」李得隆指著岸上說：

「長毛像螞蟻一樣，將一座杭州城，圍得鐵桶似地，城裡的人，怎麼出得來？」

「就是為了這一點。我想，城裡的人出不來，只有我們想法子進城去，討個確實口信，行就行，不行的話，胡先生也好早做打算。這樣癡漢等老婆一般，等到哪一天為止？」

李得隆也是年輕性急，而且敢冒險的人，當然贊成蕭家驥的辦法，而且自告奮勇，願意泅水上岸，進城去通消息。

「得隆哥，」蕭家驥很平靜地說：「這件事倒不是講義氣，更不是講客氣的。事情要辦得通，你去我去都一樣。只看哪個去合適？你水性比我好，人比我靈活，手上的功夫，更不是我比得了的……」

「好了，好了——」李得隆笑道：「你少捧我！前面捧得越高，後面的話越加難聽，你老實說，我能不能去？」

「不是我有意繞彎子說話，這種時候，雜不得一點感情意氣，自己好弟兄，為啥不平心靜氣把話說清楚。我現在先請問你，得隆哥，你杭州去過沒有？你曉得我們前面的那個城門叫啥？」

「不曉得。我杭州沒有去過。」

「這就不大相宜了，杭州做過宋朝的京城，城裡地方也滿大的，不熟，尋不著，這還在其次，最要緊的一點是，你不是聽胡先生說過，杭州城裡盤查奸細嚴得很，而且因為餓火中燒，不講道理。得隆哥，」蕭家驥停了一下說：「我說實話，你不要動氣。你的脾氣暴躁，口才不如我。你去不大相宜！」

李得隆性子直爽，服善而肯講道理，聽蕭家驥說得不錯，便即答道：「好！你去。」

於是兩個人又商量了如何上岸；如何混過長毛的陣地，到了地下，如何聯絡進城，種種細節，大致妥當，才跟胡雪巖去說明其事。

「胡先生！」是由李得隆開口，「有件事稟告你老人家，事情我們都商量好了，辰光也不容我們再拖下去了，我說了，請你老人家照辦，不要駁回。請你寫封信給王撫台，由家驥進城去送。」

李得隆其實是將胡雪巖看錯了。他早就想過，自己必須坐守，免得城裡千辛萬苦派出人來，接不上頭，造成無可挽救的錯失；此外，只要可能，任何人都不妨進城通消息。所以一聽這話，神態馬上變過了。

「慢慢來！」他又恢復了臨大事從容不亂的態度，比起他這兩天的坐臥不寧來，判若兩人，「你先說給我聽聽，怎麼去法？」

「泅水上去……」

「不是，不是！」第一句話就讓他大搖其頭，「濕淋淋一身，就不凍出病來，上了岸怎麼辦？難道還有客棧好投，讓你烤乾衣服？」

「原是要見機行事。」

「這時候做事，不能說碰運氣了。要想停當再動手。」胡雪巖說：「你聽我告訴你。」

他也實在沒有甚麼腹案，不過一向機變快，一路想，一路說，居然就有了一套辦法——整套辦法中，最主要的一點是，遇到長毛，如何應付？胡雪巖教了他一條計策：冒充上海英商的代表，向長毛兜售軍火。

「好得你會說英文，上海洋行的情形也熟，人又聰明，一定裝得像。」胡雪巖說：「你要記住，長毛也是土裡土氣的，要拿外國人唬他。」

一一交代停當，卻不曾寫信，這也是胡雪巖細心之處，怕搜到了這封信，大事不成，反惹來殺身之禍。但見了王有齡，必須有一樣信物為憑，手上那個金戒指本來是最真確的，又怕長毛起眼劫掠，胡雪巖想了半天，只有用話來交代了。

「我臨走的時候，王撫台跟我談了好些時候，他的後事都託了我。他最鍾愛的小兒子，名叫苕雲，今年才五歲，要寄在我名下，我說等我上海回來再說。這些話，沒有第三個人曉得，你跟他說了，他自然會相信是我請你去的。」

這是最好的徵信辦法，蕭家驥問清楚了「苕雲」二字的寫法，緊記在心。但是，一時還不能走，先要想辦法找隻小船。

小船是有，過往載運逃難的人的渡船，時有所見，但洋兵荷槍實彈，在沙船上往來偵伺，沒有誰敢跟近。這就要靠李得隆了，借了孔聯絡官的望遠鏡，看準遠遠一隻空船，泅水迎了上去，把著船舷，探頭見了船老大，先不說話，身上摸出水淋淋的一塊馬蹄銀，遞了過去；真是「重賞之下，必有勇夫」，很順利地雇到了船。

這時天色將暮，視界不明，卻更易混上岸去，胡雪巖親自指點了方向，就在將要開船時，他忽然想到了一件事。

「喂，喂，船老大，你貴姓？」

船老大指指水面：「我就姓江。」

「老江，辛苦你了。」胡雪巖說：「你把我這位朋友送到岸上，回來通個信給我，我再送你十兩銀子。絕不騙你；如果騙你，教我馬上掉在錢塘江裡，不得好死。」

聽他罰得這麼重的咒，江老大似乎頗為動容，「你老爺貴姓？」他問。

「我姓王。」

「王老爺，你老人家請放心，我拿這位少爺送到了，一定來報信。」

「拜託，拜託！」胡雪巖在沙船上作揖，「我備好銀子在這裡等你，哪怕半夜裡都不要緊，你一定要來！你船上有沒有燈籠？」

「燈籠是有的。」江老大也很靈活，知道他的用意，「晚上如果掛出來，江風一吹，馬上就滅了。」

「說得有理。來，來，索性『六指頭搔癢』，格外奉承你了。」胡雪巖另外送他一盞燃用「美孚油」的馬燈，作為報信時掛在船頭的信號，免得到時候洋兵不明就裡，誤傷了他。

等蕭家驥一走，李得隆忍不住要問，何以要這樣對待江老大？甚至賭神罰咒，唯恐他不信似地。是不是不放心蕭家驥？

「已經放他出去了，沒有甚麼不放心。」胡雪巖說：「我是防這個船老大，要防他將人送到了，又到長毛那裡去密告討賞。所以用十兩銀子拴住他的腳，好教他早早回來。這當然要罰咒，不然他不相信。」

「胡先生，實在服了你了。真正算無遺策。不過，胡先生，你為啥又說姓王呢？」

「這另外有個緣故，錢塘江擺渡的都恨我，說了真姓要壞事。你聽我說那個緣故給你聽，二十年前……」

二十年前的胡雪巖，還在錢莊裡學生意，有一次奉命到錢塘江南岸的蕭山縣去收一筆帳款，帳款沒有收到，有限的幾個盤纏，卻在小菜館裡擲骰子輸得只剩十個擺渡所需的小錢。

「船到江心，收錢了。」胡雪巖說：「到我面前，我手一伸進衣袋裡，拿不出來了。」

「怎麼呢？」李得隆問。

「也叫禍不單行，衣袋破了個洞，十個小錢不知道甚麼時候漏得光光。錢塘江的渡船，出了名的凶，聽說真有付不出擺渡錢，被推到江裡的事。當時我自然大窘，只好實話實說，答應上岸到錢莊拿了錢來照補。叫啥說破了嘴都無用，硬要剝我的衣服。」

「這麼可惡！」李得隆大為不平，「不過，難道一船的人，都袖手旁觀？」

當然不至於，有人借了十文錢給他，方得免褫衣之辱。但胡雪巖經此刺激，上岸就發誓：只要有一天得意，力所能及，一定買兩隻船；雇幾個船夫，設置來往兩岸不費分文的義渡。

「我這個願望，說實話，老早就可以達到。哪知道做好事都不行！得隆，你倒想想看，是啥道理？」

「這道理好懂。有人做好事，就有人沒飯吃了。」

「對！為此錢塘江擺渡的，聯起手來反對我，不准我設義渡。後來幸虧王撫台幫忙。」

那時王有齡已調杭州知府，不但私人交情，幫胡雪巖的忙義不容辭；就是以地方官的身分，為民造福，獎勵善舉，亦是責無旁貨的事。所以一方面出告示不准靠擺渡為生的人，阻撓這件好事，一面還為胡雪巖請獎。

自設義渡，受惠的人，不知凡幾，胡雪巖縱非沽名釣譽，而聲名洋溢，就此博得了一個「胡善人」的美名。只是錢塘江裡的船家，提起「胡善人」，大多咬牙切齒，此所以他不肯對江老大透露真姓。

小小的一個故事，由於胡雪巖心情已比較開朗，恢復了他原有的口才，講得頗為風趣，所以李得隆聽得津津有味，同時也更佩服了。

「胡先生，因果報應到底是有的。就憑胡先生你在這條江上，做下這麼一樁好事，應該絕不會在這條江上出甚麼風險。我們大家都要託你的福。」

這兩句話說得很中聽，胡雪巖喜逐顏開地說：「謝謝！謝謝！一定如你金口。」

不但胡雪巖自己，船上別的人，也都受了李得隆那幾句話的鼓舞，認為有善人在船，必可逢凶化吉。

因而也就一下子改變了前兩天那種坐困愁城，憂鬱不安，令人彷彿透不過氣來的味道，晚飯桌上，興致很好，連不會喝酒的李得隆也願意來一杯。

「說起來鬼神真不可不信。」孔聯絡官舉杯在手，悠閒地說：「不過行善要不教人曉得，才是真正做好事；為了善人的名聲做好事，不足為奇。」

「不然。人人肯為了善人的名聲，去做好事，這個世界就好了。有的人簡直是『善棍』。」

胡雪巖說：「這就叫『三代以下，唯恐不好名』。」

「甚麼叫『善棍』？」李得隆笑道：「這個名目則是第一次聽見。」

「善棍就是騙子。借行善為名行騙，這類騙子頂頂難防。不過日子一久，總歸瞞不過人。」胡雪巖說：「甚麼事，一顆心假不了，有些人自以為聰明絕頂，人人都會上他的當，其實到頭來原形畢露，自己毀了自己。一個人值不值錢，就看他自己說的話算數不算數，像王撫台，在我們浙江的官聲，說實話，並不是怎麼樣頂好，可是現在他說不走，就不走，要跟杭州人同禍福，共存亡，就這一點上他比何制台值錢得多。」

話到這裡，大家不期而然地想到了蕭家驥，推測他何時能夠進城？王有齡得到消息，會有甚麼舉動？船上該如何接應？

「舉動是一定會有舉動的。不過……」胡雪巖忽然停杯不飲，容顏慘澹，好久，才嘆口氣說：「我實在想不出，怎樣才能將這批米運上岸，就算殺開一條血路，又哪裡能夠保得住這條糧道暢通？」

「胡先生，有個辦法不曉得行不行？」李得隆說：「杭州不是有水城門嗎？好不好弄幾條小船，拿米分開來偷運進城？」

「只怕不行……」

話剛說得半句，只聽一聲槍響，隨即有人喊道：「不能開槍，不能開槍，是報信的來了。」於是胡雪巖、李得隆紛紛出艙探望，果然，一點星火，冉冉而來，漸遠漸近，看出船頭上掛的是盞馬燈。等小船靠近，李得隆喊一聲：「江老大！」

「是我。」江老大答應著，將一根纜索拋了過來。

李得隆伸手接著，繫住小船，將江老大接了上來，延入船艙，胡雪巖已將白花花一錠銀子擺在桌上了。

「那位少爺上岸了。」江老大說：「我來交差。」

「費你的心。」胡雪巖將銀子往前一推，「送你做個過年東道。」

「多謝，多謝。」江老大將銀子接到手裡，略略遲疑了一下才說：「王老爺，有句話想想還是要告訴你：那位少爺一上岸，就教長毛捉了去了。」

捉去不怕，要看如何捉法？胡雪巖很沉著地問：「長毛是不是很凶？」

「那倒還好。」江老大說：「這位少爺膽子大，見了長毛不逃，長毛對他就客氣點了。」

胡雪巖先就放了一半心，順口問道：「城裡有啥消息？」

「不曉得，」江老大搖搖頭，面容頓見愁苦，「城裡城外像兩個世界。」

「那麼城外呢？」

「城外？王老爺，你是說長毛？」

「是啊！長毛這方面有啥消息？」

「也不大清楚。前幾天說要回蘇州了，有些長毛擺地攤賣搶來的東西，三文不值兩文，好像急於脫貨求現，這兩天又不聽見說起了。」

胡雪巖心裡明白，長毛的軍糧亦有難乎為繼之勢：現在是跟守軍僵持著，如果城裡有糧食接濟，能再守一兩個月，長毛可以不戰自退。但從另一方面看，長毛既然缺糧，那麼這十幾船糧食擺在江面上，必啟其覬覦之心，如果調集小船，不顧死命來撲，實在是件很危險的事。

因此，這晚上他又急得睡不著，心心念念只望蕭家驥能夠混進城去，王有齡能夠調集人馬殺開一條血路，保住糧道，只要爭到一天的功夫，就可以將沙船撐到岸邊，卸糧進城。

蕭家驥果然混進城了。

被捕之時，長毛就對他「另眼相看」，因為凡是被擄的百姓，沒有不嚇得瑟瑟發抖的。只有這個「新傢伙」——長毛對剛被擄的百姓的通稱——與眾不同。因此別的「新傢伙」照例雙手被縛，這個的辮子跟那個的辮子結在一起，防他們「逃長毛」，對蕭家驥卻如江老大所說的，相當「客氣」，押著到了「公館」，問話的語氣亦頗有禮貌。

「看你樣子，是外路來的。你叫甚麼名字，幹甚麼行當？」一個黃衣黃帽、說湖北話的小頭目問。

「我姓蕭，從上海來。」蕭家驥從容答道：「說實話，我想來做筆大生意。這筆生意做成功，杭州城就再也守不住了。」

那小頭目聽他口氣不凡，頓時肅然起敬，改口稱他：「蕭先生，請問是甚麼大生意？怎麼說這筆生意成功，他們杭州就會守不住？」

「這話我實在不能跟你說。」蕭家驥道：「請你送我去見忠王。」

「忠王不知道駐駕在哪裡？我也見不著他，只好拿你往上送。不過，蕭先生，」那小頭目躊躇著說：「你不會害我吧？」

「怎麼害你？」

「如果你說的話不實在，豈不都是我的罪過？」

蕭家驥笑了。見此人老實可欺，有意裝出輕視的神色，「你的話真教人好笑？你怎麼知道我的話不實在，我在上海住得好好的，路遠迢迢跑到這裡來幹甚麼？跟你實說吧，我是英國人委託我來的，要見忠王，有大事奉陳。」他突然問道：「請問尊姓大名？」

「我叫陸德義。」

「見了忠王，我替你說好話，包有重賞。」李秀成治軍與其他洪楊將領，本自不同，一向注重招賢納士，所以陸德義聽了他這話，越發不敢怠慢，「蕭先生，」他很誠懇地答道：「多蒙你好意，我先謝謝。不過，今天已經晚了，你先住一夜；我一面派人稟報上頭，上頭派人來接。你看好不好？」

這也不便操之過急，蕭家驥心想，先住一夜，趁這陸德義好相與，打聽打聽情形，行事豈不是更有把握？便即欣然答道：「那也好。我就住一夜。」

於是陸德義奉之為上賓，設酒款待。蕭家驥跑慣長江碼頭，而陸德義是漢陽人，因而以湖北近況為話題，談得相當投機。

最後談到杭州城內的情狀，那陸德義倒真不失為忠厚人，愀然不樂，「真正是劫數！」他嘆口氣說：「一想起來，教人連飯都吃不下。但願早早破城，杭州的百姓，還有生路；再這樣圍困著，只怕杭州的百姓都要死光了。」

「是啊！」蕭家驥乘機說道：「我來做這筆大生意，當然是幫你們，實在也是為杭州百姓好。不過，我也不懂，忠王破蘇州，大仁大義，百姓無不感戴。既然如此，何不放杭州百姓一條生路。」

「現在是騎虎難下了。」陸德義答道：「聽說忠王射箭進城，箭上有封招降的書信，說得極其懇切，無奈城裡沒有回音。」

「喔！」蕭家驥問道：「招降的書信怎麼說？」

「說是不分軍民滿漢，願投降的投降，不願投降的遣散。忠王已經具本奏報『天京』，請天王准赦滿軍回北，從這裡到『天京』，往返要二十幾日，『御批』還沒有回來。一等『御批』發回，就要派人跟瑞昌議和。那時說不定又是一番場面了。」陸德義說：「我到過好多地方，看起來，杭州的滿兵頂厲害。」

這使得蕭家驥又想起胡雪巖的話，杭州只要有存糧，一年半載都守得住，因而也越發感到自己的責任重大，所以這一夜睡在陸德義的「公館」裡，一遍一遍設想各種情況，盤算著如何能夠取信於李秀成，脫出監視；如何遇到官軍以後，能夠使得他們相信他不是奸細，帶他進城去見王有齡？

這樣輾轉反側，直到聽打四更，方始矇矓睡去，也不知睡了多少時候，突然驚醒，只聽得人聲嘈雜，腳步匆遽，彷彿出現了極大的變故。蕭家驥一驚之下，睡意全消，倏然坐起，凝神靜聽，聽出一句話：「妖風發了，妖風發了！」

這句話似乎在哪裡聽過，蕭家驥咬緊了牙，苦苦思索，終於想到了，是沙船上無事，聽胡雪巖談過，長毛稱清軍為「妖」，「妖風發了」就是清軍打過來了。

一想到此，又驚又喜，急忙起床，紮束停當，卻還不敢造次，推開一條門縫，往外張望，只見長毛蜂擁而出，手中的武器，種類不一，有紅纓槍，有白蠟桿，有大砍刀，也有洋槍——槍聲已經起了，雜著呼嘯之聲，忽遠忽近，忽東忽西，隨著風勢大小在變化，似乎清軍頗不少。

怎麼樣？蕭家驥在心中自問，要脫身，此時是大好機會，但外面的情況不清楚，糊里糊塗投入槍林彈雨中，死了都只怕沒人知道，豈不冤枉？然而不走呢？別的不說，起碼要見李秀成，就不是一下子辦得到的，耽誤了功夫不說，也許陸德義就死在這一仗中，再沒有這樣一個講理的人可以打交道，後果更不堪設想。

就在這樣左右為難之際，只見院子外面又閃過一群人，腳步輕，語聲也輕，但很急促，「快，快！」有人催促，「快『逃長毛』，逃到哪裡算哪裡？」

「逃長毛」是句很流行的話，蕭家驥聽胡雪巖也常將這三個字掛在口頭，意思是從長毛那裡逃走；而「逃到哪裡算哪裡」，更是一大啟示。「逃！」他對自己說：「不逃，難道真的要跟李秀成做軍火生意？」

打定主義，更不怠慢，不過雖快不急，看清楚無人，一溜煙出了夾弄，豁然開朗，同時聞到飯香，抬頭一看，是個廚房。

廚房很大，但似乎沒有人。蕭家驥仔細察看著，一步一步走過院落，直到灶前，才發現有個人坐在灶下烤火，人極瘦，眼睛大，驟見之下，形容格外可怖，嚇得他倒退了兩步。

那人卻似一個傻子，一雙雖大而失神的眼，瞅著蕭家驥，甚麼表情都沒有。

「你是甚麼人？」他問。

「你不要來問我！」那人用微弱的聲音答道：「我不逃了！逃來逃去逃不出他們的手，聽天由命了。」

聽得這話，蕭家驥的心涼了一半，怔怔地望著他，半晌無語。

「看你這樣子，不是本地人；哪裡逃來的？」

看他相貌和善，而且說話有氣無力，生趣索然似地，蕭家驥便消除了恐懼戒備之心，老實答道：「我從上海來。」

「上海不是有夷場嗎？大家逃難都要逃到那裡去，你怎麼反投到這裡來？」那人用聽起來空落落的絕望的聲音說：「天堂有路你不走，地獄無門闖進來！何苦？」

「我也是無法，」蕭家驥藉機試探，卻又不便說真話，「我有個生死至交，陷在杭州，我想進城去看他。」

「你發瘋了！」那人說道：「杭州城裡人吃人，你那朋友，只怕早餓死了，你到哪裡去看他？就算看到了，你又不能救他；自己陷在裡頭，活活餓死。這打的是甚麼算盤？真正氣數。」

話中責備，正顯得本心是好的，蕭家驥決定跟他說實話，先問一句：「你老人家貴姓？」

「人家都叫我老何。」

「老何，我姓蕭，跟你老人家老實說吧，我是來救杭州百姓的——也不是我，是你們杭州城裡鼎鼎大名的一位善人做好事，帶了大批糧食，由上海趕來。教我到城裡見王撫台送信。」

蕭家驥略停一下，擺出一切都豁出去的神態說：「老何，我把我心裡的話都告訴你，你如果是長毛一夥，算我命該如此，今年今月今日今時，要死在這裡。如果不是，請你指點我條路子。」

老何聽他說完，沉思不語，好久，才抬起頭來；蕭家驥發覺他的眼神不同了，不再是那黯然無光、近乎垂斃的人的神色，是閃耀著堅毅的光芒，彷彿一身的力量都集中在那方寸眸子中似地。

他將手一伸：「信呢？」

蕭家驥愕然：「甚麼信？」

「你不是說，那位大善人託你送信給王撫台嗎？」

「是的。是口信。」蕭家驥說：「白紙寫黑字，萬一落在長毛手裡，豈不糟糕？」

「口信？」老何躊躇著，「口信倒不大好帶。」

「怎麼？老何，」蕭家驥了解了他的意思，「你是預備代我去送信？」

「是啊！我去比你去總多幾分把握。不過，憑我這副樣子，說要帶口信給王撫台，沒有人肯相信的。」

「那這樣，」蕭家驥一揖到地，「請老何你帶我進城。」

「不容易。我一個人還好混，像你這樣子，混不進去。」

「那麼，要怎樣才混得進去？」

「第一，你這副臉色，又紅又白，就像天天吃大魚大肉的樣子，混進城裡，就是麻煩。如果，你真想進城，要好好受點委屈。」

「不要緊！甚麼委屈，我都受。」

「那好！」老何點點頭，「反正我也半截入土的了，能做這麼一件事，也值！先看看外頭。」

於是靜心細看，人聲依舊相當嘈雜，但槍聲卻稀了。

「官軍打敗了。」老何很有把握地說：「這時走，正好。」

蕭家驥覺得這是件不可思議的事，聽一聽聲音，就能判斷勝負，未免過於神奇。眼前是重要關頭，一步走錯不得，所以忍不住問了一句：「老何，你怎麼知道？」

「我早就知道了。」老何答道：「官軍餓得兩眼發黑，哪裡還打得動仗？無非衝一陣而已。」

這就是槍聲所以稀下來的緣故了。蕭家驥想想也有道理，便放心大膽地跟著老何從邊門出了長毛的公館。

果然，長毛已經收隊，滿街如蟻，且行且談且笑，一副打了勝仗的樣子。幸好長毛走的是大街，而老何路徑甚熟，盡從小巷子裡穿來穿去；最後到了一處破敗的財神廟，裡面有七八個乞兒，正圍在一起擲骰子賭錢。

「老何，」其中有一個說：「你倒沒有死！」

老何不理他，向一個衣衫略為整齊些的人說：「阿毛，把你的破棉襖脫下來。」

「幹甚麼？」

「借給這位朋友穿一穿。」

「借給了他，我穿啥？」

「他把他的衣服換給你。」

這一說便有好些人爭著要換，「我來，我來！」亂糟糟地喊著。

老何打定主意，只要跟阿毛換；他的一件破棉襖雖說略為整齊些，但厚厚一層垢膩，如屠夫的作裙，已經讓蕭家驥要作嘔了。

「沒有辦法。」老何說道：「不如此就叫不成功。不但不成功，走出去還有危險。不要說你，我也要換。」

聽這一說，蕭家驥無奈，只好咬緊牙關，換上那件棉襖，還有破鞋破襪。蕭家驥只覺滿身蟲行蟻走般肉麻，自出娘胎，不曾吃過這樣的苦頭，只是已穿上身，就絕沒有脫下來的道理。

再看老何也找人換了一身衣服，比自己的更破更髒，別人沒來由也受這樣一分罪，所為何來？這樣想著，便覺得容易忍受了。

「阿毛！」老何又說：「今天是啥口令？」

「我不曉得。」

「我曉得。」有人響亮地回答，「老何，你問它做啥？」

「自然有用處。」老何回頭問蕭家驥：「你有沒有大洋錢？摸一塊出來。」

蕭家驥如言照辦，老何用那塊銀洋買得了一個口令。

但是，「這是甚麼口令呢？」蕭家驥問。

「進城的口令。」老何答道：「城雖閉了，城裡還是弄些要飯的出來打探軍情，一點用處都沒有。」

在蕭家驥卻太有用了，同時也恍然大悟，為何非受這樣的罪不可？

走不多遠，遙遙發現一道木城，蕭家驥知道離城門還有一半路程。他聽胡雪巖談過杭州十城被圍以後，王有齡全力企圖打開一條江路，但兵力眾寡懸殊，有心無力。正好張玉良自富陽撤退，王有齡立即派人跟他聯絡，採取步步為營的辦法，張玉良從江干往城裡紮營，城裡往江干紮營，紮住一座，堅守一座，不求速效而穩紮穩打，總有水到渠成、連成一氣打開一線生路的時候。

由於王有齡的親筆信，寫得極其懇切，說「杭城存亡，視此一舉，不可失機誤事」，所以張玉良不敢怠慢，從江干外堤塘一面打、一面紮營，紮了十幾座，遇到一條河，成了障礙；張玉良派人奪圍進城，要求王有齡派兵夾擊，同時將他紮營的位置，畫成明明白白的圖，一併送上。王有齡即時通知饒廷選調派大隊出城，誰知饒廷選一夜耽誤，洩漏機密，李秀成連夜興工，在半路上築成一座木城，城上架砲。城外又築土牆，牆上鑿眼架槍，隔絕了張玉良與饒廷選的兩隊人馬，而且張玉良因此中砲陣亡。

這是胡雪巖離開杭州的情形，如今木城依舊，自然無法通過，老何帶著蕭家驥，避開長毛，遠遠繞過木城，終於見了城門。

「這是候潮門。」

「我曉得。」蕭家驥念道：「『候潮』聽得『清波』響，『湧金』『錢塘』定『太平』。」

這兩句詩中，嵌著杭州五個城門的名稱，只有本地人才知道；所以老何聽他一念，浮起異常親切之感，枯乾瘦皺，望之不似人形的臉上，第一次出現了笑容，「你倒懂！」他說：「哪裡聽來的？」

蕭家驥笑笑答道：「杭州我雖第一次來，杭州的典故我倒曉得很多。」

「你跟杭州有緣。」老何很欣慰地說：「一定順利。」

說著話，已走近壕溝，溝內有些巡邏，溝外卻有人伏地貼耳，不知在幹什事？蕭家驥不免詫異卻步。

「這些是甚麼人？」

「是瞎子。」老何答道：「瞎子的耳朵特別靈，地下再埋著酒罈子，如有啥聲音聽得格外清楚。」

「噢！我懂了。」蕭家驥恍然大悟，「這就是所謂『甕器』，是怕長毛挖地道，埋炸藥。」

「對了！快走吧，那面的兵在端槍了。」

說著，老何雙手高舉急步而行，蕭家驥如法而施，走到壕溝邊才住腳。

「口令！」對面的兵喝問。

「日月光明。」

那個兵不作聲了，走向一座軸轤，搖動把手，將一條矗立著的跳板放了下來，橫擱在壕溝上，算是一道吊橋。

蕭家驥覺得這個士兵，雖然形容憔悴，有氣無力，彷彿連話也懶得說似地，但依然忠於職守，也就很可敬了，由此便想：官軍的紀律，並不如傳說中那樣糟不可言。既然如此，何必自找麻煩，要混進城去。

想到就說：「老何！我看我說明來意，請這裡駐守的軍官，派弟兄送我進城，豈不省事？」

老何沉吟了一下答道：「守候潮門的曾副將，大家都說他不錯的，不妨試一試。不過，」老何提出警告，「秀才遇著兵，有理說不清，也是實話。到底怎麼回事，你自己曉得，不要前言不搭後語，自討苦吃。」

「不會，不會！我的話，貨真價實，那許多白米停在江心裡，這是假得來的嗎？」聽這一說，老何翻然改計，跟守衛的兵士略說經過，求見官長，於是由把總到千總，到守備，一層層帶上去，終於候潮門見到了饒廷選的副將曾得勝。

「胡道台到上海買米，我們是曉得的。」曾得勝得知緣由以後，這樣問道：「不過你既沒有書信，又是外路口音，到底怎麼回事，倒弄不明白，怎麼領你去見王撫台？」

蕭家驥懂他的意思，叫聲：「曾老爺！請你搜我身子，我不是刺客，公然求見，當然也不是奸細。只為穿越敵陣，實在不能帶甚麼書信，見了王撫台，我有話說，自然會讓他相信我是胡道台派來的。如果王撫台不相信，請曾老爺殺我的頭。我立一張軍令狀在你這裡。」

「立甚麼軍令狀？這是小說書上的話。我帶你去就是。」曾得勝被蕭家驥逗得笑了，不過他的笑容比哭還難看。

「是！」蕭家驥響亮地答應一聲，立即提出一個要求：「請曾老爺給我一身弟兄的棉軍服穿！」

他急於脫卸那身又破又髒的衣服；但輕快不過片刻，一進了城，屍臭蒸薰，幾乎讓他昏倒。

王有齡已經絕望了！一清早，傑純衝過一陣——就是蕭家驥聽到槍聲的那時刻，十幾船活命的白米等著去運，這樣的鼓勵，還不能激出士兵的力量來，又還有甚麼人能開糧通道，求得一線生路？

因此，他決定要寫遺摺了：竊臣有齡前將杭城四面被圍，江路阻絕，城中兵民受困各情形，託江蘇撫臣薛煥，據情代奏，不識能否達到？現在十門圍緊，賊眾越聚越多，迭次督同飢軍，並密約江干各營會合夾擊，計大小晝夜數十戰，竟不能開通一線餉道。城內糧食淨盡，殺馬餉軍，繼以貓鼠，食草根樹皮，餓殍載道，日多一日，兵弁忍飢固守，無力操戈。初虞糧盡內變，經臣等涕泣拊循，均效死相從，絕無二志，臣等奉職無狀，致軍民坐以待斃，久已痛不欲生。

寫到這裡，王有齡眼痛如割，不能不停下筆來。

他這眼疾已經整一年了，先是「心血過虧，肝腸上逼，脾經受剋，肺氣不舒」，轉為「風火上炎」而又沒有一刻能安心的時候，以致眼腫如疣，用手一按，血隨淚下，見到的人，無不大駭。後來遇到一位眼科名醫，刀圭與藥石兼施，才有起色；但自圍城以來，舊疾復發，日重一日，王有齡深以為恨，性命他倒是早已置之度外，就這雙眼睛不得力，大是苦事。

如果是其他文報，可以口授給幕友子姪代筆，但這通遺摺，王有齡不願為人所見，所以強睜如針刺般疼痛的雙眼，繼續往下寫：第殘喘尚存，總以多殺一賊，多持一日為念，泣思杭城經去年兵燹之後，戶鮮蓋藏，米糧一切，均由紹販運，軍餉以資該處接濟為多。金、蘭不守後，臣等早經籌計，須重防以固寧紹一線餉源，乃始則飭寧紹台道張景渠，繼又迭飭運司莊煥文，記名道彭斯舉，各帶兵勇設防，均經王履謙議格不行；又復袒庇紳富，因之捐借俱窮，固執己見，諸事掣肘。臣等猶思設防堵禦，查有廖守元與湖紳趙景賢，歷守危城，一載有餘，調署紹興府，竭籌布置。乃違大紳不願設防之意，誣以通賊痛毆，履謙從旁袖手，比及城陷而走，卒致廖宗元城亡與亡，從此寧紹各屬，相繼失陷，而杭城已為孤注，無可解救矣！

寫到這裡，王有齡一口怨氣不出，想到王履謙攜帶家眷輜重，由寧波出海到福建，遠走高飛，逍遙自在，而杭州全城百姓，受此亙古所無的浩劫，自己與駐防將軍瑞昌，縱能拚得一死報君主，卻無補於大局，因而又奮筆寫道：王履謙貽誤全局，臣死不瞑目。眼下餉絕援窮，危在旦夕，辜負聖恩，罪無可逭。唯求皇上簡發重兵，迅圖掃蕩，則臣等雖死之日，猶生之年。現在摺報不通，以後更難偷達，謹將杭城決裂情形，合詞備兵摺稿，密遞上海江蘇撫臣薛煥代繕具奏。

仰聖瞻天，無任痛切悚惶之至。

遺摺尚未寫完，家人已經聞聲環集，王有齡看著奶媽抱著的五歲小兒子，膚色黃黑，骨瘦如柴，越發心如刀割，一慟而絕。

等救醒過來，只見他的大兒子裔雲含著淚強展笑容，「爹！」他說：「胡大叔派人來了。」

「喔，」這無論如何是個喜信，王有齡頓覺有了精神，「在哪裡？」

「在花廳上等著。」裔雲說道：「爹也不必出去了，就請他上房來見吧！」

「也好。」王有齡說：「這時候還談甚麼體制？」再說，胡大叔派的人，就是自己人。請他進來好了。」他又問：「來人姓甚麼？」

「姓蕭！年紀很輕，他說他是古應春的學生。」

進上房，蕭家驥以大禮拜見。王有齡力弱不能還禮，只叫：「蕭義士，蕭義士，萬不敢當。」

蕭家驥敬重他的孤忠苦節，依舊恭恭敬敬地一跪三叩首，只有由裔雲在一旁還了禮，然後端張椅子，請他在王有齡床前坐下。

「王大人！」

蕭家驥只叫得這一聲，下面的話就說不出來了。這倒不是怯官，只為一路而來，所見所聞，是夢想不到的驚心慘目，特別是此一刻，王家上下，一個個半死不活，看他們有氣無力地飄來飄去，真如鬼影幢幢，以至於連他自己都不知道此身究竟是在人間，還是在地獄？因而有些神智恍惚，一時竟想不起話從哪裡開頭？

於是反主為客，王有齡先問起古應春，「令師我也見過，我們還算是乾親。想來他近況很好？」

「是，是。託福，託福！」

等話出口，蕭家驥才發覺一開口就錯，王有齡眼前是這般光景，還有何福可託？說這話，豈不近乎譏諷？

這樣想著，急圖掩飾失言，便緊接著說：「王大人大忠大義，知道杭州情形的人，沒有一個不感動的。都拿王大人跟何制台相比……」

這又失言了！何桂清棄地而逃，拿他相比，自是對照，然彷彿責以與杭州共亡似地。蕭家驥既悔且愧又自恨，所以語聲突住；平日伶牙俐齒的人，這時變得笨嘴拙舌，不敢開口了。誰知道這話倒是發生了意想不到的效用，王有齡不但不以為忤，臉上反而有了笑容，「上海五方雜處，議論最多。」他問：「他們是怎麼拿我跟何制軍相比？」

既然追問，不能不說，蕭家驥定定神答道：「都說王大人才是大大的忠臣。跟何制台一比，賢愚不肖，更加分明了。大家都在求神保佑王大人，逢凶化吉，遇難成祥了」。

「唉！」王有齡長長地舒了口氣，「有這番輿論，可見得公道自在人心。」他略停一下又問：「雪巖總有信給我？」

「怕路上遇到長毛，胡先生沒有寫信，只有口信。」蕭家驥心想，胡雪巖所說，王有齡向他託孤的話，原是為了徵信之用，現在王有齡既已相信自己的身分，這話就不必再提，免得惹他傷心，所以接下來便談正題：「採辦的米，四天前就到了，停在江心，胡先生因為王大人曾交代，米船一到，自會派人跟他聯絡，所以不敢離開。一直等到昨天，並無消息，胡先生焦躁得食不甘味，夜不安枕，特為派我冒險上岸來送信，請王大人趕快派兵，打通糧道，搬運上岸。」

話還未完，王有齡雙淚直流，不斷搖頭，哽咽著說：「昨天就得到消息，今天也派兵出城了。沒有用！叫長毛困死了，困得一點氣力都沒有了。可望而不可接，有飯吃不到口，真教我死不瞑目。」

說到這裡，放聲一慟，王家大小，亦無不搶天呼地，跟著痛哭。蕭家驥心頭一酸，眼淚汩汩而下，也夾在一起號啕。

「流淚眼看流淚眼」，相互勸慰著收住了眼淚，蕭家驥重拾中斷話頭，要討個確實主意。問到這話，又惹王有齡傷心，這是唯一的一條生路，關乎全城數十萬生靈，明知可望而不可接，卻又怎麼能具此大決斷，說一聲：算了！你們走吧！

不走等機會又如何？能辦得到這一點，自然最好；雖然畫餅不能充飢，但是望梅或可止渴，有這許多米停泊在錢塘江心，或者能激勵軍心，發現奇蹟——王有齡見過這樣的奇蹟，幼時見鄰家失火，有個病足在床的人，居然能健步衝出火窟。人到絕處想求生時，那份潛力的發生，常常是不可思議的。

然而這到底是可遇而不可求的事。這許多米擺在那裡，長毛必起覬覦之心，就算他們自己不絕糧，但為了陷敵於絕境，亦必千方百計動腦筋不可，或明攻，或暗襲，只要有一於此，胡雪巖十之八九會葬身在錢塘江中，追隨伍子胥於地下，嗚咽朝夕，含恨千古。轉念到此，王有齡悽然下淚，搖頭長嘆：「何苦『臨死還拉個墊背的』？蕭義士，你跟雪巖說：心餘力絀，坐以待斃。請他快走吧！」

其實這倒是蕭家驥想討到的一句話，但聽王有齡說出口來，他反答應不下了。

「王大人！再籌畫、籌畫看！」

「不用籌畫了。日日盼望，夜夜盤算，連想派個人跟雪巖聯絡，都不容易辦得到。唉，」王有齡痛心欲絕地說：「我甚麼都不錯，只錯了兩件事，一件是當初有人勸我從城上築一條斜坡，直到江邊，派重兵把守，以保糧路，我怕深累民力，而且工程浩大，擔心半途而廢，枉拋民力，不曾採納。如今想來，大錯特錯。」

這實在是個好辦法，有了這條路，當然也難免遭長毛的襲擊，但九次失敗，一次成功，城內亦可暫延殘喘，絕不會像現在這樣被困得一點點生路都找不到。

當然，這話要說出來，會更使王有齡傷心，所以只好反過來說：「那也不見得。」他說：「照我一路看到的情形，長毛太多，就有這條斜坡，也怕守不住。」

「這不去說他了。第二件事最錯！」王有齡黯然說道：「被圍之初，有人說該閉城，有人說要開城放百姓，聚訟紛紜，莫衷一是。我不該聽了主張閉城的人的話，當初該十門大開，放百姓去逃生才是正辦。」

「王大人，你老也不必懊悔了。說不定當初城門一開，長毛趁機會一衝，杭州早就不保。」

「原來顧慮的也就是這一點。總當解圍是十天半個月的事，大家不妨守一守，開城放百姓，會動搖軍心。哪知道，結果還是守不住。既有今日，何必當初？我對不起杭州的百姓啊！」

說到這裡，又是一場號啕大哭，蕭家驥再次陪淚，而心裡卻已有了打算，哽咽著喊道：「王大人，王大人，請你聽我說一句。」

等王有齡悲傷略減，蕭家驥提出一個辦法，也可以說是許諾，而實在是希望——希望糧船能再安然等待三天，更希望城內官軍能在這三天以內，殺出一條血路，運糧上岸。

「但願如此！」王有齡強自振作著說：「我們內外相維，盡這三天以內拚一拚命。」

「是！」為了鼓舞城內官兵，蕭家驥又大膽做了個許諾，「只要城內官兵能夠打到江邊，船上的洋兵一定會得接應，他們的人數雖不多，火器相當厲害，很得力的。」

「能這樣最好。果然天從人願，杭州能夠解圍，將來洋兵的犒賞，都著落在我身上。多怕不行，兩萬銀子！」王有齡拍著胸脯說：「哪怕我變賣薄產來賠，都不要緊。」

「是了。」蕭家驥站起身來說：「我跟王大人告辭，早點趕回去辦正事。」

「多謝你！蕭義士。」王有齡衷心感激地說：「杭州已不是危城，簡直是絕地，足下冒出生入死的大險來送信，這份雲天高義，不獨我王某人一個人，杭州全城的文武軍民，無不感激。蕭義士——」他一面說，一面顫巍巍地起身，「請受我一拜！」

「不敢當，不敢當！」蕭家驥慌忙扶住，「王大人，這是我義不容辭的事。」

一個堅辭，一個非要拜謝，僵持了好一會，終於還是由王有齡的長子代父行禮，蕭家驥自然也很感動，轉念想到生離幾乎等於死別，不由得熱淚盈眶，喉頭哽塞，只說得一聲：「王大人，請保重！」扭頭就走。

踉踉蹌蹌地出了中門，只聽裡面在喊：「請回來，請回來！」

請了蕭家驥回去，王有齡另有一件大事相託：將他的「遺疏」交了給蕭家驥。「蕭義士！」這一次王有齡的聲音相當平靜，「請你交付雪巖保管。城在人在，城亡人亡，只聽說杭州失守，就是我畢命之日，請雪巖拿我這道遺疏，面呈江蘇薛撫台，請他代繕出奏。這件事關乎我一生的結果，蕭義士，我重重拜託了。」

見他是如此肅穆鄭重的神情，蕭家驥不敢怠慢，重重地應一聲：「是！」然後將那道遺疏的稿子摺成四疊，放入貼肉小褂子的口袋中，深怕沒有放得妥當會遺失，還用手在衣服外面按了兩下。

「喔，還有句話要交代，這道遺疏請用我跟瑞將軍兩個人的銜名出奏。」王有齡又說：「我跟瑞將軍已經約好了，一起殉節，絕不獨生。」聽他侃侃而談，真有視死如歸的氣概，蕭家驥內心的敬意，掩沒了悲傷，從容拜辭，「王大人，」他說：「我絕不負王大人的付託。但願這個稿子永遠存在胡先生手裡！」

「但願如此！」王有齡用低微但很清晰的聲音說：「再請你轉告雪巖，千萬不必為我傷心。」

第三章

胡雪巖豈有不傷心之理？接得王有齡的遺疏，他的眼圈就紅了，而最傷心的，則是王有齡已絕了希望。他可以想像得到，王有齡原來一心所盼的是糧船，只怕胡雪巖不能順利到達上海，到了上海辦來糧食，又怕不能衝破沿途的難關到達杭州。哪知千辛萬苦，將糧運到了，卻是可望而不可接，從此再無指望，一線希望消失，就是一線生機斷絕，「哀莫大於心死」，王有齡的心化為成冰，有生之日，待死之時，做人到此絕境，千古所無，千古所悲。

然而胡雪巖卻不能不從無希望中去找希望，希望在這三天中發生奇蹟。這是個縹緲的希望，但就懸此縹緲的希望亦似乎不易——形勢在一夜之間險惡了，長毛一船一船在周圍盤旋，位置正在槍彈所夠不到的地方，其意何居，不言可知。因此，護送的洋兵，已在不斷催促，早做了結。

「要請他們等三天，只怕很難。」李得隆說：「派去的人沒有回來，總要有了確實信息再說；這句話在道理上，他們就不願也沒奈何。現在家驥回來了，剛才一談杭州的情形，大家也都知道了。沒有指望的事，白白等在這裡冒極大的危險，他們不肯的。」

「無論如何要他們答應。來了一趟，就此回去，於心不甘。再說，有危險也不過三天，多的危險也冒過了，何在乎這三天？」

「那就早跟他們說明白。」李得隆說：「沙船幫看樣子也不大肯。」

「只要洋兵肯了，他們有人保護，自然沒有話說。這件事要分兩方面做，重賞之下，必有勇夫。」胡雪巖說：「請你們兩位跟聯絡的人去說：我有兩個辦法，隨他們挑……」

胡雪巖盤算著，兩個辦法夠不夠，是不是還有第三條兼籌並顧的路；想了半天，只有兩個辦法。

「第一個辦法，如果城裡能夠殺出一條血路，請他們幫忙打，王撫台犒賞的兩萬銀子，我一到上海就付，另外我再送一萬。如果有陣亡受傷的，撫恤照他們的營規加一倍。這樣等過實足三晝夜，如果沒有動靜，開船到寧波，我送三千銀子。」

「這算得重賞了。他們賣命也賣得過。」李得隆又問：「不過人心不同，萬一他們不肯，非要開船不可呢？」

「那就是我的第二個辦法，他們先拿我推在錢塘江裡再開船。」

胡雪巖說這話時，臉色白得一絲血色都沒有，李得隆、蕭家驥悚然動容，相互看看，久久無語。

「不是我嚇他們！我從不說瞎話，如果仁至義盡他們還不肯答應，你們想想，我除死路以外，還有甚麼路好走？」

由於胡雪巖不惜以身相殉的堅決態度，一方面感動了洋兵，一方面也嚇倒了洋兵，但通過聯絡官提出一個條件，要求胡雪巖說話算話，到了三天一過，不要再出花樣，拖延不走。

「『盡人事而聽天命。』」胡雪巖說：「留這三天是盡盡人事而已，我亦曉得沒用的。」

話雖如此，胡雪巖卻是廢寢忘食，一心以為鴻鵠之將至，日日夜夜在船頭上凝望。江潮嗚咽，雖淹沒了他的吞聲的飲泣，但江風如剪，冬宵寒重，引發了他的激烈的咳嗽，卻是連船艙中都聽得見的。

「胡先生，」蕭家驥勸他，「王撫台的生死大事，都在你身，還有府上一家，都在盼望。千金之軀，豈可以這樣不知道愛惜？」

晚輩而有責備之詞，情意格外殷切，胡雪巖不能不聽勸。但睡在鋪上，卻只是豎起了耳朵，偶爾聽得巡邏的洋兵一聲槍響，都要出去看個明白。

縱然度日如年，三天到底還是過去了，洋人做事，絲毫沒有通融，到了實足三晝夜屆滿，正是晚上八點鐘，卻非開船不可。

胡雪巖無奈，望北拜了幾拜，權當生奠。然後痛哭失聲而去。

到了甬江口的鎮海附近，才知道太平軍黃呈忠和范汝增，從慈谿和奉化分道進攻，寧波已經在兩天前的十一月初八失守。不過寧波有租界，有英美領事和英法軍艦，而且英美領事，已經劃定「外人居住通商區域」，正跟黃呈忠和范汝增在談判，不准太平軍侵犯。

「那怎麼辦？」胡雪巖有氣無力地說：「我們回上海？」

「哪有這個道理？胡先生，你精神不好，這件事交給我來辦。」

於是蕭家驥雇一隻小船，駛近一艘英國軍艦，隔船相語，軍艦上准他登船，同時見到了艦長考白脫。

他的來意是要跟楊坊開在寧波的商號聯絡，要求軍艦派人護送。同時說明，有大批糧食可以接濟寧波。

這是非常受歡迎的一件事，「在『中立區』避難的華人，有七萬之多，糧食供應，成為絕大的問題，你和你的糧食來得正是時候。不過，我非常抱歉，」考白脫聳聳肩說：「眼前我還沒有辦法達成你的意願。你是不是可以在我船上住兩三天？」

「為甚麼？」

「領事團正在跟占領軍談判。希望占領軍不侵犯中立區，同時應該維持市面。等談判完成，你的糧食可以公開進口，但在目前，我們需要遵守約定，不能保護任何中國人上岸。」

「那麼，是不是可以為我送一封信呢？」

考白脫想了想答道：「可以，你寫一封信，我請領事館代送。同時我要把這個好消息告訴我們的領事。」

蕭家驥如言照辦。考白脫的處置也異常明快，派一名低級軍官，立即坐小艇登岸送信，同時命令他去謁見英國駐寧波的領事夏福禮，報告有大批糧食運到的好消息。

為了等待覆信，蕭家驥很想接受考白脫的邀請，在他的軍艦上住了下來，但又不放心自己的船，雖說船上有數十名洋兵保護，倘或與太平軍發生衝突，麻煩甚大。如果跟考白脫要一面英國國旗一掛，倒是絕好的安全保障，卻又怕屬於美國籍華爾的部下，認為侮辱而拒絕。

左思右想，只有先回船守著再說。及至起身告辭時，考白脫正好接到報告，知道有華爾的兵在，願意取得聯絡，請蕭家驥居間介紹。

這一下無形中解消了他的難題，喜出望外，連聲許諾。於是由軍艦上放下一條救生艇，陪著一名英國軍官回到自己船上；洋兵跟洋兵打交道的結果，華爾的部下接受了英軍的建議，糧船懸掛英國國旗，置於考白脫的保護之下。

到這地步，算是真正安全了。蕭家驥自覺這場交涉辦得異常得意，興匆匆地要告訴胡雪巖。到了艙裡一看，只見胡雪巖神色委頓異常，面色難看得很。

「胡先生，」他大驚問說：「你怎麼了？」

「我要病了。」

蕭家驥探手去摸他的額頭，其燙無比，「已經病了！」他說：「趕快躺下來。」

這一躺下來就起不來了。燒得不斷譫語，不是喊「雪公」就是喊「娘」；病中神智不清，只記得已到了岸上，卻不知臥疾何處？有一天半夜裡醒過來，只見燈下坐著一個人，且是女人，背影苗條，似乎很熟，卻一時再也想不起來是誰？

「我在做夢？」

雖是低聲自語，自也驚動了燈下的人，她旋轉身來，扭亮了洋燈，讓胡雪巖看清了她的臉——這下真的像做夢了，連喊都喊不出來！

「你，你跟阿巧好像！」

「我就是阿巧！」她抹一抹眼淚強笑著，「沒有想到是我吧？」

胡雪巖不答，強自抬起身子；力弱不勝，搖搖欲倒，阿巧趕緊上來扶住了他。

「你要做啥？是不是要茶水？」

「不是！」胡雪巖吃力地說：「我要看看，我是不是在做夢？這是哪裡？你是不是真的阿巧？」

「是啊！我是真的阿巧。我是特為來看你的，你躺下來，有話慢慢說。」

話太多了，無從說起；其實是頭上昏昏沉沉的，連想都無從想起。胡雪巖只好躺了下來，仰臉望望帳頂，又側臉望望阿巧，先要弄清楚從得病到此刻的情形。

「人呢？」他沒頭沒腦地問。

「你是說那位蕭少爺？」阿巧答道：「他睡在外房。」

在外房的蕭家驥，已經聽見聲音，急急披衣起床來探視，只見胡雪巖雖然形容憔悴，但眼中已有清明的神色，便又驚又喜地問道：「胡先生，你認不認得我？」

「你？」胡雪巖不解地問：「你不是家驥嗎？」

「這位太太呢？」

「她是何姨太太。」胡雪巖反問一句：「你問這些做啥？倒像我連人都認不得似地。」

「是啊！」蕭家驥欣慰地笑道：「前幾天胡先生你真的不認得人。這場濕溫的來勢真凶，現在總算『扳』回來了。」

「這麼厲害！」胡雪巖自己都有些不信，咽著氣說：「我自己都想不到。幾天了？」

「八天了。」

「這是哪裡？」

「在英國租界上，楊老闆號子裡。」蕭家驥說：「胡先生你虛極了，不要多說話，先吃點粥，再吃藥。睡過一覺，明天有了精神，聽我們細細告訴你。」

這「我們」很明顯地包括了阿巧姐，所以她接口說道：「蕭少爺的話不錯，你先養病要緊。」

「不要緊。」胡雪巖說：「我甚麼情形都不知道，心裡悶得很。杭州怎麼樣？」

「沒有消息。」

胡雪巖轉臉想問阿巧姐時，她正站起身來，一面向外走，一面說道：「我去熱粥。」望著那依然嬝嬝婷婷的背影，再看到蕭家驥似笑非笑，有意要裝得不在意的詭祕神情，胡雪巖仍有相逢在夢中的感覺，低聲向蕭家驥問道：「她是怎麼來的？」

「昨天到的。」蕭家驥答，「一到就來找我——我在師娘那裡見過她一次，所以認得。她說，她是聽說胡先生病重，特為趕來服侍的，要住在這裡。這件事師娘是知道的，我不能不留她。」

胡雪巖聽得這話，木然半晌，方始皺眉說道：「你的話我不懂，想起來頭痛。怎麼會有這種事？」

「難怪胡先生。說來話長，我亦不太清楚；據她說，她去看師娘，正好師娘接到我的來信，聽說胡先生病很重，她要趕來服侍。師娘當然贊成，請師父安排，派了一個人護送，坐英國輪船來的。」

「奇怪啊！」胡雪巖說：「她姓人可何，我姓古月胡；何家的姨太太怎麼來服侍我這個病。」

「那還用說？當然是在何家下堂了。」蕭家驥說：「這是看都看得出來的，不過她不好意思說，我也不好意思打聽。回頭胡先生你自己問她就明白了。」

這一下，大致算是了解了來龍去脈。他心裡在想，阿巧姐總不會是私奔，否則古應春夫婦不致派人護送她到寧波。但是……

「但是，她的話靠得住，靠不住？何以知道她是你師娘贊成她來的？」

「不錯！護送的人，就是我師父號子裡的出店老司務老黃。」胡雪巖放心了。老黃又叫「寧波老黃」，他也知道這個人。

胡雪巖還想再細問一番，聽得腳步聲，便住口不語，望著房門口，門簾掀動，先望見的是阿巧姐的背影，她端著托盤，騰不出手來打門簾，所以是側著進來。

於是蕭家驥幫著將一張匟几橫擱在床中間，端來托盤，裡面是一罐香粳米粥，四碟清淡而精緻的小菜，特別是一樣糟蛋，為胡雪巖所酷嗜，所以一見便覺得口中有了津液，腹中也轆轆作響了。

「胡先生，」蕭家驥特地說明這些食物的來源，「連煮粥的米都是何姨太從上海帶來的。」

「蕭少爺，」阿巧姐接口說道：「請你叫我阿巧好了。」

這更是已從何家下堂的明顯表示。本來叫「何姨太」就覺得刺耳，因而蕭家驥欣然樂從；不過為了尊敬胡雪巖，似乎不便直呼其名，只拿眼色向他徵詢意見。

「叫她阿巧姐吧。」

「是。」蕭家驥用親切中顯得莊重的聲音叫一聲：「阿巧姐！」

「嗯！」她居之不疑地應聲，真像是個大姐姐似地，「這才像一家人。」

這話在他、在胡雪巖都覺得不便做何表示。阿巧姐也不再往下多說，只垂著眼替胡雪巖盛好了粥，粥在冒熱氣，她便又噘起滋潤的嘴唇吹得不太燙了，方始放下，然後從腋下抽出白手絹，擦一擦那雙牙筷，連粥碗一起送到胡雪巖面前，卻又問道：「要不要我來餵你？」

這話提醒了蕭家驥，有這樣體貼的人在服伺，何必自己還站在這裡礙眼，便微笑著悄悄走出去。

四隻眼睛都望著他的背影，直待消失，方始回眸，相視不語，怔怔地好一會，阿巧姐忽然眼圈一紅，急忙低下頭去，順手拿起手絹，裝著擤鼻子去擦眼睛。

胡雪巖也是萬感交集，但不願輕易有所詢問，她的淚眼既畏見人，他也就裝作不知，扶起筷子吃粥。

這一吃粥顧不得別的了。好幾天粒米不曾進口，真是餓極了，唏哩呼嚕地吃得好不有勁，等他一碗吃完，阿巧姐已舀著一杓子在等了，一面替他添粥，一面高興地笑道：「賽過七月十五鬼門關裡放出來的！」

話雖如此，等他吃完第二碗，便不准他再吃，怕病勢剛剛好轉，飽食傷胃。而胡雪巖意有未饜，說好說歹才替他添了半碗。

「唉！」放下筷子他感慨著說：「我算是飽了！」

阿巧姐知道他因何感慨。杭州的情形，她亦深知，只是怕提起來惹他傷心，所以不理他的話，管自己收拾碗筷走了出去。

「阿巧，你不要走，我們談談。」

「我馬上就來。」她說：「你的藥煎在那裡，也該好了。」

過不多久，將煎好了的藥送來，服侍他吃完，勸他睡下；胡雪巖不肯，說精神很好，又說腿上的傷疤癢得難受。

「這是好兆頭。傷處在長新肉，人也在復元了。」她說：「我替你洗洗腳，人還會更舒服。」

不說還好，一說胡雪巖覺得渾身發癢，恨不得能在「大湯」中痛痛快快泡一泡才好——他也像揚州人那樣，早就有「上午皮包水，下午水包皮」的習慣。自從杭州吃緊以來，就沒有泡過「澡塘」；這次到了上海，又因為腿上有傷，不能入浴。雖然借助於古家的男傭抹過一次身，從裡到外換上七姑奶奶特喊裁縫為他現製的新衣服，但經過這一次海上出生入死的跋涉，擔憂受驚的冷汗，出了乾、乾了出，不知幾多次？滿身垢膩，很不舒服，實在想洗個澡，無奈萬無勞動阿巧姐的道理。

他心裡這樣在想，她卻說到就做，已轉身走了出去，不知哪裡找到了一隻簇新的高腳木盆，提來一銚子的熱水，沖到盆裡，然後掀被來捉他的那雙腳。

「不要，不要！」胡雪巖往裡一縮，「我這雙腳從上海上船就沒有洗過，太髒了。」

「怕甚麼？」阿巧姐毫不遲疑地，「我路遠迢迢趕了來，就是來服侍病人的，只要你好好復元，我比甚麼都高興。」

這兩句話在胡雪巖聽來，感激與感慨交併。兵荒馬亂，九死一生，想到下落不明的親人，快要餓死的杭州一城百姓，以及困在絕境，眼看著往地獄裡一步一步在走的王有齡，常常會自問：人生在世，到底為的甚麼；就為了受這種生不如死的苦楚？現在卻不同了，人活在世界上，有苦也有樂；是苦是樂，全看自己的作為。真是〈太上感應篇〉上所說的：「禍福無門，唯人自召。」

這樣轉著念頭，自己覺得一顆心如枯木逢春般，又管用了。腦筋亦已靈活，本來凡事都懶得去想，此刻卻想得很多，想得很快。等阿巧姐替他將腳洗好，便又笑道：「阿巧，送佛送到西天，索性替我再抹一抹身子。」

「這不大妥當。你身子虛，受不得涼。」

「不要緊！」胡雪巖將枯瘦的手臂伸出來，臨空搗了兩下，顯得很有勁似地說：「我自己覺得已經可以起床了。」

「瞎說！你替我好好睡下去。」她將他的腳和手都塞入被中，硬扶他睡倒，而且還掖緊了棉被。

「真的。阿巧，我已經好了。」

「哪有這種事？這樣一場病，哪裡會說好就好？吃仙丹也沒有這樣靈法。」

「人逢喜事精神爽，你就是仙丹。仙丹一到，百病全消。」

「哼！」阿巧微微撇著嘴，「你就會灌迷湯。睡吧！」她用纖纖一指，將他的眼皮抹上。等她轉身，他的眼又睜開了。望著帳頂想心事，要想知道的事很多，而眼前卻只有阿巧好談。

阿巧卻好久不來；他忍不住喊出聲來，而答應的卻是蕭家驥，「胡先生，」他說：「你不宜過於勞神。此刻半夜兩點鐘了，請安置吧！」

「阿巧呢？」胡雪巖問道：「她睡在哪裡？」

做批發生意的大商號，備有客房客鋪，無足為奇，但從不招待堂客，有些商家的客房，甚至忌諱堂客，因為據說月事中的婦女會沖犯所供的財神。楊坊的這家招牌也叫「大記」，專營海鮮雜貨批發的商號，雖然比較開通，不忌婦女出入，但單間的客房不多，所以阿巧姐是由蕭家驥代為安排，借住在大記的一個夥計家中，與此人的新婚妻子同榻睡了一夜。

「今天不行了，是輪到那夥計回家睡的日子，十天才有這麼一天，阿巧姐說：『人家噴噴香、簇簇新的新娘子，怎好耽誤他們夫妻的恩愛？』那夥計倒很會做人，一再說不要緊，是阿巧姐自己不肯。」

「那麼今天睡在哪裡呢？」

「喏，」蕭家驥指著置在一旁的一扇門板、兩張條凳說：「我已經預備好了，替她搭『起倒鋪』。不過……」他笑笑沒有再說下去。神情詭祕，令人起疑，胡雪巖當然要追問：「不過甚麼？」

「我看這張床蠻大，不如讓阿巧姐就睡在胡先生腳後頭。」蕭家驥又說：「她要在這裡搭鋪就為了服侍方便，睡得一床上，不更加方便了嗎？」

不知他是正經話，還是戲謔？也不知阿巧姐本人的意思究竟如何？胡雪巖只有微笑不答。

到最後，蕭家驥還是替阿巧姐搭了「起倒鋪」，被褥衾枕自然是她自己鋪設。等伺候病人服了藥，關好房門，胡雪巖開口了。

「你的褥子太薄，又沒有帳子，不如睡到我裡床來！」他拍拍身邊。

正在卸妝的阿巧姐沒有說話，抱衾相就，不過為了行動方便，睡的是外床——寧波人講究床鋪，那張黃楊木雕花的床極大，兩個人睡還綽綽有餘。裡床擱板上置一盞洋燈——捻得小小的一點光照著她那件蔥綠緞子的緊身小夾襖，看在胡雪巖眼裡，又起了相逢在夢中的感覺。

「阿巧！你該講講你的事了吧？」

「說來話長。」阿巧很溫柔地說：「你這半夜也累了，剛吃過藥好好睡一覺。明天再談。」

「我現在精神很好。」

「精神好自然好。你聽，」阿巧姐說：「雞都在叫了。後半夜這一覺最要緊，睡吧！好在我人都來了，你還有甚麼好急的？」

這句話的意思很深，足夠胡雪巖想好半天。到底病勢初轉，精神不夠，很快地便覺得困倦，一覺睡到天亮。

他醒她也醒了，急急要起床料理，胡雪巖卻願她多睡一會，拖住她說：「天太冷，不要起來。

我們好好談談。」

「談甚麼？」阿巧姐說：「但願你早早復元，回到上海再說。」

「我昨天晚上想過了，只要這一次能平平安安過去，我再也不做官了，安安分分做生意，能夠跟幾個好朋友常在一起敘敘，我就心滿意足了。」

「你只曉得朋友！」阿巧姐是微帶怨懟的神情，「就不替自己打算打算。」

替他自己打算，當然也就要包括她在內。言外之意，相當微妙，胡雪巖很沉著地不做表示，只是問說：「你是怎麼從何家出來的？現在可以告訴我了吧？」

「當然要告訴你的。不過你處處為朋友，聽了只怕心裡會難過。」

她的意思是將何桂清當作胡雪巖的朋友——這個朋友現在慘不可言。只為在常州一念之差，落得個「革職拿問」的處分，遷延兩年，多靠薛煥替他支吾敷衍，然而「逃犯」的況味也受夠了。

「這種日子不是人過的。」阿巧姐喟嘆著說：「人嘛是個黑人，哪裡都不能去，聽說有客人來拜，先要打聽清楚，來做甚麼？最怕上海縣的縣大老爺來拜，防是來捉人的。『白天不做虧心事，夜半敲門心不驚』這句俗語，我算是領教過了，真正一點不錯。我都這樣子，你想想本人心裡的味道？」

「叫我，就狠一狠心，自己去投案。」

「他也常這樣說：不過說說而已，就是狠不下心來。現在……」

現在，連這種提心吊膽的日子也快不多了。從先帝駕崩，幼主嗣位，兩宮太后垂簾聽政，重用恭王，朝中又是一番氣象，為了激勵士氣，凡是喪師辱國的文武官員，都要嚴辦。最不利的是，曾國藩調任兩江總督，朝命統轄江蘇、安徽、江西、浙江四省軍務，四省官員，文到巡撫，武到提督，悉歸節制。何桂清曾經託人關說，希望能給他一個效力贖罪的機會，而得到的答覆只有四個字：「愛莫能助。」

「半個月以前，有人來說，曾大人保了個姓李的道台，領兵來守上海。這位李道台，據說一到上海就要接薛撫台的手，他是曾大人的門生，自然聽老師的話。薛撫台再想幫忙也幫不上了。為此之故……」

為此，何桂清不能不做一個最後的打算；家事已做了處分，姬妾亦都遣散，阿巧姐就是這樣下堂的。

想想他待她不錯，在這個時候，分袂而去，未免問心不安。無奈何桂清執意不回，她也就只好聽從了。

「那麼，他也總要為你的後半輩子打算打算。」胡雪巖說：「不過，他剩下幾個錢，這兩年坐吃山空，恐怕所餘已經無幾。」

「過日子倒用不了多少，都給人騙走了，這個說，可以替他到京裡走門路，那個說某某人那裡送筆禮。這個塞狗洞的錢，也不知道花了多少。」阿巧姐說：「臨走以前，他跟我說，要湊兩千銀子給我。我一定不要。」

「你倒也夠義氣。不過，這種亂世，說老實話：求人不如求己。」

「我也不是毫無打算的，我有一隻小箱子託七姑奶奶替我收著，那裡面一點東西，總值三、五萬。到了上海我交給你。」

「交給我做甚麼？」胡雪巖問道：「我現在還沒心思來替你經營。」

阿巧姐先不作聲，一面眨眼，一面咬指甲，彷彿有極要緊的事在思索似地。胡雪巖是從錢塘江遙別王有齡的那一刻，便有萬念俱灰之感，甚麼事都不願、也不能想，因此懨懨成病，如今病勢雖已脫險，而且好得很快，但懶散如舊，所以不願去猜她的心事，只側著臉像面對著他所喜愛的古玉似地，恣意鑒賞。

算一算有六年沒有這樣看過她了。離亂六年，是一股漫長的歲月，多少人生死茫茫，音信杳然，多少人升沉浮降，榮枯異昔，而想到六年前的阿巧姐，只如隔了一夜做了個夢，當時形容清晰地浮現在腦際，兩相比較，有變了的，也有不變的。

變得最明顯的是體態，此刻豐腴了些；當時本嫌纖瘦，所以這一變是變得更美了；也更深沉老練了。

不變的是她這雙眼中的情意，依然那麼深，那麼純，似乎她心目中除了一個胡雪巖以外，連她自己都不關心。轉念到此，他那顆心就像冷灰發現一粒火星，這是火種復熾的開始，他自己都覺得珍貴得很。

於是他不自覺地伸手去握住她的手，感慨地說：「這趟我真是九死一生——不是怕路上有甚麼危險，膽子小；是我的心境。從杭州到寧波，一路上我的心冷透了，整天躺在床上在想，一個人為啥要跟另外一個人有感情？如果沒有感情，他是他，我是我，用不著替他牽腸掛肚，所以我自己對自己說，將來等我心境平靜了，對甚麼人都要冷淡些。」

一口氣說到這裡，有些氣喘，停了下來；阿巧姐不曾聽出他的語氣未完，只當他借題發揮，頓時臉色大變。

「你這些話，」她問：「不是特為說給我聽的？」

「是的……」說了這兩個字，胡雪巖才發覺她的神情有異，立刻明白她是誤會了，趕緊又接了一句：「這話我甚麼人面前都沒說過，只跟你一人說，是有道理的。不曉得你猜得著，猜不著？」

意思仍然令人莫名其妙，但他急於解釋誤會的態度，她是看得出來的，心先放了一半，另一半要聽他下一句話如何？

「你不要讓我猜了！你曉得的，賭心思，跟別人我還可以較量較量，在你面前差了一大截。」

胡雪巖笑了，笑容並不好看，人瘦顯得口大，兩顆虎牙看上去像獠牙。但畢竟是高興的笑容，阿巧姐還是樂意看到的。

「你還是那樣會說話。」他正一正臉色說：「我特為談我的心境，是想告訴你一句話，此刻我的想法變過了。」

「怎麼變法？」

「人還是要有感情的。就為它受罪，為它死……」

一句話未完，一隻又軟又暖的手掩在他口上：「甚麼話不好說，說這些沒輕重的話！」

「好，不說，不說。你懂我的意思就可以了。」胡雪巖問道：「你剛才好像在想心事？何妨跟我談談。」

「要談的話很多。現在這樣子，你沒心思聽，我也沒心思說，一切都不必急，等你病養好了再說。」

「我的病一時養不好的。好在是……」他想說「好在是死不了的」，只為她忌諱說「死」，所以猛然嚥住，停了一下又說：「一兩天我就想回上海。」

「那怎麼行？」

「沒有甚麼不行。在寧波，消息不靈，又沒有事好做；好人都要悶出病來，怎麼會養得好病？」

「那是沒有辦法的事。你剛剛才有點好，數九寒天冒海風上路，萬一病勢翻覆，在汪洋大海裡，叫天天不應，叫地地不靈，那就是兩條人命。」

「怎麼呢？」

「你不想想，萬一你有個三長兩短，我除了跳海，還有甚麼路好走？」

是這樣生死相共的情分，胡雪巖再也不忍拂她的意了。但是，他自己想想，只要飲食當心，加上阿巧姐細心照料，實在無大關礙。不過，若非醫生同意，不但不能塞阿巧姐的嘴，只怕蕭家驥也未見得答應。

因此，他決定囑咐蕭家驥私下向醫生探問。但始終找不到機會，因為阿巧姐自起床以後，幾乎就不曾離開過他——天又下雪了，蕭家驥勸她就在屋子裡「做市面」，就著一隻熊熊然的炭盆，煎藥煮粥做菜，都在那間屋裡。胡雪巖倒覺得熱鬧有趣，用杭州的諺語笑她是「螺螄殼裡做道場」，但也因此，雖蕭家驥就在眼前，卻無從說兩句私話。

不過，也不算白耗功夫。蕭家驥一面幫阿巧姐做「下手」，幫她料理飯食，一面將這幾天的情形都告訴了胡雪巖。

據說黃呈忠、范汝增跟英國領事夏福禮的談判很順利，答應盡力保護外僑；有兩名長毛侵襲英國教士，已經抓來「正法」。而且還布告安民，准老百姓在四門以外做生意，寧波的市面，大致已經恢復了。

「得力的是我們的那批米。民以食為天。糧食不起恐慌，人心就容易安定。」蕭家驥勸慰似地說：「胡先生，你也可以稍稍彌補遺憾了。」

「這是陰功積德的好事。」阿巧姐接口說道：「就看這件好事，老太太就一定會有菩薩保佑，逢凶化吉，遇難成祥。」

胡雪巖不作聲。一則以喜，一則以悲，沒有甚麼適當的話好表達他複雜的心情。

「有句要緊話要告訴胡先生，那筆米價，大記的人問我怎麼算法？是賣了拆帳，還是作價給他們？我說米先領了去，怎樣算法，要問了你才能定規，如果他們不肯答應，我做不了主，米只好原船運回。大記答應照我的辦法，現在要問胡先生了。照我看，拆算比較合算！」

「不！」胡雪巖斷然答道：「我不要錢。」

那麼要甚麼呢？胡雪巖要的是米，要的是運糧的船，只等杭州一旦克復，三天以內就要。他的用意是很容易明白，等杭州從長毛手裡奪了回來，必定餓殍載途，災民滿城，那時所需要的就是米。

「何必這麼做？」蕭家驥勸他，「胡先生，在商言商，你的算盤是大家佩服的，這樣做法，不等於將本錢『擱煞』在那裡。而況杭州克復，遙遙無期。」

「不見得。氣運要轉的。」胡雪巖顯得有些激動，「長毛搞的這一套，翻覆無常，我看他們不會久了。三、五年的功夫，就要完蛋。」

「三、五年是多少辰光，利上盤利，一擔米變成兩三擔米，你就為杭州百姓，也該盤算盤算。」

「話不錯！」胡雪巖又比較平靜了，「我有我的想法，第一，我始終沒有絕望，也許援兵會到，杭州城可以不破，如果糧道可以打通，我立刻就要運米去接濟，那時候萬一不湊手，豈不誤了大事？第二，倘或杭州真的失守，留著米在那裡，等克復以後，隨時可以啟運——這是一種自己安慰自己的希望，說穿了，是自己騙自己，總算我對杭州也盡到心了。」

「這也有道理，我就跟大記去交涉。」

「這不忙。」胡雪巖問道：「醫生啥時光來？」

「每天都是中飯以後。」

「那就早點吃飽，吃完了她好收拾。」胡雪巖又問阿巧姐：「等會醫生來了，你要不要迴避？」

雖然女眷不見男客，但對醫生卻是例外，不一定要迴避，只是他問這句話，就有讓她迴避的意思，阿巧姐當然明白，順著他的心意答道：「我在屏風後面聽好了。」

胡雪巖是知道她會迴避，有意這樣問她，不過她藏在屏風後面聽，調虎不能離山，在自己等於不迴避，還要另動腦筋。這也簡單得很，他先請蕭家驥替他寫信，占住了他的手，然後說想吃點甜湯，要阿巧姐到廚房裡去要洋糖，這樣將她調遣了開去，就可以跟蕭家驥說私了。

「家驥，你信不必寫了，我跟你說句話，你過來。」蕭家驥走到床前，他說：「我決定馬上回上海，你跟醫生說一說，我無論如何要走。」

「為甚麼？」蕭家驥詫異，「何必這麼急？」

「不為甚麼，我就是要走。到了上海，我才好打聽消息。」胡雪巖又說：「本來我的心冷透了。今天一早跟阿巧談了半天，說實話，我的心境大不相同。我現在有兩件事，第一件是救杭州，不管它病入膏肓，我死馬要當活馬醫。第二件，我要做我的生意，做生意一步落不得後，越早到消息靈通的地方越好。你懂了吧？」

「第二點我懂，頭一點我不懂。」蕭家驥問道：「你怎麼救杭州？」

「現在沒法子細談。」胡雪巖有些張皇地望著窗外。

這是因為苗條一影，已從窗外閃過，阿巧姐快進來了。胡雪巖就把握這短短的片刻，告誡蕭家驥跟醫生私底下「情商」，不可讓阿巧姐知道。

是何用意，不易明瞭，但時機迫促，無從追問，蕭家驥只有依言行事。等雪巖喝完一碗桂圓洋糖蛋湯，阿巧姐收拾好了一切，醫生也就到了。

那醫生頗負盛名，醫道醫德都高人一等，見胡雪巖人雖瘦弱，雙目烱烱有光，大為驚異，一夜之隔，病似乎去了一大半，他自承是行醫四十年來罕見之事。

「這自然是先生高明。」胡雪巖歉意地問：「先生貴姓？」

「張先生。」蕭家驥一旁代答，順便送上一頂高帽子，「寧波城裡第一塊牌子，七世祖傳的儒醫。張先生本人也是有功名的人。」

所謂「功名」，想起來是進過學的秀才，「失敬了！」胡雪巖說：「我是白丁。」

「胡大人太客氣了。四海之大，三品頂戴無論如何是萬人之上。」

「可惜不是一人之下。」胡雪巖自嘲著縱聲大笑。

笑得太急，嗆了嗓子，咳得十分厲害，蕭家驥趕緊上去替他捶背，卻是越咳越凶，張醫生亦是束手無策，坐等他咳停。這一下急壞了阿巧姐，她知道胡雪巖的毛病，要抹咽喉、喝蜜水才能將咳嗽止住，蕭家驥不得其法，自然無效。

蜜水一時無法張羅，另一點卻是辦得到，「蕭少爺，」她忍不住在屏風後面喊，「拿他的頭仰起來，抹抹喉嚨。」

是嬌滴滴的吳儂軟語，張醫生不免好奇，轉臉張望，而且率直問道：「有女眷在？」

醫生是甚麼話都可以問，不算失禮，但蕭家驥卻很難回答，一面替胡雪巖抹著喉頭，一面含糊糊地答道：「嗯，嗯，是！」

張醫生欲語又止，等胡雪巖咳停了才切脈看舌苔，仔細問了飲食起居的情形，欣慰地表示：「病勢已經不礙，只須調養，大概半個月以後可以復元。」

「多謝，多謝！」胡雪巖拱拱手說：「家驥你陪張先生到你那裡開方子去吧！」

蕭家驥會意，等開好方子，便談到胡雪巖想回上海的話。張醫生深為困惑，「病人連移動床鋪都是不相宜的。」他問：「大病剛有轉機，何以這樣子輕率冒失？」

「實在是在上海有非他到場不可的大事要辦。」家驥說：「路上也只有一兩天的功夫，請張先生多開幾服調理藥帶去，格外當心照料，想來不礙。」

「照料！哪個照料？萬一病勢翻覆，我又不在船上，你們怎麼辦。」

「是！」蕭家驥說：「那就只好算了。」而間壁的胡雪巖耳朵尖，聽了張醫生的話，已經有了主意，請他到上海出診，隨船照料。

等張醫生開好方子，告辭上轎，阿巧姐自然也不必迴避了，胡雪巖便當著蕭家驥透露了他的意思。這個想法亦未始不可行，富室巨戶，多有這樣重金禮聘，專用車船奉迎的，但是眼前時地不同，阿巧姐和蕭家驥都覺得不易辦到。

「他肯去當然最好，就怕他不肯。」蕭家驥說：「第一，寧波的市面還不甚平靜，離家遠行，恐怕不放心；第二，快過年了，寧波人的風俗，最重過年團圓，在外頭做生意的，都要趕回家來，哪裡反倒有出遠門的？」

「過年還早，我一定趕年前送他回來。」胡雪巖又說：「說不說在我，肯不肯在他，你何妨去談一談。」

「那當然可以。我本來要到他清儀堂去撮藥，順便就看他。」

「原來他也開著藥店？」胡雪巖說：「那太好了！就是他不肯到上海，我也想跟他談談。」

胡雪巖想開藥店是大家知道的，蕭家驥心中一動，點點頭說：「這倒或許會談得投機。」

「那是另外一回事，家驥，只要他肯去，他怎麼說，我們怎麼依他。還有，要投其所好。你懂我的意思吧？」

「我懂，」蕭家驥笑道：「不過，恐怕要請了他來，你自己跟他談。」

去了一個多時辰，蕭家驥回來了，說張醫生答應來吃晚飯，又說他喜歡字畫。問到邀他同行照料的話，蕭家驥表示還不便開口，又說最好由阿巧姐來說，因為這是不情之請，只有女眷相求，容易成功。

「這話也是。男人說話，一句就是一句，碰了釘子或者打了折扣，以後說話就不值錢了。阿巧，」胡雪巖問道：「你肯不肯說？」

「本來是不肯說的，女人的話就不值錢，碰釘子、打折扣都不要緊？真正氣數！不過……」她故意做個無可奈何的表情：「唉！不說又不行，只好我來出面了。」

說停當了，要準備肴饌款客。胡雪巖認為不如到館子裡叫菜，比較鄭重，阿巧姐也想省事，自然贊成，但蕭家驥不甚同意，他肚子裡另有一番話，要避著胡雪巖跟阿巧姐說。

「胡先生，這些小事，你不必操心了，我跟阿巧姐去商量。阿巧姐，我陪你到他們廚房裡看了再說。」

走到廊下僻處，估量著胡雪巖聽不見了，他站住腳，要問她一句話。

「阿巧姐，你是不是真的想幫胡先生辦成功這件事？」

「是啊！本來我不贊成的，不過他一定要這樣做，我無論如何只有依他。」

「既然無論如何要依他，那麼，我有句話說出來，你可不能動氣。」

「不會的。你說好了。」

「姓張的很關心你。也不知道他怎麼打聽到的，曉得你姓何，何姨太長，何姨太短，不停地問。」說到這裡，蕭家驥停下來看她的臉色。

她的臉色自然不會好看，氣得滿臉通紅：「這種郎中，狼心狗肺，殺千刀！」

「是不是？」蕭家驥很冷靜地說：「我知道你要動氣。」

一句話提醒了阿巧姐，知道他還有未說出來的話，如果自己還是這樣子，那些話就聽不到了。轉念又想，總怪自己的身分尷尬，何姨太出現在姓胡的這裡，在人家看，當然也不是甚麼好女人，既然如此，就不妨動歪腦筋了。

這樣轉著念頭，臉色自然就緩和了，「隨他去胡說八道，只要我自己行得正，坐得正好了。」她催促著，「你再說下去。」

「只為胡先生不走不可，要走，就非姓張的一起走不可，所以，我只好耍記花槍。阿巧姐，你是明白人，又看在胡先生分上，一定不會怪我。」

話風不妙，阿巧姐有些吃驚，不過戒心起在暗中，表面上又是一種態度：「不會，不會。我曉得你是為他。你說出來商量。」

「我在想，如果直言相談，說請他一起陪到上海，他一定不會答應。這話等他一出口，事情就僵了，所以我靈機一動，說是：『何姨太特為要我來奉請，晚上她親手做兩樣菜，請張先生喝酒。一定要請你賞光。』他很高興地答應了，說是『一定來，一定來！』」

這用的是一條美人計，阿巧姐心裡當然不是味道，不過一想到是為了胡雪巖，她自然就不會對蕭家驥介意，她很平靜地問道：「他還有甚麼話？」

「自然還有話，他問我：『何姨太為甚麼要請我？』我說：『是因為你看好了胡道台，略表謝意。另外還有件事求你。』他一再問我甚麼事，我不肯說。回頭全要看你了。」

阿巧姐點點頭，將他前後的話細想了一遍，心裡有了主意，只是有一點必須先弄清楚。

「問到我怎麼會在這裡？你是怎麼告訴他的？」

「我說：『何姨太現在下堂了。她是胡道台的大姨子，蘇州現在淪陷在那裡，娘家回不去，只好來投奔至親。』他說：『怪不得！人在難中，談不到避嫌疑，大姨子照料妹夫的病，也是應該的。』」

阿巧姐明白，所謂「大姨子」是意指她有個妹妹嫁做胡雪巖的偏房，關係如此安排，是疏而親、親而疏，不但她穿房入戶，照料病人，可以說得過去，而且讓色瞇瞇的張郎中希望不絕，才會上鉤。

阿巧姐十分欣賞蕭家驥的機智，但也不免好笑，「要死快哉！耐那哼想得出格介？」她用道道地地蘇州話笑著說。

蕭家驥自己也笑了，「看起來，他是想跟胡先生做『連襟』，既然至親，無話不好談。」他提醒她說：「這齣戲包定唱得圓滿，不過，要不要先跟胡先生說好？你自己斟酌。」

阿巧姐考慮結果，認為不可不說，亦不可全說。她是在風塵中打過滾的，男人的心，別樣摸不透，只有這一層上，她真是瞭如指掌。男人的氣量大，固然不錯，卻就是論到奪愛，不能容忍，因為這不但關乎妒意，還有面子在內。

於是略略安排了酒食，找個蕭家驥不在眼前的機會，問胡雪巖說：「你是不是一定要姓張的郎中陪到上海？」

「對！」胡雪巖答得斬釘截鐵，「他不陪去，你不放心。那就只好想辦法說動他了。」

「辦法，我跟蕭家驥商量好了。不過有句話說在前面，你要答應了，我們才好做。」

一聽就知道話中有話，胡雪巖信得過他們兩人，落得放漂亮些，「不必告訴我。」他說：「你們覺得怎麼好，就怎麼做。」

「唷，唷，倒說得大方。」阿巧姐用警告的口吻說：「回頭可不要小氣。」

這就不能不好好想一想了。胡雪巖自負是最慷慨、最肯吃虧的人，所以對這「小氣」的兩字之貶，倒有些不甘承受。轉念又想，阿巧姐閱歷甚深，看男人不會看錯，看自己更不會看錯，然則說「小氣」一定有道理在內。

他的心思，這時雖不如平時敏捷，但依舊過人一等，很快地想到蕭家驥從張家回來那時，說話帶些吞吞吐吐，彷彿有難言之隱的神情，終於看出因頭了。

於是他故意這樣說：「你看得我會小氣，一定是拿我甚麼心愛的東西送他。是不是？」

「是啊，你有甚麼心愛的東西？」

「只有一樣，」胡雪巖笑道：「是個活寶。」

「你才是活寶！」阿巧姐嫣然一笑，不再提這件事了。

張醫生早早就來了。一到自然先看病人，少不得也要客氣幾句：「多蒙費心，不知道怎麼樣道謝。請過來吃頓便飯，真正千里鵝毛一點心，不過，我想總有補報的日子。張先生，我們交個朋友。」

「那是我高攀了。」張醫生說：「我倒覺得我們有緣。同樣的病、同樣的藥，有的一服見效，有的吃下去如石沉大海，這就是醫家跟病家有緣沒有緣的道理。」

「是的。」蕭家驥接口說道：「張先生跟我們都有緣。」

「人生都是個緣字。」胡雪巖索性發議論，「我做夢也沒有想到會到寧波，到了寧波也不曾想到會生病，會承張先生救我的命……」

「言重，言重！」張醫生說：「藥醫不死人，原是吉人天相，所以藥到病除，我不敢貪天之功。」

就這時門簾一掀，連蕭家驥都覺得眼前一亮，但見阿巧姐已經著意修飾過了，雖是淡妝，偏令人有濃豔非凡之感。特別那一雙剪水雙瞳，眼風過處，不由得就吸住了張醫生的視線。

蕭家驥知道阿巧姐跟胡雪巖的話說得不夠清楚詳細，深怕言語不符，露了馬腳，趕緊藉著引見這個因頭，將他們的「關係」再「提示」一遍。

「張先生，」他指著阿巧姐說：「這位就是何姨太，胡大人的大姨子。」

胡雪巖幾乎笑出聲來。蕭家驥的花樣真多，怎麼編派成這樣一門親戚？再看阿巧姐，倒也不以為意，盈盈含笑地襝衽為禮，大大方方招呼一聲：「張先生請坐！」

「不敢當，不敢當。」張醫生急忙還禮，一雙眼睛卻始終捨不得向別處望一望。

「我們都叫何姨太阿巧姐。」蕭家驥很起勁地做穿針引線的工作，「張先生，你也這樣叫好了。」

「是，是！阿巧姐。」張醫生問道：「阿巧姐今年青春是？」

「哪裡還有甚麼青春？人老珠黃不值錢，今年三十二了。」

「看不出，看不出。我略為懂一點相法，讓我仔細替阿巧姐看一看。」

也不知是他真的會看相，還是想找個藉口恣意品評？不過在阿巧姐自然要當他是真的，端然正坐，微微含笑，讓他看相，那副雍容自在的神態，看不出曾居偏房，更看不出來自風塵。

張醫生將她從頭看到腳；一隻腳縮在裙幅之中看不見，但手是可以討來看的——看相要看手是通例，阿巧姐無法拒絕。本來男左女右，只看一隻，她索性大方些，將一雙手都伸了出來。手指像蔥管那樣，又長、又白、又細；指甲也長，色呈淡紅，像用鳳仙花染過似地，將張醫生看得恨不能伸手去握一握。

「好極了！」他說：「清貴之相。越到晚年，福氣越好。」

阿巧姐看了胡雪巖一眼，淡淡一笑，不理他那套話，說一句：「沒有甚麼菜。只怕怠慢了張先生！」隨即站起身來走了。

張醫生自不免有悵然若失之感。男女不同席，而況又是生客，這一見面，就算表達了做主人的禮貌，而且按常理來說，已嫌過分，此後就再不可能相見了。

「但是，她不是另外還有事要求我嗎？」想到這一點，張醫生寬心了，打定主意，不論甚麼事，非要她當面來說，才有商量的餘地。

果然，一頓飯只是蕭家驥一個人相陪，肴饌相當精緻，最終送上火鍋，阿巧姐才隔簾相語，說了幾句客氣話，從此芳蹤杳然。

飯罷閒談，又過了好些時候，張醫生實在忍不住了，開口問道：「不是說阿巧姐有事要我辦嗎？」

「是的。等我去問一問看。」

於是張醫生只注意屏風，側著耳朵靜聽，好久，有人出來了，卻仍舊是蕭家驥，但是屏風後面卻有纖纖一影。

「阿巧姐說了，張先生一定不會答應的，不如不說。」

「為甚麼不說？」張先生脫口答道：「何以見得我不會答應。」

「那我就說吧！」是屏風後面在應聲。

人隨話到，阿巧姐翩然出現。衣服也換過了，剛才是黑緞灰鼠出鋒的皮襖，下繫月白綢子百褶裙；此刻換了家常打扮，竹葉青寧綢的絲綿襖，愛俏不肯穿臃腫的棉袴，也不肯像北地胭脂那樣紮腳，是一條玄色軟緞，鑲著極寬的「欄杆」的撒腳袴。為了保暖，衣服腰身裁剪得極緊，越顯得體態婀娜，更富風情。

有了五六分酒意的張醫生，到底本心還是謹飭一路的人物，因為豔光逼人，竟不敢細看，略略偏著臉問道：「阿巧姐有話就請吩咐。是不是要我格外細心替你擬張膏滋藥的方子？」

「這當然也要。」阿巧姐答說：「不過不忙。我是受了我妹妹的重託，不放心我這位至親一個人在寧波，我又不能常川照應，就是照應總不及我妹妹細心體貼。我在想，舍親這場大病，幸虧遇著張先生，真正著手成春，醫道高明，如今一定不礙了。不過坐船到上海，沒有張先生你照應，實在不放心。那就只好……」說到這裡，她抽出腋下的繡花手絹，抿著嘴笑了一下，彷彿下面的話，不好意思出口似地。

在張醫生，那瀝瀝鶯囀似的聲音，聽得他心醉不已，只顧欣賞聲音，不免忽略了話中的意思，見她突然停住，不由得詫異。

「怎麼不說下去。請說，請說，我在細聽。」

其實意思已經很明顯，細聽而竟聽不出來，可見得心不在焉。蕭家驥見他有些喪魂落魄的樣子，便向阿巧姐使個眼色，示意她實話直說，不必盤馬彎弓、宛轉透露了。

「好的，我就說。不過，張先生，」阿巧姐一雙大眼珠靈活地一閃，做出像嬌憨的女孩子那樣的神情，「等我把話說出口，你可不能打我的回票！」

這話相當嚴重，張醫生定定神，將她的話回想了一遍，才弄清楚是怎麼回事。倒有些答應不下了。

「是不是？」阿巧姐有意輕聲對蕭家驥說：「我說不開口的好，開了口白白碰釘子……」

「沒有這話。」張醫生不安地搶著說：「你的意思我懂了。我在想的，不是我該不該陪著去。」

「那麼是甚麼呢？」

「是病人能不能走？這樣的天氣，跋涉波濤，萬一病勢翻覆，可不是件開玩笑的事。」

話說得有理，但究竟是真話，還是託詞，卻不易估量，阿巧姐也很厲害，便有意逼一逼，卻又不直接說出來，望著蕭家驥問：「張先生不是說，一路有他照應，就不要緊嗎？」

「是！有張先生在，還怕甚麼？」

兩人一唱一和，倒像張醫生不肯幫忙似地，使得他大為不安，但到底還不敢冒失，站起身來說：「我再看看病。」

在隔室的胡雪巖，將他們的對答，隻字不遺地聽了進去；一半是心願可望達成，心中喜樂，一半是要隱瞞病情，所以診察結果，自然又顯得大有進境。

這時候張醫生才能考慮自己這方面的情形。兵荒馬亂，年近歲逼，實在不是出遠門的時候；但話說得太慷慨，無法收科或者打折扣；同時也存著滿懷綺想，實在捨不得放棄這個與阿巧姐海上同舟的機會，終於毅然答應了下來。

這一下，胡雪巖自然感激不盡，不過張醫生所要的是阿巧姐的感激。此中微妙，胡雪巖也看得很清楚，所以用紅紙包了一百兩銀子，讓她親手致贈。

「醫家有割股之心。」張醫生搖著雙手說：「談錢，反倒埋沒我的苦心了。」

話說得很漂亮，不過阿巧姐也深知他的這片「苦心」，越發要送，因為無法也不願酬答他的「苦心」。當然，這只是深藏在她心裡的意思。

「張先生，你的苦心我知道。這是我那位『妹夫』的一點小意思，他說了，若是張先生不受，於心不安，病好得不快，他就不敢勞動大駕了。」

張醫生將她的話，細細咀嚼了一遍，「你的苦心我知道」這幾個字，簡直就像用烙鐵印了在心版上，再也忘不掉的了。

「既然如此，我也只好老臉皮收下。不過……」

他沒有再說下去。為了要在阿巧姐面前表示她這番交情，完全是賣給她的，他決定要補還胡雪巖的人情，投桃報李，想送兩樣貴重補藥。但話不必先說，說了味道就不夠了，因而縮住了口。

「那麼，要請問張先生。」蕭家驥插進來說：「預備哪天動身？」

「越早越好。我要趁年裡趕回來。」

「那是一定趕得回來的。」蕭家驥盤算了一下，作了主張：「我盡明天一天預備，後天就動身怎麼樣？」

「後天一定是好日子，」阿巧姐識得的字不多，但看皇曆還能應付，很有把握地指著十二月初一那一行說：「宜出門。」

第四章

盡一天的功夫安排妥貼；第三天一早都上了船，略略安頓，鳴鑼啟椗。張醫生捧著個藍布包到了胡雪巖艙裡。

「胡大人，」他說：「紅包太豐厚了，受之有愧。有兩樣藥，請胡大人留著用。」

「多謝！多謝！真正不敢當。」

胡雪巖只當是普通藥材，等他打開來一看，是兩個錦盒，才知道是珍貴補藥；長盒子裡是全鬚全尾的一枝參，紅綠絲線紮住，上貼金紙紅籤，上寫八字：「極品吉林老山人蔘。」

「這枝參是貢品，張尚書府上流出來的，真正大內的貨色。」張醫生一面說，一面打開方盒子。

方盒子裡是鹿茸。一寸多長一段，共是兩段；上面長著細細的白毛，看不出是好是壞。

「鹿茸就是鹿角，是大家都曉得的；不過鹿角並不就是鹿茸。老角無用，裡面都是筋絡；要剛長出來的新角，長滿了精血，像這樣子的才合格。」張醫生又說：「取鹿茸也有訣竅；手段不高，一刀會拿鹿頭砍掉……」

張醫生是親眼見過的——春夏之交，萬物茂盛；驅鹿於空圍場中，不斷追趕；鹿膽最小，自是盡力奔避，因而血氣上騰，貫注於新生的鹿角中。然後開放柵門，正好容一頭鹿逃避；柵門外是曲欄，一端有人手持利斧，聚精會神地在等待，等這頭鹿將出曲欄時，看準了一斧下去，正好砍斷了新生的那一段鹿角。要這樣採取的鹿茸，才是上品。

胡雪巖對這段敘述深感興趣，「雖說『修合無人見，存心有天知』，貨色好壞，日子一久，總會有人知道的；一傳十，十傳百，口碑就出去了。張先生，」他問：「聽說你也有家藥店，想來規模很大。」

「談不到規模。祖傳的產業，守守而已。」張醫生又說：「我診斷很忙，也顧不到。」

聽得這樣說，胡雪巖就不便深談了——劉不才陷溺於賭，對胡雪巖開藥店的打算，不甚關切；胡雪巖本想問問張醫生的意見；現在聽他的話，對自己的事業都照顧不週，自然沒有舍己而耘人之田的可能，那又何必談它。

不過既是特地延請來的上客，總得盡心招待，找些甚麼消遣？清談不如手談，最合適也差不多是唯一的消遣，就是湊一桌麻將。

寧波麻將跟廣東麻將齊名，據說，由馬弔變為麻將，就是寧波人由明朝以來，不斷研究改進的結果。張醫生亦好此道，所以聽得胡雪巖這個提議，欣然樂從。

胡雪巖自己當然不能打；眼前的搭子三缺一，拉上船老大一個才能成局。蕭家驥亦是此中好手；但不知阿巧姐如何？少不得要問一聲。

「阿巧姐，你跟寧波人打過牌沒有？」

「當然打過。」

「有沒有在這種船上打過？」

「這種船我還是第二次坐。」阿巧姐說：「麻將總是麻將，船上岸上有啥分別？」

「這種麻將要記性好……」

「那自然。」阿巧姐認為蕭家驥無須關照，「打麻將記性不好，上下家出張進張都弄不清楚，這還打甚麼？」

聽這一說，他不便再說下去了。等拉開一張活腿小方桌，分好籌碼，只見船老大將一條繫在艙頂上的繩子放了下來；拿隻竹籃掛在繩端的鉤子上，位置恰好懸在方桌正中，高與頭齊，伸手可及，卻不知有何用處？

阿巧姐也是爭強好勝的性格，一物不知，引以為恥，所以不肯開口相問；反正總有用處，看著好了。

扳莊就位，阿巧姐坐在張醫生下家；對家船老大起莊，只見他抓齊了十四張牌，從左到右看了一遍，立即將牌撲倒，取出一張亮一亮，是張北風。

他的上家蕭家驥叫碰，張醫生便向阿巧姐說：「這就是寧波麻將算得精的地方；莊家頭一張不打南風打北風，上家一碰，馬上又摸一張，也許是張南風，本來該第二家摸成後對的，現在是自己摸成雙；這一摸味道就好了。」

摸呀摸的，阿巧姐聽來有些刺耳，便不理他；只見蕭家驥拿張東風亮一亮，沒有人要，便抬起手來將那張東風，往掛著的竹籃中一丟。

原來竹籃是這樣的用處，阿巧姐心裡有些著慌，脫口說道：「寧波麻將的打法特別。」

「是的……」

張醫生馬上又接口解釋，由於海上風浪甚大，船會顛簸，所以寧波麻將講究過目不忘，闇撲著打；又因為船上地方小，擺不下大方桌，甚至有時候團團圍坐四個人，膝蓋上支塊木板，就當牌桌，這樣自然沒有富裕的地方來容納廢牌，因而打在竹籃裡。

「不過，」張醫生看著船老大和蕭家驥說：「這張桌子也不算太小，我們照岸上的打法好了。」

船老大當然不會反對，蕭家驥卻笑了笑——這一笑使得阿巧姐不大舒服，覺得他有輕視之意，大不服氣。

「不要緊，不要緊。」她說：「照規矩打好了。」

這等於不受張醫生的好意，然而他絲毫不以為忤。阿巧姐卻是有點如俗語說的「死要面子活受罪」硬記三家出張，頗以為苦。

打到一半，三家都似「叫聽」，而她的牌還亂得很；而且越打越為難，生熟張子都有些記不住了。

「這樣子不是路道，只怕一副都和不成功。輸錢在其次，面子輸不起。」她這樣在心中自語著，決定改變打法。

新的打法是只顧自己，不顧外面；只要不是三副落地，包人家的辣子，她甚麼生張都敢打。張醫師卻替她擔心，不斷提示，哪張牌出了幾張，哪張牌已經絕了；阿巧得其所哉，專心一志管自己做牌，兩圈不到，就和了一副清一色、一副三元、一副湊一色，手氣大旺。

「張先生，你下家的風頭不得了。」船老大說：「要看緊點！」

越是這樣說，張醫生的手越鬆，不但不扣她的牌，還會拆搭子給她吃，而且還要關照：「阿巧姐，這張三萬是第四張，你再不吃就沒有得吃了。」

加上蕭家驥牌打得很厲害，扣住了船老大的牌，很難得吃到一張，這樣就幾乎變成三個對付一個，船老大一個人大輸，卻又不敢得罪主顧，打完四圈裝肚子痛，拆散了場頭。

阿巧姐一個人大贏；但牌打得並不有趣，自己覺得贏船家的錢不好意思，將籌碼一推，「算了，算了！」接著起身離去。

這個慷慨大方的舉動，自然贏得了船老大的感激與尊敬，因此照料得很周到；一路順順利利到上海，胡雪巖也不勞張醫生費心，按時服藥，毫無異狀。話雖如此，對張醫生還是很重視的，所以一到上海碼頭，先遣蕭家驥去通知，說有這樣一位貴客，請他預備招待。

古應春不在家，好在七姑奶奶一切都能做主。寧波的情形，前半段她已聽李得隆談過；雖替胡雪巖的病擔憂，但有阿巧姐在照料，也略略可以放心，估量著總要到年後，病勢才會養到能夠長途跋涉，不想這麼快就已回上海，自覺驚喜交集。

於是匆匆打點，雇了三乘暖轎，帶著男女傭人，直奔碼頭；上船先見阿巧姐，後見胡雪巖，看他瘦得可怕，不免又有點傷心，掉了兩滴眼淚。

「張先生不要笑我！」七姑奶奶自己都覺得有些不好意思，「我們這位小爺叔，這一陣子真是多災多難，說到他的苦楚，眼淚好落一臉盆。不過總算還好，命中有貴人相扶，逢凶化吉，遇難成祥，才會遇著張先生這種醫道高明心又熱的人。」

張醫生也聽說過有這樣一位姑奶奶，心直口快，大家不但服她，也有些怕她；自己要在阿巧姐身上打主意，還非得此人的助力不可，因而格外客氣，連聲答道：「好說，好說。七姑奶奶才是天字第一號的熱心人。」

七姑奶奶最喜歡聽人說她熱心，覺得這個張醫生沒有名醫的架子，人既和氣，言語也不討厭，頓生好感；原來打算請他住客棧的，此時改了主意，「張先生，」她說：「難得來一趟，多玩些日子！就住在舍下好了；只怕房子太小，委屈了張先生。」

話剛說完，阿巧姐拉了她一把，顯然是不贊成她的辦法；但話已說出口，不能收回，只好看張醫生如何答覆，再作道理。

「不敢當，不敢當。我年內要趕回去。打攪府上，只怕諸多不便。」

他是客氣話，七姑奶奶卻將計就計，不做決定：「先到了舍下再說。」她這樣答道：「現在就上岸吧！」

第一個當然安排胡雪巖，轎子抬到船上，然後將胡雪巖用棉被包裹，像個「蠟燭包」似地，抱入轎內，遮緊轎簾。上岸時，當然要特別小心，船老大親自指揮，全船上下一起動手，搭了四條跳板，才將轎子抬到岸上。

再一頂轎子是張醫生；餘下一頂應該是阿巧姐，她卻偏要跟七姑奶奶擠在一起，為的是有一番心事，迫不及待地要透露。

七姑奶奶聽阿巧姐剛說了個開頭，就忍不住笑了，阿巧姐便有些氣，「跟你規規矩矩說，你倒笑話我！」她說。

「我不是笑你，是笑張郎中癩蝦蟆想吃天鵝肉。不要緊！你跟我說，我替你想辦法。」

「這才像句話！」阿巧姐回嗔作喜，細細說明經過，話完，轎子也到家了。

到家第一件事是安置胡雪巖；第二件事是招待客人，這得男主人回家才行，而且七姑奶奶已有了為阿巧姐解圍的策略，也得古應春來照計而行。因此，她趁蕭家驥要趕著回家省視老母之便，關照他先去尋到師父，說知其事。

找了兩處都不見，最後才在號子裡聽說古應春去了一處地方，是浙江海運局。浙江的漕運久停，海運局已成了一個浙江派在上海的驛站，傳遞各處的文報而已。古應春到那裡，想來是去打聽杭州的消息。

正留了話想離去時，他師父回來了，臉色陰鬱，如果說是去打聽消息，可想而知，消息一定不好。

然而見了徒弟，卻有喜色。他也跟他妻子一樣，猜想著蕭家驥必得過了年才會回來；因而首先就問：「病人呢？」

「一起回來了。」蕭家驥緊接著說：「是郎中陪著來的。年底下不肯走這一趟，很承他的情；師娘請師父馬上回家，打算要好好陪他玩兩天。」

「這是小事。」古應春問：「我們這位小爺叔的病呢？」

「不礙了。調養幾天就可以起床。」

「唉！」古應春長嘆一聲，「起了床只怕又要病倒。」

蕭家驥一聽就明白，「是不是杭州失守了？」他問。

「上個月廿八的事。」回答的聲音似乎有氣無力，「剛才從海運局得來的信息。」

「王撫台呢？」

「聽說殉節了。」古應春又說：「詳細情形還不曉得。也許逃了出來，亦未可知。」

「不會的。」蕭家驥想到跟王有齡一經識面，便成永訣的悽涼近事，不由得兩行熱淚汩汩而下。

「唉！」古應春頓著足嘆氣，「你都如此，何況是他？這個壞消息，還真不知道怎麼跟他開口？」

「現在說不得，一說，病勢馬上翻覆。不但師父不能說，還得想法子瞞住他。」

「我曉得。你回家去看一看，今晚上不必來了。明天上午，再碰頭。」

於是師弟二人同車，先送了蕭家驥，古應春才回家。跟胡雪巖相見自有一番關切的問訊；然後才跟張醫生親切相敘，這樣就快到了晚飯時分了。

七姑奶奶找個機會將她丈夫喚到一邊，商量款客；她的意思是，如果在家吃飯，加上一個李得隆，只有三個人，未免冷清，不如請張醫生上館子，「最好是請他吃花酒。」她說。

「花酒總要請他吃的。不過，你怎麼知道他喜歡吃花酒？」

「不但吃花酒，最好還替他尋個好的，能夠討回去的。其中自有道理，回頭我再跟你細談。」

「我也不管你搞甚麼鬼！照辦就是。」古應春又說：「有句要緊話關照你，千萬要當心，不能在小爺叔面前透露，不然不得了……」

「急煞人了！」七姑奶奶不耐煩了，「到底是啥事，你倒是快說呀！」

縱然如此，知妻莫若夫，貿然說出杭州的變化，以七姑奶奶的性情，先就會大驚小怪，瞞不住人，因而又先要關照一句：「你可不要叫！杭州失守了，王雪公不知存亡，十之八九殉了節。」

七姑奶奶倒沒有叫，是好半晌作不得聲，接著也跟蕭家驥那樣，熱淚滾滾，閉著眼睛說：

「我好悔！」

「悔！」古應春大為不解，「悔甚麼？」

「我們也算乾親。雖說高攀，不敢認真，到底有那樣一個名分在。看他困在杭州等死，我們做親戚的一點不曾盡心，只怕他在地下也在怨我們。」

「這是劫數！小爺叔那樣的本事，都用不上力，你我有甚麼辦法？只有拿他的下落打聽清楚，果然殉了節，替他打一場水陸，超度超度。」

七姑奶奶不作聲，皺緊雙眉苦苦思索——遇到這種情形，古應春總是格外留神，因為這是七姑奶奶遇到疑難，要拿出決斷來的時候。

「你先陪客人出去。能早回來最好早回來。再打聽打聽王撫台的下落。」

她說一句，他應一句，最後問說：「張先生住在哪裡？」

「住在我們的家。」七姑奶奶毫不遲疑地回答，「這幾天著實還有偏勞他的地方。」

古應春不知道她葫蘆裡賣的甚麼藥？反正對這位郎中要格外巴結，他已能會意的；因此，安排在最好的番菜館「吃大菜」，在那裡就叫了兩個局。張醫生對一個「紅倌人」豔春老四，頗為中意，古應春便在豔春院擺了個「雙檯」，飛箋召客，奉張醫生為首座。客人無不久歷花叢，每人起碼叫兩個局，珠圍翠繞，熱鬧非凡；將個初涉洋場的張醫生弄得暈頭轉向，然而樂在其中了。

席間閒話，當然也有談時局的，古應春正要打聽杭州的情形，少不得要細細追問。

據說杭州城內從十一月二十以後，軍心就已瓦解了；最主要的原因，還在「絕糧」二字。廿四那天，在一家海貨行，搜到一批木耳，每人分得一兩；廿五那天又搜到一批杭州人名「鹽青果」的鹽橄欖，每人分得五錢。於是外省軍隊，開始大家小戶搜食物；撫標中軍都是本省人，在杭日久，熟人甚多，倒還略有羞恥之心，壓低帽簷，索糧用福建或者河南口音；當然，除去搜糧，還有別樣違犯軍紀的行為，這一下秩序大亂，王有齡帶領親兵小隊，親自抓了十幾個人，當街正法。然而無救於軍紀，更無補於軍心。

這時還有個怪現象，就是「賣錢」；錢重不便攜帶，要換銀子或者銀洋，一串一串的銅錢，公然插上草標出賣，當然銀貴錢賤。這是預作逃亡之計，軍心如此，民心更加恐慌，這時相顧談論的，只有一個話題；長毛會在那天破城？

到了十一月廿七，守上城的官軍，決定死中求活，第二天黎明衝出艮山門，殺開一條血路，接引可能會有的外援。這雖是妄想，但無論如何是奮發自救的作為，可以激勵民心士氣，有益無害。不想到了夜裡，情況起了變化，士兵三三兩兩，縋城而下；這就變作軍心渙散，各奔前程的「開小差」了。

據說，這個變化是有人從中煽動的結果。煽動的人還是浙江的大員：藩司林福祥。

林福祥帶領的一支軍隊，名為「定武軍」，軍紀最壞，而作戰最不力。而林福祥則頗善於做作，專幹些毫無用處的花樣；又喜歡出奇計，但到頭來往往「賠了夫人又折兵」，因此頗有人懷疑他已與長毛暗通了款曲。說他曾與一個姓甘的候補知府，到長毛營盤裡議過事。

這些傳聞雖莫可究詰，但有件事卻實在可疑；王有齡抓到過一個奸細名為徐宗鰲，就是林福祥保舉在定武軍當差的營官。王有齡與張玉良在城內城外互通消息，約期會合的「戰書」，都由定武軍轉送，先後不下十餘通之多，都為徐宗鰲轉送到了長毛那裡；後來經人密告，逮捕審問屬實，徐宗鰲全家，除了留下三歲的一個小兒子以外，盡數斬決。可是只辦了這樣一個罪魁禍首；王有齡雖然對幕後的林福祥已大具戒心，卻因投鼠忌器，不願在強敵包圍之下，還有自亂陣腳的內鬨出現，只好隱忍不言。

而林福祥卻確確實實跟長毛已取得了默契，雖不肯公然投降，卻答應在暗底下幫著「拆牆腳」；這天晚上煽動艮山門守軍潛逃，就是要拆杭州這座將倒的危牆。

夜裡的逃兵，長毛不曾發覺；到了天明，發現蹤跡，長毛認為這是杭州城內守軍潰散的跡象，於是發動攻勢，鳳山、候潮、清波三門，首先被破。報到王有齡那裡，知道大勢去矣！自道「不負朝廷，只負了杭州城內數十萬忠義士民。」

殉節之志早決，這是時候了！回到巡撫衙門，穿戴衣冠，望闕謝恩，留下遺書，然後吞金，唯恐不死，又服鴉片菸；而這時衙門內的哭聲與衙門外人聲相應和，長毛已經迫近，為怕受辱，王有齡上吊而死。

同時殉難的有學政員錫庚、處州鎮總兵文瑞、仁和知縣吳保豐。鹽運使莊煥文所帶的是，驍勇善戰的福建泉州籍的「泉勇」，奮戰突圍，不幸兵敗，莊煥文投水自盡。

林福祥卻果然得到長毛的破格優遇，被安置在藩司衙門的西花廳；好酒好肉款待，而且答應聽憑林福祥自己決定，要到哪裡便護送到哪裡。林福祥選擇的是上海，據說此來還有一項任務，是護送王有齡的靈柩及家眷，由上海轉回福建原籍。

聽到這裡，古應春不能不打斷話問了。因為王有齡的靈柩到上海，且不說胡雪巖憑棺一慟，絕不可免，就是他在情分上亦不能不弔祭一番。尤其是想到剛聽妻子說過，頗以對這位「乾親」生前未能稍盡心意而引為莫大憾事；那就不但靈前叩拜，還須對遺屬有所慰恤，才能稍稍彌補歉疚的心情。

問到王有齡靈柩到上海的日期，誰也不知道。然而也不礙；到時候必有迎靈、路祭等等儀式，不管哪個衙門都會知道，不難打聽。

一頓花酒吃到半夜。古應春看張醫生對豔春老四有些著迷的模樣，有心做個「紅娘」；將外號「金大塊頭」的「本家」喚到一邊，探問是否可以讓張醫生「借乾鋪」？

「古大少！」金大塊頭笑道：「你是『老白相』，想想看可有這種規矩？」

「規矩是人興出來的。」古應春說：「我跟你說老實話，這位醫生朋友我欠他的情，你算幫我的忙，不要講規矩好不好？再說，他是外路來的，又住不到多少日子，也不能跟你慢慢講規矩。」

古應春是花叢闊客，金大塊頭要拉攏他，聽他一開口，心裡便已允許；但答應得太爽快，未免自貶身價，也不易讓古應春見情，所以說了些甚麼「小姐名聲要緊」、「頭一天叫的局，甚麼『花頭』都沒有做過，就借乾鋪，會教人笑話」之類的言語，而到頭來是「古大少的面子，不肯也要肯」。

這面肯了，那面反倒不肯；張醫生到了洋場，算「鄉下人」，在寧波也是場面上的人物，不肯留個「頭一天到上海就住在堂子裡」的話柄，所以堅持要回家。

一到家，又替胡雪巖看了一回病，「望聞問切」四個字都做到，很高興地告訴古應春夫婦，說病人十天一定可以起床。

「那麼，張先生，」七姑奶奶說：「我留張先生住十天。肯不肯賞我一個面子？」

「言重，言重！」張醫生面有難色，「再住十天，就到了送灶的日子了。」

古應春也覺得急景凋年，硬留人羈棲異鄉，不但強人所難，也不近人情，所以折衷提議：「再住五天吧！」

「好，就住五天。」。張醫生略有些忸怩地說：「我還有件事，恐怕要重託賢伉儷。」

這話正好為要掀門簾進屋的阿巧姐聽見，扭頭就走；古應春不明白是怎麼回事？想開口相問，七姑奶奶機警，搶著悄悄拉了他一把衣服，才將他的話擋了回去。

「張先生，不要這麼說。」七姑奶奶答道：「只要我們辦得到的事，你儘管吩咐。今天怕累了，吃了粥，請安置吧！」

「粥是不吃了，累倒真有些累了。」張醫生略有些怏怏然。

七姑奶奶向來待客殷勤誠懇，煮了一鍋極道地的魚生粥，定要請客人試試她的手段，又說還有話要談。張醫生自然沒有堅拒之理，於是一面吃消夜，一面談正事。

第一件大事，就是古應春談杭州的情形。這些話張醫生已經在豔春院聽過一遍，所以古應春不便再詳細複述，頂要緊的是證實王有齡殉節，以及由林福祥護送靈柩到上海的話，要告訴七姑奶奶。

「那就對了！我的想法不錯。」她轉臉對張醫生說：「張先生大概還不十分清楚，我們這位小爺叔，跟王撫台是生死之交；現在聽說王撫台死得這麼慘，病中當然要受刺激。不過我在想，我這位小爺叔，為人最明道理，最看得開，而且王撫台非死不可，他也早已看到了的，所以這個消息也不算意外。現在王撫台的靈柩到上海，馬上要回福建，如果他不能到靈前去哭一場，將來反倒會怪我們。所以我想，不如就在這一兩天告訴他。張先生，你看可以不可以？」

「這就很難說了。」張醫生答道：「病人最怕遇到傷心的事；不過照你所說，似乎又不要緊。」

「應春，」姑奶奶轉臉問道：「你看呢？」

古應春最了解妻子，知道她已經拿定了主意，問這一句，是當著客人的面，表示尊重他做丈夫的身分。自己應該知趣，知趣就要湊趣，「張先生自然要慎重。以小爺叔的性情來說，索性告訴了他，讓他死了心，也是一個辦法。」

「對！」張醫生覺得這話有見地，「胡道台心心念念記罣杭州，於他養病也是不宜的。不過告訴他這話，要一步一步來，不要說得太急。」

「是的。」七姑奶奶這時便要提出請求了，「我在想，告訴了他，難免有一場傷心；只怕他一時會受震動，要請張先生格外費心。張先生，我雖是女流之輩，做事不喜歡扭扭捏捏，話先說在前面，萬一病勢翻覆，我可要硬留張先生在上海過年了。」

此時此地，張醫生還能說甚麼？只好報以苦笑，含含糊糊地先答應下來。

等吃完粥，古應春親送張醫生到客房；是七姑奶奶親自料理的，大銅床，全新被褥，還特為張了一頂灰鼠皮帳子，以示待客的隆重，害得張醫生倒大為不安。

又說了些閒話，談談第二天逛些甚麼地方？然後道聲「明天見」，古應春回到臥室，七姑奶奶已經卸了妝在等他了。

「今天張醫生高興不高興？」

「有個豔春老四，他看了很中意，我本來想替他拉攏，就住在那裡。都已經說好了，張醫生一定不肯，只好由他。」古應春又問：「你這樣子熱心，總有道理在內吧？我一直在想，想不通。

「說起來有趣。你曉得張醫生這趟，怎麼來的？」

這一問自然有文章，古應春用右手掩著他妻子的嘴說；「你不要開口，讓我想一想。」

聰明人一點就透。古應春只要從女人身上去思索，立刻就想到方才阿巧姐簾前驚鴻一瞥的情，於是張醫生剛到時對阿巧姐處處殷勤的景象，亦都浮現腦際，恍然大悟，原來如此！

「是為了這個？」他縮回右手，屈起兩指。做了個「七」的手勢，暗扣著一個「巧」字。

七姑奶奶似乎有些掃興，「真無趣！」她說：「怎麼會讓你猜到？」

「猜到這一點點沒有用處。來，來，」他拉著妻子並肩坐下，「你講這段新聞來聽聽。」

這段新聞講得有頭有尾，纖細無遺，比身歷其境的人還清楚；因為他們都只知道自己在場或者聽說過的一部分，蕭家驥有些話不便出口，阿巧姐跟胡雪巖的想法，亦頗多保留，唯有在七姑奶奶面前傾囊而出，反能了解全盤真相。

「家驥這個小鬼頭！」古應春罵著，有些憂慮，卻也有些得意，「本來人就活動，再跟小爺叔在一起，越發學得花樣百出。這樣下去，只怕他會走火入魔，專動些歪腦筋。」

「他不是那種人。」七姑奶奶答道：「閒話少說，有件事，我還要告訴你：小爺叔的脾氣你曉得的，出手本來就大方；又覺得欠了張郎中很重的一個情，所以我的辦法……」

「慢來，慢來！」古應春打斷他的話問：「你是甚麼辦法，還沒有告訴我；是不是李代桃僵？」

「是啊！不然真要弄僵。」七姑奶奶說：「小爺叔也覺得只有我這個辦法。而且他想最好年內辦成，讓張郎中高高興興回家；花個千把銀子，都歸他出。」

雖說長三的身價高，千金贖身，也算很闊綽了；但這樣身價的「紅倌人」，給張郎中作妾，就有些「齊大非偶」的意味了。

「這樣做法不妥。你再行，到底外場的事情懂得太少……」

「這我又不服了。」七姑奶奶性急的毛病發作了，「就算我一竅不通，難道小爺叔的話也不對？」

「自然不對，剛剛一場大病，腦筋自然不夠用。再說，小爺叔對堂子裡的情形，到底也沒有我懂得多。像這種『紅倌人』，一句話，叫做不甘寂寞！平日穿得好，吃得好，且不去說它；光是夜夜笙歌的熱鬧，已經養成習慣，你想想，跟了張郎中，怎麼會稱心如意？」

「照你說，那裡頭就沒有一個能從良的？」

「十室之內，必有芳草。要說出淤泥而不染的，自然也有，不過可遇而不可求，一下子哪裡打了燈籠去找？就算找到了，也要看彼此有沒有緣分，光是一頭熱，有啥用處？」古應春又說：「看在銀子分上，勉強跟回家也會過日子，也會生兒子，就是沒有笑臉，要笑也是裝出來的。如果是這樣的情形，哪怕她天仙化人，我也敬謝不敏。」

話是不能說沒有道理，只是有些言過其實。但是不這麼做，「難道就此罷手不成？」她怔怔地問她丈夫。

「最好罷手，花了錢挨罵，豈不冤枉？」這句話，七姑奶奶大為不服，「奇了！」她說：「這種事也多得是。你不是自己說過，上個月，甚麼辦釐金的朱老爺，就花三千銀子弄了個『活寶』送上司。」

「獻活寶巴結上司，又當別論……」

古應春另有一番議論——官場中巴結上司，物色美人進獻，原是自古已然的事；但取悅一時，不必計及後果。而且名妓為達官貴人作妾，即令家規森嚴，行動不自由，然而錦衣玉食，排場闊綽，總也有貪圖。風塵中愛慕虛榮的多，珠圍翠繞，婢僕簇擁，誇耀於舊日小姐妹，聽得嘖嘖稱羨之聲的那一刻，也還是很「過癮」的。

「張郎中能夠有甚麼給豔春老四？」古應春說：「就算他殷實，做生意人家總是生意人家的規矩，講究實惠，不見得經常替她做衣服、打首飾。日常飲食，更不會像做大官的人家，天天雞魚鴨肉。內地又不比上海，過慣了繁華日子的，你想想她心裡是何滋味？少不得三天兩頭生閒氣，這就叫不安於室。張郎中哪裡還有豔福好享？」

七姑奶奶想起一句成話：「愛之適足以害之」，也覺得不妥，然而又何至於挨罵？

她心裡這樣在想，還未問出口，古應春卻已有了解釋：「做人情也是一門學問。像這樣的情形，懂道理的人，一定批評小爺叔，簡直就是以怨報德，這倒還在其次；張郎中家裡人的，一定罵死了小爺叔。你想是不是呢？」

設身處地想一想，自己也會如此；不但要罵出錢的人，還會罵出主意的人。七姑奶奶這樣想著，深為不安。可是，阿巧姐又如何？

「事情總要有個了結。」七姑奶奶說：「當然，這件事要兩廂情願，這面不肯，那面也沒有話說；不過當初那樣做法，顯得有點有意用『美人計』騙人上當，倘或就此記恨，說出去的話一定難聽；不要說阿巧姐，就是小爺叔也一定不開心。」

古應春沉吟了一會，從從容容地答道：「沒有別的辦法，只有多送銀子，作為補償。」

「也只好如此。」七姑奶奶說：「到時候再說，此刻不必去傷腦筋了！」

第五章

住在洋場的人，特別是經常在花天酒地中的，都有遲睡遲起的習慣；古應春因為有生意要照料，起得還算早的，但也要九點鐘才下床。這天八點鐘就有娘姨來敲房門，說號子裡派了人來，有話要說。

「甚麼話？」古應春隔著窗子問。

「杭州有位劉三爺來。人在號子裡。」

「哪個劉三爺？」睡眼惺忪的古應春，一時想不起是誰。

七姑奶奶在後房卻想到了，掀開帳子說道：「不是劉不才劉三爺嗎？」

「是他？不會是他！」古應春說：「劉三爺也是自己人；一來，當然會到這裡來，跑到號子裡去幹甚麼？」

「老闆娘的話不錯。」號子裡的夥計在窗外接口，「本來是要請劉三爺到家裡來的。他說，他身上破破爛爛不好意思來。」

果然是劉不才！這個意外的消息，反替古應春帶來了迷茫，竟忘了說話。還是七姑奶奶的心思快，胡家的情形還不知道，也許有了甚麼不幸之事；如果讓胡雪巖知道了，一定立刻要見他，當面鑼，對面鼓，甚麼話都瞞不住他，大是不妥。

因此，她便替丈夫做主，吩咐夥計先回號子，說古應春馬上去看他；同時叮囑下人，不准在胡雪巖面前透露劉不才已到上海的消息。

「想不到是他來了。」古應春說：「你要不要跟我一道去看他？」

「自然要囉！」

夫婦倆一輛馬車趕到號子裡；相見之下，彼此都有片刻的沉默。在沉默中，古應春夫婦將劉不才從頭看到底，衣衫雖然襤褸，精神氣色都還不錯，不像是快餓死了的樣子。

「劉三叔！」終於是七姑奶奶先開口，「你好吧？」

「還好，還好！」劉不才彷彿一下子驚醒過來，眨一眨眼說：「再世做人，又在一起了，自然還好！」

聽得這話，古應春夫婦不約而同地鬆了口氣，「胡家呢？」七姑奶奶問說：「都好吧？」

「逃難苦一點，大大小小輪流生病，現在總算都好了。」

「啊——！」七姑奶奶長長舒口氣，雙手合掌，當胸頂禮：「謝天謝地。」然後又說：「不過我倒又不懂了，杭州城裡餓死的人無其數……」說到這裡，她嚥口唾沫，將最後那句話縮了回去。

那句話是個疑問：餓死的人既然無其數，何以胡家上下一個人都沒有餓死？劉不才懂她的意思，但不是一句話所能解答得了的，「真正菩薩保佑！要談起來三天三夜說不盡。」他急轉直下地問道：「聽說雪巖運糧到過杭州，不能進城又回上海。人呢？」

「他一場大病，還沒有好。不過，不要緊了。」七姑奶奶歉意地說：「對不起，劉三叔，你現在還不能跟他見面；等我們把事情問清楚了再說。王撫台是不是真的殉節了？」

「死得好，死得好！」凡事吊兒郎當，從沒有甚麼事可以教他認真的劉不才，大聲讚嘆，「死得有價值。王撫台的官聲，說實在的，沒有啥好；這一來就只好不壞了。連長毛都佩服。」

據劉不才說，杭州城陷那天，「忠王」李秀成單騎直奔巡撫衙門，原意是料到王有齡會殉節，想攔阻他不死；可是晚了一步，王有齡已朝服自縊於大堂右面的桂花樹下。李秀成敬他忠義，解下屍首，停放在東轅門鼓亭左側，覓來上好棺木盛殮；王家上下老幼，自然置於保護之下。

「長毛總算也有點人心。」七姑奶奶問道：「不是說要拿王撫台的靈柩送到上海來嗎？」

「那倒沒有聽見說起。」

「滿城呢？」古應春問：「將軍瑞昌，大概也殉節了？」

「滿城在三天以後才破……」

在這三天中，李秀成暫停進攻，派人招降，條件相當寬大，准許旗人自由離去，准帶隨身細軟以外，另發川資；同時將「天王」特赦杭州旗人的「詔旨」送給瑞昌看，目的是想消除他們的疑慮，而效用適得其反。也許是條件太寬大，反令人難以置信。而且，敗軍之將歸旗，亦必定治罪，難逃一死，反倒失去了撫恤，甚至還褫奪了旗籍，害得子孫不能抬頭，無法生活，所以瑞昌與部將約定，絕不投降。

於是三天一過，李秀成下令攻擊，駐防旗人，個個上陣，極力抵抗；滿城周圍九里，有五道城門，城上有紅衣大砲，轟死了長毛三千多人，到十二月初一午後城破。將軍瑞昌投荷花池而死，副都統傑純、關福亦都自戕。男女老小縱火自焚以及投西湖而死的，不計其數。

講到這裡，劉不才自我驚悸，面無人色；古應春趕緊叫人倒了熱茶來，讓他緩一緩氣，再問他個人的遭遇。

「杭州吃緊的時候，我正在那裡。雪巖跟我商量，湖州亦已被圍，總歸一時回不去了；託我護送他的家眷到三天竺逃難。從此一別，就沒有再見過他；因為後來看三天竺亦不是好地方，一步一步往裡逃，真正菩薩保佑，逃到留下。」

「留下」是個地名，在杭州西面；據說當初宋高宗遷都杭州，相度地勢，起造宮殿，此處亦曾中意，囑咐「留下」備選，所以叫做留下。其地多山，峰迴泉繞，頗多隱祕之處，是逃難的好去處。

「逃難的人很多，人多成市，就談不到隱祕了。我一看情形不妙，跟雪巖夫人說：要逃得遠，逃得深，越是荒涼窮苦的地方越好。雪巖夫人很有眼光，說我的話對。我就找到一處深山，真正人跡不到之處；最好的是有一道澗，有澗就有水，甚麼都不怕了。我雇人搭了一座茅棚，只有三尺高，下面鋪上木板；又運上去七八擔米，一缸鹽菜，十來條火腿。說起來不相信，那時候杭州城裡餓死的人，不知道多少。就我們那裡沒有一天不吃乾飯。」

「怪不得。劉三叔不像沒飯吃的樣子。」七姑奶奶說：「長毛倒沒有尋到你們那裡？」

「差一點點。」劉不才說：「有一天我去賭錢……」

「慢點。」七姑奶奶插嘴問道：「逃難還有地方賭錢？」

「不但賭錢，還有賣唱的呢！市面熱鬧得很。」

市面是由逃難的人帶來的。起先是有人搭個茅棚，賣些常用的什物，沒有字號，通稱「小店」；然後小店成為茶店，作為聚會打聽消息的所在；難中歲月既愁且悶，少不得想個排遣之道，於是茶店又變成賭場。劉不才先是不願與世隔絕，每天走七八里路到那個應運而生的市集中去聽聽新聞，到後來就專為去過賭癮了，牌九、做寶、擲骰子，甚麼都來；有莊做，就做莊家，沒有莊做就賭下風，成了那家賭場的台柱。

這天午後，劉不才推莊賭小牌九，手氣極旺，往往他翻蹩十，重門也翻蹩十，算起來還有錢贏。正賭得興頭時，突然有人喊道：「長毛來了！」

劉不才不大肯相信，因為他上過一回當；有一次也是聽說「長毛來了」，賭客倉皇走避，結果無事，但等回到賭場，檯面上已空空如也。事後方知，是有人故意搗亂，好搶檯面；他疑心這一次也是有人想趁火打劫，所以大家逃，他不逃，不慌不忙地收拾起自己的賭注再說。

「劉三爺！」開賭場的過來警告，「真的是長毛來了。」

這一說劉不才方始著慌，匆匆將幾十兩銀子塞入腰際，揹起五六串銅錢，拔腳奪門而走。然而已經晚了，有兩個長毛窮追不捨。劉不才雖急不亂，心裡在想，自己衣服比別人穿得整齊；肩上又揹著銅錢，長毛絕不肯放過自己。這樣一逃一追，到頭來豈不是「引鬼進門」？

念頭轉到此處，對付的辦法也就有了；拉過一串銅錢來，將「串頭繩」上的活結，一下扯開，「嘩嘩」地將一千銅元落得滿地；然後跑幾步，如法炮製。五六串銅錢灑完，肩上的重負全釋，腳步就輕快了；然而還是不敢走正路，怕引長毛發現住處，兜了好大一個圈子，到晚上才繞道到家。

「從那一次以後，胡老太太跟雪巖夫人就不准我再去賭了。其實，市面也就此打散了——那一次是一小隊長毛，誤打誤撞闖到了那裡，人數太少，不敢動手。第二天，還是第三天，來了大隊人馬，奸淫擄掠外加一把火，難民遭劫的不知多少？」劉不才說到這裡，表情相當複雜，餘悸餘哀都猶在，卻又似乎欣慰得意，「虧得我見機！這一寶總算讓我看準了。」

談這樣的生死大事，仍舊不脫賭徒的口吻，七姑奶奶對他又佩服、又好笑，但更多的是關切：「以後始終沒有遇見長毛？」

「沒有！不過好幾次聽見聲音；提心吊膽的味道，只有嘗過的人才曉得真不好受！」

然而，此刻提心吊膽的日子，也並不算完全過去。長毛進城，由於李秀成的約束，照例會有的燒、殺、奸、搶倒不甚厲害；但杭州人不肯從賊，男的上吊、女的投井、闔家自盡的，不計其數。這也不盡是忠義之氣使然，而是生趣索然；其中又分成幾類：怕受辱吃苦頭的是一類；滿目極人間未有之慘，感情上承受不住，願求解脫的，也是一類；無衣無食，求苟延殘喘而不可得，以為遲早是死，不如早死的，又是一類；歷盡浩劫，到頭來仍不免一場空，於心不甘，憤而自裁的，更是一類。

像胡家這樣「跳出劫數外，不在五行中」的，只怕十萬人家找不出一家；然而現在卻又在劫數中了。荒山茅棚，自然不能再住，最主要的原因是，存糧已罄，不能不全家「出山」；城裡屍臭不可嚮邇，如果不是嚴冬，瘟疫早已流行，當然不能再住，好的是胡老太太本來信佛，自從胡雪巖平地一聲雷，發達起來，更認定是菩薩保佑，大小廟宇庵堂，只要和尚尼姑上門化緣，必不會空手而回，三天竺是香火盛地，幾座廟宇，無不相熟，找一處安頓下來，倒也容易。苦惱的仍舊是糧食。整個杭州城，全靠李秀成從嘉興運來兩萬石米；如果不包括軍食在內，倒也能維持一段時期，無奈先發軍糧，再辦平糶，老百姓的實惠就有限了。

「現在全家大小，每天只吃一頓粥。我倒還好，就是上面老的，下面小的，不能不想法子。」

「這個法子總想得出。」古應春說：「不過，劉三叔，你有句話我不懂；你一向胃口很好，每天吃一頓粥，倒能支持得住？還說『還好』！」

劉不才笑笑，不好意思地答道：「我會到長毛公館裡去打野食。」

七姑奶奶也笑了，「劉三叔，你真正是，老虎嘴裡的食，也敢奪來吃。」她問：「你怎麼打法？」

「這就不好告訴你了。閒話少說，有句正經話，我要跟你們商量，有個王八蛋來找雪巖的麻煩，如果不理他會出事。」

劉不才口中的「王八蛋」叫袁忠清，是錢塘縣署理知縣。此人原來是袁甲三部下的一個「勇目」，打仗發了筆橫財，活動袁甲三的一個幕友，在一次「保案」中將他添上了一個名字，得了「六品藍翎」的功名。後來犯了軍令，袁甲三要殺他，嚇得連夜開了小差，逃回江西原籍。

那時的江西巡撫是何桂清的同年，穆彰阿的得意門生張芾；袁忠清假報為六品藍翎的縣丞，又走了門路，投效在張芾那裡。不久，長毛攻江西省城，南昌老百姓，竭力助守，使得張芾大起好感；愛屋及烏，便宜了「王八蛋」，竟被委為製造局幫辦軍裝。這是個極肥的差使，在袁忠清手裡更是左右逢源，得其所哉。

不久，由於寧國之捷，專案報獎，張芾倒很照顧袁忠清，特意囑咐幕友，為他加上很好的考語，保升縣令。這原是一個大喜訊，在他人當然會高興得不得了，而袁忠清不但愁眉苦臉，甚至坐臥不寧。

同事不免奇怪，少不得有人問他：「老袁，指日高升！上頭格外照應你，不是列個名字的泛泛保舉；你是十六個字的考語，京裡一定照准。眼看就是『百里侯』，如何倒像如喪考妣似地。」

「說甚麼指日高升？不吃官司，只怕都要靠祖宗積德。」接著，又搖搖頭：「官司吃定了！祖宗積德也沒用。」

他那同事大為驚惑：「為甚麼？」

袁忠清先還不敢說，禁不起那同事誠懇熱心，拍胸脯擔保，必定設法為他分憂，袁忠清才吐露了心底的祕密。

「實不相瞞，我這個『六品藍翎』，貨真價實；縣丞是個『西貝貨』。你想這一保上去，怎麼得了？」

「甚麼？你的縣丞是假的！」

假的就不能見天日。江西的保案上去，吏部自然要查案；袁忠清因為是縣丞才能保知縣，然則先要問他這個縣丞是甚麼「班子」？一查無案可稽，就要行文來問。試問袁忠清可拿得出「部照」或是捐過班的「實收」？

像這種假冒的事，不是沒有；吏部的書辦十九是吃人不吐骨頭的積年滑吏，無弊不悉，只怕沒有縫鑽，一旦拿住了短處，予取予求勒索夠了，怕還是要辦他個「假冒職官」的罪名，落個充軍的下場。

他那同事，倒也言而有信，為他請教高人，想出一條路子，補捐一個縣丞。軍興以來，為了籌餉，大開捐例，各省都向吏部先領到大批空白收據；即名為「實收」——捐班有各種花樣，各種折扣，以實際捐納銀數，掣給收據，就叫「實收」，將來據以換領正式部照；所以這倒容易，兌了銀子，立時可以辦妥。但是，日期不符也不行；繳驗「實收」，一看是保案以後所捐，把戲立刻拆穿。

「這沒有別的辦法，只有託人情。」

「託人情要錢，我知道。」袁忠清說：「我這個差使雖有點油水，平時都結交了朋友，吃過用過，也就差不多了。如今，都在這裡了！」

將枕頭箱打開，裡面銀票倒是不少，但零零碎碎加起來，不過百把兩銀子；像這種倒填年月的花樣，擔著極大的干係，少說也得三百兩。他那朋友知道袁忠清是有意做作；事到如今，人家半吊子，自己不能做為德不卒的事，只好替他添上五十兩銀子，跟「前途」好說歹說，將他這件事辦了下來。

但是，袁忠清「不夠意思」的名聲，卻已傳了出去；江西不能再混，事實上也非走不可，因為保升了知縣，不能在本省補缺，託人到部裡打點，分發浙江候補。

袁忠清原來是指望分發廣東，卻以所託的人，不甚實在，改了分發浙江，萬般無奈，只有「稟到」候補，那時浙江省城正當初陷收復以後，王有齡全力繕修戰備，構築長壕，增設砲台，城上鱗次櫛比的營房；架起極堅固的吊車，安上軸轆，整天不停地儲備槍械子藥。放眼一望，旗幟鮮明，刀槍雪亮，看樣子是一定守得住了。

於是袁忠清精神復振，走了藩司麟趾的門路，竟得「掛牌」署理錢塘縣。杭州城內，錢塘仁和兩縣，而錢塘是首縣。縣官身分更自不同。袁忠清工於心計，只具「內才」；首縣卻是要「外才」的，講究儀表出眾、談吐有趣、服飾華麗、手段圓滑，最要緊的是出手大方、善於應酬，袁忠清本非其選。但此時軍情緊急，大員過境的絕少，送往迎來的差使不繁，正可發揮他的所長。

袁忠清的長處就在搞錢；搞錢要有名目，而在這個萬事莫如守城急的時候，又何愁找不到名目？為了軍需，攤派捐獻，抓差徵料，完全是一筆爛帳；只要上面能夠交差，下面不激出民變，從中撈多少都沒有人會問的。

到了九月裡杭州被圍，家家絕糧，人人瘦瘠，只有袁忠清似乎精神還很飽滿；多疑心他私下藏著米糧，背人「吃獨食」，然而事無佐證，莫可究詰。這樣的人，一旦破城，自然不會殉節——有人說他還是開城門放長毛進城的人；這一點也無實據，不過李秀成進城的第二天他就受了偽職，卻是絲毫不假。他受的偽職，名為「錢塘監軍」，而幹的差使卻是「老本行」，替長毛備辦軍需。

長毛此時最迫切需要的是船，因為一方面擄掠而得的大批珠寶細軟、骨董字畫，要運到「天京」，進獻天王；一方面要從外埠趕運糧食到杭州，所以袁忠清摔掉翎頂，脫去補掛，換上紅綢棉襖，用一塊黃綢子裹頭，打扮得跟長毛一樣，每天高舉李秀成的令箭在江干封船。城外難民無數，有姿色的婦女，遇到好色如命的袁忠清，就難保清白了。

「這個王八蛋！」劉不才憤憤地說：「居然親自到胡家，跟留守在那裡的人說：胡某人領了幾萬銀子的公款，到上海去買米；怎麼不回來？你們帶信給他，應該有多少米，趕快運到杭州來。不然，有他的罪受！你們想想看，這不是有意找麻煩？」

這確是個麻煩。照袁忠清這樣卑汙的人品、毒辣的手段，如果不早做鋪排，說不定他就會打聽到胡家眷屬存身之處，凌辱老少婦孺，豈不可憂？

「頂教人擔心的是，這是王八蛋成事不足，敗事有餘；如果說他拿胡家大小弄了進去，託到人情，照數釋放，倒也還不要緊。就怕他跟長毛一說，人是抓進去了；要放，他可做不了主。這一來，要想走條路子，只怕比登天還難。」

劉不才這番話，加上難得出現的沉重臉色，使得七姑奶奶憂心忡忡，也失去了平時慣有爽朗明快的詞色。古應春當然也相當擔心，但他一向深沉冷靜，一半也是受了胡雪巖的濡染，總覺得凡事只要不怕難，自然就不難。眼前的難題，不止這一端；要說分出緩急，遠在杭州的事，如果已生不測，急也無用。倘或根本不會有何危險，則病不急而亂投醫，反倒是自速其禍。

然而這番道理說給劉不才聽，或許他能接受，在七姑奶奶卻是怎麼樣也聽不進去的。因而他只有大包大攬地先一肩擔承了下來，作為安慰妻子的手段。

「不要緊！不要緊！」他拍一拍胸說：「我有辦法，我有路子，我今天就去辦。眼前有件事，先要定個主意。」

這件事就是要將杭州的消息，告訴胡雪巖。家小陷賊，至交殞命，是他不堪承受的兩大傷心之事；可是老母健在，闔家無恙，這個喜訊，也足以抵銷得過，所以古應春贊成由劉不才去跟他面談。

七姑奶奶表示同意，劉不才當然依從，不過，他要求先去洗個澡——這是他多少天來，夢寐以思的一種欲望。

「那容易。」七姑奶奶對古應春說：「你先陪劉三叔到澡塘子去，我回家去收拾間屋子出來。」

「不必，不必！七姐，」劉不才說：「我還是住客棧，比較自由些。」

「劉三叔喜歡自由自在，你就讓他去。」古應春附和著；他是另有用意，想到或許有甚麼不便當著胡雪巖說的話，跟劉不才在客棧裡接頭，比較方便些。

在新闢的「石路」上，買好從裡到外、從頭到腳的全套衣衫鞋帽；照道理說，劉不才脫下來的那身既破且髒的舊衣服，可以丟進垃圾箱裡去了。但是，他卻要留著。

「從前，我真正是不知稼穡之艱難，雖然也有落魄，混到吃了中飯、不知夜飯在哪裡的日子也有過，可是我從來不愁，從沒有想過有了錢要省儉些用。經過這一場災難，我變過了。」劉不才說：「這身衣服我要留起來，當作『傳家之寶』。這不是說笑話，我要子孫曉得，他們的祖宗吃過這樣子的苦頭！」

古應春相當驚異，「劉三叔，」他說：「你有這樣子的想法，我倒沒有想到。」

「我也是受了點刺激；想想一個人真要爭氣。」劉不才說：「從天竺進城，傷心慘目，自不必說；不過甚麼東西可怕，都不如人心可怕。雪巖在地方上，總算也很出過一番力的，哪知道現在說他好的，十個之中沒有一個。我實在不大服氣。如果雪巖真的垮了下來，或者杭州也真的回不去了，那就冤屈一輩子，壞名譽也不能洗刷。到有一天光復，雪巖依舊像從前那樣神氣，回到杭州，我倒要看看那班人又是怎麼個說法？」

這是一番牢騷，古應春頗有異樣的感覺。從他認識劉不才以來，就難得聽他發牢騷；偶爾那麼一兩次，也總是出以冷雋嘲弄的口吻，像這樣很認真的憤激之詞，還是第一次聽到。

再將他話中的意思，好好咀嚼了一會，終於辨出一點味道來了；「劉三叔，」他試探著問：「你好像還有甚麼話，藏在肚子裡似地。」

劉不才倏然抬眼，怔怔地望著古應春，好半晌才深深點頭，「應春兄，你猜對了。我是還有幾句話，倒真應該跟你談才是。雪巖的處境很不利……」

聽他談了下去，才知道胡雪巖竟成眾矢之的。有人說他借購米為名，騙走了藩庫的一筆公款，為數可觀；有人說王有齡的宦囊所積，都由胡雪巖替他營運，如今死無對證，已遭吞沒。此外還有人說他如何假公濟私、如何虛有善名，將他形容成一個百分之百的奸惡小人。

「這都是平時妒嫉雪巖的人，或者在王雪公手裡吃過虧遷怒到他頭上。瘋狗亂咬，避開就是；本來可以不必理他們，哪知長毛也看中了雪巖，這就麻煩了。」

越說越奇，如何長毛又看中胡雪巖？古應春大惑不解，不過一說破也就無足為奇了；「雪巖向來喜歡出頭做好事，我們憑良心說，一半他熱心好熱鬧，一半也是沽名釣譽。李秀成打聽到了，想找雪巖出來替他辦善後。這一來就越發遭忌；原來有批人在搞，如果雪巖一出面，就沒有得那批人好搞的，所以第一步由袁忠清那樣的王八蛋來恐嚇；這也還罷了，第二步手段真毒辣了，據說，那批人在籌畫鼓動京官要告雪巖，說他騙走浙江購米的公款，貽誤軍需國食，請朝廷降旨查辦。」聽到這裡，古應春大驚失色，「這，從何說起？不是要害他家破人亡嗎？」他大搖其頭，「不過我又不懂，果然降旨查辦，逼得小爺叔在上海存身不住，只好投到長毛那裡，於他們又有何好處？」

「不要忙，還有話。」劉不才說：「他們又放出風聲來了，說是胡雪巖不回杭州便罷，一回杭州，要鳴鑼聚眾，跟他好好算帳。」

「算甚麼帳？」

「哪曉得他們算甚麼帳？這句話毒在『鳴鑼聚眾』四個字上頭；真的搞成那樣的局面，雪巖就變成過街老鼠了，人人喊打！」

古應春敲敲額角，「劉三叔，」他緊皺著眉說：「你的話拿我搞糊塗了，一方面不准他回去，一方面又逼得他在上海不能住，非投長毛不可，那麼他們到底要怎麼辦呢？莫非真要逼人上吊，只怕沒有那樣容易吧？」

「當然。雪巖要讓他們逼得走投無路，還能成為胡雪巖？他們也知道這是辦不到的；目的是想逼出雪巖一句話；你們饒了我，我絕不會來壞你們的事。應春兄，你想雪巖肯不肯說這句話？」

「不肯也得肯，一家老少，關係太重了。」

「話是不錯。但是另外又有一層難處。」

這層難處是個不解的結，李秀成的一個得力部下，實際上掌理浙江全省政務的陳炳文，因為善後工作棘手，一定要胡雪巖出頭來辦事。據說已經找到阜康錢莊的檔手，囑咐他轉言。照劉不才判斷，也就在這兩三天之內，會到上海。

「照這樣說，是瞞不住我這位小爺叔的了。」古應春覺得情勢棘手，問劉不才說：「你是身歷其境的人，這幾天總也想過，有甚麼解救之力？」

「我當然想過。要保全家老小，只有一條路，不過……」劉不才搖搖頭說：「說出來你不會贊成。」

「說說何妨。」

「事情明擺在那裡，只有一個字：去！說老實話，雪巖真的回杭州去了，那班人拿他又有甚麼辦法？」

古應春大不以為然。但因劉不才言之在先，料他不會贊成，他倒不便說甚麼責備的話了。

「劉三叔，」他慢吞吞地說：「眼前的急難要應付，將來的日子也不能不想一想。我看，這件事，只有讓小爺叔自己去定主意了。」

帶來了全家無恙的喜訊，也就等於帶來了王有齡殉難的噩耗；劉不才不提王有齡，真所謂「盡在不言中」，胡雪巖雙淚交流，但哀痛還能承受得住，因為王有齡這樣的下場，原在意中。一個多月前，錢塘江中一拜，遙別也就是永訣；最傷心的時刻已經過去了。

王有齡的遺屬呢？他想問，卻又怕問出來一片悲慘的情形，有些不敢開口。而七姑奶奶則是有意要談能教人寬心的事，特意將胡家從老太太起，一個個挨次問到；這就越發沒有機會讓胡雪巖開口了。

談到吃晚飯，正好張醫生回來，引見過後，同桌共飲；他們兩人算是開藥店的同行，彼此都別有親切之感，所以談得很投機。飯後，古應春特為又請張醫生替胡雪巖去診察；也許是因為有了喜訊的緣故，神旺氣健，比上午診脈時又有了進境。

「還有件很傷腦筋的事要跟病人談。」古應春悄悄問張醫生，「不知道對他的病勢相宜不相宜？」

「傷腦筋的事，沒有對病人相宜的。不過，他的為人與眾不同，禁得起刺激，也就不要緊了。」

既然如此，古應春便不再瞞——要瞞住的倒是他妻子；所以等七姑奶奶回臥房去看孩子時，他才跟劉不才將杭州對胡雪巖種種不利的情形，很委婉地，但也很詳細地說了出來。

胡雪巖很沉著，臉色當然也相當沉重。聽完，嘆口氣：「亂世會壞心術。也難怪，這個時候哪個要講道德，講義氣，只有自己吃虧。不過，還可以講利害。」

聽這口氣，胡雪巖似乎已有辦法，古應春隨即問道：「小爺叔，事不宜遲，不管定的甚麼主意，要做得快！」

「不要緊，『儘慢不動氣』！」

到這時候，胡雪巖居然還有心思說這樣輕鬆的俏皮話，古應春倒有點不大服氣了，「看樣子，小爺叔倒真是不在乎！」他微帶不滿地說：「莫非真的有甚麼神機妙算？」

「不是啥神機妙算！事情擺明在那裡，他們既然叫我錢莊裡的人來傳話，當然要等有了回信，是好是歹，再作道理。現在人還沒有到，急甚麼？」

聽得這一說，古應春實在不能不佩服；原是極淺的道理，只為方寸一亂，看不真切。這一點功夫，說來容易，臨事卻不易做到；正就是胡雪巖過人的長處。

「那好！」古應春笑道：「聽小爺叔一說破，我也放心了。就慢慢商量吧。」

急人之急的義氣，都在他這一張一弛的神態中表露無遺。這在胡雪巖是個極大的安慰，也激起了更多的信心，因而語氣就越發從容了。

「那個袁忠清，他的五臟六腑，我都看得見；他是『泥菩薩過江，自身難保』，絕不敢多事。別的人呢，都要仔細想一想，如果真的跟我家眷為難，也知道我不是好惹的人。」胡雪巖說：「他們不會逼我的！逼急了我，於他們沒有好處；第一，我可以回杭州，長毛要我，就會聽我的話，他們自己要想想，鬥得過我，鬥不過我。第二，如果我不回杭州，他們總也有親人至戚在上海，防我要報復。第三——那就不必去說它了，是將來的話。」

古應春卻偏要打聽：「將來怎麼樣？」

「將來，總有見面的日子，要留個餘地。為人不可太絕；就拿眼前來說，現在大家都說我如何如何不好，如果他們為難我的家眷，就變成他們不對了。有理變成無理，稍微聰明的人，不肯做這樣的事。」

這一點古應春不能同意，留個相見餘地的話，也未免太迂；不過僅是前兩點的理由也儘夠了。古應春便催著他說：「小爺叔，你說你的辦法！」

「我的辦法是做一筆交易。他們不願意我回杭州，可以；我不但不跟他們去爭，而且要放點交情給他們，有朝一日，官軍光復杭州，我自有保護他們的辦法。不過，眼前他們要替我想辦法，拿我的家眷送出杭州。」

這樣的一筆交易是不是做得成？古應春頗為懷疑，因而默然不語，只望著劉不才，想聽他的意見。

劉不才卻對他的話大感興趣，「這倒是個辦法。」他說：「照我看，那批人又想吃羊肉，又怕羊騷臭，怕將來官軍光復了，跟他們算帳。如果真的有保護他們的把握，那批人肯照我們的辦法做的。不過，空口說白話可不行。」

「現在當然只有空口說白話；話要動聽，能夠做得到，他們自然會相信。」胡雪巖停了一下說：「三叔，這件事只有你辛苦，再去一趟；因為別人去說，他們不大容易相信。」

「這還用說？自然是我去。你說，跟他們怎麼個講法。」

「當然要吹點牛。」胡雪巖停了下來：「等我好好想一想。」

這一想想了好多時候，或者是暫且丟開此事；總而言之，不見他再談起，盡自問著杭州的情形，瑣瑣屑屑，無不關懷。雪巖的交遊甚廣，但問起熟人，不是殉難，就是下落不明，存者十不得一。連不相干的古應春，都聽得悽愴不止。

到得十點多鐘，劉不才一路車船勞頓，又是說話沒有停過，再好的精神也支持不住了。古應春便勸他不必再住客棧，先好好睡一覺再說；劉不才依從，由古家的丫頭伺候著，上床休息。

胡雪巖的精神卻還很好，「老古，」他招招手讓古應春坐在床前，低聲說道：「我對人不用不光明的手段，這一次要做它一次一百零一回的買賣；全家大小在那班王八蛋手裡，不能不防他們一著。我現在要埋一條藥線在那裡，好便好，搞得不好，我點上藥線轟他娘的，教他們也不得安逸。話說明了，你心裡也有數了；要勞你的神，替我做一件公事。」

他是「話說明了」，古應春卻如丈二金剛摸不著頭腦，「小爺叔，」他皺著眉說：「我還莫名其妙；甚麼藥線，甚麼公事？」

「公事就是藥線，藥線就是公事。」胡雪巖說：「這件公事，是以我浙江候補道兼團練局委員，奉王撫台委派，籌畫浙江軍需民食，以及地方賑濟事宜的身分，報給閩浙總督衙門慶制軍。公事上要說明，王雪公生前就顧慮援兵不到，杭州恐怕保不住，特意囑咐我，他是決定城亡人亡，一死報答朝廷；但是杭州的百姓，不可不顧，因為我不是地方官，並無守土之責，所以，萬一杭州淪陷，必得顧念家鄉，想辦法保護地方百姓。這是第一段。」

古應春很仔細地聽著，已理會得胡雪巖入手的意思，並即說道：「第二段當然是敘你運糧到杭州，不能進城的情形？」

「對！不過轉道寧波這一層不必提。」胡雪巖略停一下又說：「現在要敘頂要緊的第三段，要這樣說法：我因為人在上海，不能回杭州；已經派人跟某某人、某某人聯絡，請他們保護地方百姓，並且暗中布置，以便官軍一到，可以相機策應。這批人都是地方公正士紳，秉心忠義，目前身陷城中，不由自主；將來收復杭州，不但不能論他們在長毛那裡幹過甚麼職司，而且要大大地獎勵他們。」

「啊，啊！」古應春深深點頭，「我懂了，這就是替他們的將來留個退步。」

「對了。這道公事要等慶制軍的批示，他人在福州，一時辦不到；所以要來個變通辦法，一方面呈報慶制軍，一方面請江蘇巡撫衙門代咨閩浙總督衙門，同時給我個覆文，拿我的原文都敘在裡頭，我好給他們看。」

「嗯，嗯！」古應春想了一下，記起一句話：「那麼甚麼叫『公事就是藥線』呢？」

「這你還不懂？」胡雪巖提醒他說：「你先從相機策應官軍這句話上去想，就懂了。」

真所謂「光棍一點就透」，古應春恍然大悟，如果那批人不肯就範，甚至真個不利於胡家眷屬；胡雪巖就可用這件公事作為報復，向長毛告密，說這班人勾結清軍，江蘇巡撫衙門的回文，便是鐵證。那一來，後果就可想而知了。

這一著實在狠。但原是為了報復，甚至可以作為防衛；如果那批人了解到這道公事是一根一點便可轟發火藥、炸得粉身碎骨的藥線，自然不敢輕舉妄動。

「小爺叔！」古應春讚嘆著說：「真正『死棋肚子裡出仙著』，這一著，虧你怎麼想出來的？」

「也不是我發明的。我不過拿人家用過的辦法，變通一下子。說起來，還要謝謝王雪公，他講過一個故事給我聽；這個故事出在他們家鄉，康熙年間有位李中堂，據說在福建名氣大得很，他的同年陳翰林跟他有段生死不解的仇……」

王有齡告訴胡雪巖的故事如此：這位李中堂是福建安溪人，他的同年陳翰林是福州人。這年翰林散館，兩個人請假結伴回鄉。不久就有三藩之亂，耿精忠響應吳三桂，在福州也叛變了，開府設官，陳翰林被迫受了偽職。

李中堂見獵心喜，也想到福州討個一官半職。而陳翰林卻看出耿精忠恐怕不成氣候，便勸李中堂不必如此。而且兩個人閉門密談，定下一計，由李中堂寫下一道密疏，指陳方略，請朝廷速派大兵入閩。這道密疏封在蠟丸之中，由李家派人取道江西入京，請同鄉代為奏達御前。

「這是『刀切豆腐兩面光』的打算。」胡雪巖說：「李中堂與陳翰林約定，如果朝廷大兵到福建，耿精忠垮台，李中堂當然就是大大的功臣，那時候他就可以替陳翰林洗刷，說他投賊完全是為了要打探機密，策應官軍……」

「啊，啊，妙！如果耿精忠成了功，李中堂這道密疏，根本沒有人知道，陳翰林依舊可以保薦他成為新貴。是不是這樣的打算？」

「一點不錯。」

「那麼後來呢？」古應春很感興趣地問：「怎麼說是成了生死不解的冤家？」

「就為李中堂不是東西，出賣朋友。耿精忠垮台，朝廷收復福建，要辦附逆的罪；李中堂自己得意了，竟不替他洗刷。害得陳翰林充軍到關外。」胡雪巖說：「我現在仿照他們的辦法，但願那批人很識相，我替他們留下的這條洗刷路子，將來一定有用。」

「對！小爺叔的意思，我完全懂了；這道公事我連夜替你預備起來。」

「不忙。明天動筆也不遲。」胡雪巖說：「我還有件事要先跟你商量。」

這件事是為王有齡身後打算，自不外名利兩字，王有齡的宦囊雖不太豐，卻絕不能說是一清如水；「三年清知府，十萬雪花銀」，許多收入像徵糧的「羨餘」；漕糧折實，碎銀子鎔鑄為五十兩銀子一個的「官寶」，照例要加收的「火耗」，在雍正年間就已「化暗為明」，明定為地方官的「養廉銀」。此外「三節兩壽」——「過年、端午、中秋三節，本人及太太的兩個生日，屬員必有餽敬，而且數目亦大致有定規，這都是朝廷所許的收入。

王有齡的積蓄，當然是交給胡雪巖營運；他現在要跟古應春商議的，就因為經手的款子，要有個交代。「他們說王雪公有錢在我手裡，這是當然的。我跟死者的交情，當然也不會『起黑心』。不過，」說到這裡，他有點煩躁，「這樣子的局面，放出去的款子，擺下去的本錢，一時哪裡去回籠？真教我不好交代。」

這確是極為難的事。古應春的想法比胡雪巖還要深，王有齡已經殉節，遺屬不少，眼前居家度日，將來男婚女嫁，不但在在要錢，而且有了錢也不能坐吃山空。所以，他說：「你還不能只顧眼前的交代，要替王家籌個久長之計才好。」

「這倒沒有甚麼好籌畫的，反正只要胡雪巖一家有飯吃，絕不會讓王家吃粥，我愁的是眼前！」胡雪巖說：「王雪公跟我的交情，可以說他就是我，我就是他。他在天之靈，一定會諒解我的處境。不過王太太或者不曉得我的心，他家的親友更加隔膜，只知道有錢在我這裡，不知道這筆錢一時收不回來。現在外頭既有這樣的閒話，我如果不能拿白花花的現銀子捧出來，人家只當我欺侮孤兒寡婦。這個名聲，你想想，我怎麼吃得消？」

古應春覺得這個看法不錯，他也是熟透人情世故的人，心裡又有進一步的想法；如果胡雪巖將王有齡名下的款子，如數交付，王家自然信任他，繼續託他營運，手裡仍可活動。否則，王家反倒有些不大放心，會要求收回。既然如此，就樂得做得漂亮些。

麻煩的是，杭州一陷，上海的生意又一時不能抽本，無法做得「漂亮」。那就要靠大家幫忙了。

「小爺叔，」他問：「王雪公有多少款子在你手裡？」

「王太太手裡有帳的，大概有十萬；另外還有兩萬在雲南，不知道王太太知道不知道。」

「那就奇怪了。怎麼在雲南會有兩萬銀子？」

「是這樣子的，」胡雪巖說：「咸豐六年冬天，何根雲交卸浙江巡撫，王雪公在浙江的官，也沒有甚麼做頭了；事先安排，調補雲南糧道。我替他先匯了兩萬銀子到雲南。後來何根雲調升兩江，王雪公自然跟到江蘇；雲南的兩萬銀子始終未動，存在昆明錢莊裡生息。王雪公始終不忘雲南，生前跟我說過，有機會很想做一任雲南巡撫；能做到雲貴總督，當然更好。這兩萬銀子在雲南遲早有用處，不必去動它。現在，當然再也用不著了！」說到這裡，胡雪巖又生感觸，泫然欲涕。

等他拭一拭眼睛，擤一擤鼻子，情緒略略平伏，古應春便接著話題問：「款子放在錢莊裡，總有摺子，摺子在誰手裡？」

「麻煩就在這裡。摺子是有一個，我交給了王雪公；大概是他弄掉了，也記不起這回事，反來問我。這原是無所謂的事，跟他們再補一個就是。後來事多，一直擱著未辦；如今人已過世，倒麻煩了，只怕對方不肯承認。」

「你是原經手。」古應春說：「似乎跟王雪公在世還是故世，不生關係。不過，錢莊的規矩，我也不大懂，不知道麻煩何在？」

「錢莊第一講信用，第二講關係，第三才講交情。雲南這家同業，信用並不見得好，交情也談不上；唯一講得上，就是關係。王雪公在日，現任的巡撫，雲南方面說得上話；我自己呢，皁康在上海的生意不算大，浙江已經坐第一把交椅，雲南有協餉之類的公款往來，我可以照應他們，論生意上的關係也夠。不過，現在不同了，他們未見得再肯買帳。」

這番分析，極其透澈。古應春聽入心頭，亦頗有感慨；如今做生意要想發展，似乎不是靠官場的勢力關係，就得沾洋人的光。風氣如此，夫復何言？看起來王有齡那筆款子，除非大有力者援手，恐怕要「泡湯」了。

「只有這樣，託出人來，請雲貴總督，或者雲南巡撫，派人去關照一聲。念在王雪公為國殉難，遺屬理當照應。或者那批大老肯出頭管這個閒事。」

「也只好這樣。」胡雪巖說：「交涉歸交涉，眼前我先要賠出來。」

「這一來總數就是十二萬。」古應春沉吟了一下，毅然決然地說：「生意在一起，信用也是大家的。我想法子來替小爺叔湊足了就是。」

這就是朋友的可貴了。胡雪巖心情很複雜，既感激，又不安；自覺不能因為古應春一肩承擔，自己就可以置身事外，所以還是要問一問。

「老古，你肯幫我這個忙，我說感激的話，是多餘的。不過，不能因為我，拖垮了你。十二萬銀子，到底也不是個小數目；我自己能湊多少，還不曉得，想來不過三五萬。還有七八萬，要現款，只怕不容易。」

「那就跟小爺叔說實話，七八萬現款，我一下子也拿不出；只有暫時調動一下，希望王太太只是過一過目，仍舊交給你放出去生息。」

「嗯，嗯！」胡雪巖說：「這個打算辦得到的。不過，也要防個萬一。」

「萬一不成，只有硬挺。現在顧不得那許多了。」

胡雪巖點點頭，自己覺得這件事總有八成把握，也就不再去多想；接下來談到另一件事。

「這件事，關係王雪公的千秋。」胡雪巖說：「聽大書我也聽得不少，忠臣也曉得幾個，死得像王雪公這樣慘的，實在不多。總要想辦法替他表揚表揚，留個長遠的紀念，才對得起死者。」

「這又何勞你費心？朝廷表揚忠義，自然有一套卹典的。」朝廷的卹典，胡雪巖當然知道，像王有齡的這種情形，卹典必然優渥，除了照「巡撫例賜卹」，在賜謚、立傳、賜祭以外，殉節的封疆大吏，照例可以入祀京師昭忠祠，子孫亦可獲得雲騎尉之類「世襲罔替」的「世職」。至於在本省及「立功省分」建立專祠，只要有人出面奏請，亦必可邀准，不在話下。

胡雪巖的意思，卻不是指這些例行的卹典，「我心裡一直在想，王雪公死得冤枉！」他說：「想起他『死不瞑目』那句話，只怕我夜裡都會睡不著覺。我要替他伸冤。至少，他生前的冤屈，要教大家曉得。」

照胡雪巖的看法，王有齡的冤屈，不止一端：第一，王履謙處處掣肘，寧紹可守而失守，以致杭州糧路斷絕，陷入無可挽救的困境；第二，李元度做浙江的官，領浙江的餉，卻在衢州逗留不進。如果他肯在浙東拚命猛攻，至少可以牽制浙西的長毛，杭州亦不會被重重圍困得毫無生路；第三，兩江總督曾國藩奉旨援浙而袖手旁觀，大有見死不救之意，未免心狠。

由於交情深厚，而且身歷其境，同受荼毒，所以胡雪巖提到這些，情緒相當激動。而在古應春，看法卻不盡相同；他的看法是就利害著眼，比較不涉感情。

「小爺叔，」古應春很冷靜地問道：「你是打算怎麼樣替王雪公伸冤？」

「我有兩個辦法，第一是要請人做一篇墓誌銘，拿死者的這些冤屈都敘上去；第二是花幾吊銀子，到京裡請一位『都老爺』出面，狠狠參他一本。」

「參哪個？」

「參王履謙、李元度，還有兩江的曾制台。」

「我看難！」古應春說：「曾制台現在正大紅大紫的時候，參他不倒。再說句良心話，人家遠在安慶，救江蘇還沒有力量，哪裡又分得出兵來救浙江？」

胡雪巖心裡不以為然，但不願跟古應春爭執，「那麼，王履謙、李元度呢？」他說：「這兩個人總是罪有應得吧？」

「王履謙是一定要倒楣的，李元度就說不定了。而且，現在兵荒馬亂，路又不通，朝廷要徹查也無從查起。只有等將來局勢平定了再說。」

這一下惹得胡雪巖心頭火發，咆哮著問：「照你這樣說，莫非就讓這兩個人逍遙法外？」

胡雪巖從未有過這樣的疾言厲色，古應春受驚發楞，好半天說不出話。那尷尬的臉色，亦是胡雪巖從未見過的；因而像鏡子一樣，使得他照見了自己的失態。

「對不起，老古！」他低著頭說，聲音雖輕緩了許多，但仍掩不住他內心的憤慨不平。當然，這憤慨絕不是對古應春；他覺得胡雪巖可憐亦可敬，然而卻不願說些胡雪巖愛聽的話去安慰他。「小爺叔，我知道你跟王雪公的交情。不過，做事不能只講感情，要講是非利害。」

這話胡雪巖自然同意，只一時想不出，在這件事上的是非利害是甚麼？一個人有了冤屈，難道連訴一訴苦都不能？然則何以叫「不平則鳴」？

古應春見他不語，也就沒有再說下去，其實他亦只是講利害，未講是非；這一陣子為了替胡雪巖打聽杭州的消息，跟官場中人頗有往來，王有齡之殉節，以及各方面對杭州淪陷的感想批評，亦聽了不少。大致說來，是同情王有齡的人多；但亦有人極力為曾國藩不救浙江辯護，其間黨同伐異的論調，非常明顯。王有齡孤軍奮戰，最有淵源的人，是何桂清，卻是「泥菩薩過江，自身難保」。在這種情形之下，如果甚麼人要為王有齡打抱不平，爭論是非，當然會觸犯時忌，招致不利，豈不太傻？

古應春也知道自己的想法，庸俗卑下；但為了對胡雪巖的關切特甚，也就不能不從利害上去打算了。這些話一時說不透澈，而且最好是默喻而不必言傳，他相信胡雪巖慢慢就會想明白。眼前最要緊的是籌畫那十二萬銀子，以及替胡雪巖擬公文上閩浙總督。

從第二天起，古應春就為錢的事，全力奔走。草擬公文則不必自己動筆，他的交遊亦很廣，找了一個在江蘇巡撫衙門當「文案委員」的候補知縣雷子翰幫忙，一手包辦，兩天功夫連江蘇巡撫薛煥批給胡雪巖的回文，都已拿到了。

這時，胡雪巖才跟劉不才說明經過，「三叔，」最後他說：「事情是這樣去進行。不過，我亦不打算一定要這樣子辦。為甚麼呢？因為這件事很難做。」

劉不才的性情，最恨人家看不起他，說他是紈袴，不能正事，因而聽了胡雪巖的話，大不服氣，「雪巖，」他凜然問道：「要甚麼人去做才容易。」

「三叔，」胡雪巖知道自己言語不檢點，觸犯了他的心病，引起誤會，急忙答道：「這件事哪個做都難，如果你也做不成功，就沒有人能做成功了。」

這無形中的一頂高帽子，才將劉不才哄得化怒為喜，「你倒說說看，怎麼辦法？」他的聲音緩和了。

「第一，路上要當心……」

「你看，」劉不才搶著說，同時伸手去解紮腳帶：三寸寬的一條玄色絲帶，其中卻有花樣，他指給胡雪巖看，那條帶子裡外兩層，一端不縫，像是一個狹長的口袋，「我前兩天在大馬路訂做的。我就曉得這以後，總少不得有啥機密文件要帶來帶去，早就預備好了。」

「好的，這一點不難。」胡雪巖說：「到了杭州，怎麼樣向那些人開口，三叔，你想過沒有？」

「你方始告訴我，我還沒有想過。」劉不才略略沉吟了一下又說：「話太軟了不好，硬了也不好。軟了，當我怕他們；硬了又怕他心裡有顧忌，不敢答應，或者索性出首。」

「對了，難就難在這裡。」胡雪巖說：「我有兩句話，三叔記住：逢人只說三分話，未可全拋一片心。」

第六章

一個多月以後，劉不才重回上海，他的本事很大，為胡雪巖接眷，居然成功。可是，全家將到上海，胡雪巖反倒上了心事，就為借了「小房子」住在一起的阿巧，身分不明難以處置，只好求教七姑奶奶。

「七姐，你要替我出個主意；除你以外，我沒有人好商量。」

「那當然！小爺叔的事，我不能不管。不過，先要你自己定個宗旨。」

問到胡雪巖對阿巧姐的態度，正是他的難題所在，唯有報以苦笑：「七姐，全本西廂記，不都在你肚子裡？」

七姑奶奶對他們的情形，確是知之甚深，總括一句話：表面看來，恩愛異常；暗地裡隔著一道極深的鴻溝。一個雖傾心於胡雪巖，但寧可居於外室，不願位列小星，因為她畏憚胡家人多，伺候老太太以外，還要執禮於大婦，甚至看芙蓉的辭色；再有一種想法是：出自兩江總督行轅，雖非嫡室，等於「署理」過掌印夫人，不管再做甚麼人的側室，都覺得是一種委屈。

在胡雪巖，最大的顧慮亦正是為此。阿巧姐跟何桂清的姻緣，完全是自己一手促成，如今再接收過來，不管自己身受的感覺，還是想到旁人的批評，總有些不大對勁。在外面借「小房子」做露水夫妻，那是因為她千里相就於患難之中，因感生情，不能自己，無論對本身、對旁人，總還有句譬解的話好說；一旦接回家中，就無詞自解了。

除此以外，還有個極大的障礙：胡太太曾經斬釘截鐵地表示過，有出息的男人，三妻四妾，不足為奇；但大婦的名分，是他人奪不去的，所以只要胡雪巖看中了，娶回家則可，在外面另立門戶則不可。同時她也表示過，凡是娶進門的，她必以姐妹看待。事實上，對待芙蓉的態度，已經證明她言行如一；所以更顯得她的腳步站得極穩，就連胡老太太亦不能不尊重她的話。

然而這是兩回事。七姑奶奶了解胡雪巖的苦衷，卻不能替他決定態度，「小爺叔，你要我幫你的忙，先要你自己拿定主意，或留或去，定了宗旨，才好想辦法。不過，」她很率直地說：「我話要說在前頭，不管怎麼樣，你要我幫著你瞞，那是辦不到的。」

有此表示，胡雪巖大失所望。他的希望，正就是想請七姑奶奶設法替他在妻子面前隱瞞；所以聽得這句話，作聲不得。

這一下，等於心思完全顯露，七姑奶奶便勸他：「小爺叔，家和萬事興！嬸娘賢慧能幹，是你大大的一個幫手。不過我再說一句：嬸娘也很厲害，你千萬不能惹她恨你。如果說，你想拿阿巧姐接回去，我哪怕跑斷腿、說破嘴，也替你去勸她。當然，成功不成功，不敢保險。倘或你下個決斷，預備各奔東西，那包在我身上，你跟她好來好散，絕不傷你們的和氣。」

「那，你倒說給我聽聽，怎麼樣才能跟阿巧姐好來好散？」

「現在還說不出，要等我去動腦筋。不過，這一層，我有把握。」

胡雪巖想了好一會，委決不下，嘆口氣說：「明天再說吧。」

「小爺叔，你最好今天晚上細想一想，把主意拿定了它；如果預備接回家，我要早點替你安排。」七姑奶奶指一指外面說：「我要請劉三叔先在老太太跟嬸娘面前，替你下一番功夫。」

胡雪巖一楞，是要下一番甚麼功夫？轉個念頭，才能領會，雖說自己妻子表示不禁良人納妾，但卻不能沒有妒意。能與芙蓉相處得親如姐妹，一方面是她本人有意要做個賢慧的榜樣；一方面是芙蓉柔順，甘於做小伏低。這樣因緣時會，兩下湊成了一雙兩好的局面，是個異數；不能期望三妻四妾，人人如此。

七姑奶奶要請劉不才去下一番功夫，自然是先做疏通；果然自己有心，而阿巧姐亦不反對正式「進門」，七姑奶奶的做法是必要的。不過胡雪巖也因此被提醒了；阿巧姐亦是極厲害的角色，遠非芙蓉可比。就算眼前一切順利，阿巧姐改變初衷，妻子亦能克踐諾言，然而好景絕不會長，兩「雌」相遇，互持不下，明爭暗鬥之下，掀起醋海的萬丈波瀾，那時候可真是「兩婦之間難為夫」了。

這樣一想，憂愁煩惱，同時並生，因而胃納越發不佳。不過他一向不肯掃人的興，見劉才不意興甚好，也就打點精神相陪，談到午夜方散。

回到「小房子」，阿巧姐照例茶水點心，早有預備。臥室中重幃深垂，隔絕了料峭春寒；她只穿一件軟緞夾襖，剪裁得非常貼身，越顯得腰肢一捻，十分苗條。

入手相握，才知她到底穿得太少了些；「若要俏，凍得跳！」他說：「當心凍出病來。」

阿巧姐笑笑不響，倒杯熱茶擺在他面前，自己捧著一把灌滿熱茶的乾隆五彩的小茶壺，當作手爐取暖；雙眼灼灼地望著，等他開口。

每天回來，胡雪巖總要談他在外面的情形，在哪裡吃的飯，遇見了甚麼有趣的人，聽到了哪些新聞，可是這天卻一反常態，坐下來不作一聲。

「你累了是不是？」阿巧姐說：「早點上床吧！」

「嗯，累了。」

口中在答應她的話，眼睛卻仍舊望著懸在天花板下、稱為「保險燈」的煤油吊燈。這神思不屬、無視眼前的態度，在阿巧姐的記憶中只有一次：就是得知王有齡殉節的那天晚上。

「那哼啦？」她不知不覺地用極柔媚的蘇白相依，「有啥心事？」

「老太太要來了！」

關於接眷的事，胡雪巖很少跟她談。阿巧姐也只知道，他全家都陷在嘉興，一時無法團圓，也就不去多想；這時突如其來地聽得這一句，心裡立刻就亂了。

「這是喜事！」她很勉強地笑著說。

「喜事倒是喜事，心事也是心事。阿巧，你到底怎麼說？」

「甚麼怎麼說？」她明知故問。

胡雪巖想了一會，語意曖昧地說：「我們這樣子也不是個長局。」

阿巧姐顏色一變，將頭低了下去，只見她睫毛閃動，卻不知她眼中是何神色？於是，胡雪巖的心也亂了，站起來往床上一倒，望著帳頂發楞。

阿巧姐沒有說話，但也不是燈下垂淚；放下手中的茶壺，將坐在洋油爐子上的一隻瓦罐取了下來，倒出熬得極濃的雞湯，另外又從洋鐵匣子裡取出七八片「鹽餅乾」，盛在瓷碟子裡，一起放在梳妝台上。接著便替胡雪巖脫下靴了，套上一雙繡花套鞋。

按部就班服侍到底，她才開口：「起來吃吧！」

坐在梳妝台畔吃臨睡之前的一頓消夜，本來是胡雪巖每天最愜意的一刻，一面看阿巧姐卸妝，一面聽她用吳儂軟語有一搭、沒一搭地，說些有趣而不傷腦筋的閒話，自以為是南面王不易之樂。

然而這天的心情卻有些不同。不過轉念之間，還是不肯放棄這份樂趣，從床上一個虎跳似地跳下地來，倒嚇了阿巧姐一下。

「你這個人！」她白了他一眼，「今朝真有點邪氣。」

「得樂且樂。」胡雪巖忽然覺得肚子餓得厲害，「還有甚麼好吃的？」

「這個辰光，只有吃乾點心。餛飩擔、賣湖州粽子茶葉蛋的，都來過了。」阿巧姐問道：「莫非你在古家沒有吃飽？」

「根本就沒有吃！」

「為啥？菜不配胃口？」

「七姑奶奶燒的呂宋排翅，又是魚生，偏偏沒口福，吃不下。」

「這又是啥道理？」

「唉！」胡雪巖搖搖頭，「不去說它了。再拿些鹽餅乾來！」他不說，她也不問，依言照辦；然後自己坐下來卸妝，將一把頭髮握在手裡，拿黃楊木梳不斷地梳著。房間裡靜得很，只聽見胡雪巖「嘎吱、嘎吱」咬餅乾的聲音。

「老太太哪天到？」阿巧姐突如其來地問。

「快了！」胡雪巖說：「不過十天半個月的功夫。」

「住在哪裡呢？」

「還不曉得。」

「人都快來了，住的地方還不知道在哪裡，不是笑話？」

「這兩天事情多，還沒有功夫去辦這件事。等明天劉三爺走了再說。有錢還怕找不到房子？不過……」

「怎麼？」阿巧姐轉臉看著他問：「怎麼不說下去？」

「房子該多大多小，可就不知道了。」

「這又奇了！多少人住多大的房子，難道你自己算不出來？」

「就是多少人算不出來。」胡雪巖看了她一眼，有意轉過臉去；其實是在鏡子裡看她的表情。

阿巧姐沉默而又沉著，一副莫測高深的樣子。然後，站起來鋪床疊被，始終不作一聲。

地。

「睡吧！」胡雪巖拍拍腰際，肚子裡倒飽了，心裡空落落地，有點兒上不巴天、下不巴地似

「你到底有啥心事？爽爽快快說。牽絲扳籐，惹得人肚腸根癢。」

有何心事，以她的聰明機警，熟透人情，哪有不知之理？這樣子故意裝作不解，自然不是好兆頭；胡雪巖在女人面前，不大喜歡用深心，但此時此人，卻成了例外，因此以深沉對深沉，笑笑答道：「心事要慢慢猜才有味道。何必一下子揭破？」

阿巧姐無奈其何，賭氣不作聲；疊好了被，伺候他卸衣上床。然後將一盞洋燈移到紅木大床裡面的擱几上，捻小了燈芯；讓一團朦朧的黃光，隱藏了她臉上的不豫之色。

這一靜下來，胡雪巖的心思集中了，發覺自己跟阿巧姐之間，只有兩條路好走，一條是照現在的樣子，再一條就是各奔西東。

「你不必胡思亂想。」他不自覺地說道：「等我好好來想個辦法。」

「沒頭沒腦你說的是啥？」

「還不是為了你！」胡雪巖說：「住在外面，我太太不答應；住在一起，你又不願意。那就只好我來動腦筋了。」

阿巧姐不作聲。她是明白事理的人，知道胡雪巖的難處；但如說體諒他的難處，願意住在一起，萬一相處得不好，下堂求去，不但彼此破了臉，也落得很壞的名聲：「跟一個，散一個」。倒不如此刻狠一狠心，讓他去傷腦筋，看結果如何，再作道理。然而撫慰之意不可無。

她從被底伸過一隻手去，緊緊捏住胡雪巖的左臂，表示領情，也表示倚靠。

胡雪巖沒有甚麼人可請教，唯有仍舊跟七姑奶奶商量。

「七姐，住在一起這個念頭，不必去提它了。我想，最好還是照現在這個樣子。既然你不肯替我隱瞞，好不好請你替我疏通一下？」

「你是說，要我替你去跟嬸娘說好話，讓你們仍舊在外面住？」

「是的！」

「難！」七姑奶奶大搖其頭，「國有國法，家有家規，嬸娘現在當家，她定的規矩又在道理上；連老太太也不便去壞她的規矩，何況我們做晚輩的？」

「甚麼晚輩不晚輩。她比較買你的帳；你替我去求一次情，只此一回，下不為例！」

「小爺叔，你還想下不為例？這句話千萬不能說，說了她反而生氣：喔，已經有兩個了，還不夠，倒又在想第三個了！」

「你的話不錯，隨你怎麼說，只要事情辦成功就是了。」

「事情怕不成功！」七姑奶奶沉吟了好半晌說：「為小爺叔，我這個釘子也只好硬碰了！不成功，可不能怪我。」

「這句話，七姐你多交代的。」胡雪巖說：「一切拜託。千不念，萬不念，我在寧波的那場病，實在虧她。」

這是提醒七姑奶奶，進言之際，特別要著重這一點：阿巧姐有此功勞，應該網開一面，格外優容。其實，他這句話也是多交代的；七姑奶奶當然也考慮過，雖說預備去碰釘了，到底也要有些憑藉，庶幾成事有萬一之望。這個憑藉，就是阿巧姐冒險趕到寧波，衣不解帶地侍奉湯藥之勞。而且，她也決定了入手之處，是從說服劉不才開始。

「去年冬天小爺叔運米到杭州，不能進城，轉到寧波，生了一場傷寒重症；消息傳到上海，我急得六神無主。劉三叔，你想想，那種辰光，寧波又在長毛手裡，而且人地生疏，生這一場傷寒病，如何得了？這種病全靠有個體貼的人照應，一點疏忽不得。我跟老古商量，我說只有我去；老古說我去會耽誤大事？為啥呢？第一，我的性子急，伺候病人不相宜；第二，雖說大家的交情，已經跟親人一樣，但是我不在乎，怕小爺叔倒反而有顧忌，要茶要水還有些邋邋遢遢的事，不好意思叫我做。病人差不得一點，這樣子沒有個知心著意、切身體己的人服侍，病是好不了的。」

「這話倒也是。」劉不才問道：「後來是阿巧姐自告奮勇？」

「不是！是我央求她的。」七姑奶奶說：「她跟小爺叔雖有過去那一段，不過早已結了。一切都是重起爐灶；只是那把火是我燒起來的。劉三叔，你倒替我想想，我今朝不是也有責任？」

「我懂了！沒有你當初央求她，就不會有今朝的麻煩。而你央求她，完全是為了救雪巖的命；實際上雪巖那條命，也等於是阿巧姐救下來的。是不是這話？」

「對！」七姑奶奶高興地說：「劉三叔你真是『光棍玲瓏心，一點就透』！」

「七姐！」劉不才正色說道：「拿這兩個理由去說，雪巖夫人極明白事理的人，一定沒話好說。不過，她心裡是不會舒服的。七姐，你這樣『硬吃一注』，犯不犯得著，你倒再想想看！」

「多謝你，劉三叔！」七姑奶奶答道：「為了小爺叔，我沒有法子。」

「話不是這麼說。大家的交情到了這個地步，不必再顧忌對方會不會不高興甚麼的。做這件事，七姐，你要想想，是不是對胡家全家有好處？不是能教雪巖一個人一時的稱心如意，就算有了交代！」

劉不才的看法很深；七姑奶奶細想一想，憬然有悟。然而她到底跟劉不才不同，一個是胡家的至親，而且住在一起，這家人家有本甚麼「難念的經」，當然他比她了解得多。因此，七姑奶奶覺得此事要重新談了。

「劉三叔，你這句話我要聽，我總要為胡家全家好才好。再說，將來大家住在上海，總是內眷往來的時候多；如果胡家嬸娘跟我心裡有過節，弄得面和心不和，還有啥趣味？只有一層，我還想不明白，這件事要做成功了，難道會害他們一家上下不和睦？」

「這很難說！照我曉得，雪巖夫人治家另有一套；壞了她的規矩，破一個例，以後她說的話就要打折扣了。」

「小爺叔說過的：『只此一遭，下不為例。』將來如果再有這樣子的情形，不用胡家嬸娘開口發話，我先替她打抱不平！」

聽到這裡，劉不才「噗哧」一聲笑了，嘆口氣不響。

這大有笑人不懂事的意味，七姑奶奶倒有些光火，立即追一句：「劉三叔，我話說錯了？」

「話不錯，你的心也熱。不過，唯其如此，你就是自尋煩惱。俗語道得好：『清官難斷家務事』；七姐，就算你是包公，斷得明明白白，依舊是個煩惱！」

「怎麼呢！這話我就聽不懂了。」

「七姐，你聰明一世，懵懂一時，打到官司，不是原告贏，就是被告贏，治一經，損一經，何苦來哉！」

七姑奶奶恍然大悟，將來如果幫胡太太，就一定得罪了胡雪巖；豈不是治一經，損一經？

「好了，好了，劉三叔，你也是，有道理不直截了當說出來，要兜這麼大一個圈子！虧得我不比從前，有耐心盤問，不然不是害我走錯了路？」

這番埋怨的話，真有點蠻不講理，但不講理得有趣，劉不才只好笑了。

「我也不要做啥『女包公』！還是做我的『女張飛』來得好。」

話外有話，劉不才一下子就聽了出來，不能不問：「七姐！你是怎麼個打算？做女張飛還則罷了，做莽張飛就沒意思了。」

「張飛也有粗中有細的時候，我自然有分寸。你放心好了，不會有啥風波。」

劉不才想了一下問道：「那麼，是不是還要我在雪巖夫人面前去做功夫？」

「要！不過話不是原來的說法了。」

這下搞得劉不才發楞。是一非二的事，要麼一筆勾銷不談此事；要談，還有另一個說法嗎？

「前半段的話，還是可以用，阿巧姐怎麼跟小爺叔又生了感情，總有個來龍去脈，要讓胡家嬸娘知道，才不會先對阿巧姐有成見。」七姑奶奶停了一下說：「後半段的話改成這個樣子……」

她的做法是先安撫胡太太，也就是先安撫胡雪巖。因為胡家眷屬一到上海，胡雪巖有外室這件事，是瞞不住的；而且胡雪巖本人也會向七姑奶奶探問結果，所以她需要胡太太跟她配搭，先把局面安定下來。

「我要一段辰光，好在阿巧姐面前下水磨功夫。就怕事情還沒有眉目，他們夫婦已經吵了起來；凡事一破了臉，往往就會弄成僵局。所以胡家嬸娘最好裝作不知道這回事；如果小爺叔『夜不歸營』，也不必去查問。」

「我懂你的意思，雪巖夫人也一定做得到。不過，雪巖做事，常常會出奇兵，倘或一個裝胡塗，一個倒當面鑼、對面鼓，自己跟她老實去談了呢？」

「我想這種情形不大會有，如果是這樣，胡家嬸娘不承認，也不反對，一味敷衍他就是了。」

「我想也只好這樣子應付。」劉不才點點頭，「一句話：以柔克剛。」

「以柔克剛就是圓滑。請你跟胡家嬸娘說，總在三個月當中，包在我身上，將這件事辦妥當。甚麼叫妥當呢？就是不壞她的規矩，如果阿巧姐不肯進門姓胡，那就一定姓了別人的姓了。」

「原來你是想用條移花接木之計。」劉不才興致盎然地問：「七姐，你是不是替阿巧姐物色好了甚麼人？」

「沒有，沒有！要慢慢去覓。」七姑奶奶突然笑道：「其實，劉三叔，你倒蠻配！」

「開玩笑了！我怎麼好跟雪巖『同科』？」

回家已經午夜過後的丑時了。但是胡雪巖的精神卻還很好，坐在梳妝台畔看阿巧姐卸妝，同時問起她們這一夜出遊的情形。

「先去吃大菜。實在沒有甚麼好吃，炸鵪鶉還不如京館裡的炸八塊。又是我們這麼兩個人，倒像……」阿巧姐搖搖頭，苦笑著不肯再說下去。

像甚麼？胡雪巖閉起眼睛，作為自己是在場執役的「西崽」去體會；這樣兩位堂客，沒有「官客」陪伴，拋頭露面敢到那裡「動刀動槍」去吃大菜，是啥路道？照他們的年紀和打扮來說，就像長三堂子裡的兩個極出色的「本家」。

阿巧姐的想法必是如此，所以才不願說下去。了解到這一點，自然而然地意會到她的心境，即令不是嚮往朱邸，確已鄙棄青樓，真有從良的誠意。

由於這樣的看法，便越覺得阿巧姐難捨，因而脫口問道：「七姐怎麼跟你說？」

「甚麼怎麼跟我說？」阿巧姐將正在解髻的手停了下來，「她會有甚麼話跟我說？你是先就曉得的是不是？你倒說說看，她今天拿古爺丟在家裡，忽然要請我看戲吃大菜，到底是為了甚麼？」

這一連串的疑問，將胡雪巖搞得槍法大亂，無法招架。不過他有一樣本事，善於用笑容來遮蓋任何窘態，而那種窘態亦絕不會保持得太久，很快地便沉著下來。

「我不懂你說的啥？」他說：「我是問你，七姐有沒有告訴你，她何以心血來潮約你出去玩？看樣子你也不知道，那我就更加不知道了。」

「連你這樣聰明的人都不知道？」阿巧姐微微冷笑，「那也就沒有甚麼好說的了。」

「夫婦閒談，說說何妨？」

阿巧姐倏然抬頭，炯炯清眸，逼著胡雪巖：「夫婦！我有那麼好的福氣？」

無意間一句話，倒似乎成了把柄；不過也難不倒胡雪巖，「在這裡我們就是夫婦。」他從容自在地回答。

「所以，」她點點頭，自語似地，「我就更不能聽七姑奶奶的話了。」

「她說了甚麼話？」

「她勸我回去。」

這「回去」二字可有兩個解釋，一是回娘家，一是進胡家的大門做偏房。她的娘家在蘇州木瀆，而蘇州此刻在長毛手裡，自然沒有勸她回娘家的道理。

弄清楚了她的話，該問她的意向；但不問可知，就無須多此一舉。停了好一會，他口中爆出一句話來：「明天真的要去找房子了。」

他的態度有些莫測高深。她記起前幾天談到找房子的事，曾經暗示要讓她跟大婦住在一起；而此刻還是那樣的心思？必得問一問。

於是她試探地說：「如果真的一時找不到，不如先住到這裡來，」

「住不下。」

這住不下是說本來就住不下呢？還是連她在一起住不下？阿巧姐依然不明白！就只好再試探了。「暫時擠一擠。」她說：「逃難辰光也講究不來那麼多。」

「那麼，你呢？」

「我？」阿巧姐毅然決然地說：「另外搬。」

「那又何必？一動不如一靜。」胡雪巖想了一會，覺得還是把話說明了好，「我跟你的心思一樣，就照這個樣子最好。我已經託了七姑奶奶了，等我太太一來，請她去疏通，多說兩句好話，特別通融一次。」

「那就奇怪了！」阿巧姐有些氣憤，「七姑奶奶反而勸我回去；跟你託她的意思，完全相反，這是為啥？」

胡雪巖深為失悔，自己太疏忽了！明知道七姑奶奶勸她的話是甚麼，不該再說實話，顯得七姑奶奶為人謀而不忠。同時也被提醒了，真的，七姑奶奶這樣做是甚麼意思，倒費人猜疑。

然而，不論如何，眼前卻必須為七姑奶奶辯白，「也許她是先探探你的口氣。」他問：「她怎麼說？」

「她說：『婦道人家總要有個歸宿，還是正式姓了胡，進門磕了頭的好。不然，就不如拿個決斷出來！』」

「何謂『拿個決斷出來』？」

「你去問她。」

阿巧姐這懶得說的語氣，可知所謂「決斷」，是一種她絕不能同意的辦法。胡雪巖將前後語言，合起來做一個推敲，懂了七姑奶奶的心思；只不懂她為何有那樣的心思？

「七姑奶奶做事，常有教人猜想不到的手段。你先不必氣急，靜下心來看一看再說。」

「要看到甚麼時候？」阿巧姐突然咆哮，聲音又尖又高：「你曉不曉得七姑奶奶怎麼說你？說你滑頭；說你沒有常性，見一個愛一個！這種人的良心讓狗吃掉了，勸我早早分手；不然將來有苦頭吃。我看啊，她的話一點不錯。哼！騙死人不償命。」

這樣夾槍帶棒一頓亂罵，拿胡雪巖搞得暈頭轉向，幾乎不相信自己的耳朵。心裡當然也很生氣；氣的不是阿巧姐，而是七姑奶奶，不但為人謀而不忠，簡直是出賣朋友。彼此這樣的交情，而竟出此陰險的鬼蜮伎倆！這口氣實在教人嚥不下。

胡雪巖從來沒有這樣生氣過；氣得臉青唇白，剛要發作，突然警覺，七姑奶奶號稱「女中丈夫」，胸中不是沒有丘壑的人，更不是不懂朋友義氣的人，她這樣說法，當然有她的道理在內——這層道理一定極深，深得連自己都猜不透。

這樣一轉念間，臉色立刻緩和了，先問一句：「七姑奶奶還說點啥？」

「說點啥？」阿巧姐豈僅餘怒不息，竟是越想越恨，「不是你有口風給她，打算不要我了，她會說這樣的話！死沒良心的……」蘇州女人愛罵「殺千刀」；而阿巧姐畢竟餘情猶在，把這三個字硬嚥了回去。

胡雪巖不作辯白：因為不知道七姑奶奶是何道理，怕一辯就會破壞了她的用意。然而不辯白又不行，只好含含混混地說：「你何必聽她的？」

「那麼，我聽誰？聽你的？」阿巧姐索性逼迫：「你說，你倒扎扎實實說一句我聽。」

何謂「扎扎實實說一句」？胡雪巖倒有些困惑了，「你說！」他問：「你要我怎麼說一句？」

「你看你！我就曉得你變心了。」阿巧姐跺著腳恨聲說道：「你難道不曉得怎麼說？不過不肯說而已！好了，好了，我總算認識你了。」

靜夜嬌叱，驚起了丫頭娘姨，窗外人影幢幢，是想進來解勸而不敢的模樣，胡雪巖自覺無趣，站起身來勸道：「夜深了。睡吧！」

說完，他悄悄舉步，走向套間；那裡也有張床，是偶爾歇午覺用的，此時正好用來逃避獅吼，一個人捻亮了燈，枯坐沉思。

丫頭娘姨看看無事，各自退去；阿巧姐賭氣不理胡雪巖，一個人上床睡下。胡雪巖見此光景，也不敢去招惹她，將就睡了一夜。第二天起身，走出套間，阿巧姐倒已經坐在梳妝台前了，不言不語；臉兒黃黃，益顯得纖瘦，仔細看去，似有淚痕，只怕夜來將枕頭都哭濕了。

「何苦！」他說：「自己糟蹋身子。」

「我想過了。」阿巧姐木然地說：「總歸不是一個了局。你呢，我也弄不過你。算了，算了！」

一面說，一面擺手，而且將頭扭到一邊，大有一切撒手之意。胡雪巖心裡自不免難過，但卻想不出甚麼適當的話去安慰她。

「今天中午要請郁老大吃飯。」他說，意思是要早點出門。

「你去好了。」阿巧姐說，聲音中帶著些冷漠的意味。

胡雪巖有些躊躇，很想再說一兩句甚麼安撫的話，但實在沒有適當的意思可以表白，也就只好算了。

到古家才十點鐘，七姑奶奶已經起身，精神抖擻地在指揮男傭女僕，準備款客。大廳上的一堂花梨木桌椅，全部鋪上了大紅緞子平金繡花的椅披；花瓶中新換了花；八個擦得雪亮的高腳銀盤，擺好了乾濕果子。這天的天氣很好，陽光滿院，又沒有風，所以屏門窗子全部打開，格外顯得開闊爽朗。

「小爺叔倒來得早！點心吃了沒有？」七姑奶奶忽然發覺：「小爺叔，你的氣色很不好，是不是身子不舒服？」

「不是！」胡雪巖說：「昨晚上一夜沒有睡好。」

「為啥？」七姑奶奶又補了一句：「就一夜不睡，也不至於弄成這個樣子，總有道理吧？」

「對。其中有個緣故。」胡雪巖問道：「老古呢？」

「到號子裡去了。十一點半回來。」

「客來還早。七姐有沒有事？沒有事我有幾句話想跟你說。」

七姑奶奶的眼睛眨了幾下，很沉著地回答說：「沒有事。我們到應春書房裡去談。」

到得書房，胡雪巖卻又不開口，捧著一碗茶，只是出神。七姑奶奶已經有點猜到他的心事；如果是那樣的話，發作得未免太快，自己該說些甚麼，需要好好想一想。所以他不說話，她也樂得沉默。

終於開口了：「七姐，昨天晚上，阿巧跟我大吵一架。」他問：「你到底跟她說了些啥？」

七姑奶奶不即回答，反問一句：「她怎麼跟你吵？」

「她說：我有口風給你，打算不要她了。七姐，這不是無影無蹤的事？」

七姑奶奶笑一笑，「還有呢？」她再問。

「還有，」胡雪巖很吃力地說：「說你罵我滑頭，良心讓狗吃掉了。又說我是見一個愛一個。」

七姑奶奶又笑了，這一笑似乎有點不好意思，「小爺叔，」她帶點逗弄的意味，「你氣不氣？」

「先是有點氣。後來轉念想一想，不氣了：我想，你也不是沒有丘壑的人，這樣子說法，總有道理吧？」

聽得這話，七姑奶奶臉上頓時浮起欣慰而感激的神色，「小爺叔，就因為你曉得我的本心，我才敢那樣子冒失——其實也不是冒失，事先我跟人商量過，也好好想過，覺得只有這樣子做最好。不過，不能先跟你說，說了就做不成了。」她撇開這一段，又問阿巧姐：「她怎麼個說法？為啥跟你吵？是不是因為信了我的話？」

「她是相信我給了你口風，打算不要她了，所以你才會跟她說這些話。」胡雪巖說：「換了我，也會這樣子想，不然，我們這樣的交情，你怎麼會在她面前，罵得我一文不值？」

「不錯！完全不錯。」七姑奶奶很在意地問：「小爺叔，那麼你呢？你有沒有辯白？」

「沒有。」胡雪巖說：「看這光景，辯亦無用。」

由於胡雪巖是這樣無形中桴鼓相應的態度，使得七姑奶奶的決心無可改變了。她是接受了劉不才的勸告，以胡家的和睦著眼，來考慮阿巧姐跟胡雪巖之間的尷尬局面，認為只有快刀斬亂麻，才是上策。但話雖如此，到底不能一個人操縱局面；同時也不能先向胡雪巖說破，那就只有見機行事，到甚麼地步說甚麼話了。

第一步實在是試探。如果阿巧姐不信她只信胡雪巖：拿她批評胡雪巖用情不專、幾近薄倖的種種「背後之言」，付之一笑，聽過丟開；這齣戲就很難唱得下去了。或者，胡雪巖對阿巧姐迷戀已深，極力辯白，絕無其事，取得阿巧姐的諒解；這齣戲就更難唱得下去了。誰知阿巧姐疑心她的話，出於胡雪巖的授意，而胡雪巖居然是默認的模樣，這個機會若是輕輕放過，豈不大負本心？

於是，她正一正臉色，顯得極鄭重地相勸：「小爺叔！阿巧姐你不能要了。旁觀者清，我替你想過，如果你一定不肯撒手，受累無窮……」

照七姑奶奶的說法，胡雪巖對阿巧姐有「四不可要」：第一，阿巧姐如果一定要在外面「立門戶」，壞了胡太太的家法，會搞得夫婦反目；第二，即令阿巧姐肯「回去」，亦是很勉強的事，心中有了芥蒂，妻妾之間會失和；第三，阿巧姐既由何家下堂，而且當初是由胡雪巖撮合，如今就該避嫌疑，不然，保不定會有人說他當初不過「獻美求榮」，這是個極醜的名聲；第四，阿巧姐出身青樓，又在總督衙門見過大世面，這樣的人，是不是能夠跟著胡雪巖從良到底，實在大成疑問。

「小爺叔！」最後七姑奶奶又很懇切地勸說：「杭州一失守，王雪公一殉難，你的老根斷掉了，靠山倒掉了。以後等於要重起爐灶，著實得下一番功夫，才能恢復從前那種場面。如果說，你是像張胖子那樣肯守的，只要一家吃飽穿暖就心滿意足，那我沒有話說；想要再創一番事業，小爺叔，你這個時候千萬鬧不得家務。不但鬧不得家務，還要嬸娘切切實實助你一臂之力才行。這當中的利害關係，你倒仔細想一想！」

前面的「四不可要」，胡雪巖覺得也不過「想當然耳」的危言聳聽；最後一句「這個時候千萬鬧不得家務」，卻真的讓他悚然心驚了。「七姐，你曉得的，我不是張胖子那種人，我不但要重起爐灶創一番事業，而且要大大創它一番事業。你提醒了我，這個時候心無二用，那裡有功夫來鬧家務……」

「是啊！」七姑奶奶搶著說：「你不想鬧家務，家務會鬧到你頭上來！推不開，摔不掉，那才叫苦惱。」

「我就是怕這個！看樣子，非聽你的不可了。」

「這才是！謝天謝地，小爺叔，你總算想通了。」七姑奶奶高興地說：「阿巧姐自然是好的，不過也不是天下獨一無二就是她！將來有的是。」

「將來！」胡雪巖頓一頓足，「就看在將來上面。七姐，我們好好來談一談。」

要談的是如何處置阿巧姐。提到這一層，七姑奶奶不免躊躇：「說實話，」她說：「我還要動腦筋！」

「七姐，」胡雪巖似乎很不放心，「我現在有句話，你一定要答應我，你動出啥腦筋來，要先跟我說明白。」

這話使得七姑奶奶微覺不安，也微有反感：「喲！喲！你這樣子說法，倒像我會瞞著你，拿她推到火坑裡去似地。」她很費勁地分辯，「我跟阿巧姐一向處得很好，現在為了你小爺叔，抹殺良心做事，你好像反倒埋怨我獨斷獨行……」

「七姐，七姐！」胡雪巖不容她再往下說，兜頭長揖，「我不能『狗咬呂洞賓，不識好人心』；無非我自己覺得對不起她，要想好好補報她一番而已。」

「我還不是這樣？你放心好了，我絕不會動她的壞腦筋。」說到這裡，七姑奶奶的眼睛突然發亮，同時綻開笑靨，望空出神。

這是動了極好的腦筋。胡雪巖不敢打攪她，但心裡卻急得很！渴望她揭開謎底。

七姑奶奶卻似有意報復：「我想得差不多了。不過，小爺叔對不起，我現在還沒有動手，到開始做的時候，一定跟你說明白，你也一定會贊成。」

「七姐！」胡雪巖陪笑說道：「你何妨先跟我說說？」

「不行，起碼要等我想妥當，才能告訴你。」七姑奶奶又說：「不是我故意賣關子，實在是還沒有把握，不如暫且不說的好。」

聽她言詞閃爍，究不知她葫蘆裡賣的甚麼藥？以她的性情，再問亦無用，胡雪巖只好嘆口氣算了。

到了第二天，胡雪巖又去看七姑奶奶，恰好古應春也在，談起家眷將到，另外要找房子，置家具，備辦日用物品，本來可以關照阿巧姐動手的，此刻似乎不便麻煩她了。

「不要緊！」七姑奶奶在這些事上最熱心，也最有興趣，慨然應承：「都交給我好了。」

在一旁靜聽的古應春，不免困惑，「為啥不能請阿巧姐幫忙？」他問。

「其中自然有道理。」七姑奶奶搶著說：「回頭告訴你。」

「又是甚麼花樣？」古應春跟他妻子提忠告：「你可不要替小爺叔亂出主意。現在這個辰光，頂要緊的就是安靜二字。」

「正是為了安靜兩個字。」七姑奶奶不願丈夫打攪，催著他說：「不是說，有人請你吃花酒，可以走了。」

「吃花酒要等人來催請，哪有這麼早，自己趕了去的？」古應春看出妻子的意思，覺得還是順從為妙，所以又自己搭訕著說：「也好，我先去看個朋友。」

「慢點！」七姑奶奶說：「我想起來了，有次秦先生說起，他的親戚有幢房子在三馬路，或賣或典都可以，你不妨替小爺叔去問一問。」

秦先生是她家號子裡的帳房。古應春恪遵閫令，答應立刻去看秦先生細問，請胡雪巖第二天來聽消息。

「這樣吧，」七姑奶奶說：「你索性請秦先生明天一早來一趟。」

「大概又是請他寫信。」古應春說：「如果今天晚上有空，我就叫他來。」

於是七姑奶奶等丈夫一走，便又跟胡雪巖談阿巧姐，「小爺叔，」她問：「你的主意打定了？將來不會懊悔，背後埋怨我棒打鴛鴦兩離分？」

「哪有這樣的事？七姐到現在還不明白我的脾氣？」

「我曉得，小爺叔是說到做到、做了不悔的脾氣。不過，我還是問一聲的好。既然小爺叔主意打定，明天我就要動手了。你只裝不知道，看出甚麼異樣，放在肚子裡就是。」

「我懂！」胡雪巖問：「她如果要逼著我問，我怎麼樣？」

「不會逼著你問的，一切照舊，毫無變動，她問甚麼？」

「好的！那就是我們杭州人說的那句話：『城隍山上看火燒！』我只等著看熱鬧了。」

如果不是極深的交情，這句話就有諷刺意味的語病了。不過七姑奶奶還是提醒他，不可自以為已經置身事外；一旦火燒了起來，也許會驚心動魄，身不由主，那時一定要有定力，視如不見，切忌臨時沉不住氣，橫身插入，那一來，她說：「就會引火燒身；我也要受連累，總而言之一句話，不管阿巧姐說甚麼，你不要理她！」

原來七姑奶奶由胡雪巖要買房子，想到一個主意，決定借這個機會刺激阿巧姐，能把她氣走了，一了百了。但也可能會發生極大的風波，所以特意提出警告。

購屋之事，相當順利；秦先生所介紹的那幢房子，在三馬路靠近有名的晝錦里，雖是鬧市，但屋宇宏深，關緊大門，就可以隔絕市囂，等於鬧中取靜。胡雪巖深為中意，問價錢也不貴，只有鷹洋兩千五百元，所以當天就成交了。

七姑奶奶非常熱心，「小爺叔，」她說：「你再拿一千塊錢給我；一切都歸我包辦。這三天你去幹你的事；到第四天你來看，是啥樣子？」

「這還有啥好說的？不過，七姐，太費你的心了！」

胡雪巖知道她的脾氣，這樣說句客氣話就行了。如果覺得她過於勞累，於心不安，要派人去為她分勞，反使得她不高興，所以交了一千銀洋給她，不聞不問。趁這三天功夫，在自己錢莊裡盤一盤帳，問一問業務，倒是切切實實做了些事。

第三天從集賢里阜康錢莊回家，只見阿巧姐頭光面滑，點唇塗脂，是打扮過了；但身上卻穿的是家常衣衫，不知是正要出門，還是從外面回來？

「我剛回來。去看七姑奶奶了。」阿巧姐說：「三馬路的房子，弄得很漂亮啊！」

語氣很平靜，但在胡雪巖聽來，似有怨責他瞞著她的味道，因而訕訕地有些無從接口。

「七姑奶奶問我：房子好不好？我自然說好。她又問我想不想去住，你道我怎麼回答她？我說：我沒有這份福氣。」

胡雪巖本來想答一句：只怕是我沒有這份福氣。話到口邊，忽又縮住；用漫不經意的口吻答道：「住這種夷場上的所謂『弄堂房子』，算啥福氣？將來杭州光復，在西湖上好好造一座莊子，住那種洞天福地，可真就要前世修一修了。」

阿巧姐不作聲，坐到梳妝台前去卸頭面首飾；胡雪巖便由丫頭伺候著，脫掉馬褂，換上便鞋，坐在窗前喝茶。

「我看，」阿巧姐突然說道：「我修修來世吧！」

「來世我們做夫妻。」胡雪巖脫口相答。

阿巧姐顏色大變——在胡雪巖的意思，既然她今生不肯做胡家的偏房，那就只好期望來世，一夫一妻，白頭到老。而阿巧姐誤會了！

「我原在奇怪，七姑奶奶為啥說那些話？果不其然，你是變心了！有話你很可以自己說，何必轉彎抹角去託人？」

胡雪巖知道自己失言了。然而也實在不能怪自己，那天原就問過七姑奶奶，如果阿巧姐逼著要問她的歸宿？如何作答。七姑奶奶認為「一切照舊，毫無變動」，她不會問。照現在看，情形不同了！新居既已為她所見，「變動」便已開始，以後她不斷會問；總不能每次一問，便像此刻一樣，惹得她怨氣沖天。

看來還是要靠自己動腦筋應付！他這樣對自己說，而且馬上很用心地去體察她的態度。為甚麼她不自己想一想，她這樣不肯與大婦同住，悖乎常情，強人所難；而偏偏一再要指責他變心？莫非她自己有下堂求去之意，只是說不出口，有意這樣諉過，這樣逼迫；想把決裂的責任，加在他頭上？

這是個看來近乎荒誕的想法。胡雪巖自問：果真自己是小人之心？不見得！阿巧姐當初對何桂清亦曾傾心過，到後來不管怎麼說，總是負心；而且是在何桂清倒楣的時候負心。這樣看起來，將她看成一個「君子」，似乎也太天真了些。

就這一念之間，他自己覺得心腸硬了；用不大帶感情的、平靜得近乎冷漠的聲音說：「我沒有甚麼話好說。你願意修修來世，我當然也只好希望來世再做夫妻。」

「你的意思是，今生今世不要我了？」阿巧姐轉過臉來，逼視著他問。

他將視線避了開去，「我沒有說這話。不過……」他沒有再說下去。

「說啊！男子漢大丈夫，說話不要吞吞吐吐！」

遇到他這種口吻語氣，如果她是願意委屈息事的，至多流淚，不會追問；既然追問，便有不惜破臉的打算。胡雪巖覺得了解她的態度就夠了，此時犯不著跟她破臉——最好永不破臉，好來好散！

於是他笑笑說道：「我們都不是三歲兩歲的小孩，這個樣子教底下人笑話，何必呢？」

「哼！」阿巧姐冷笑了一下，依然回過臉去，對鏡卸妝。

胡雪巖覺得無聊得很。這種感覺是以前所不曾有過的；他在家的時候不多，所以一回到家，只要看見阿巧姐的影子，便覺得世界上只有這個家最舒服，非萬不得已，不肯再出門。而此刻，卻想到哪裡去走走，哪怕就在街上逛逛也好。

此念一動，不可抑制，站起身來說：「我還要出去一趟。」說了這話，又覺歉然，因而問道：「你想吃點啥？我替你帶回來。」

阿巧姐只搖搖頭，似乎連話也懶得說。胡雪巖覺得背上一陣一陣發冷，拔步就走，就穿著那雙便鞋，也不著馬褂，逕自下樓而去。

走出大門，不免茫然；「轎班」阿福趕來問道：「老爺要到哪裡去？我去叫人。」

轎班一共四個人；因為胡雪巖回家時曾經說過，這夜不再出門，所以那三個住在阜康錢莊的都已走了，只剩下阿福在家。

「不必！」胡雪巖擺一擺手，逕自出弄堂而去。

茫然閒步，意興闌珊；心裡要想些有趣的事，偏偏拋不開的是阿巧姐。美目盼兮，巧笑倩兮，那些影子都在眼前，其美如鶯的吳儂軟語亦清清楚楚地響在耳際。突然間，胡雪巖有著濃重的悔意，掉頭就走，而且腳步極快。

到家只見石庫牆門已經關上了，叩了幾下銅環，來開門的仍是阿福；胡雪巖踏進門便上樓，一眼望去，心先涼了！

「奶奶呢？」他指著漆黑的臥室，問從另一間屋裡迎出來的丫頭素香。

「奶奶出去了。」

「到哪裡？」

「沒有說。」

「甚麼時候走的？」

「老爺一走，奶奶就說要出去。」素香答，「我問了一聲，奶奶罵我：少管閒事。」

「那，怎麼走的呢？」胡雪巖問：「為甚麼沒有要你跟去？」

「奶奶不要我跟去，說是等一息就回來。我說：要不要雇頂轎子？她說，她自己到弄堂口會雇的。」

胡雪巖大為失望，而且疑慮重重，原來想跟阿巧姐來說：「一切照舊，毫無變動」；不管胡太太怎麼說，他決意維持這個外室。除非阿巧姐願意另外擇人而事，他是絕不會變心的。這一番熱念，此刻全都沉入深淵。而且覺得阿巧姐的行蹤，深為可疑；素香是她貼身的丫頭，出門總是伴隨的，而竟撇下不帶，可知所去的這個地方，是素香去不得的，或者說，是她連素香都要瞞住的。

意會到此，心中泛起難以言宣的酸苦抑鬱，站在客堂中，久久無語。這使得素香有些害怕，怯怯地問道：「老爺！是不是在家吃飯？我去關照廚房。」

「我不餓！」胡雪巖問：「阿祥呢？」

「阿祥，出去了。」

「出去了！到哪裡？」

「要……」素香吞吞吐吐地說：「要問阿福。」

這神態亦頗為可疑，胡雪巖忍不住要發怒；但一轉念間冷靜了，「你叫阿福來！」他說。

等把阿福喊來一問，才知究竟，阿祥是在附近的一家小雜貨店「白相」。那家雜貨店老夫婦兩個，只有一個十七歲的女兒；胡雪巖也見過，生得像「無錫大阿福」，圓圓胖胖的一張臉。笑口常開。阿祥情有所鍾，只等胡雪巖一出門，便到那家雜貨店去盤桓，是他家不支薪工飯食的夥計兼跑街。

「老爺要喊他，我去把他叫回來。」

「不必！」胡雪巖聽得這段「新聞」，心裡舒服了些，索性丟下阿巧姐來管阿祥的閒事，「照這樣說，蠻有意思了！那家的女兒，叫啥名字？」

「跟……」阿福很吃力地說：「跟奶奶的小名一樣。」

原來也叫阿巧，「那倒真是巧了！」胡雪巖興味盎然地笑著。

「我跟阿祥說，你叫人家的時候，不要直呼直令地叫人家的名字；那樣子犯了奶奶的諱，做下人的不好這樣子沒規矩。」

這是知書識禮的人才會有的見解，不想出現在兩條爛泥腿的轎班身上，胡雪巖既驚異又高興；但口中問的還是阿祥。

「他不叫人家小名叫啥？」胡雪巖問：「莫非叫姐姐、妹妹？那不是太肉麻了。」

「是啊！那也太肉麻。阿祥告訴我說，他跟人家根本彼此都不叫名字，兩個人都是『喂』呀『喂』的。在她父母面前提起來，阿祥是說『你們家大小姐』。」

「這倒妙！」胡雪巖心想男女之間，彼此都用「喂」字稱呼，辨聲知人，就絕不是泛泛的情分了；只不知道：「她父母對阿祥怎麼樣？」

「她家父母對阿祥蠻中意的。」

「怎麼叫蠻中意？」胡雪巖問：「莫非當他『毛腳女婿』看待？」

「也差不多有那麼點意思。」

「既然如此，你們應該出來管管閒事，吃他一杯喜酒啊！」

「阿祥是老爺買來的，凡事要聽老爺做主，我們怎麼敢管這樁閒事；再說，這樁閒事也管不了。」

「怎麼呢？」

「辦喜事要……」

胡雪巖會意，點點頭說：「我知道了。你把阿祥替我去叫回來。」

用不到一盞茶的功夫，阿祥被找了回來。臉上訕訕地，有些不大好意思；顯然地，他在路上就已聽阿福說過，知道是怎麼一回事了。

「你今年十幾？」

「十七。」

「十七！」胡雪巖略有些躊躇似地，「是早了些。」他停了一下又問：「『她們家大小姐』幾歲？」

這句對阿巧的稱呼，是學著阿祥說的；自是玩笑，聽來卻有譏嘲之意，阿祥大窘，囁嚅著說：「比我大兩月，我是五月裡生的，她的生日是三月三。」

「連人家的時辰八字都曉得了！」胡雪巖有些忍俊不禁，但為了維持尊嚴，不得不忍笑問道：「那家人家姓啥？」

「姓魏。」

「魏老闆對你怎麼樣？」胡雪巖說：「不是預備拿女兒給你？你不要難為情，跟我說實話。」

「我跟老爺當然說實話。」阿祥答道：「魏老闆倒沒有說甚麼，老闆娘有口風透露了，她說：他們老夫婦只有一個女兒，捨不得分開。要娶她女兒就要入贅。」

「你怎麼說呢？」

「我裝糊塗。」

「為啥？」胡雪巖問：「是不肯入贅到魏家？」

「我肯也沒有用。我改姓了主人家的姓，怎麼再去姓魏？」

「你倒也算是有良心的。」胡雪巖滿意地點點頭，「我自有道理。」

這當然是好事可諧了！阿祥滿心歡喜；但臉皮到底還薄，明知是個極好的機會，卻不敢開口相求，就此「敲釘轉腳」拿好事弄定了它。

不說話卻又感到僵手僵腳，一身不自在，於是搭訕著問道：「老爺恐怕還沒有吃飯？我來關照他們！」接著便喊：「素香，素香！」

素香從下房裡閃了出來，正眼都不看阿祥；走過他面前，低低咕噥了一句：「叫魂一樣叫！」然後到胡雪巖面前問道：「老爺叫我？」

做主人的看在眼裡，恍然大悟；怪不得問她阿祥在哪裡？她有點懶得答理的模樣！原來阿祥跟魏阿巧好，她在吃醋。照此說來，落花有意，流水無情；阿祥倒辜負她了。

這樣想著，便有些替素香委屈。不過事到如今，沒有胡亂干預，擾亂已成之局的道理，唯有裝作不解，找件事差遣素香去做。

「我不在家吃飯了。」他囑咐阿祥，「你馬上到張老闆那裡去，說我請他吃酒。弄堂口那家酒店叫啥字號？」

「叫王寶和。」

「我在王寶和等他。你去快點，請他馬上來。」

「是！」阿祥如奉了將軍令一般，高聲答應，急步下樓。

等他一走，胡雪巖喝完一杯素香倒來的茶，也就出門了。走到王寶和，朝裡一望；王老闆眼尖，急忙迎了出來，哈腰曲背地連連招呼：「胡大人怎麼有空來？是不是尋啥人？」

「不是！到你這裡來吃酒。」

王老闆頓時有受寵若驚之感：「請！請！正好雅座有空。胡大人來得巧了。」

所謂雅座是凸出的一塊方丈之地，一張條案配著一張八仙桌；條案上還供著一座神龕，內中一方「王氏昭穆宗親之位」的神牌。胡雪巖看這陳設，越發勾起鄉思；彷彿置身在杭州鹽橋附近的小酒店中，記起與張胖子閒來買醉的那些日子了。

「胡大人，我開一罎如假包換的紹興花雕，您老人家嘗嘗看。」

「隨你。」胡雪巖問：「有啥下酒菜？」

「蟶子剛上市。還有鞭筍，嫩得很。再就是醬鴨，糟雞。」

「都拿來好了。另外要兩樣東西，『獨腳蟹』，油炸臭豆腐乾。」

「獨腳蟹」就是發芽豆，大小酒店必備；油炸臭豆腐乾就難了，「這時候，擔子都過去了。」王老闆說：「還不知有沒有？」

「一定要！」胡雪巖固執地說：「你叫個人，多走兩步路去找，一定要買來！」

「是，是！一定買來，一定買來！」王老闆一疊連聲地答應，叫個小徒弟遍處去找，還特地關照一句：「快去快回。」

於是，胡雪巖先獨酌。一桌子的酒菜，他單取一樣發芽豆；咀嚼的不是豆子，而是寒微辰光那份苦中作樂的滋味。心裡是說不出的那種既辛酸、又安慰的雋永嚮往的感覺。

一抬眼突然發覺，張胖子笑嘻嘻地站在面前，才知道自己是想得出神了。定定神問道：「吃了飯沒有？」

「正在吃酒，阿祥來到。」張胖子坐下來問道：「今天倒清閒，居然想到這裡來吃酒？」

「不是清閒，是無聊。」

張胖子從未聽他說過這種洩氣的話，不由得張大了眼想問；但燙來的酒，糟香撲鼻，就顧不得說話先要喝酒了。

「好酒！」他喝了一口說，嘖嘖地咂著嘴唇，「嫡路紹興花雕。」

「酒再好，也比不上我們在鹽橋吃燒酒的味道好。」

「嘔！」張胖子抬頭四顧，「倒有點像我們常常去光顧的那家『純號』酒店。」

「現在也不曉得怎麼樣了？」胡雪巖微微嘆息著；一仰臉，乾了一碗。

「你這個酒，不能這樣子喝！要吃醉的。」張胖子停杯不飲，愁眉苦臉地說：「啥事情不開心？」

「沒有啥！有點想杭州，有點想從前的日子。老張，『貧賤之交不可忘，糟糠之妻不下堂』；來，我敬你！」

張胖子不知他是何感觸？惴惴然看著他說：「少吃點，少吃點！慢慢來。」

還好，胡雪巖是心胸開闊的人，酒德甚好，兩碗酒下肚，只想高興的事。想到阿祥，便即問道：「老張，前面有家雜貨店，老闆姓魏，你認不認識？」

「我們是同行，怎麼不認識？你問起他，總有緣故吧？」

「他有個女兒，也叫阿巧，長得圓圓的臉，倒是宜男之相。你總也很熟？」

聽這一說，張胖子的興致來了，精神抖擻地坐直了身子，睜大眼睛看著胡雪巖，一面點頭，一面慢吞吞地答道：「我很熟，十天、八天總要到我店裡來一趟。」

「為啥？」

「她老子進貨，到我這裡來拆頭寸，總是她來。」

「這樣說，他這個雜貨店也可憐巴巴的。」

「是啊，本來是小本經營。」張胖子說：「就要他這樣才好。如果是殷實的話，銅鈿銀子上不在乎，做父母的就未必肯了。」

「肯甚麼？」胡雪巖不懂他的話。

「問你啊！不是說她宜男之相？」

胡雪巖楞了一下，突然意會；一口酒直噴了出來，趕緊轉過臉去，一面嗆，一面笑。將個張胖子搞得丈二金剛摸不著頭。

「啊老張，你一輩子就是喜歡自作聰明；你想到哪裡去了？」

「你，」張胖子囁嚅著說：「你不是想討個會養兒子的小？」

「所以說，你是自作聰明。哪有這回事？不過，談的倒也是喜事，媒人也還是要請你去做。」

接著，胡雪巖便將阿祥與阿巧的那一段情，都說給了張胖子聽。

「好啊！」張胖子很高興地，「這個媒做來包定不會『春梅漿』！」

「春梅漿」是杭州的俗語，做媒做成一對怨偶，男女兩家都嗔怨媒人，有了糾紛，責成媒人去辦交涉，搞得受累無窮，就叫「春梅漿」。老張說這話，就表示他對這頭姻緣，亦很滿意；使得胡雪巖越發感到此事做得愜意稱心。一高興之下，又將條件放寬了。

「你跟魏老闆去說，入贅可以，改姓不可以；既然他女兒是宜男之相，不怕兒子不多，將來他自己挑一個頂他們魏家的香煙好了。至於阿祥，我叫他也做雜貨生意，我借一千銀洋給他做本錢。」

「既然這樣，也就不必談聘金不聘金了。嫁妝、酒席，一切都是男家包辦；拜了堂，兩家併作一家。魏老闆不費分文，有個女婿養他們的老，有這樣便宜的好事，他也該心滿意足了。你看我，明天一說就成功，馬上挑日子辦喜事。」

「那就重重拜託。我封好謝媒的紅包，等你來拿。」

「謝甚麼媒！你幫我的忙還幫得少了不成？」

談到這裡，小徒弟捧來一大盤油炸臭豆腐乾；胡雪巖不暇多說，一連吃了三塊，有些狼吞虎嚥的模樣，便又惹得愛說話的張胖子要開口了。

「看你別的菜不吃，發芽豆跟臭豆腐乾倒吃得起勁！」

胡雪巖點點頭，停著答道：「我那位老把兄嵇鶴齡，講過一個故事給我聽：從前有個窮書生，去廟裡住，跟一個老和尚做了朋友。老和尚常常掘些芋頭，煨在熱灰裡，窮書生吃得津津有味。到後來窮書生十年寒窗無人問，一舉成名天下知，飛黃騰達，做了大官。衣錦還鄉，想到煨芋頭的滋味，特地去拜訪老和尚，要嘗一嘗，一嘗之下，說不好吃。老和尚答他一句：芋頭沒有變，你人變了！我今天要吃發芽豆跟臭豆腐乾，也就彷彿是這樣一種意思。」

「原來如此！你倒還記得，當初我們在純號『擺一碗』，總是這兩樣東西下酒。」張胖子接著又問：「現在你嘗過了，是不是從前的滋味？」

「是的。」

「那倒難得！」張胖子有點笑他言不由衷的意味，「魚翅海參沒有拿你那張嘴吃刁？」

「你弄錯了，我不是說它們好吃！從前不好吃，現在還是不好吃。」

「這話我就不懂了！不好吃何必去吃它？」張胖子說：「從前也不曉得吃過多少回，從來沒有聽你說過，發芽豆、臭豆腐乾不好吃。」

「不好吃，不必說，想法子去弄好吃的來吃。空口說白話，一點用都沒有；反而害得人家都不肯吃苦了！」

這幾句話說得張胖子楞住了，怔怔地看了他好半天，方始開口：「老胡，我們相交不是三年、五年，到今天我才曉得你的本性。這就難怪了！你由學生意爬到今天大老闆的地位，我從錢莊大夥計弄到開小雜貨店，都是有道理的。」

一向笑嘻嘻的張胖子，忽然大生感觸，面有抑鬱之色。胡雪巖從他的牢騷話中，了解他不得意的心情，多年的患難貧賤之交，心裡自然也很難過。

他真想安慰他。因而想到跟劉不才與古應春所商量的計畫，不久聯絡好了杭州的小張和嘉興的孫祥太，預備大舉販賣洋廣雜貨，不正好讓張胖子也湊一股？股本當然是自己替他墊，只要他下手幫忙；無論如何比株守一片小雜貨店來得有出息。

話已經要說出口了，想想不妥；張胖子嘴不緊，而這個販賣洋廣雜貨的計畫，是有作用的，不宜讓他與聞。要幫他的忙，不如另打主意。

想了一下，倒是有個主意，「老張，」他說：「我也曉得你現在委屈。不過時世不對，暫時要守一守。我的錢莊，你曉得的，杭州的老根一斷，就沒有源頭活水了！現在也是苦撐在那裡的局面。希望是一定有的，要擺功夫下去。你肯不肯來幫幫我的忙？」

「你我的交情，談不到肯不肯。不過，老胡，實在對不起，錢莊飯我吃得寒心了；你想想，我從前那個東家，我那樣子替他賣力，弄到臨了，翻臉不認人。如果不是你幫我一個大忙，吃官司都有份。從那時候起，我就罰過咒，再不吃錢莊飯！自己小本經營，不管怎麼樣，也是個老闆。」說到這裡，張胖子自覺失言，趕緊又做補充：「至於對你，情形當然不同。不過我罰過咒，不幫人家做錢莊；這個咒是跪在關帝菩薩面前罰的，不好當耍。老胡，千言萬語併一句：對不起你！」說完，舉杯表示道歉。

「這杯酒，我不能吃。我有兩句話請問你，你罰咒，是不幫人家做錢莊？」

「是的。」

「就是說，不給人家做夥計？」

「是的！」張胖子重重地回答。

「那麼，老張，你先要弄清楚，我不是請你做阜康的夥計。」

「做啥？」張胖子愕然相問。

「做股東。等於你自己做老闆！這樣子，隨便你罰多少重的咒，都不會應了。」

「做股東！」張胖子心動了，「不過，我沒有本錢。」

「本錢我借你。我劃一萬銀子，算你的股份；你來管事，另外開一份薪水。」胡雪巖說：「你那家小雜貨店，我也替你想好了出路；盤給阿祥，他自然併到他丈人那裡。你看，這不是順理成章的事？」

這樣的條件，這樣的交情，照常理說，張胖子應該一諾無辭；但他仍在躊躇，因為第一，錢莊這一行，他受過打擊，確實有些寒心；第二，交朋友將心換心，唯其胡雪巖如此厚愛，自己就更得忖量一下，倘或接手以後，沒有把握打開局面，整頓內部，讓好朋友失望，倒不如此刻辭謝，還可以保全交情。

當然，他說不出辭絕的話，而且也捨不得辭絕；考慮了又考慮，說了句：「讓我先看一看再說。」

「看？你用不著看了！」胡雪巖說：「阜康的情形比起從前王雪公在世的時候那樣熱鬧，自然顯得差了。跟上海的同行比一比，老實說一句，比上不足，比下著實有餘。阜康絕沒有虧空，放款出去的戶頭，都是靠得住的，幾個大存戶亦都殷實得很，不至於一下子都來提款。毛病是我不能拿全副精神擺在上頭；原來請的那個大夥，人既老實，身子又不好，所以弄得死氣沉沉，沒有起色。你去了，當然會不同；等我來出兩個主意，請你一手去做，同心協力拿阜康這塊招牌再刷得它金光閃亮。」

照這樣說，大可一幹；不過，「我到底是啥身分到阜康呢？」他說：「錢莊的規矩，你是曉得的。」

錢莊的規矩，大權都在大夥手裡，股東不得過問；胡雪巖原就有打算的，毫不遲疑地答道：「對我來說，你是股東；對阜康來說，你是大夥。你不是替人家做夥計，是替自己做。」

這個解釋很圓滿，張胖子表示滿意，毅然決然地答道：「那就一言為定。主意你來出，事情我來做；對外是你出面，在內歸我負責。」

「好極！我正就是這個意思……」

「慢來。」張胖子突然想到，迫不及待地問：「原來的那位老兄呢？」

「這你不必擔心。他身體不好，而且兒子已經出道；在美國人的洋行裡做『康白度』，老早就勸他回家享福。他因為我待他不錯，雖然辭過幾次，我不放他，也就不好意思走。現在有你去接手，在他真正求之不得。」

張胖子釋然了，「我就怕敲了人家飯碗！」他又生感慨，「我的東家不好，不能讓他也在背後罵東家不好。」

「你想想我是不是那種人？」胡雪巖問道：「老張，君子一言，駟馬難追；從此刻起，我們就算合夥了！倒談談生意經，你看，我們應該怎麼個做法？」

這一下，將張胖子問住了。他是錢莊學徒出身，按部就班做到大夥，講內部管理，要看實際情形而定；談到外面的發展，也要先了解了解市面。如要他憑空想個主意出來，可就抓瞎了。

想了好一會，他說：「現在的銀價上落很大；如果消息靈通，兌進兌出一轉手之間，利息不小。」

「這當然。歸你自己去辦，用不著商量。」胡雪巖說：「我們要商量的是，長線放遠鷂，看到三五年以後，大局一定，怎麼樣能夠飛黃騰達，一下子躥了起來。」

「這……」張胖子笑道：「我就沒有這份本事了。」

談生意，胡雪巖一向最起勁，又正當微醺之時，興致更佳，「今天難得有空，我們索性好好兒籌畫一番。」他問：「老張，山西票號的規矩，你總熟悉的吧？」

「隔行如隔山，錢莊、票號看來是同行，做法不同。」張胖子在胡雪巖面前不敢不說老實話，「而且，票號的勢力不過長江以南，他們的內幕，實在沒有機會見識。」

「我們做錢莊，唯一的勁敵就是山西票號。知己知彼，百戰百勝，所以這方面，我平時很肯留心。現在，不妨先說點給你聽。」

照胡雪巖的了解，山西票號原以經營匯兌為主，而以京師為中心。這幾年干戈擾攘，道路艱難，公款解京，諸多不便；因而票號無形中代理了一部分部庫與省庫的職司，公款並不計息，匯水尤為可觀，自然大獲其利。還有各省的鉅商顯宦，認為天下最安穩的地方，莫如京師，所以多將現款匯到京裡，實際上就是存款。這些存款的目的不是生利，而是保本，所以利息極輕。

「有了存款要找出路。頭寸爛在那裡，大元寶不會生小元寶的。」胡雪巖說：「山西票號近年來通行放款給做京官的，名為『放京債』；聽說一萬兩的借據，實付七千……」

「甚麼？」張胖子大聲打斷，「這是甚麼債，比印子錢還要凶！」

「你說比印子錢還要凶，借的人倒是心甘情願；反正羊毛出在羊身上，老百姓倒楣！」

「怎麼呢？」

「你想，做官借債，拿甚麼來還？自然是老百姓替他還。譬如某人放了我們浙江藩司，京裡打點，上任盤費；到任以後置公館、買轎馬、用底下人，哪一樣不要錢？於是乎先借一筆京債，到了任想法子先挪一筆款子還掉，隨後慢慢兒彌補；不在老百姓頭上動腦筋，豈不是就要鬧虧空了？」

「這樣子做法難道沒有風險！譬如說，到了任不認帳？」

「不會的。第一，有保人，保人一定也是京官。第二，有借據，如果賴債，到都察院遞呈子，御史一參，賴債的人要丟官。第三，自有人幫票號的忙，不准人賴債。為啥呢？一班窮翰林平時都靠借債度日；就盼望放出去當考官，當學政，收了門生的『贄敬』來還債；還了再借，日子依舊可以過得下去。倘若有人賴了債，票號聯合起來，說做官的沒有信用，從此不借；窮翰林當然大起恐慌，會幫票號討債。」胡雪巖略停一下又說：「要論風險，只有一樣；新官上任，中途出了事，或者死掉，或者丟官。不過也要看情形而定，保人硬氣的，照樣會一肩擔承。」

「怪不得！」張胖子說：「這幾年祁、太、平三幫票號，在各省大設分號。原來有這樣的好處！」他躍躍欲試地，「我們何不學人家一學？」

「著啊！」胡雪巖乾了一杯酒，「我正就是這個意思。」

胡雪巖的意思是，仿照票號的辦法，辦兩項放款。第一是放給做官的。由於南北道路艱難，時世不同，這幾年官員調補升遷，多不按常規；所謂「送部引見」的制度，雖未廢除，卻多變通辦理；尤其是軍功上保升的文武官員，僅有當到藩司、臬司，主持一省錢穀、司法的大員，而未曾進過京的。由京裡補缺放出來，自然可以借京債；如果在江南升調，譬如江蘇的知縣，調升湖北的知府，沒有一筆盤纏與安家銀子就「行不得也」！胡雪巖打算仿照京債的辦法，幫幫這些人的忙。

「這當然是有風險的。但要通扯扯算，以有餘補不足。自從開辦釐金以來，不曉得多少人發了財；像這種得了稅差的，早一天到差，多一天好處，再高的利息，他也要借，而且不會吃倒帳。我們的做法是要在這些戶頭上多賺他些，來彌補倒帳。話不妨先說明白，我們是『劫富濟貧』的做法。」

「劫富濟貧！」張胖子念了兩遍，點點頭說：「這個道理我懂了。第二項呢？」

「第二項放款是放給逃難到上海來的內地鄉紳人家。這些人家在原籍，多是靠收租過日子的，一早拎隻鳥籠泡茶店；下午到澡塘子睡一覺；晚上『擺一碗』，吃得醉醺醺回家。一年三百六十天，起碼三百天是這樣子。這種人，恭維他，說他是做大少爺；講得難聽點，就是無業游民。如果不是祖宗積德，留下大把家私，一定做『伸手大將軍』了。當初逃難來的時候，總有些現款細軟在手裡，一時還不會『落難』；日久天長，坐吃山空，又是在這個花天酒地的夷場上，所以這幾年下來，很有些赫赫有名的大少爺，快要討飯了！」

這話不是過甚其詞，張胖子就遭遇到幾個；境況最悽慘的，甚至倚妻女賣笑為生。因此，胡雪巖的話，在他深具同感；只是放款給這些人，他不以為然，「救急容易救窮難！」他說：「非吃倒帳不可！」

「不會的。」胡雪巖說：「這就要放開眼光來看；長毛的氣數快到了！江浙兩省一光復，逃難的回家鄉，大片田地長毛搶不走；他們苦一兩年，仍舊是大少爺。怎麼會吃倒帳？」

「啊！」張胖子深深吸了口氣，「這一層我倒還沒有想到。照你的說法，我倒有個做法。」

「你說！」

「叫他們拿地契來抵押。沒有地契的，寫借據，言明如果欠款不還，甘願以某處某處田地作價抵還。」

「對！這樣做法，就更加牢靠了。」

「還有！」張胖子跟胡雪巖一席長談，啟發良多，也變得聰明了；他說：「既然是救窮，就要看遠一點。那班大少爺出身的，有一萬用一萬，不顧死活的；所以第一次來抵押，不可以押足，預備他不得過門的時候來加押。」

這就完全談得對路了，越談越多，也越談越深；然而僅談放款，又哪裡來的款子可放？張胖子心裡一直有著這樣一個疑問，卻不肯問出來；因為在他意料中，心思細密的胡雪巖，一定會自己先提到，無須動問。

而胡雪巖卻始終不提這一層，這就逼得他不能不問了：「老胡，這兩項放款，期限都是長的；尤其是放給有田地的人家，要等光復了，才有收回的確期，只怕不是三兩年的事。這筆頭寸不在少數，你打算過沒有？」

「當然打算過。只有放款，沒有存款的生意，怎麼做法？我倒有個吸收存款的辦法，只怕你不贊成。」

「何以見得我不贊成？做生意嘛，有存款進來，難道還推出去不要？」

胡雪巖不即回答，笑一笑，喝口酒，神態顯得很詭祕，這讓張胖子又無法捉摸了。他心裡的感覺複雜，又佩服，又有些戒心；覺得胡雪巖花樣多得莫測高深，與這樣的人相處，實在不能掉以輕心。

終於開口了，胡雪巖問出來一句令人意料不到的話：「老張，譬如說：我是長毛，有筆款子化名存到你這裡，你敢不敢收？」

「這……」張胖子答：「這有啥不敢？」

「如果有條件的呢？」

「甚麼條件？」

「他不要利息，也不是活期；三年或者五年，到期來提，只有一個條件，不管怎麼樣，要如數照付。」

「當然如數照付，還能怎麼樣？」

「老張，你沒有聽懂我的意思，也還不明白其中的利害。抄家你總曉得的，被抄的人，倘或有私財寄頓在別處，照例是要追的。現在就是說，這筆存款，即使將來讓官府追了去，他也要照付。請問你敢不敢擔這個風險？」

這一說，張胖子方始恍然，「我不敢！」他大搖其頭，「如果有這樣的情形，官府來追，不敢不報，不然就是隱匿逆產，不得了的罪名。等一追了去，人家到年限來提款，你怎麼應付？」

「我曉得你不敢！」胡雪巖說：「我敢！為啥呢？我料定將來不會追。」

「喔，何以見得？你倒說個道理我聽聽。」

「何用說道理？打長毛也打了好幾年了，活捉的長毛頭子也不少，幾時看官府追過？」胡雪巖放低了聲音又說：「你再看看，官軍捉著長毛，自然搜括一空，根本就不報的，如果要追，先從搜括的官軍追起，那不是自己找自己麻煩？我說過，長毛的氣數快盡了！好些人都在暗底下盤算，他們還有一場劫，只要逃過這劫，後半輩子就可以衣食無憂了。」

「是怎麼樣一場劫？」

「這場劫就是太平天國垮台。一垮台，長毛自然變成『過街老鼠』，人人喊打，在那一陣亂的時候最危險；只要局面一定，朝廷自然降旨，首惡必懲，脅從不問，更不用說追他們的私產。所以說，只要逃過這場劫，後半輩子就可以衣食無憂。」

談到這裡，張胖子恍然大悟。搜括飽了的長毛，要逃這場劫難有個逃法，一是保命，二是保產。大劫來時即令逃得了命，也逃不了財產。換句話說，保命容易保產難，所以要早做安排。

想通了，不由得連連稱「妙！」但張胖子不是點頭，而是搖頭，「老胡，」他帶著些杞人憂天的味道：「你這種腦筋動出來，要遭天忌的！」

「這也不足為奇！我並沒有害人的心思，為啥遭天之忌？」

「那麼，犯不犯法呢？」張胖子自覺這話說得太率直，趕緊又解釋：「老胡，我實在因為這個法子太好了。俗語說的是：好事多磨！深怕其中有辦不通的地方，有點不大放心。」

「你這話問得不錯的。犯法的事，我們不能做；不過，朝廷的王法是有板有眼的東西，他怎麼說，我們怎麼做，這就是守法。他沒有說，我們就可以照我們自己的意思做。隱匿罪犯的財產，固然犯法；但要論法，我們也有一句話說：人家來存款的時候，額頭上沒有寫著字：我是長毛。化名來存，哪個曉得他的身分？」

「其實我們曉得的，良心上總說不過去！」

「老張，老張！」胡雪巖喝口酒，又感嘆，又歡喜地說：「我沒有看錯人，你本性厚道，實在不錯。然而要講到良心，生意人的良心，就只有對主顧來講。公平交易，老少無欺，就是我們的良心。至於對朝廷，要做官的講良心。這實在也跟做生意跟主顧講良心是一樣的道理，『學成文武藝，賣與帝王家』，朝廷是文武官兒的主顧，是他們的衣食父母，不能不講良心。在我們就可以不講了。」

「不講良心講啥？」

「講法，對朝廷守法，就是對朝廷講良心。」

張胖子點點頭，喝著酒沉思；好一會才欣然開口：「老胡，我算是想通了。多少年來我就弄不懂，士農工商，為啥沒有奸士、奸農、奸工，只有奸商？可見得做生意的人的良心，別有講究；不過要怎麼個講究，我想不明白。現在明白了！對朝廷守法，對主顧講公平，就是講良心，就不是奸商！」

「一點不錯！老實說一句：做生意的守朝廷的法，做官的對朝廷有良心，一定天下太平。再說一句：只要做官的對朝廷講良心，做生意的就不敢不守法。如果做官的對朝廷沒有良心，要我們來對朝廷講良心，未免迂腐。」

「嗯，嗯，你這句話，再讓我來想一想。」張胖子一面想，一面說：「譬如，有長毛頭子抓住了，抄家；做官的抹殺良心，侵吞這個人的財產，那就是不講良心。如果我們講良心呢？長毛化名來存款，說是應該充公的款子，我們不能收。結果呢？白白便宜贓官，仍舊讓他侵吞了。對！」他一拍桌子，大聲說道：「光是做生意的對朝廷講良心，沒有用處。我們只要守法就夠了！」

「老張啊！」胡雪巖也欣然引杯，「這樣才算是真正想通。」

這一頓酒吃得非常痛快，最後是張胖子搶著做的東。分手之時，胡雪巖特別關照，他要趁眷屬未到上海來的這兩天，將錢莊和阿祥的事安排好；因為全家劫後重聚，他打算好好陪一陪老母，那時甚麼緊要的大事都得擱下來。

張胖子諾諾連聲；一回到家先跟妻子商議，那爿小雜貨店如何收束？他妻子倒也是有些見識的，聽了丈夫的話，又高興，又傷感，走進臥房，開箱子取出一個棉紙包，打開來給張胖子看，是一隻不甚值錢的銀鑲風藤鐲子。

做丈夫的莫名其妙，這隻鐲子與所談的事有何相干？而張太太卻是要從這上頭談一件往事，「這隻鐲子是雪巖的！就在這隻鐲子上，我看出他要發達。」她說：「這還是他沒有遇到王撫台的時候的話，那時他錢莊裡的飯碗敲破了。日子很難過。有一天來跟我說，他有個好朋友從金華到杭州來謀事，病在客棧裡，房飯錢已經欠了半個月，還要請醫生看病，沒有五兩銀子不能過門，問我能不能幫他一個忙？我看雪巖雖然落魄，那副神氣不像倒楣的樣子；一件竹布長衫，雖然褪了色，也打過補釘，照樣漿洗得滿挺括，見得他家小也是賢慧能幫男人的。就為了這一點，我『嗯頓』都不打一個，借了五兩銀子給他。」

「咦！」張胖子大感興趣，「還有這麼一段故事，倒沒聽你說過。錢，後來還你沒有？」

「你不要打岔，聽我說！」張太太說：「當時雪巖對我說：『現在我境況不好。這五兩銀子不知道啥時候能還，不過我一定會還。』說老實話，我肯借給他，自然也不打算他一時會還，所以我說：『不要緊！等你有了還我。』他就從膀子上勒下這隻風藤鐲子，交到我手裡：『鐲子連一兩銀子都不值，不能算押頭；不過這隻鐲子是我娘的東西，我看得很貴重。這樣子做，是提醒我自己，不要忘記掉還人家的錢。』我不肯要，他一定不肯收回，就擺了下來。」

「這不像雪巖的為人，他說了話一定算數的。」

「你以為鐲子擺在我這裡，就是他沒有還我那五兩銀子？不是的！老早就還了。」

「甚麼時候？」

「就在他脫運交運，王撫台放到浙江來做官，沒有多少時候的事。」

「那麼鐲子怎麼還在你手裡呢？」

「這就是雪巖做人，不能不服他的道理。當時他送來一個紅封套，裡頭五兩銀子銀票；另外送了四色水禮。我拿鐲子還他，他不肯收；他說：現在的五兩銀子絕不是當時的五兩銀子；他欠我的情，還沒有報。這隻鐲子留在我這裡，要我有啥為難的時候去找他，等幫過我一個忙，鐲子才肯收回。我想，他娘現在帶金帶翠，也不在乎一隻風藤鐲子，無所謂的事了，所以我就留了下來。那次他幫你一個大忙，我帶了四樣禮去看他，特為去送鐲子。他又不肯收。」

「這是啥道理？」張胖子越感興味，「我倒要聽聽他又是怎麼一套說法？」

「他說，他幫你的忙，是為了同行的義氣，再說男人在外頭的生意，不關太太的事。所以他欠我的情，不能『劃帳』，鐲子叫我仍舊收著，他將來總要替我做件稱心滿意的事，才算補報了我的情。」

「話倒也有道理。雪巖這個人夠味道就在這種地方，明明幫你的忙，還要教你心裡舒坦。閒話少說，我們倒商量商量看，這爿雜貨店怎麼樣交出去？」張胖子皺著眉說：「麻雀雖小，五臟俱全；人欠欠人的帳目，雞零狗碎的，清理起來，著實好有幾天頭痛。」

「頭痛，為啥要頭痛？人欠欠人都有帳目的，連店址帶貨色『一腳踢』；我們『推位讓國』都交了給人家，拍拍身子走路，還不輕鬆？」

張胖子大喜，「對！還是你有決斷。」他說：「明天雪巖問我盤這爿店要多少錢？我就說，我是一千六百塊洋錢下本，仍舊算一千六百塊好了。」

這套說法完全符合張太太的想法。三四年的經營，就這片刻間決定割捨；夫婦倆都無留戀之意，因為對「老本行」畢竟有根深蒂固的感情在，而且又是跟胡雪巖在一起。相形之下，這爿小雜貨店就不是「雞肋」而是「敝屣」了。

第七章

一早起身，張胖子還保持著多年的習慣，提著鳥籠上茶店；有時候經過魏老闆那裡，因為同行的緣故，也打個招呼。魏老闆克勤克儉，從來不上茶店；但張胖子這天非邀他去吃茶不可，因為做媒的事，當著阿巧不便談。

踏進店堂，開門見山道明來意，魏老闆頗有突然之感，因而便有辭謝之意。就在這時候，阿巧替她父親來送早點，一碗豆腐漿，一團粢米飯，看到張老闆甜甜地招呼：「張伯伯早！點心吃過沒有？」

張胖子不即回答，將她從頭看到腳，真有點相親的味道，看得阿巧有些發窘。但客人還未答話，不便掉身而去，只有將頭扭了開去，避開張胖子那雙盯住了看的眼睛。

「阿巧！」張胖子問道：「你今年幾歲？」

「十七。」

「生日當然是七月初七。時辰呢？」

這下驚了阿巧！一早上門，來問時辰八字，不是替自己做媒是做啥？這樣轉著念頭，立刻想到阿祥，也立刻就著慌了！「哪個要你來做啥斷命的媒？」她在心中自語；急急地奔到後面，尋著她母親問道：「張胖子一早跑來為啥？」

「哪個張胖子？」

「還有哪個？不就是同行冤家的張胖子？」

「他來了？我不曉得啊！」

「娘！」阿巧扯著她的衣服說：「張胖子不曉得啥心思，又問生日，又問時辰。我……」

她頓一頓足說：「我是不嫁的！用不著啥人來囉嚇。」

這一說，做母親的倒是精神一振；不曉得張胖子替女兒做的媒，是個何等樣人？當時便說：「你先不要亂！等我來問問看。」

發覺母親是頗感興趣的神氣，阿巧非常失望，也很著急。她心裡在想，此身已有所屬，母親是知道的，平時對阿祥的言語態度，隱隱然視之為「半子」；那就不但知道自己屬意於甚麼人，而且這個人也是她所中意的。既然如此，何必又去「問問看」？豈不是不明事理的老糊塗了！

苦的是心裡這番話說不出口，也無法用任何暗示提醒她。情急之下，只有撒嬌，拉住她母親的衣服不放。

「不要去問！狗嘴裡吐不出象牙，沒有啥好問的。」

「問問也不要緊。你這樣子做啥？」

母女倆拉拉扯扯，僵持著，也因循著；而魏老闆卻因為情面難卻，接受了張胖子的邀請，在外面提高了聲音喊：「阿巧娘！你出來看店；我跟張老闆吃茶去了。」

這一下阿巧更為著急。原意是想母親拿父親叫進來，關照一句：如果張胖子來做媒，不要理他。不想要緊話未曾說清楚，白白耽誤了功夫。如今一起去吃茶，當然是說媒；婚事雖說父母之命，而父親可以做七分主，如果在茶店裡糊裡糊塗聽信了胖子的花言巧語，那就是一輩子不甘心的恨事。

念頭風馳電掣般快，轉到此處，阿巧脫口喊道：「爹！你請進來，娘有要緊話說。」

魏老闆聽這一說，便回了進來；他妻子問他：「張胖子是不是來替阿巧做媒？」

魏老闆還未答話，阿巧接口：「哪個要他來做啥媒？我是不嫁的。」

「咦！」魏老闆看看妻子，又看看女兒，真有些莫名其妙了，「你們怎麼想到這上頭去了？」

阿巧耳朵靈，心思快，立刻喜孜孜地問道：「那麼，他來做啥呢？」

「他說要跟我談一筆生意。」

「談生意？」他妻子問道：「店裡不好談？」

「我也是這麼說。他說他一早起來一定要吃茶，不然沒有精神。我就陪他去吃一回也不要緊。」

「好，好！」阿巧推一推她父親，「你老人家請！不過，只好談生意，不好談別的。」

這一去去了兩個鐘頭還不回來，阿巧心裡有些嘀咕，叫小徒弟到張胖子每天必到的那家茶店裡去悄悄探望。須臾回轉，張胖子跟魏老闆都不在那裡。

這就顯得可疑了。等到日中，依然不見魏老闆的影子；母女倆等了好半天等不回來，只有先吃午飯。剛扶起筷子，魏老闆回來了，滿臉紅光，也滿臉的笑容。

阿巧又是欣慰又是怨，「到哪裡去了？」她埋怨著，「吃飯也不回來！」

「張胖子請我吃酒，這頓酒吃得開心。」

「啥開心？生意談成功了？」阿巧問：「是啥生意？」

「不但談生意，還談了別樣。是件大事！」魏老闆坐下來笑道：「你們猜得不錯，張胖子是來替我們女兒做媒的。」

聽到這裡，阿巧手足發冷，一下撲到她母親肩上，渾身抖個不住。

魏老闆夫婦倆無不既驚且詫！問她是怎麼回事？卻又似不肯明說，只勉強坐了下來，怔怔地望著她父親。

到底知女莫若母，畢竟猜中了她的心事；急急向丈夫說：「張胖子做媒，你不要亂答應人家。」

「為啥不答應？」

「你答應人家了！是怎麼樣的人家，新郎官甚麼樣子？」

「新郎官甚麼樣子，何用我說？你們天天看見的。」

提到每天看到的人，第一個想起的是間壁水果店的小夥計潤生，做事巴結，生得也還體面；他有一手「絕技」，客人上門買隻生梨要扦皮，潤生手舞兩把平頭薄背的水果刀，旋轉如飛，眼睛一霎的功夫，扦得乾乾淨淨，梨皮成一長條。阿巧最愛看他這手功夫，他也最愛看阿巧含笑凝視的神情。有一次看得出神失了手，自己削掉一小節指頭，一條街上傳為笑談。以此話柄為嫌，阿巧從此總是避著他，但彼此緊鄰，無法不天天見面；潤生頗得東家的器重，當然是可能來求婚的。

第二個想起的是對面香臘店的小開，生得倒是一表人才，而且門當戶對，可惜終年揭不得帽子，因為是個鬎鬁。阿巧想起來就膩味，趕緊拋開再想。

這一想就想到阿祥了，頓時面紅心跳。要問問不出口，好在有她母親，「是哪個？」她問她丈夫。

「還有哪個，自然是阿祥！」

「祥」字剛剛出口，阿巧便霍地起身，躲了進去，腳步輕盈無比。魏老闆楞了一會，哈哈大笑。

「笑啥？快說！阿祥怎麼會託張胖子來做媒？他怎麼說？你怎麼答覆他？從頭講給我們聽。」

這一講，連「聽壁腳」的阿巧在內，無不心滿意足，喜極欲涕，心裡都有句話：「阿祥命中有貴人，遇見胡道台這樣的東家！」

然而胡道台此時卻還管不到阿祥的事，正為另一個阿巧在傷腦筋。

阿巧姐昨夜通宵不歸，一直到這天早晨九點鐘才回家。問起她的行蹤，她說心中氣悶，昨天在一個小姐妹家談了一夜。

她的「小姐妹」也都三十開外了，不是從良，便是做了本家——老鴇。如是從了良的「人家人」，不會容留她隻身一個人過夜，一定在頭天夜裡就派人送了她回來。這樣看來，行蹤就很有疑問了。

於是胡雪巖不動聲色地派阿祥去打聽。阿巧姐昨天出門雖不坐家裡轎子，但料想她也不會步行，所以阿祥承命去向弄堂口待雇的轎夫去探問。果然問到了；阿巧姐昨天是去了寶善街北的兆榮里，那轎夫還記得她是在倒數第二家，一座石庫門前下的轎。

所謂「有里兆榮並兆富，近接公興，都是平康路」，那一帶的兆榮里、兆富里、公興里是有名的紙醉金迷之地；阿巧姐摒絕從人，私訪平康，其意何居？著實可疑。

要破這個疑團，除卻七姑奶奶更無別人。胡雪巖算了一下，這天正是她代為布置新居，約定去看的第四天；因而坐轎不到古家，直往畫錦里而去。

果然，屋子已粉刷得煥然一新；七姑奶奶正親自指揮下人，在安放簇新的紅木家具。三月底的天氣，豔陽滿院，相當燠熱，七姑奶奶一張臉如中了酒似地，而且額上見汗，頭髮起毛，足見勞累。

胡雪巖大不過意，兜頭一揖，深深致謝；七姑奶奶答得漂亮：「小爺叔用不著謝我，老太太、嬸娘要來了；我們做小輩的，該當盡點孝心。」

說著，她便帶領胡雪巖一間屋子、一間屋子去看；不但上房布置得井井有條，連下房也不疏忽，應有盡有。費心如此，做主人的除了沒口誇讚以外，再不能置一詞。

一個圈子兜下來，回到客廳喝茶休息，這時候胡雪巖方始開口，細訴阿巧姐一夜的芳蹤，向七姑奶奶討主意。

事出突兀，她一時哪裡有主意？將胡雪巖所說的話，前前後後細想了一遍，覺得有幾件事先要弄清楚。

「小爺叔，」她問：「阿巧姐回來以後，對你是啥樣子？有沒有發牢騷？」

「沒有，樣子很冷淡。」

「有沒有啥收拾細軟衣服，彷彿要搬出去的樣子？」

「也沒有。」胡雪巖答說：「坐在那裡剝指甲想心事，好像根本沒有看到我在那裡似地。」

就問這兩句話便夠了。七姑奶奶慢慢點著頭，自言自語似地說：「這就對了！她一定是那麼個主意！」

由於剛才一問一答印證了回憶，胡雪巖亦已有所意會；然而他寧願自己猜得不對，「七姐，」他很痛苦地問：「莫非她跟她小姐妹商量好了，還要拋頭露面，自己去『鋪房間』？」

「賤貨！」脫口罵了一句。

「小爺叔！這，我要替阿巧姐不服。」七姑奶奶的本性露出來了，義形於色地說：「一個人總要尋個歸宿。她寧願做低服小，只為覺得自己出身不是良家，一向自由慣了的，受不得大宅門拘束，要在外頭住，說起來也不算過分。這一層既然辦不到，只有另覓出路；哪裡來的還到哪裡去，不也是順理成章的事？就算是從良，總亦不能喊個媒婆來說：『我要嫁人了，你替我尋個老公來！』她『鋪房間』自己不下水；遇見個知心合意的，自訂終身，倒是正辦。」

聽她一頓排揎，胡雪巖反倒心平氣和了，笑笑說道：「其實她要這樣子做，倒應該先跟七姐來商量。」

「跟我沒商量！我心裡不反對她這樣子做，口裡沒有贊成她再落火坑的道理。阿巧姐是聰明人，怎麼會露口風？我現在倒擔心一件事；怕她心裡恨你，將來會有意塌你的台。」

「怎麼塌法？」胡雪巖苦笑著，「只要她再落水，我的台就讓她坍足了。」

「那還不算坍足。明天她掛上一塊『杭州胡寓』的牌子，那才好看呢！」

一句話說得胡雪巖發楞。他也聽人說過，這一兩年夷場「花市」，繁盛異常，堂子裡興起一種專宰冤大頭的花樣，找個初涉花叢，目眩於珠圍翠繞、鼻醉於粉膩脂香、耳溺於嗷嘈弦管的土財主，筵前衾底，做足了宛轉綢繆的柔態癡情；到兩情濃時，論及嫁娶，總說孤苦伶仃一個人，早已厭倦風塵，只為「身背浪向」有幾多債務，只要替她完了債，她就是他家的人。除此別無要求。

於是冤大頭替她還債「卸牌子」，自此從良。到一做了良家婦女，漸漸不安於室；百般需索，貪壑難填，稍不如意，就會變臉，三天一小吵，五天一大吵，吵得這家人家的上上下下，六神不安。冤大頭這才知道上了惡當，然而悔之晚矣！少不得再花一筆錢，才能請她走路。

這個花樣名為「淴浴」。如果洗清了一身債務，下堂求去，兩不相干，還算是有良心的；有些積年妖狐，心狠手辣，嫁而復出，還放不過冤大頭，頂著他的姓接納生張熟魏，甚至當筵訴說她的嫁後光陰如何如何？或者這家人家的陰私家醜。少不得又要花錢，才能無事。

不過，阿巧姐總還不至於如此絕情。胡雪巖問道：「她這樣子做，於她有甚麼好處？她是理路極清楚的人，為啥要做這種損人不利己的事？」

「小爺叔這句話說得很實在，阿巧姐應該不是這種人。事情到了這步田地，反倒好辦了。小爺叔，你交給我，包你妥當。」七姑奶奶接著又說：「小爺叔，你這兩天不要回去！住在我這裡，還是住在錢莊裡，隨你的便，就是不要跟阿巧姐見面。」

胡雪巖實在猜不透她葫蘆裡賣的是甚麼藥？料知問亦無用；為今之計，只有丟開不管，聽憑她去料理了。

於是他說：「我住在錢莊裡好了。我請了張胖子做檔手，趁這兩天功夫陪他在店裡談談以後的生意。」

「張胖子為人倒靠得住的。就這樣好了！你去忙你的生意，有事我會到阜康來接頭。」

當天下午，七姑奶奶就去看一個人，是尤五的舊相知怡情老二。當年因為松江漕幫正在倒楣的時候，弟兄們生計艱難；身為一幫當家的尤五，豈可金屋藏嬌？因而儘管怡情老二說之再三，尤五始終不肯為她「卸牌子」；怡情老二一氣之下，擇人而事，嫁的是個敗落的世家子弟，體弱多病，不到兩年嗚呼哀哉。怡情老二沒有替他守節的必要；事實上也不容於大婦，因而重張豔幟，先是做「先生」，後來做「本家」，跟尤五藕斷絲連，至今不絕。

阿巧姐原是怡情老二房間裡的人，七姑奶奶去看怡情老二，一則是要打聽打聽阿巧姐預備復出，到底是怎麼回事？再則也是要利用她跟阿巧姐舊日的情分，從中斡旋。不過自己一個良家婦女，為了古應春的聲名，不便踏入妓家，特意到相熟的一家番菜館落腳，託西崽去請怡情老二來相會。

兩個人有大半年不曾見面了。由於彼此的感情一向很好，所以執手殷勤，敘不盡的寒溫。怡情老二問訊了七姑奶奶全家與尤五以外，也問起胡雪巖，這恰好給了她一個訴說的機會。

「我今天就是為我們這位小爺叔的事，要來跟你商量。」七姑奶奶說：「阿巧姐跟胡老爺要分手了。」

「為啥？」怡情老二訝然相問：「為啥合不來？」

「其實也沒有啥合不來……」七姑奶奶將胡家眷屬脫困，將到上海，談到阿巧姐的本心。語氣中一直強調，脫輻已成定局，姻緣無可挽救。

怡情老二凝神聽完，面現困惑，「阿巧姐跟我，一兩個月總要見一次面；這樣的大事，她怎麼不來跟我談？」她問：「她跟胡老爺分手以後怎麼辦？蘇州又回不去，而且鄉下她也住不慣的。」

「是啊！」七姑奶奶接口說道：「不管她怎麼樣，我們大家的情分總在的；就是胡老爺也很關心她。一個女流之輩，孤零零地，總要有個妥當的安頓之處才好。她自己好像打定了主意；不過，這個主意照我看不大高明。二阿姐，你曉不曉得她在兆富里有沒有要好的小姐妹？」

怡情老二想了一下答說：「有的。她從前沒有到我這裡來之前，在心想紅老六那裡幫忙，跟同房間的阿金很談得來。阿金我也認識的，現在就住在兆富里，養著個小白臉。」

「這個阿金，現在做啥？」

「現在也是鋪房間。」

「我猜得恐怕不錯。」七姑奶奶將阿巧姐瞞著人私訪兆富里的經過，細細說了一遍，推斷她是跟阿金在商量，也要走這條路。

「奇怪！她為甚麼不來跟我商量？」

「二阿姐，你問得對。不過，我倒要請問你，如果阿巧姐要走這條路，你贊成不贊成？」

「我怎麼會贊成？這碗飯能不吃最好不吃！」

「那就對了。她曉得你不會熱心，何必來跟你商量？」

「這話倒也是。」怡情老二仍然困惑：「我就不懂。她為啥還要回頭來『觸祭』這碗斷命飯？」

七姑奶奶認為要商量的正就是這一點。猜測阿巧姐預備重墮風塵的動機，不外三種：第一是為生計所逼；第二是報復胡雪巖，第三是借此為閱人之地，要好好覓個可靠的人，為一世的歸宿。

「我在想，」七姑奶奶分析過後，談她自己的意見，「第一，她不必愁日子不好過，她自己跟我說過，手裡有兩三萬銀子的私房；而況分手的時節，胡老爺總還要送她一筆錢。至於說到報復，到底沒有深仇切恨，要出人家的醜，自己先糟蹋名聲出了醜；她不是那種糊塗人。想來想去，只有這樣子一個理由：想挑個好客人嫁！」

「為了要嫁人，先去落水？這種事從來沒有聽說過。」怡情老二大為搖頭，「除非像阿金那樣，挑個小白臉養在小房子裡；要挑好客人是挑不到的。」

這話可以分兩方面來聽，一方面聽怡情老二始終是不信阿巧姐會出此下策的語氣；另一方面亦可以聽出她不以阿巧姐此舉為然。而無論從哪方面來聽，都能使七姑奶奶感到欣慰的。

「二阿姐，我亦不相信阿巧姐會走上這條路。不過，打開天窗說亮話，我一面是幫我小爺叔的忙，一面也是為阿巧姐的好。二阿姐，這件事上頭，你要看我五哥的分上，幫一幫我的忙！」

怡情老二有些不好意思地笑了，「七姑奶奶，說到這話！你該罰！你的吩咐，我還有個不聽的？」她質問著，「為啥要搬出五少來？」

「是我的話說得不對，你不要動氣。我們商量正經，我原有個主意……」

七姑奶奶是打算著一條移花接木之計，特地託號子裡的秦先生，寫信給寧波的張郎中，想撮合他與阿巧姐成就一頭姻緣。這話說來又很長；怡情老二從頭聽起，得知張郎中如何與阿巧姐結識，以及後來落花有意，流水無情，悵然而返的經過，對此人倒深為同情。

「七姑奶奶，你這個主意，我贊成。不過，是不是能夠成功，倒難說得很。男女之間，完全緣分；看樣子，阿巧姐好像跟他無緣。」

「不是！當初是因為我小爺叔橫在中間，這面一片心都在他身上，張郎中再好也不會中意；那面，看阿巧姐是有主兒的，知難而退。其實，照我看，阿巧姐既然不願意做人家的偏房，嫁張郎中就再好不過。第一，張郎中的太太最近去世了，以他對阿巧姐那一片癡情來說，討她回去做填房，也是肯的；第二，張郎中年紀也不大。」七姑奶奶問道：「阿巧姐今年多少？」

「她屬羊的。今年……」怡情老二扳指頭算了一下，失聲驚呼：「今年整四十了！」

「她生得後生，四十倒看不出。不過總是四十了！」七姑奶奶停了一下，歉然地說：「二阿姐，我說一句你不要生氣，四十歲的人，又是這樣子的出身，只怕要做人家的正室，不大容易！」

「豈止不大容易？打著燈籠去找都難。」怡情老二很鄭重地問道：「七姑奶奶，張郎中那裡，你有幾分把握？」

「總有個六七分。」

「六七分是蠻有把握的了。我今天就去看阿巧姐，問她到底是啥意思？如果沒有這樣的打算，自然最好；倘使有的，我一定要攔住她。總而言之，不管她怎麼樣打算，我一定要做個媒。」

「你是女家的媒人，我是男家的。我們一定拿它做成功也是件好事。」

「當然是好事。不過，好像委屈了張郎中。」

提到這一層，七姑奶奶想起自己嫁古應春以前，由胡雪巖居間安排，拜王有齡的老太太做義女的往事，頓時又有了靈感。

「二阿姐，既然你這樣說，我們倒商量商量看，怎麼樣把阿巧姐的身分抬一抬？」

七姑奶奶的安排是，請胡老太太收阿巧姐為義女；於是胡雪巖便是以「舅爺」的身分唱一齣「嫁妹」了。這原是古人常有之事，在此時此地來說，特別顯得情理周至，怡情老二自然贊成，也為阿巧姐高興，認為這樣子做，她倒是「修成正果」了。

七姑奶奶也很得意於自己的這個打算；性子本來急，又正興頭的時候，當時就要邀怡情老二一起去看阿巧姐，當面鑼、對面鼓，徹底說個明白。倒還是怡情老二比較持重，認為應該先跟阿金碰個頭，打聽清楚了邀她一起去談，更容易使阿巧姐受勸。

「那也好！」七姑奶奶問道：「我們就去看阿金。」

「這……」怡情老二知道阿金因為養著小白臉，忌諱生客上門；但這話不便明說，所以掉個槍花：「七姑奶奶，你的身分不便到她那裡去。我叫人去喊她來。」

於是她喚帶來的小大姐，趕到兆富里去請阿金；特別叮囑喊一乘「野雞馬車」，坐催阿金一起坐了來。

在這等候的當兒，少不得又聊家常。怡情老二的話中，頗有厭倦風塵之意；但也不曾表示要挑個甚麼樣的人從良，七姑奶奶思路快，口也快，聽出她的言外之意，忍不住要提出諍勸。

「二阿姐，你不要一門心思不轉彎，那樣也太癡了！你始終守著我五哥，守到頭髮白也不會成功。這裡頭的原因，五哥想必跟你說過。他領一幫，做事要叫人心服；弟兄窮得沒飯吃，他還要多立一個門戶，你想，這話怎麼說得過去？二阿姐，你死了這條心吧！」

怡情老二無詞以對。黯然泫然，唯有背人拭淚。七姑奶奶也覺得心裡酸酸地好不自在，倒有些懊悔，不該拿話說得這麼直。

「說真的，」她沒話找話，用以掩飾彼此都感到的不自然，「那位張郎中倒是好人，家道也過得去；我就怎麼沒有想到，早應該替你做這個媒。」

「多謝你，七姑奶奶！命生得不好，吃了這碗斷命飯；連想做小都不能夠，還說啥？」話中依然是怨懟之意。使得一向擅於詞令的七姑奶奶也無法往下接口了。

幸好，兆富里離此不遠，一輛馬車很快地去而復回，載來了阿金。她在路上便已聽小大姐說過，所以一見七姑奶奶，不必怡情老二引見，很客氣地問道：「是尤家七姑奶奶？生得好體面！」

「不敢當！這位，」七姑奶奶向怡情老二，「想來就是阿金姐了？」

「是啊！」怡情老二做主人，先替阿金要了食物飲料，然後開門見山地說：「七姑奶奶為了關心阿巧姐，特意請你來，想問問你，這兩天阿巧姐是不是到你那裡去了？」

「她常到我那裡來的。」

「阿金姐，」七姑奶奶說：「我們是初會；二阿姐知道我的，心直口快。我說話有不到的地方，請你不要見氣。」

這是因為阿金跟怡情老二，談到阿巧姐時，一上來便有針鋒相對之勢；七姑奶奶深怕言語碰僵，不但於事無補，反倒傷了和氣，所以特為先打招呼。

阿金也是久歷風塵、熟透世故的人，自知一句「她常到我這裡來的」答語，語氣生硬，隱含敵意，成為失言，所以歉然答道：「七姑奶奶你言重了！我的嘴笨，二阿姐又是好姐妹，說話不用客氣。你可千萬不能多我的心！」

既然彼此都謙抑為懷，就無須再多做解釋，反倒像真的生了意見。不過，有些話，七姑奶奶因為彼此初交，到底不便深問，要由怡情老二來說，比較合適。因而報以一笑之外，向旁邊拋了個眼色示意。

怡情老二點點頭，接下來便用平靜的語氣，向阿金說明原委：「阿巧姐跟胡老爺生了意見。『清官難斷家務事』，誰是誰非也不必去說它；總而言之，恐怕是要分手了。七姑奶奶跟阿巧姐的感情一向是好的；當初作成他們的姻緣，又是七姑奶奶出過力的，不管怎麼說，阿巧姐的事，她不能不關心。剛剛特地尋了我來問我，我實在不曉得。阿巧姐好久沒有碰過頭了，聽說這兩天到你那裡去過，想必總跟你談了，她到底有甚麼打算？」

「喔，」阿金聽完，不即回問答，卻轉臉問七姑奶奶，「阿巧姐跟胡老爺的感情，到底怎麼樣？」

「不壞啊！」

「那就奇怪了！」阿金困惑地，「她每次來，總怨自己命苦。我問她：胡老爺待你好不好？她總是搖頭不肯說。看樣子……」

下面那句話，她雖不說，亦可以猜想得到。這一下，卻是輪到七姑奶奶有所困惑了，「阿巧姐為啥有這樣的表示？」她問：「他們要分手，也是最近的事；只為胡老爺的家眷要到上海來了，大太太不容老爺在外面另立門戶，阿巧姐又不肯進她家的門，以至於弄成僵局。要說以前，看不出來他們有啥不和的地方！」

阿金點點頭，「這也不去說它了。」她的臉色陰沉了，「也許要怪我不好。我有個堂房姑婆，現在是法華鎮白衣庵的當家師太；一到上海，總要來看我，有時候跟阿巧姐遇見，兩個人談得很起勁。我們那位老師太，說來說去無非『前世不修今世苦』，勸她修修來世。這也不過出家人的老生常談，哪知道阿巧姐倒有些入迷的樣子。」

一口氣說到這裡，七姑奶奶才發覺自己的猜想完全錯了！照這段話聽來，阿巧姐去看阿金，或者與那位師太有關；不是為了想鋪房間。因而急急問道：「怎樣子的入迷？」

「說起來真教想不到。她那天來問我白衣庵的地址，我告訴了她，又問她打聽地址何用？她先不肯說，後來被逼不過，才說實話：要到白衣庵去出家！」

七姑奶奶大驚失色：「做尼姑？」

「哪個曉得呢？」阿金憂鬱地答道：「我勸了她一夜，她始終也沒有一句確實的話；是不是回心轉意了，哪個也猜不透。」

「我想不會的。」怡情老二卻有泰然的神情，「阿巧姐這許多年，吃慣用慣從沒有過過苦日子。尼姑庵裡那種清苦，她一天也過不來。照我看……」她不肯再說下去，說下去話就刻薄了。

照七姑奶奶想，阿巧姐亦未必會走到這條路上去。自寬自慰之餘，卻又另外上了心事；她不願重墮風塵，固然可以令人鬆一口氣，但這種決絕的樣子，實在也是抓住胡雪巖不放的表示。看起來麻煩還有的是。

「現在怎麼辦呢？」七姑奶奶嘆口氣說：「我都沒有招數了。」

怡情老二跟她交往有年，從未見她有這樣束手無策的神情。一半是為她，一半也是為阿巧姐，自覺義不容辭地，在此時要出一番力。

「阿巧姐落髮做尼姑是不會的，無非灰心而已！我們大家為她好，要替她想條路走！」怡情老二向阿金說：「她今年整四十歲了，這把年紀，還有啥世面好混？七姑奶奶預備替她做個媒……」

聽她談完張郎中，阿金亦頗為興奮：「有這樣的收緣結果，還做啥尼姑！」她說：「難得七姑奶奶熱心，我們跟阿巧姐是小姐妹，更加應該著力。這頭媒做成功，實在是你陰功積德的好事。我看我們在這裡空談無用，不如此刻就去看她，我不相信三張嘴說不過她一個。」

由於怡情老二與阿金很起勁，七姑奶奶的信心也恢復了，略想一想問道：「阿金姐，二阿姐，你們是不是決心要幫阿巧姐的忙？」

「自然。」怡情老二說：「只要幫得上。」

「好的！那麼兩位聽我說一句。凡事事緩則圓，又道是只要功夫深，鐵杵磨成針；從今天起，索性叫胡老爺不必再跟阿巧姐見面，我們先把她的心思引開來，讓她忘記有姓胡的這個人。這當然不是三天兩天的事，所以我要先問一問兩位；真要幫她的忙，一定要花功夫下去。從今天起，我們三個嬲住她，看戲聽書吃大菜，坐馬車兜風，看外國馬戲，凡是好玩的地方，都陪她去；她不肯去，就說我們要玩。人總是重情面的，她決計不好意思推辭，也不好意思哭喪了臉掃大家的興。到夜裡我們分班陪著她住在一起，一面是看住她，一面是跟她談天解悶。這樣有半個月二十天下來，她的心境就不同了；到那時候再跟她提到張郎中，事情就容易成功！至於這些日子在外頭玩兒的花費，我說句狂話，我還用得起，統統歸我！」

「二阿姐！」阿金深深透口氣，「七姑奶奶這樣子的血性，話說到頭了，我們只有依她。不過，也不好七姑奶奶一個人破費。」

「當然。」怡情老二向七姑奶奶說：「甚麼都依你，只有這上頭，請你不要爭，大家輪著做東；今天是我。我們走吧，邀她出來看『楊猴子』。」

於是由怡情老二結了帳，侍者將帳單送了來，她在上面用筆畫了一個只有她自己認得的花押。這原是西洋規矩，名為「簽字」，表示承認有這筆帳；本來要寫名字，如果不識字的，隨意塗一筆也可以，應到規矩就行了。

三個人都帶著小大姐，擠上兩輛「野雞馬車」，直放阿巧姐寓處：下車一看，便覺有異，大門開了一半，卻無人應門。七姑奶奶便提高了聲音喊著：「阿祥、阿福！」

阿祥、阿福都不見，樓梯上匆匆奔下來一個人，晃蕩著長辮子，滿臉驚惶，是阿巧姐的丫頭素香。

三個人面面相覷，都猜到了是怎麼回事？七姑奶奶遇到這種情形，卻很沉著，反安慰她說：「素香，你不要急！有話慢慢說。」

「奶奶不見了！」素香用帶哭的聲音說：「不曉得到哪裡去了？」

叫她慢慢說，她說得還是沒頭沒腦，七姑奶奶只好問道：「你怎麼知道你奶奶不見了？她甚麼時候出的門？」

「老爺一走，沒有多少時候，她叫我到香粉弄去買絲線，又差阿祥去叫米叫柴。等到我跟阿祥回來，她已經不知道甚麼時候出門了，連門上都不知道，再看後門，是半開在那裡。一直到下半天三點鐘都不見回來，我進房去一看，一只小首飾箱不見了，替換衣服也少了好些。這……這……」素香著急地，不知如何表達她的想法。

這不用說，自然是到老師太那裡去了。七姑奶奶倒吸一口冷氣，怔怔地望著同伴；怡情老二便問：「素香，你們老爺知道不知道？」

「不知道。」素香答說：「阿祥跟轎班去尋老爺去了。」

「你們老爺在錢莊裡。」七姑奶奶說：「你看，轎班還有哪個在？趕快去通知，請你們老爺到這裡來，我有要緊話說。」

就在這時候，胡雪巖已經趕到，同來的還有蕭家驥。胡雪巖跟怡情老二熟識，與阿金卻是初見，不過此時亦無暇細問，同時因為有生客在，格外鎮靜，免得「家醜」外揚，所以只點點頭，平靜地問：「你們兩位怎麼也來了？」

「我們是碰上的。」七姑奶奶答說：「有話到裡面去說。」

進入客廳，她方為胡雪巖引見阿金。話要說到緊要地方了，卻不宜讓素香與阿祥聽到，所以她要求跟胡雪巖單獨談話。

「阿巧姐去的地方，我知道，在法華鎮，一座尼姑庵裡；事不宜遲，現在就要去尋她。我看，」七姑奶奶躊躇著說：「只好我跟阿金姐兩個人去；你不宜跟她見面。」

胡雪巖大惑不解，「到底怎麼回事？」他問：「何以你又知道她的行蹤？那位阿金姐，又是怎麼回事？」

「這時候沒有辦法細說。小爺叔，你只安排我們到法華好了。」

「法華一帶都是安慶來的淮軍。還不知道好走不好走呢！」

「不要緊！」蕭家驥說：「我去一趟好了。」

「好極！你去最好。」七姑奶奶很高興地說；因為蕭家驥跟淮軍將領很熟，此去必定有許多方便。

「七姐，我想我還是應該去。」胡雪巖說：「不見面不要緊，至少讓她知道我不是不關心她。你看呢！」

「我是怕你們見了面吵起來，弄得局面很不好收場。既然小爺叔這麼說，去了也不要緊。」

到得法華鎮，已經黃昏。蕭家驥去找淮軍大將程家啟部下的一個營官，姓朱；人很爽朗熱心，問明來意，請他們吃了一頓飯，然後將地保老胡找了來，說知究竟。

「好的，好的！我來領路。」老胡說道：「請兩位跟我來。」

於是迎著月色，往東而去；走不多遠，折進一條巷子，巷底有處人家，一帶粉牆，牆內花木繁盛，新月微光，影影綽綽；薰風過處，傳來一陣濃郁的「夜來香」的香味，每個人都覺得精神一振，而一顆心卻無緣無故地飄蕩不定，有著一種說不出的脹滿的感覺。

這份感覺以蕭家驥為尤甚，不由得便問：「這是甚麼地方？」

「這裡？」地保答說：「就是白衣庵。晚上來，要走邊門。」

邊門是一道厚實的木板門，舉手可及的上方，有個不為人所注意的扁圓形鐵環；地保一伸手拉了兩下，只聽「咯啷、咯啷」的響聲。不久，聽得腳步聲，然後門開一線，有人問道：「哪位？」

「小音，是我！」

「噢！」門內小音問道：「老胡，這辰光來做啥？」

「你有沒有看見客人？」地保指著後面的人說：「你跟了塵師父去說，是我帶來的人。」

門「呀」地一聲開了。燈光照處，小音是個俗家打扮的垂髮女郎；等客人都進了門，將門關上，然後一言不發地往前走，穿過一條花徑，越過兩條走廊，到了一處禪房，看樣子是待客之處。她停了下去，看著地保老胡。

老胡略有些躊躇，「總爺！」他哈腰問：「是不是我陪著你老在這裡坐一坐？」

這何消說得？蕭把總自然照辦。於是老胡跟小音悄悄說了幾句，然後示意胡雪巖跟著小音走。

穿過禪房，便是一個大院子；繞向西邊的迴廊，但見人影、花影一齊映在雪白的粉牆上；還有一頭貓的影子，弓起了背，正在東面屋脊上「叫春」。蕭家驥用手肘輕輕將胡雪巖撞了一下，同時口中在念；「曲徑通幽處，禪房花木深！」

胡雪巖也看出這白衣庵大有蹊蹺。但蕭家驥的行徑，近乎佻達，不是禮佛之道，便咳嗽一聲，示意他檢點。

於是默默地隨著小音進入另一座院落，一庭樹木，三楹精舍，檀香花香，交雜飄送；蕭家驥不由得失聲讚道：「好雅緻的地方！」

「請裡面坐。」小音揭開門簾肅客，「我去請了塵師父來。」說完，她又管自己走了。

兩個人進屋一看，屋中上首供著一座白瓷觀音，東面是一排本色的檜木桌椅，西面一張極大的木榻，上鋪蜀錦棉墊。瓶花吐豔、爐香裊裊，配著一張古琴，布置得精雅非凡；但這一切，都不及懸在木榻上方的一張橫披，更使得蕭家驥注目。

「胡先生！」蕭家驥顯得有些興奮，「你看！」

橫披上是三首詩，胡雪巖總算念得斷句：

閒叩禪關訪素娥，醮壇藥院覆松蘿，一庭桂子迎人落，滿壁圖書獻佛多；

作賦我應慚宋玉，拈花卿合伴維摩。塵心到此都消盡，細味前緣總是魔！

舊傳奔月數嫦娥，今叩雲房鎖綠蘿，才調玄機應不讓，風懷孫綽覺偏多；

誰參半分優婆塞？待悟三乘阿笈摩。何日伊蒲同設饌，清涼世界遣詩魔。

群花榜上笑痕多，梓里雲房此日過。君自憐才留好句，我曾擊節聽高歌；

清陰遠託伽山竹，冶艷低牽茅屋蘿。點綴秋光籬下菊，盡將遊思付禪魔。

胡雪巖在文墨這方面，還不及蕭家驥，不知道宋玉、孫綽是何許人？也不知道玄機是指的唐朝女道士魚玄機。佛經上的那些出典更是莫名其妙。但詩句中的語氣不似對戒律森嚴的女僧，卻是看得出來的。因而愕然相問：「這是啥名堂？」

「你看著好了。」蕭家驥輕聲答道：「這位了塵師太，不是嘉興人就是崑山，不然就是震澤、盛澤。」

崑山的尼姑有何異處，胡雪巖不知道；但嘉興的尼庵是親自領教過的。震澤和盛澤的風俗，他在吳江同里的時候，也聽人說過，這兩處地方，盛產絲綢，地方富庶，風俗奢靡。盛澤講究在尼姑庵宴客，一桌素筵，比燕菜席還要貴；據說是用肥雞與上好的火腿熬汁調味，所以鮮美絕倫。震澤尼姑庵的烹調，亦是有名的，葷素並行，不遜於無錫的船菜。當然，佳肴以外，還有可餐的秀色。

這樣回憶著，再又從初見老胡，說夜訪白衣庵「沒有啥不便」想起，一直到眼前的情景，覺得無一處不是證實了蕭家驥的看法，因而好奇大起，渴望著看一看了塵是甚麼樣子？

蕭家驥反顯得比他沉著，「胡先生，」他說：「只怕弄錯了！阿巧姐不會在這裡。」

「何以見得？」

「這裡，哪是祝髮修行的地方？」

胡雪巖正待答話，一眼瞥見玻璃窗外，一盞白紗燈籠冉冉而來，便住口不言，同時起身等候：門簾啟處，先見小音，次見了塵——若非預知，不會相信所見的是個出家人。

她當然也不是純俗家打扮，不曾「三綹梳頭，兩截穿衣」髮長齊肩，穿的是一件圓領長袍；說它是僧袍固然可以，但僧袍不會用那種閃閃生光的玄色軟緞來做，更不會窄腰小袖，裁剪得那麼稱體。

看到臉上，更不像出家人，雖未敷粉，卻曾施朱；她的皮膚本來就白，亦無須敷粉。特別是那雙眼睛，初看是剪水雙瞳，再看才知別蘊春情。

是這樣的人物，便不宜過於持重拘謹，胡雪巖笑嘻嘻地雙掌合十，打個問訊：「可是了塵師太？」

「我是了塵。施主尊姓？」

「我姓胡。這位姓蕭。」

於是了塵一一行禮，請「施主」落座；她自己盤腿坐在木榻上相陪，動問來意。

「原是來見當家老師太的；聽地保老胡說，寶庵其實是由了塵師太當家。有點小事打聽，請我這位蕭老弟說吧！」

蕭家驥點點頭，不談來意卻先問道：「聽了塵師太的口音是震澤？」

了塵臉上一紅：「是的。」

「這三首詩，」蕭家驥向她上方一指，「好得很！」

「也是三位施主，一時雅興；瘋言瘋語的，無奈他何！」說著，了塵微微笑了，「蕭施主在震澤住過？」

「是的。住過一年多，那時還是小孩子，甚麼都不懂。」

「意思是現在都懂了？」

這樣率直反問，有些咄咄逼人的意味；蕭家驥自非弱者，不會艱於應付，從容自若地答道：「也還不十分懂，改日再來領教。今天有件事，要請了塵師太務必幫個忙。」

「言重！請吩咐，只怕幫不了甚麼忙。」

「只要肯幫忙，只是一句話的事。」蕭家驥問道：「白衣庵今天可有一位堂客，是來求當家老師太收容的。這位堂客是鬧家務一時想不開，或許她跟當家師太說過，為她瞞一瞞形跡。倘或如此，她就害了白衣庵了！」

了塵顏色一變，是受驚的神氣；望望這個，又望望那個，終於點點頭說：「有的。可就是這位胡施主的寶眷？」

果然在這裡，一旦證實了全力所追求的消息，反倒不知所措。蕭家驥與胡雪巖對望著、沉默著；交換的眼色中，提出了同樣的疑問：阿巧姐投身在這白衣庵中，到底是為了甚麼？

若說為了修行，誠如蕭家驥所說：「這裡，哪是祝髮修行的地方？」倘使不是為了修行，那麼非楊即墨，阿巧姐便是另一個了塵。這一層不先弄明白，不能有所決定；這一層要弄明白，卻又不知如何著手。

終於是胡雪巖做了一個決定：「了塵師太，我請這位蕭老弟先跟敝眷見一面。不知道行不行？」

「有甚麼不行？這樣最好。不過，我得先問一問她。」

由於了塵贊成蕭家驥跟阿巧姐見面，因而可以猜想得到，所謂「問一問她」，其實是勸一勸她。反正只要了塵肯幫忙，一定能夠見得著面，胡雪巖和蕭家驥就都無話說，願意靜等。

等了塵一走，蕭家驥問道：「胡先生，見了阿巧姐，我怎麼說？」

「我只奇怪，」胡雪巖答非所問：「這裡是怎樣一處地方，莫非那個甚麼阿金一點都不曉得？」

「現在沒有功夫去追究這個疑問。胡先生，你只說我見了阿巧姐該怎麼樣？」

「甚麼都不必說，只問問她，到底做何打算？問清楚了，回去跟你師娘商量。」

跟阿巧姐見面的地方，是當家老師太養靜的那座院子；陳設比不上了塵的屋子，但亦比其他的尼姑庵來得精緻，見得白衣庵相當富庶，如果不是有大筆不動產，可以按期坐收租息，便是有豐富的香金收入。

阿巧姐容顏憔悴，見了蕭家驥眼圈都紅了；招呼過後，他開門見山地問：「阿巧姐，你怎麼想了想，跑到這地方來了？」

「我老早想來了。做人無味，修修來世。」

這是說，她的本意是要出家；蕭家驥便問：「這裡你以前來過沒有？」

「沒有。」

怕隔牆有耳，蕭家驥話不能明說；想了一下，記得胡雪巖的疑問，隨即問道：「阿金呢？她來過沒有？」這意思是問，阿金如果來過，當然知道這裡的情形，莫非不曾跟你說過？

阿巧姐搖搖頭：「也沒有。」

「那就難怪了！」

話只能說這一句；而阿巧姐似乎是了解的，幽幽地嘆了口無聲的氣，彷彿也是有好些話無法暢所欲言似地。

「現在怎麼樣呢？」蕭家驥問道：「你總有個打算。」

「我……」阿巧姐說：「我先住在這裡。慢慢打算。」

「也好。」蕭家驥說：「明天，我師娘會來看你。」

「不要！」阿巧姐斷然決然地說：「請她不要來。」

這很奇怪！能見一個像自己這樣淵源不深的男客，倒不願見一向交好的七姑奶奶，而且語氣決絕，其中必有緣故。

他的思路很快，想得既寬且深；所以在這些地方，格外謹慎，想了一下說：「阿巧姐，我曉得你跟我師娘，感情一向很好；你這話，我回去是不是照實說？」

「為甚麼不能照實說？」

「那麼，我師娘問我：為啥她不要我去？我怎麼答覆她？」

問到這話，阿巧姐臉上出現了一種怨恨的表情；「我俗家的親戚朋友都斷了！」她說：「所以不要她來看我，來了我也不見。」

語氣越發決絕，加上她那種臉色，竟似跟七姑奶奶有不解之仇。蕭家驥大為驚駭，可是說話卻更謹慎了。

「阿巧姐，」他旁敲側擊地探索真相，「我不也俗家人嗎？」

這一問算是捉住她話中一個無法辯解的漏洞。她臉上陰晴不定地好半天，終於有了答覆：

「蕭少爺，說實話，我是怕你師娘。她手段厲害；我弄不過她。再說句實話，做人無味，教人灰心，也就是為了這一點；自以為是心換心的好朋友，哪知道兩面三刀，幫著別人來算計我。真正心都涼透了！蕭少爺，這話你一定奇怪，一定不相信；不過，你也要想想，我三十多歲的人，各種各樣的世面也見識過，總還不至於連人好人壞都看不出，無緣無故冤枉你師娘。你師娘啊，真正是……」她搖搖頭，不肯再說下去。

這番話，在蕭家驥簡直是震動了！他實在不明白，也不能接受她對七姑奶奶這樣嚴酷的批評。楞了好一會才說：「阿巧姐到底為了啥？我實在想不通！請你說給我聽聽看。如果是師娘不對，我們做晚輩的，當然不敢說甚麼，不過肚子裡的是非是有的。」

「如果，蕭少爺，你肯當著菩薩起誓，甚麼話只擺在肚子裡，我就說給你聽。」

「你是說，你的話不能告訴我師父、師娘？」

「對了。」

「好！我起誓：如果阿巧姐對我說的話，我告訴了我師父師娘，叫我天打雷劈。」

阿巧姐點頭表示滿意，然後說道：「你師娘真叫『又做師娘又做鬼』……」

用這句苛刻的批評開頭，阿巧姐將七姑奶奶幾次勸她的話「夾敘夾議」地從頭細訴，照她的看法，完全是七姑奶奶有意要拆散她跟胡雪巖的姻緣，七姑奶奶勸她委屈，入門見禮正正式式做胡家的偏房，看似好意，其實是虛情，因為明知她絕不願這麼做，就盡不妨這麼說，好逼得不能不下堂求去。

對胡雪巖，七姑奶奶在她面前一再說他「滑頭」，「沒常性，見一個愛一個」；聽來是罵胡雪巖而其實是幫他。

「蕭少爺你想，你這位師娘開口『小爺叔』、閉口『小爺叔』，敬得他來像菩薩。就算他真的『滑頭』、『沒常性』，又怎好去說他？」阿巧姐說到這裡很激動了，「我先倒也當她生來爽直，真的是為我抱不平，所以有啥說啥。後來越想越不對，前前後後，想了又想，才曉得她的意思，無非說胡某人怎麼樣不是人，犯不著再跟他而已！」

聽她對七姑奶奶的指責，實在不無道理。但越覺得她有道理，越覺得心裡難過；因為蕭家驥對他的這位師娘，有如幼弟之於長姐，既敬且愛。多少年來存在心目中的一個伉爽、正直、熱心、慷慨的完美印象，此時似乎發現了裂痕，怎不教人痛心？

因此，他竟沒有一句話說。這一方面是感到對阿巧姐安慰，或為七姑奶奶辯護都不甚合適；另一方面也實在是沮喪得甚麼話都懶得說了。

一見蕭家驥的臉色，胡雪巖嚇一大跳；他倒像害了一場病似地。何以跟阿巧姐見了一次面，有這樣的似乎受了極大刺激的神情？令人驚疑莫釋，而又苦於不便深問，只問得一句：「見過面了？」

「見過了。我們謝謝了塵師太，告辭吧！」

了塵又變得很沉著了，她也不提阿巧姐，只勤殷地請胡雪巖與蕭家驥再來「隨喜」。尼姑庵中何以請男施主來隨喜？這話聽來便令人有異樣之感，只是無暇去分辨她的言外之意。不過，胡雪巖對人情應酬上的過節，一向不會忽略，想到有件事該做，隨即說了出來：「請問，緣簿在哪裡？」

「不必客氣了！」

胡雪巖已經發現，黃色封面的緣簿，就掛在牆壁上，便隨手一摘，交給蕭家驥說：「請你寫一寫，寫一百兩銀子。」

「太多了！」了塵接口說道：「如果說是為了寶眷住在我們這裡，要寫這麼多，那也用不著！出家人受十方供養，也供養十方，不必胡施主費心。」

「那是兩回事。」蕭家驥越出他的範圍，代為回答，「各人盡各人的心意。」

接著，蕭家驥便用現成的筆硯，寫了緣簿；胡雪巖取一張一百兩的銀票，夾在緣簿中一起放在桌上，隨即告辭出庵。回營謝過朱營官，仍舊由原來護送的人送回上海。

一路奔馳，無暇交談，到了鬧區，蕭家驥才勒住馬說道：「胡先生，到你府上去細談。」於是遣走了那名馬弁，一起到胡雪巖與阿巧姐雙棲之處。粉奩猶香，明鏡如昨，但卻別有一股悽涼的意味；胡雪巖換了個地方，在他書房中閉門深談。

聽蕭家驥轉述了阿巧姐的憤慨之詞，胡雪巖才知道他為何有那樣痛苦的神態。當然，在胡雪巖也很難過；自他認識七姑奶奶以來，從未聽見有人對她有這樣嚴苛的批評，如今為了自己，使她在阿巧姐口中落了個陰險小人的名聲，想想實在對不起七姑奶奶。

「胡先生，」蕭家驥將一路上不斷在想的一句話，問了出來，「我師娘是不是真的像阿巧姐所說的那樣，是有意耍手段？」

「是的。」胡雪巖點點頭，「這是她過於熱心之故。阿巧姐的話，大致都對，只有一點她弄錯了。你師娘這樣做，實實在在是為她打算。」

接著胡雪巖便為七姑奶奶解釋，她是真正替阿巧姐的終身打算，既然不願做偏房，不如分手，擇人而事。他雖不知道七姑奶奶有意為阿巧姐與張郎中撮合，但他相信，以七姑奶奶的熱心待人，一定會替阿巧姐覓個妥當的歸宿。

這番解釋，蕭家驥完全能夠接受；甚至可以說，他所希望的，就是這樣一番能為七姑奶奶洗刷惡名的解釋。因此神態頓時不同，輕快欣慰，彷彿卸下了肩上的重擔似地。

「原說呢，我師娘怎麼會做這種事？她如果聽說阿巧姐是這樣深的誤會？不知道要氣成甚麼樣子？」

「對了！」胡雪巖矍然驚覺，「阿巧姐的話，絕對不能跟她說。」

「不說又怎麼交代？」

於是兩個人商量如何搪塞七姑奶奶？說沒有找到，她會再託阿金去找；說是已經祝髮，絕不肯再回家，她一定亦不會死心，自己找到白衣庵去碰釘子。想來想去沒有妥當的辦法。

丟下這層不談，蕭家驥問道：「胡先生，那麼你對阿巧姐，究竟做何打算呢？」

這話也使得胡雪巖很難回答；心裡轉了好半天的念頭，付之一嘆：「我只有挨罵了！」

「這是說，決定割捨？」

「不割捨又如何？」

「那就這樣，索性置之不理。」蕭家驥說：「心腸要硬就硬到底！」

「是我自己良心上的事。」胡雪巖說：「置之不理，似乎也不是辦法。」

「怎麼才是辦法？」蕭家驥說：「要阿巧姐心甘情願地分手，是辦不到的事。」

「不求她心甘情願，只望她嚥得下那口氣。」胡雪巖做了決定：「我想這樣子辦……」

他的辦法是一方面用緩兵之計，穩住七姑奶奶，只說阿巧姐由白衣庵的當家師太介紹，已遠赴他鄉，目前正派人追下去勸駕了；一方面要拜託怡情老二轉託阿金：第一，幫著瞞謊，不能在七姑奶奶面前道破真相；第二，請她跟阿巧姐去見一面，轉達一句話，不管阿巧姐要幹甚麼，祝髮也好，從良也好，乃至於步了塵的後塵也好，胡雪巖都不會干預，而且預備送她一大筆錢。

說完了他的打算，胡雪巖自己亦有如釋重負之感；因為牽纏多日，終於有了快刀斬亂麻的處置。而在蕭家驥，雖並不以為這是一個好辦法；只是除此以外，別無善策，而況畢竟事不干己，要想使勁出力也用不上，只有點點頭表示贊成。

「事不宜遲，你師娘還在等回音；該幹甚麼幹甚麼，今天晚上還要辛苦你。」

「胡先生的事就等於我師父的事，」蕭家驥想了一下說：「我們先去看怡情老二。」

到了怡情老二那裡，燈紅酒綠，夜正未央。不過她是「本家」，另有自己的「小房子」；好在相去不遠，「相幫」領著，片刻就到。入門之時，正聽得客廳裡的自鳴鐘打十二下；怡情老二雖不曾睡，卻已上樓回臥室了。

聽得小大姐一報，她請客人上樓。端午將近的天氣，相當悶熱；她穿一件家常綢夾襖對客，袖管很大也很短，露出兩彎雪白的膀子，一隻手膀上戴一隻金鐲，一隻手腕上戴一隻翠鐲，豐容盛鬋，一副福相；這使得蕭家驥又生感觸，相形之下，越覺得阿巧姐憔悴可憐。

由於胡、蕭二人是初次光臨，怡情老二少不得有一番周旋，倒茶擺果碟子，還要「開燈」請客人「躺一息」。主人殷勤，客人當然也要故作閒豫，先說些不相干的話，然後談入正題。

蕭家驥剛說得「阿巧姐果然在白衣庵」，小大姐端著托盤進房，於是小酌消夜，一面細談此行經過，蕭家驥話完，胡雪巖接著開口，拜託怡情老二從中斡旋。

一直靜聽不語的怡情老二，不即置答；事情太離奇了，她竟一時還摸不清頭緒。眨著眼想了好一會才搖搖頭說：「胡老爺，我看事情不是這麼做法。這件事少不得七姑奶奶！」

接著，她談到張郎中，認為七姑奶奶的做法是正辦。至於阿巧姐有所誤會，無論如何是解釋得清楚的。為今之計，只有設法將阿巧姐勸了回來，化解誤會，消除怨恨，歸嫁張宅，這一切只要大家同心協力花功夫下去，一定可以有圓滿的結局。

「阿金不必讓她插手了；決絕的話，更不可以說。現在阿巧姐的心思想偏了，要耐心拿它慢慢扭過來。七姑奶奶脾氣雖毛躁，倒是最肯體恤人、最肯顧大局；阿巧姐的誤會，她肯原諒的，也肯委屈的。不過話可以跟她說明白，犯不著讓她到白衣庵去碰釘子。我看，胡老爺……」

她有意不再說下去，是希望胡雪巖有所意會，自動做一個表示。而胡雪巖的心思很亂，不耐細想，率直問道：「二阿姐，你要說啥？」

「我說，胡老爺，你委屈一點，明天再親自到白衣庵去一趟，陪個笑臉，說兩句好話，拿阿巧姐先勸了回來再說。」

這個要求，胡雪巖答應不下。三番兩次，牽纏不清，以至於擱下好多正事不能辦，他心裡實在也厭倦了。如今好不容易有了個快刀斬亂麻的措施，卻又不能實行；反轉要跟阿巧姐去陪笑臉，說好話，不但有些於心不甘，也怕她以為自己回心轉意，覺得少不得她，越發牽纏得緊，豈不是更招麻煩？

看他面有難色，怡情老二頗為著急，「胡老爺，」她說：「別樣見識，我萬萬不及你們做官的老爺們；只有這件事上，我有把握。為啥呢？女人的心思，只有女人曉得；再說，阿巧姐跟我相處也不止一年，她的性情，我當然摸得透。胡老爺，我說的是好話，你不聽會懊悔！」

胡雪巖本對怡情老二有些成見，覺得她未免有所袒護，再聽她這番話，成見自然加深，所以一時並無表示，只做個沉吟的樣子，當作不以為然的答覆。

蕭家驥旁觀者清，一方面覺得怡情老二的話雖說得率直了些，而做法是高明的；另一方面又知道胡雪巖的心境，這時不便固勸，越勸越壞。好在阿巧姐的下落有了，在白衣庵多住些日子亦不要緊。為了避免造成僵局，只有照「事緩則圓」這句話去做。

「胡先生也有胡先生的難處，不過你的宗旨是對的！」他加重了語氣，同時對怡情老二使個眼色，「慢慢來，遲早要拿事情辦通的。」

「也好。請蕭少爺勸勸胡老爺！」

「我知道，我知道。」蕭家驥連聲答應，「明天我給你回話。今天不早了，走吧！」

辭別出門，胡雪巖步履蹣跚，真有心力交瘁之感。蕭家驥當然亦不便多說，只問一句：「胡先生，你今天歇在哪裡？我送你去。」

「我到錢莊裡去睡。」胡雪巖問道：「你今天還要不要去見你師娘？」

「今天就不必去了。這麼晚！」

「好的。」胡雪巖沉吟了一會，皺眉搖頭，顯得不勝其煩似地，「等一兩天再說吧！我真的腦筋都笨了，從來沒有見過這種拉拉扯扯、弄不清爽的麻煩！」

「那麼，」蕭家驥低聲下氣地，倒像自己惹上了麻煩，向人求教那樣，「明天見了我師娘，我應當怎麼說？」

這一次胡雪巖答得非常爽脆：「只要不傷你師娘的心，怎麼說都可以。」

回到錢莊，只為心裡懊惱，胡雪巖在床上輾轉反側，直到市聲漸起，方始朦朧睡去。正好夢方酣之時，突然被人推醒；睜開澀重的睡眼，只見蕭家驥笑嘻嘻地站在床前，「胡先生，」他說：「寶眷都到了！」

胡雪巖睡意全消，一骨碌地翻身而起，一面掀被，一面問道：「在哪裡？」

「先到我師娘那裡，一翻皇曆，恰好是宜於進屋的好日子，決定此刻就回新居。師娘著我來通知胡先生。」

於是胡家母子夫婦父女相聚，恍如隔世，全家大小，嗚咽不止，還有七姑奶奶在一旁陪著掉淚。好不容易一個個止住了哭聲，細敘別後光景，談到悲痛之處，少不得又淌眼淚，就這樣談了哭、哭了談；一直到第三天上，胡老太太與胡雪巖的情緒，才算穩定下來。

這三天之中，最忙的自然是七姑奶奶；胡家初到上海，一切陌生，處處要她指點照料。但是只要稍微靜了下來，她就會想到阿巧姐；中年棄婦，棲身尼寺，設身處地為她想一想，不知生趣何在？

因此，她不時會自驚：不要阿巧姐尋了短見了？這種不安，與日俱增，不能不找劉不才去商量了。

「不要緊！」劉不才答說：「我跟蕭家驥去一趟，看情形再說。」

於是找到蕭家驥，輕車熟路，到了白衣庵；一叩禪關，來應門的仍舊是小音。

「喔，蕭施主，」小音還認得他，「阿巧姐到寧波去了！」

這個消息太突兀了，「她到寧波去做甚麼？」蕭家驥問。

「我師父會告訴你。」小音答說：「我師父說過，蕭施主一定還會來，果然不錯。請進，請進。」

於是兩人被延入蕭家驥上次到過的那座精舍中；坐不到一盞茶的功夫，了塵飄然出現，劉不才眼睛一亮，不由得含笑起立。

「了塵師太，」蕭家驥為劉不才介紹，「這位姓劉，是胡家的長親。」

「喔，請坐！」了塵開門見山地說：「兩位想必是來勸阿巧姐回去的？」

「是的。聽小師太說，她到寧波去了？可有這話？」

「前天走的。去覓歸宿去了。」

蕭家驥大為驚喜，「了塵師太，」他問：「關於阿巧姐的身世，想來完全知道？」

「不錯！就因為知道了她的身世，我才勸她到寧波去的。」

「原來是了塵師太的法力無邊，勸得她回了頭！」劉不才合十在胸，閉著眼喃喃說道：「大功德，大功德！」

模樣有點滑稽，了塵不由得抿嘴一笑，對劉不才彷彿很感興味似地。

「的確是一場大功德！」蕭家驥問道：「了塵師太開示她的話，能不能告訴我們聽聽？」

「無非拿『因緣』二字來打動她。我勸她，跟胡施主的緣分盡了，不必強求。當初種那個因，如今結這個果，是一定的。至於張郎中那面，種了新因，依舊會結果；此生不結，來生再結。塵世輪迴，就是這樣一番不斷的因果；倒不如今世了掉這番因緣，來世沒有宿業，就不會受苦，才是大澈大悟的大智慧人。」了塵接著又說：「在我靜養的地方，對榻而談，整整勸了她三天，畢竟把她勸醒了！」

「了不起！了不起！苦海無邊，回頭是岸！」劉不才說：「不是大智慧人遇著大智慧人，不會有這樣圓滿的功德。」

「劉施主倒真是辯才無礙。」了塵微笑著說，眼睛一瞟，低著頭無緣無故地微微笑著。

「了塵師太太誇獎我了。不過，佛經我亦稍稍涉獵過，幾時得求了塵師太好好開示。」

「劉施主果真向善心虔，隨時請過來。」

「一定要來，一定要來！」劉不才張目不顧，不勝欣賞地，「這樣的洞天福地，得與師太對榻參禪，這份清福真不知幾時修到？」

了塵仍是報以矜持的微笑；蕭家驥怕劉不才還要嚕囌，趕緊搶著開口：「請問了塵師太，阿巧姐去了還回不回來？」

「不回來了！」

「那麼她的行李呢？也都帶到了寧波？」

「不！她一個人先去。張郎中隨後會派人來取。」

「張郎中派的人來了，能不能請了塵師太帶句話給他，務必到阜康錢莊來一趟。」

「不必了！」了塵答說：「一了百了，請蕭施主回去也轉告胡施主，緣分已盡，不必再自尋煩惱了。」

「善哉！善哉！」劉不才高聲念道：「『欲除煩惱須無我，各有因緣莫羨人！』」

見此光景，蕭家驥心裡不免來氣；劉不才簡直是在開攪。一賭氣之下，別的話也不問了，起身說道：「多謝了塵師太，我們告辭了。」

劉不才猶有戀戀不捨之意，蕭家驥不由分說，拉了他就走。

一回到家，細說經過，古應春夫婦喜出望外；不過七姑奶奶猶有怏怏不樂之意，「你還應該問詳細點！」她略有怨言。

這一下正好觸動蕭家驥的怨氣，「師娘，」他指著劉不才說：「劉三爺跟了塵眉來眼去吊膀子，那裡有我開口的分？」接著將劉不才的語言動作，描畫了一遍。

古應春夫婦大笑，七姑奶奶更是連眼淚都笑了出來。劉不才等他們笑停了說：「現在該我說話了吧？」

「說，說！」七姑奶奶笑著答應，「劉三叔你說。」

「家驥沉不住氣，這有啥好急的？明天我要跟了塵去『參禪』，有多少話不好問她？」

「對啊！劉三叔，請你問問她，越詳細越好。」

古應春當時不曾開口；過後對劉不才說：「你的話不錯，『欲除煩惱須無我，各有因緣莫羨人。』小爺叔跟阿巧姐這段孽緣，能夠有這樣一個結果，真正好極！不必再多事了。劉三叔，我還勸你一句話，不要去參甚麼禪！」

「我原是說說好玩的。」

第八章

左宗棠從安徽進入浙江，也是穩紮穩打，先求不敗；所以第一步肅清衢州，作為他浙江巡撫在本省境內發號施令之地，這是同治元年六月初的事。

在衢州定了腳跟，左宗棠進一步規取龍游、蘭溪、壽昌、淳安等地，將新安江以南、信安江以西地區的長毛，都攆走了；然後在十一月下旬，攻克了新安、信安兩江交會的嚴州。由此越過山高水長的嚴子陵釣台，沿七里瀧溯江北上，第二年二月間進圍杭州南面的富陽；距省城不足百里了。

錢塘江南面，洋將德克碑的常捷軍、咗樂德克的常安軍，在不久以前，攻克紹興，接著，太平軍又退出蕭山。整個浙江的東西南三面，都已肅清；然而膏腴之地的浙西，也就是杭州以北，太湖以南，包括海寧、嘉興、湖州在內的這一片沃土，仍舊在太平軍手裡。

這時，左宗棠升任閩浙總督；浙江巡撫由曾國荃補授，他人在金陵城外，無法接事，仍由左宗棠兼署。為了報答朝廷，左宗棠全力反攻，誰都看得出來，杭州克復是遲早間事。

那時攻富陽、窺杭州的主將是浙江藩司蔣益澧。左宗棠本人仍舊駐節衢州，設廠督造戰船；

富陽之戰，頗得舟師之力。但太平軍在富陽的守將，是有名驍勇的汪海洋，因而相持五月，蔣益澧仍無進展。左宗棠迫不得已，只好借重洋將，札調常捷軍二千五百人，由德克碑率領，自蕭紹渡江，會攻富陽；八月初八終於克復。其時也正是李鴻章、劉銘傳、郭松林合力攻克江陰，李秀成與李世賢自天京經溧陽到蘇州、想設法解圍的時候。

浙江方面，蔣益澧與德克碑由富陽北上，進窺杭州，同時分兵攻杭州西面的餘杭。太平軍由「朝將」汪海洋、「歸王」鄧光明、「聽王」陳炳文，連番抵禦，卻是殺一陣敗一陣。到十一月初，左宗棠親臨餘杭督師，但杭州卻仍在太平軍苦守之中。

其時李鴻章已下蘇州、無錫。按照他預定的步驟，不願往東去占垂手可得的常州，免得「擠了曾國荃，卻往浙西去「擠」左宗棠；一面派翰林院侍講而奏調到營的劉秉璋，由金山衛沿海而下，收復了浙西的平湖、乍浦、海鹽；一面派程學啟由吳江經平望，南攻嘉興。收復了浙西各地，當然可以接收太平軍的輜重，徵糧收稅；而且仿照當年湖北巡撫胡林翼收復安徽邊境的先例，以為左宗棠遠在杭州以南，道路隔阻，鞭長莫及，應該權宜代行職權，派員署理浙西收復各縣的州縣官。

這一下氣得左宗棠暴跳如雷。李鴻章不但占地盤，而且江蘇巡撫這個官做到浙江來了，未免欺人太甚！但一時無奈其何，只好先全力收復了杭州再說。

於是，胡雪巖開始計畫重回杭州，由劉不才打先鋒；此去是要收服一個張秀才，化敵為友，做個內應。

這個張秀才本是「破靴黨」，自以為衣冠中人，可以走動官府，平日包攬訟事，說合是非，欺軟怕硬，十分無賴。王有齡當杭州知府時，深惡其人，久已想行文學官，革他的功名，只是一時不得其便，隱忍在心。

這張秀才與各衙門的差役都有勾結——杭州各衙門的差役，有一項陋規收入，凡是有人開設商鋪，照例要向該管地方衙門的差役繳納規費，看店鋪大小，定數目高下，繳清規費，方得開張，其名叫做「吃鹽水」。王有齡銳於任事，貼出告示，永遠禁止；錢塘、仁和兩縣的差役，心存顧忌，一時斂跡；巡撫、藩司兩衙門，自覺靠山很硬，不買知府的帳，照收不誤，不過自己不便出面，指使張秀才去「吃鹽水」，講明三七分帳。

誰知運氣不好，正在鹽橋大街向一家剛要開張的估衣店講斤頭，講不下來的時候，遇到王有齡坐轎路過，發現其事，停轎詢問，估衣店的老闆，照實陳述；王有齡大怒，決定拿張秀才「開刀」，立個榜樣。

當時傳到轎前，先申斥了一頓，疾言厲色警告，一定要革他的功名。這一下張秀才慌了手腳，一革秀才，便成白丁，不但見了地方官要磕頭，而且可以拖翻在地打屁股；鎖在衙門照牆邊「枷號示眾」。

想來想去只有去託王有齡言聽計從的胡雪巖。帶了老婆兒女到阜康錢莊，見了胡雪巖便跪倒在地，苦苦哀求。胡雪巖一時大意，只當小事一件，王有齡必肯依從，因而滿口答應，包他無事。

哪知王有齡執意不從，說這件事與他的威信有關；他新兼署了督糧道，又奉命辦理團練，籌兵籌餉，號令極其重要，倘或這件為民除害的陋習不革，號令不行，何以服眾？說之再三，王有齡算是讓了一步。本來預備革掉張秀才的功名，打他兩百小板子，枷號三月；現在看胡雪巖的分上，免掉他的皮肉受苦，出乖露醜，秀才卻非革不可。

說實在的，胡雪巖已經幫了他的大忙；而他只當胡雪巖不肯盡力，搪塞敷衍，從此懷恨在心，處處為難。到現在還不肯放過胡雪巖。

幸好一物降一物，「惡人自有惡人磨」，張秀才甚麼人不怕，除了官就只怕他兒子。小張是個紈袴嫖賭吃著，一應俱全。張秀才弄來的幾個造孽錢，都供養了寶貝兒子。劉不才也是紈袴出身，論資格比小張深得多；所以胡雪巖想了一套辦法，用劉不才從小張身上下手。收服了小張，不怕張秀才不就範。

到杭州的第二天，劉不才就進城去訪小張——杭州的市面還蕭條得很，十室九空，只有上城清和坊、中城荐橋、下城鹽橋大街，比較像個樣子；但是店家未到黃昏，就都上了排門，入夜一片沉寂，除掉巡邏的長毛，幾乎看不見一個百姓。

但是，有幾條巷子裡，卻是別有天地；其中有一條在荐橋，因為中城的善後局設在這裡，一班地痞流氓，在張秀才指使之下，假維持地方供應長毛為名，派捐徵稅，儼然官府；日常聚會之處，少不得有菸有賭有土娼。劉不才心裡在想，小張既是那樣一個角色，當然倚仗他老子的勢力，在這種場合中當「大少爺」，一定可以找到機會跟他接近。

去的時候是天剛斷黑，只見門口兩盞大燈籠，一群挺胸凸肚的閒漢在大聲說笑；劉不才踱了過去朝裡一望，大門洞開，直到二廳，院子裡是各種賣零食的擔子，廳上燈火閃耀照出黑壓壓的一群人，一望而知是個賭局。

是公開的賭局，就誰都可以進去；劉不才提腳跨上門檻，有個人喝一聲：「喂！」

劉不才站住腳，陪個不亢不卑的笑，「老兄叫我？」他問。

「你來做啥？」

「我來看小張。」

「小張！哪個小張？」

「張秀才的大少爺。」劉不才不慌不忙地道：「我跟他是老朋友。」

這下還真冒充得對了；因為張秀才得勢的緣故，他兒子大為神氣，除非老朋友，沒有人敢叫他小張。那個人聽他言語合攏，揮揮手放他進門。

進門到二廳，兩桌賭擺在那裡，一桌牌九一桌寶；牌九大概是霉莊，所以場面比那桌寶熱鬧得多。劉不才知道賭場中最犯忌在人叢中亂鑽，只悄悄站在人背後，踮起腳看。

推莊的是個中年漢子，滿臉橫肉，油光閃亮；身上穿一件緞面大毛袍子，袖口又寬又大，顯然的這件貴重衣服不是他本人所有。人多大概又輸得急了，但見他解開大襟衣鈕，一大塊毛茸茸的白狐皮翻了開來，斜掛在胸前，還不住喊熱，扭回頭去向身後的人瞪眼，是怪他們不該圍得這麼密不通風，害他熱得透不過氣來的神情。

「吳大炮！」上門一個少年說：「我看你可以歇歇了。寧與爺爭，莫與牌爭！」

輸了錢的人，最聽不得這種話；然而那吳大炮似乎敢怒而不敢言，緊閉著嘴，將兩個腮幫子鼓得老高，那副生悶氣的神情，教人好笑。

「好話不聽，沒有法子。」那少年問莊家：「你說推長莊，總也有個歇手的時候，莫非一個人推到天亮？」

「是不是你要推莊？」吳大炮有些沉不住氣了，從身上摸出一疊銀票，「這裡二百兩只多不少，輸光了拉倒。」

「銀票！」少年顧左右而言，「這個時候用銀票？哪家錢莊開門，好去兌銀子？」

「一大半是阜康的票子。」吳大炮說：「阜康上海有分號，為啥不好兌？」

「你倒蠻相信阜康的！不過要問問大家相信不相信？」少年揚臉回顧，「怎麼說？」

「銀票不用，原是講明了的。」有人這樣說：「不管阜康啥康，統統一樣。要賭就是現銀子。」

「聽見沒有？」少年對吳大炮說：「你現銀子只有二、三十兩了，我在上門打一記，贏了你再推下去；輸了讓位。好不好？」

吳大炮想了一下，咬一咬牙說：「好！」

開門擲骰，是個「五在首」，吳大炮抓起牌來就往桌上一翻，是個天槓，頓時面有得色。那少年卻慢條廝理地先翻一張，是張三六；另外一張牌還在摸，吳大炮卻沉不住氣了，嘩啦一聲，將所有的牌都翻了開來，一面檢視，一面說：「小牌九沒有『天九王』，你拿了天牌也沒用。」

劉不才在牌上的眼光最銳利，一目瞭然，失聲說道：「上門贏了，是張紅九。」那少年看了他一眼，拿手一摸，喜孜孜地說：「真叫得著！」

翻開來看，果然是張紅九，湊成一對；吳大炮氣得連銀子帶牌往前一推，起身就走。

「吳大炮。」那少年喊道：「我推莊，你怎麼走了？」

「沒有錢賭甚麼？」

「你的銀票不是錢？別家的我不要，阜康的票子，我不怕胡雪巖少！拿來，我換給你。」

吳大炮聽得這一說，卻不過意似地，在原位上坐了下來。等那少年洗牌時，便有人問道：「小張大爺，你推大的還是推小的？」

這小張大爺的稱呼很特別，劉不才卻是一喜，原來他就是張秀才的「寶貝兒子」——市井中畏懼張秀才，都稱他張大爺；如今小張必是子以父貴，所以被稱為小張大爺。這樣想著，便整頓全神專注在小張身上。

小張倒不愧紈袴，做莊家從容得很，砌好牌才回答那個人的問話：「大牌九『和氣』的時候多，經玩些。」

於是文文靜靜地賭大牌九。劉不才要找機會搭訕，便也下注；志不在賭，輸贏不大，所以只是就近押在上門。

這個莊推得很久，賭下風的去了來，來了去，長江後浪推前浪似地，將劉不才從後面推到前面，由站著變為坐下。這一來，他越發只守著本門下注了。

慢慢地，小張的莊變成霉莊；吳大炮揚眉吐氣，大翻其本——下門一直是「活門」，到後來打成「一條邊」，唯一的例外，劉不才的那一注，十兩銀子孤零零擺在上門，格外顯眼。

這有點獨唱反調的意味，下風都頗討厭；而莊家卻有親切之感，小張深深看了他一眼，眼中不自覺地流露出感動的神色。

劉不才心裡在說：有點意思了！但卻更為沉著，靜觀不語。

「上門那一注歸下門看！」吳大炮吼著。

「對不起！」小張答道：「講明在先的，大家不動注碼。」

吳大炮無奈，只好跟劉不才打交道：「喂！喂！上門這位老兄的注碼，自己擺過來好不好？配了我再貼你一半，十兩贏十五兩。」

劉不才冷冷問道：「輸了呢？」

「呸！」吳大炮狠狠向地下吐了口唾沫，「活見鬼。」

劉不才不作聲；小張卻為他不平，「吳大炮！」他沉下臉來說：「賭有賭品，你賭不起不要來，人家高興賭人家的上門，關你鳥事！你這樣子算啥一齣？」

「好了，好了！」有人打岔解勸，「都離手！莊家要下骰子了。」

骰子一下，吳大炮一把抓住，放在他那毛茸茸的手中，瞇著眼摣了幾摣，很快地分成兩副，一前一後擺得整整齊齊。有人想看一下，手剛伸到牌上，「叭噠」一聲，挨了吳大炮一下。不問可知是副好牌，翻開來一比，天門最大，其次下門，再次莊家，上門最小。照牌路來說，下門真是「活門」。

配完了下門，莊家才吃劉不才的十兩銀子；有些不勝歉疚地說：「我倒情願配你。」

「是啊！」劉不才平靜地答道：「我也還望著『三十年風水輪流轉』，上門會轉運。現在……」他躊躇了一會，摸出金錶來，解下錶墜子問道：「拿這個當押頭，借五十兩銀子，可以不可以？」

這錶墜子是一塊碧綠的翡翠，琢成古錢的式樣，市價起碼值二百兩銀子；但小張卻不是因為它值錢才肯借：「有啥不可以？我借五十兩銀子給你，要啥押頭？」

「不！莊家手氣有關係。」劉不才固執地，「如果不要押頭，我就不必借了。」

其實他身上有小張所信任的，阜康的銀票；有意如此做作，是要鋪個進身之階。等小張歇手，他五十兩銀子也輸得差不多了，站在身來請教住處，說第二天拿銀子來贖。

「你貴姓？」小張問。

「敝姓劉。」

「那我就叫你老劉。」小張說：「我倒喜歡你這個朋友，東西你拿回去，好在總有見面的時候，你隨便哪一天帶錢來還我就是。」說著又將那塊翡翠遞了過來。

「你這樣子說，我更不好收了。府上在哪裡？我明天取了銀子來贖。」

「說甚麼贖不贖？」小張有些躊躇，他一年三百六十五天，倒有三百天不在家，姓劉的「上門不見土地」，有何用處？如果為了等他，特意回家，卻又怕自己把握不住自己的行蹤。

劉不才很機警，雖不知他心裡怎麼在想，反正他不願客人上門的意思，卻很明顯。自己有意將錶墜子留在他那裡，原是要安排個單獨相處的機會，這不必一定到他家，還有更好的地方。

「小張大爺，」他想定了就說：「你如果不嫌棄，我們明天約個地方見面，好不好？」

「好啊！你說。」

「花牌樓的阿狗嫂，你總知道？」

小張怎麼不知道？阿狗嫂是有名的一個老鴇，主持一家極大的「私門頭」，凡是富春江上「江山船」中投懷送抱的船娘，一上了岸都以阿狗嫂為居停。小張跟她，亦很相熟，只是杭州被圍，花事闌珊，亂後卻還不曾見過。

因而小張又驚又喜地問：「阿狗嫂倒不曾餓殺！」

「她那裡又熱鬧了。不過我住在她後面，很清靜。」

「好！明天下午我一定來。」

劉不才的住處是阿狗嫂特地替他預備的，就在後面，單成院落，有一道腰門，閂上了便與前面隔絕，另有出入的門戶。

「張兄，」劉不才改了稱呼，「阜康的票子你要不要？」

「喔，我倒忘記了。」小張從身上掏出一個棉紙小包，遞了過去，「東西在這裡，你看一看！」

「不必看。」劉不才交了五十兩一張莊票；銀貨兩訖以後，拉開櫥門說道：「張兄，我有幾樣小意思送你。我們交個朋友。」

那些「小意思」長短大小不一，長的是一枝「司的克」，小的是一隻金錶，大的是一盒呂宋菸；還有短不及五寸，方楞摺角的一包東西，就看不出來了——樣子像書，小張卻不相信他會送自己一部書。而且給好賭的人送書，也嫌「觸霉頭」。

「你看這枝『司的克』，防身的好東西。」劉不才舉起來喝一聲：「當心！」接著便當頭砸了下來。

小張當然拿手一格，揑住了尾端。也不知劉不才怎麼一下，那根「司的克」分成兩截；握在劉不才手裡的，是一枝雪亮的短劍。

「怎麼搞的？」小張大感興趣，「我看看，我看看。」

看那短劍，形制與中國的劍完全不同；三角形，尖端如針，劍身三面血槽，確是可以致人於死的利器。

「你看，這中間有機關。」

原來司的克中間有榫頭，做得嚴絲合縫，極其精細；遇到有人襲擊，拿司的克砸過去，對方不抓不過挨一下打，若是想奪它就上當了，正好借勢一扭，抽出短劍刺過去，突出不意，必定得手。

了解了妙用，小張越發喜愛；防身固然得力，無事拿來獻獻寶，誇耀於人，更是一樂。所以笑得嘴都闔不攏了。

「這裡是幾本洋書。」

果然是書！這就送得不對路了，小張拱拱手：「老劉！好朋友說實話：中國書我都不大看得懂，洋書更加『趙大人看榜』，莫名其妙。」

「你看得懂的。」劉不才將書交到他手裡，「帶回去一個人慢慢看。」

這句話中，奧妙無窮，小張就非當時拆開來看不可了。打開來一翻，頓覺血脈賁張——是一部「洋春宮」。

這一下就目不旁視了。劉不才悄悄端了張椅子扶他坐下；自己遠遠坐在一邊，冷眼旁觀，看他眼珠凸出，不斷嚥口水的窮形極相，心裡越發泰然。

好不容易，小張才看完，「過癮！」他略帶些窘地笑道：「老劉，你哪裡覓來的？」

「自然是上海夷場上。」

「去過上海的也很多，從沒有看著他們帶過這些東西回來。」小張不勝欽服地說：「老劉，你真有辦法！」

「我也沒辦法。這些東西，我也不知道哪裡去覓？是一個親戚那裡順手牽來的。這話回頭再說；你先看看這兩樣東西。」

這就是一大一小兩個盒子，小張倒都仔細看了。一面看，一面想，憑空受人家這份禮，實在不好意思；不受呢，那枝司的克和那部「洋書」真有些捨不得放手。

想了半天，委決不下，只有說老實話：「老劉，我們初交，你這樣夠朋友，我也不曉得怎麼說才好？不過，我真的不大好意思。」

「這你就見外了。老弟台，朋友不是交一天；要這樣分彼此，以後我就不敢高攀了。」

「我不分，我不分。」小張極力辯白，不過，「你總也要讓我盡點心意才好。」

看樣子是收服了，那就不必多費功夫，打鐵趁熱，「我也說老實話，這些東西，不是我的；是我一個親戚託我帶來的。」他接著又說：「你家老太爺，對我這個親戚有點誤會；不但誤會，簡直有點冤枉。」

「喔，」小張問道：「令親是哪一個？」

「阜康錢莊的胡雪巖。」

小張失聲說道：「是他啊！」

「是他。怎麼說你家老太爺對他的誤會是冤枉的呢？話不說不明，我倒曉得一點。」

小張很注意地在等他說下去，而劉不才卻遲疑著不大願意開口的樣子；這就令人奇怪了，「老劉！」小張問道：「你不是說曉得其中的內情嗎？」

「是的，我完全曉得。王撫台由湖州府調杭州府的時候，我是從湖州跟了他來的，在他衙門裡辦庶務，所以十分清楚。不過，這件事談起來若論是非，你家老太爺也是我長輩，我不便說他。」

「那有甚麼關係？自己人講講不要緊。我們家『老的』，名氣大得很，不曉得多少人說過他，我也聽得多了，又何在乎你批評他？」

「我倒不是批評他老人家，是怪他太大意、太心急了。『新官上任三把火』，該當避他一避；

偏偏『吃鹽水』讓他撞見。告示就貼在那裡，漿糊都還沒有乾，就有人拿他的話不當話，好比一巴掌打在他臉上——人家到底是杭州一府之首，管著好幾縣上百萬的老百姓，這一來他那個印把子怎麼捏得牢？老弟，『前半夜想想人家，後半夜想想自己。』換了你是王撫台，要不要光火？」

小張默默。倒不僅因為劉不才的話說得透澈；主要的還是因為有交情在那裡，就甚麼話都容易聽得進去了。

「不錯，雪巖當時沒有能保得住你家老太爺的秀才。不過，外頭只知其一，不知其二；王撫台動公事給學裡老師，革掉了秀才還要辦人出氣。這個上頭，雪巖一定不答應，先軟後硬，王撫台才算勉強賣了個面子。」

「喔，」小張亂眨著眼說：「這我倒不曉。怎麼叫『先軟後硬？』」

「軟是下跪，硬是吵架。雪巖為了你家老太爺，要跟王撫台絕交；以後倒反說他不夠朋友不幫忙，你說冤枉不冤枉？」

「照你這麼說，倒真的是冤枉了他？」小張緊接著說：「那麼，他又為啥要送我這些東西。好人好到這樣子，也就出奇了。」

「一點不奇。他自然有事要拜託你。」

「可以！」小張慨然答道：「胡老闆我不熟，不過你夠朋友。只要我做得到，你說了我一定幫忙。」

「說起來，不是我捧自己親戚，胡雪巖實在是夠朋友的；你家老太爺對他雖有誤會，他倒替你家老太爺伸好後腳，留好餘地在那裡了。」

這兩句話沒頭沒腦，小張不明所以；但話是好話，卻總聽得出來，「這倒要謝謝他了。」他問：「不知道伸好一隻甚麼後腳？」

「我先給你看樣東西。」

劉不才從床底下拖出皮箱來，開了鎖，取出一本「護書」，抽出一通公文，送到小張手裡。

小張肚子裡的墨水有限，不過江蘇巡撫部堂的紫泥大印，是看得懂的；他父親的名字也是認識的，此外由於公文套子轉來轉去，一時就弄不明白是說些甚麼了。

「這件公事，千萬不能說出去。一說出去，讓長毛知道了不得了。」劉不才故作鄭重地囑咐；然後換了副輕快的神情說：「你帶回去，請老太爺祕密收藏；有一天官軍克復杭州，拿出公文來看，不但沒有助逆反叛之罪，還有維持地方之功。你說，胡雪巖幫你家老太爺這個忙，幫得大不大？」

這一說，小張方始有點明白；不解的是：「那麼眼前呢？眼前做點啥？」

「眼前，當然該做啥就做啥。不是維持地方嗎，照常維持好了。」

「喔，喔！」小張終於恍然大悟，「這就是腳踏兩頭船。」

「對！腳踏兩頭船。不過，現在所踏的這隻船，遲早要翻身的；還是那隻船要緊。」

「我懂。我懂。」

「你們老太爺呢?」

「我去跟他說，他一定很高興。」小張答說：「明天就有回話。時候不早，我也要去了。」

第二天一早，小張上門，邀劉不才到家。張秀才早就煮酒在等了。

為了套交情，劉不才不但口稱「老伯」，而且行了大禮，將張秀才喜得有些受寵若驚的模樣。

「不敢當，不敢當！劉三哥，」他指著小張說：「我這個畜牲從來不交正經朋友，想不到交上了你劉三哥。真正我家門之幸。」

「老伯說得我不曾吃酒，臉就要紅了。」

「對了，吃酒，吃酒！朋友交情，吃酒越吃越厚，賭錢越賭越薄。」他又罵兒子，「這個畜生，就是喜歡賭；我到賭場裡去，十次倒有九次遇見他。」

「你也不要說人家。」小張反唇相稽，「你去十次，九次遇見我；總還比你少一次！」

「你看看，你看看！」張秀才氣得兩撇黃鬍子亂動，「這個畜生說的話，強詞奪理。」

劉不才看他們父不父，子不子，實在好笑；「老伯膝下，大概就是我這位老弟一個。」他說：「從小寵慣了！」

「都是他娘寵的。家門不幸，叫你劉三哥見笑。」

「說哪裡話！我倒看我這位老弟，著實能幹、漂亮。絕好的外場人物。」

一句話說到張秀才得意的地方，斂容答道：「劉三哥，玉不琢，不成器；我這個畜牲，鬼聰明是有的，不過要好好跟人去磨練。回頭我們細談，先吃酒。」

於是賓主三人，圍爐小飲；少不得先有些不著邊際的閒話。

談到差不多，張秀才向他兒子努一努嘴；小張便起身出堂屋，四面看了一下，大聲吩附他家的男僕：「貴生，你去告訴門上，老爺今天身子不舒服，不見客。問到我，說不在家。如果有公事，下午到局子裡去說。」

這便是摒絕閒雜、傾心談祕密的先聲，劉不才心裡就有了預備，只待張秀才發話。

「劉三哥，你跟雪巖至親？」

話是泛泛之詞，稱呼卻頗具意味；不叫「胡道台」而直呼其號，這就是表示：一則很熟，二則是平起平坐的朋友。劉不才再往深處細想一想，是張秀才彷彿在暗示：他不念前嫌，有緊要話，盡說不妨。

如果自己猜得不錯，那就是好徵兆；不過知人知面不知心，又想起胡雪巖的叮囑：「逢人只說三分話」，所以很謹慎地答道：「是的，我們是親戚。」

「怎麼稱呼？」

「雪巖算是比我晚一輩。」

「啊呀呀，你是雪巖的長親，我該稱你老世叔才是。」張秀才說：「你又跟小兒敘朋友，這樣算起來，輩分排不清楚了。劉三哥。我們大家平敘最好！」

「不敢！不敢！我叫張大爺吧。」劉不才不願在禮節上頭多費功夫，急轉直下地說：「雪巖也跟我提過，說有張大爺這麼一位患難之交，囑咐我這趟回杭州，一定要來看看張大爺，替他說聲好。」

「說患難之交，倒是一點不錯。當初雪巖不曾得發的時候，我們在茶店裡是每天見面的。後來他有跟王撫台這番遇合，平步青雲，眼孔就高了。一班窮朋友不大在他眼裡，我們也高攀不上。患難之交，變成了『點頭朋友』。」

這是一番牢騷，劉不才靜靜聽他發完，自然要做解釋：「雪巖後來忙了，禮節疏漏的地方難免；不過說到待朋友，我不是迴護親戚，雪巖無論如何『不傷道』這三個字，總還做到了的。」

「是啊！他外場是漂亮的。」張秀才說：「承蒙他不棄，時世又是這個樣子，過去有啥難過，也該一筆勾消，大家重新做個朋友。」

「是！」劉不才答說：「雪巖也是這個意思。說來說去，大家都是本鄉本土的人，葉落歸根，將來總要在一起。雪巖現在就是處處在留相見的餘地。」

這番話說得很動聽，是勸張秀才留個相見的餘地，卻一點不著痕跡；使得內心原為幫長毛做事而惶惑不安的張秀才，越發覺得該跟胡雪巖「重新做個朋友」了。

「我也是這麼想，年紀也都差不多了，時世又是如此。說真的，現在大家都是再世做人；想想過去，看看將來，不能再糊塗了。我有幾句話！」張秀才毅然說了出來，「要跟劉三哥請教。」

聽這一說，劉不才將自己的椅子拉一拉，湊近了張秀才；兩眼緊緊望著，是極其鄭重、也極其誠懇的傾聽之態。「明人不說暗話，雪巖的靠山是王撫台；如今已不在人世。另外一座靠山是何制軍，聽說『泥菩薩過江，自身難保。』既然這樣子，我倒要請教劉三哥，雪巖還憑啥來混？」

這話問在要害上，劉不才不敢隨便，心裡第一個念頭是：寧慢勿錯。所以一面點頭，一面細想；如果隨意編上一段關係，說胡雪巖跟京裡某大老如何如何，跟某省督撫又如何如何？謊話也可以編得很圓，無奈張秀才絕不會相信，所以這是個很笨的法子。

劉不才認為話說得超脫些，反而動聽，因而這樣答道：「靠山都是假的，本事跟朋友才是真的。有本事，有朋友，自然尋得著靠山。」他又補上一句：「張大爺，我這兩句話說得很狂。你老不要見氣。」

「好！」張秀才倒是頗為傾心，「劉三哥，聽你這兩句話，也是好腳色！」

「不敢，我亂說。」

「劉三哥，我再請教你，」張秀才將聲音放得極低，「你看大局怎麼樣？」

這話就不好輕易回答了，劉不才拿眼看一看小張——小張會意，重重點頭，表示但說不妨。

「我從前也跟張大爺一樣，人好像悶在罎子裡，黑漆一團；這趟在上海住了幾天，夷場上五方雜處，消息靈通。稍微聽到些，大家都在說：『這個』不長的！」

一面說，一面做了個手勢，指一指頭髮，意示「這個」是指長毛。張秀才聽罷不響，拿起水菸袋，噗嚕嚕、噗嚕嚕，抽了好一會方始開口。

「你倒說說看，為啥不長？」

「這不是三言兩語說得盡的……」

劉不才的口才很好，何況官軍又實在打得很好；兩好併一好，劉不才分析局勢，將張秀才說得死心塌地。他也知道他們父子的名聲不好，必得做一件驚世駭俗、大有功於鄉邦的奇行偉舉，才能遮掩得許多劣跡，令人刮目相看。現在有胡雪巖這條路子，豈可輕易放過？

「劉三哥，我想明白了，拜託你回覆雪巖，等官軍一到，攆走長毛，光復杭州，我做內應。到那時候，雪巖要幫我洗刷。」

「豈止於洗刷！」劉不才答說：「那時朝廷褒獎，授官補缺，這個從軍功上得來的官，比捐班還漂亮些！」

果然，等杭州克復，張秀才父子因為開城迎接藩司蔣益澧之功，使小張獲得了一張七品獎札，並被派為善後局委員。張秀才趁機進言，杭州的善後，非把胡雪巖請回來主持不可。

蔣益澧深以為然。於是專程迎接胡雪巖的差使，便落到了小張身上。

到得上海，先在「仕宦行台」的長發客棧安頓下來；隨即找出劉不才留給他的地址，請客棧裡派個小夥計去把劉不才請來。

「我算到你也該來了，果不其然。」劉不才再無閒話，開口就碰到小張的心坎上，「我先帶你去看舍親，有啥話交代清楚，接下來就盡你玩了。」

「老劉，」小張答說：「我現在是浙江善後局的委員，七品官兒。這趟奉蔣藩台委派，特地來請胡大人回杭州，要說的就是這句話。」

「好！我曉得了。我們馬上就走。」

於是小張將七品官服取出來，當著客人的面更衣；換好了不免面有窘色，自覺有些沐猴而冠的味道。

劉不才倒沒有笑他，只說：「請貴管家把衣包帶去，省得再回來換便衣了。」

小張帶的一個長隨張升，倒是一向「跟官」的，名帖、衣包，早就預備好了，三個人一輛馬車，逕自來到阜康錢莊。

胡雪巖跟一班米商在談生意，正到緊要關頭；因為小張遠道而來，又是穿官服來拜訪，只得告個罪，拋下前客，來迎後客。

小張是見過胡雪巖的，所以一等他踏進小客廳，不必劉不才引見，便即喊一聲：「胡老伯！」恭恭敬敬地磕下頭去。

「不敢當，不敢當！世兄忒多禮了。」胡雪巖趕緊亦跪了下去。

對磕過頭，相扶而起，少不得還有幾句寒暄；然後轉入正題。等小張道明來意，胡雪巖答說：「這是我義不容辭的事，已經在預備了。世兄在上海玩幾天，我們一起走。」

「是！」

「好了！」劉不才插進來對小張說：「話交代清楚了；你換一換衣服，我們好走了。」

於是劉不才帶著小張觀光五光十色的夷場；到晚來吃大菜、看京戲。小張大開眼界，夜深人倦，興猶未央；劉不才陪他住在長發客棧，臨床夜語，直到曙色將動，方始睡去。

這時的胡雪巖卻還未睡，因為他要運一萬石米到杭州，接頭了幾個米商，說得好好的，到頭來卻又變了卦，迫不得已只好去找尤五；半夜裡方始尋著，直截了當地提出要求。

尤五對米生意本是內行，但松江漕幫公設的米行，早已歇業，隔膜已久；而且數量甚鉅，並非叱嗟可辦。他這幾年韜光養晦，謹言慎行，做事越發仔細；沒把握的事，一時不敢答應。

「小爺叔，你的吩咐，我當然不敢說個『不』字；不過，我的情形你也曉得的，現在要辦米，我還要現去找人。『班底』不湊手，日子上就捏不住了。從前你運米到杭州進不了城，改運寧波，不是他們答應過你的，一旦要用，照數補米？」

這是當初楊坊為了接濟他家鄉，與胡雪巖有過這樣的約定。只是楊坊今非昔比，因為白齊文劫餉毆官一案受累，在李鴻章那裡栽了大跟頭，現在撤職查辦的處分未消，哪裡有實踐諾言的心情和力量。胡雪巖不肯乘人於危，決定自己想辦法。

聽完他所講的這番緣由，尤五讚嘆著說：「小爺叔，你真夠朋友；不過人家姓楊的不像你。他靠常勝軍，著實發了一筆財；李撫台饒不過他，亦是如此。如今米雖不要他補，米款應當還你；當初二兩多銀子一石，現在漲到快六兩了，還不容易採辦。莫非你仍舊照當初的價錢跟他結算？」

「那當然辦不到的。要請他照市價結給我。不然我跟他動公事，看他吃得消，吃不消？」

「錢是不愁了，」尤五點點頭，「不過，小爺叔，你想辦一萬石米，實在不容易。這兩年江蘇本來缺糧，靠湖廣、江西販來；去年李撫台辦米運進京，還採辦了洋米，三萬石辦了兩個月才湊齊；你此刻一個月當中要辦一萬石，只怕辦不到。」

「不是一個月。一個月包括運到杭州的日子在內，最多二十天就要辦齊。」

「那更難了。只怕官府都辦不到。」

「官府辦不到，我們辦得到，才算本事。」

這句話等於在掂尤五的斤兩。說了兩次難，不能再說第三次了；尤五不作聲，思前想後打算了好久，還是嘆口氣說：「只好大家來想辦法。」

分頭奔走，結果是七姑奶奶出馬，找到大豐米行的老闆娘「粉面虎」；將應交的京米，以及存在怡和洋行的兩千石洋米，都湊了給胡雪巖，一共是八千五百石，餘數由尤五設法，很快地湊足了萬石之數。

米款跟楊坊辦交涉，收回五萬兩銀子；不足之數由胡雪巖在要湊還王有齡遺族的十二萬兩銀子中，暫時挪用。一切順利，只十三天的功夫，沙船已經揚帆出海，照第一次的行程，由海寧經錢塘江到杭州望江門外。

小張打前站，先回杭州，照胡雪巖的主意，只說有幾百石米要捐獻官府；再用一筆重禮，結交了守望江門的營官張千總，講好接應的辦法，然後坐小船迎了上來覆命，細談杭州的情形，實在不大高明，胡雪巖聽完，抑鬱地久久不語。

既是至親，而且也算長輩，劉不才說話比較可以沒有顧忌，他很坦率地問道：「雪巖，你是不是在擔心有人在暗算你？」

「你是指有人在左制軍那裡告我？那沒有甚麼，他們暗算不到我的。」

「那麼，你是擔啥心事呢？」

「怎麼不要擔心事？來日大難，眼前可憂！」

這八個字說得很雅馴，不像胡雪巖平時的口吻，因而越使得劉不才和小張奇怪。當然，劉不才對胡雪巖，要比小張了解得多，「來日大難」這句話他懂，因為平時聽胡雪巖談過，光復以後，恤死救生，振興市面善後之事，頭緒萬端。可是，眼前又有何可憂呢？

「我沒有想到，官軍的紀律亦不比長毛好多少！」胡雪巖說：「剛才聽小張說起城裡的情形，著實要擔一番心事。白天總還好，只怕一到了夜裡，放搶放火，姦淫擄掠都來了！」

怪不得他這樣子憂心忡忡，不管他是不是過甚其詞，總不可不做預防。小張家在城裡，格外關切，失聲問道：「胡先生！那，怎麼辦呢？」

「辦法是有一個。不過要見著『當家人』才有用處。」

整個杭州城現在是蔣益澧當家，小張想了一下問道：「胡先生，我請你老人家的示，進了城是先跟家父見見面呢？還是直接去看杭州的『當家人』？」

「當然先看『當家人』。」

「好的！」小張也很有決斷，「老劉，我們分頭辦事；等到了岸上，卸米的事，請你幫幫張千總的忙。現在秩序很亂，所謂幫忙，無非指揮指揮工人；別的，請你不必插手。」

劉不才懂得他的言外之意，不須負保管糧食之責；如果有散兵游勇，強索軟要，聽憑張千總去處理，大可袖手旁觀。

「我知道了。我們約定事後見面的地方好了。」

「在我舍間。」小張答說：「回頭我會拜託張千總，派人護送你去。」

於是，胡雪巖打開小箱子，裡面是一套半新舊的三品頂戴官服；等他換穿停當，船也就到岸了。

雖說到岸，其實還有一段距離，因為沙船裝米，吃水很深；而望江門外的碼頭失修，近岸淤淺，如果沙船靠得太近，會有擱淺之虞。

好在重賞之下，自有勇夫，張千總頗為盡心，不但已找好一所荒廢的大房子，派兵打掃看守，備作倉庫之用；而且也扣著小船，預備接駁。此時相度情勢，又改了主意，下令士兵在淺河灘上涉水負載，更為簡捷。小船只用了一隻，將胡雪巖、小張、劉不才，和胡雪巖的跟班長貴送到岸下；交代明白，胡、張二人就由挾著拜匣的長貴陪著，先進城了。

望見城頭上飄拂的旗幟，胡雪巖感從中來，流涕不止，他是在想王有齡；如果今天凱旋入城的主帥，不是蔣益澧而是王有齡，那有多好？今日之下，自然是以成敗論英雄，但打了勝仗的人不知道可會想到，王有齡當年苦守危城，豈僅心力交瘁，直是血與淚俱；所吃的苦、所用的力，遠比打勝仗的人要多得多？

這樣想著，恨不得一進城先到王有齡殉節之處，放聲痛哭一場。無奈百姓還在水深火熱之中，實在沒有功夫讓他去洩痛憤。只好拭拭眼淚。挺起胸膛往裡走！

守城的已經換了班，是個四品都司；一見胡雪巖的服色，三品文官，與蔣益澧相同，不敢怠慢，親自迎上來行了禮問道：「大人的官銜是？」

「是胡大人。」小張代為解說：「從上海趕來的，有緊要公事跟蔣藩台接頭。」

這時長貴已經從拜匣裡取出一張名帖遞了過去；那都司不識字，接過名帖，倒著看了一下，裝模作樣地說道：「原來胡大人要見蔣大人！請問，要不要護送？」

「能護送再好不過！」小張說道：「頂要緊的是，能不能弄兩匹馬來？」

「馬可沒有。不過，胡大人可以坐轎子。」

城門旁邊，就是一家轎行；居然還有兩乘空轎子在，轎夫自然不會有，那都司倒很熱心，表示可以抓些百姓來抬轎。可是胡雪巖堅決辭謝——這時候還要坐轎子，簡直是毫無心肝了。

沒有馬，又不肯坐轎，自然還借重自家的一雙腿。不過都司派兵護送，一路通行無阻；很順利又到了三元坊孫宅，蔣益澧的公館，投帖進去，中門大開，蔣益澧的中軍來肅客入內。走近大廳，但見滴水簷前站著一個穿了黃馬褂的將官料知便是蔣益澧，胡雪巖兜頭長揖：「恭喜，恭喜！」

這是賀他得勝，蔣益澧拱手還禮，連聲答道：「彼此，彼此！」

於是小張搶上一步，為雙方正式引見；進入大廳，賓主東西平坐，少不得先有一番寒暄。

胡雪巖先以浙江士紳的身分，向蔣益澧道謝；然後談到東南兵燹，杭州受禍最深。接下來便是為蔣益澧打算，而由恭維開始。

蔣益澧字薌泉，所以胡雪巖稱之為「薌翁」，他說：「薌翁立這樣一場大功，將來更上層樓，巡撫兩浙，是指日可待的事。」

「不見得，我亦不敢存這個妄想。」蔣益澧說：「曾九帥有個好哥哥；等金陵一下，走馬上任，我還是要拿『手本』見他。」

浙江巡撫是曾國荃，一直未曾到任；現在是由左宗棠兼署。蔣益澧倒有自知之明，不管從勛名、關係來說，要想取曾國荃而代之，是件不容易的事。

但是胡雪巖另有看法：「曾九帥是大將，金陵攻了下來，朝廷自然另有重用之處。至於浙江巡撫一席，看亦止於目前遙領；將來不會到任的。薌翁，你不要洩氣！」

「噢？」蔣益澧不自覺地將身子往前俯了一下，「倒要請教，何以見得曾九帥將來不會到任？」

「這道理容易明白，第一，曾九帥跟浙江素無淵源，人地生疏，不大相宜；第二，曾大帥為人謙虛，也最肯替人設想，浙江的局面是左大人定下來的，他絕不肯讓他老弟來分左大人的地盤。」

「啊，啊！」蔣益澧精神一振，「雪翁見得很透澈。」

「照我看，將來浙江全省，特別是省城裡的善後事宜，要靠薌翁一手主持。」胡雪巖停了一下，看蔣益澧是聚精會神在傾聽的神態，知道進言的時機已到，便用手勢加強了語氣，很懇切地說：「杭州百姓的禍福，都在薌翁手裡，目前多保存一分元氣，將來就省一分氣力！」

「說得是，說得是！」蔣益澧搓著手，微顯焦灼地，「請雪翁指教；只要能保存元氣，我無有不盡力的！」

「薌翁有這樣的話，真正是杭州百姓的救星。」胡雪巖站起來就請了個安：「我替杭州百姓給薌翁道謝！」

「真不敢當！」蔣益澧急忙回禮，同時拍著胸說：「雪翁，你請說，保存劫後元氣，應該從哪裡著手？」

「請恕我直言，薌翁只怕未必知道，各營弟兄，還難免有騷擾百姓的情形。」

「這……」

胡雪巖知道他有些為難。官軍打仗，為求克敵致勝，少不得想到「重賞之下，必有勇夫」這句老古話，預先許下賞賜；但籌餉籌糧，尚且困難，哪裡還籌得出一筆鉅款可作犒賞之用。這就不免慷他人之慨了；或者暗示，或者默許，只要攻下一座城池，三日之內，可以不守兩條軍法：搶劫與姦淫。蔣益澧可能亦曾有過這樣許諾；這時候要他出告示禁止，變成主將食言，將來就難帶兵了。

因此，胡雪巖搶著打斷了他的話：「薌翁，我還有下情上稟。」

「言重，言重！」蔣益澧怕他還有不中聽的話說出來，搞得彼此尷尬，所以招呼打在先，「雪翁的責備，自是義正辭嚴。我唯有慚愧而已。」

不說整飭軍紀，只道慚愧；這話表面客氣，暗中卻已表示不受責備。胡雪巖聽他的語氣，越覺得自己的打算是比較聰明的做法，而且話也不妨說得率直些。

「薌翁知道的，我是商人。在商言商，講究公平交易；俗語說的禮尚往來，也無非講究一個公平。弟兄們拚性命救杭州的百姓，勞苦功高，朝廷雖有獎賞，地方上沒有點意思表示，也就太不公平、太對不起弟兄了。」

蔣益澧聽他這段話，頗為困擾，前面的話，說得很俗氣；而後面又說得很客氣，到底主旨何在？要細細一想，才好答話。他心裡在想，此人很漂亮，但也很厲害；應付不得法，朋友變成冤家，其中的出入很大，不可不慎。

於是他細想了一下，終於弄明白了胡雪巖的意思，謙虛地答道：「雪翁太誇獎了。為民除寇，分所當為，哪裡有甚麼功勞可言？」

「薌翁這話才真是太客氣了。彼此一見如故，我就直言了。」胡雪巖從從容容地說：「敝處是出了名的所謂『杭鐵頭』，最知道好歹；官軍有功，理當犒勞。不過眼前十室九空，這兩年也讓長毛搜括淨了；實在沒有啥好勞軍的。好在杭州士紳逃難在外的，還有些人，我也大多可以聯絡得到。如今我斗膽做個主，決定湊十萬兩銀子，送到薌翁這裡來，請代為謝謝弟兄們。」

這話讓蔣益澧很難回答，頗有卻之不恭，受之不可之感。因為胡雪巖的意思是很顯然的，十萬兩銀子買個「秋毫無犯」，這就是他所說「公平交易」、「禮尚往來」。只是十萬兩銀子聽上去是個鉅數，幾萬人一分，所得有限，能不能「擺得平」，大成疑問。

見他躊躇的神氣，胡雪巖自能猜知他的心事，若問一句：「莫非嫌少？」未免太不客氣；如果自動增加，又顯得討價還價地小氣相。考慮下來，只有側面再許他一點好處。

「至於對薌翁的敬意，自然另有籌畫……」

「不，不！」蔣益澧打斷他的話，「不要把我算在裡頭。等局勢稍微平定了，貴省士紳寫京信的時候，能夠說一句我蔣某人對得起浙江，就承情不盡了。」

「那何消說得？薌翁，你對得起浙江，浙江也一定對得起你！」

「好，這話痛快！」蔣益澧毅然決然地說：「雪翁的厚愛，我就代弟兄們一併致謝了。」接著便喊一聲：「來啊！請劉大老爺！」

「劉大老爺」舉人出身，捐的州縣班子；蔣益澧倚為智囊，也當他是文案委員。請了他來，是要商議出告示，整飭軍紀，嚴禁騷擾。

這是蔣益澧的事，胡雪巖可以不管；他現在要動腦筋的是，如何實踐自己的諾言，有十萬兩白花花的銀子，解交藩庫，供蔣益澧分賞弟兄？

一想到藩庫，胡雪巖心中靈光一閃，彷彿暗夜迷路而發現了燈光一樣，雖然一閃即滅，但他確信不是自己看花了眼而生的錯覺，一定能夠找出一條路來。

果然，息心靜慮想了一會，大致有了成算；便等蔣益澧與他的智囊談得告一段落時，開口問道：「薌翁的糧台在那裡？」

「浙江的總糧台，跟著左大帥在餘杭；我有個小糧台在瓶窯。喏，」蔣益澧指著小張說：

「他也是管糧台的委員。」

「那麼，藩庫呢？」

「藩庫？」蔣益澧笑道：「藩司衙門都還不知道在不在，哪裡談得到藩庫？」

「藩庫掌一省的收支，頂頂要緊；要儘快恢復起來。藩庫的牌子一掛出去，自有解款的人上門。不然，就好像俗語說，『提著豬頭，尋不著廟門』豈不耽誤庫收？」

蔣益澧也不知道這時候會有甚麼人來解款？只覺得胡雪巖的忠告極有道理，藩庫應該趕快恢復；可是該如何恢復，應派甚麼人管庫辦事？卻是茫無所知。

於是胡雪巖為他講解錢莊代理公庫的例規與好處。阜康從前代理浙江藩庫，如今仍願效力；不過以前人欠欠人猶待清理，為了劃清界限起見，他想另立一爿錢莊，叫做「阜豐」。

「阜豐就是阜康，不過多掛一塊招牌。外面有區分。內部是一樣的，叫阜豐、叫阜康都可以。薌翁！」胡雪巖說：「我這樣做法，完全是為了公家；阜康收進舊欠，解交阜豐，也就是解交薌翁。至於以前藩庫欠人家的，看情形該付的付，該緩的緩，急公緩私，豈非大有伸縮的餘地？」

「好，好！準定委託雪翁。」蔣益澧大為欣喜，「阜豐也好，阜康也好，我只認雪翁。」

「既蒙委任，我一定盡心盡力。」胡雪巖略停一下又說：「應該解繳的十萬銀子，我去籌畫，看目前在杭州能湊多少現銀？不足之數歸我墊；為了省事，我想劃一筆帳，這一來糧台、藩庫彼此方便。」

「這，這筆帳怎麼劃法？」

「是這樣，譬如說現在能湊出一半現銀，我就先解了上來；另外一半，我打一張票子交到糧台，臨時可以在我上海的阜康兌現。倘或交通不便，一時不能去提現，那也不要緊，阜豐代理藩庫，一切代墊，就等於繳了現銀；藩庫跟糧台劃一筆帳就可以了。墊多少扣多少；按月結帳。」

聽他說得頭頭是道，蔣益澧只覺得振振有詞，到底這筆帳怎麼算，還得要仔細想一想，才能明白。

想是想明白了，卻有疑問：「藩庫的收入呢？是不是先還你的墊款？」

「這，怎麼可以？」胡雪巖的身子驀然往後一仰，靠在椅背上，不斷搖頭；似乎覺得他所問的這句話，太出乎常情似地。

光是這一個動作，就使得蔣益澧死心塌地了。他覺得胡雪巖不但誠實，而且心好，真能拿別人的利害當自己的禍福。不過太好了反不易使人相信；他深怕是自己有所誤會，還是問清楚的好。

「雪翁，」他很謹慎地措詞，「你的意思是，在你開給糧台的銀票數目之內，你替藩庫代墊，就算是你陸續兌現。至於藩庫的收入，你還是照繳。是不是這話？」

「是！就是這話。」胡雪巖緊接著說：「那怕劃帳已經清楚了，阜豐既然代理浙江藩庫，當然要顧浙江藩司的面子，還是照墊不誤。」

這一下，蔣益澧不但傾倒，簡直有些感激了，拱拱手說：「一切仰仗雪翁，就請寶號代理藩庫；要不要備公事給老兄？」

「薌翁是朝廷的監司大員，說出一句話，自然算數；有沒有公事，在我都是無所謂的。不過為了取信於人，阜豐代理藩庫，要請一張告示。」

「那方便得很！我馬上叫他們辦。」

「我也馬上叫他們連夜預備，明天就拿告示貼出去。不過，」胡雪巖略略放低了聲音，「甚麼款該付，甚麼款不該付，實在不該付，阜豐聽命而行。請薌翁給個暗號，以便遵循。」

「給個暗號？」蔣益澧搔搔頭，顯得很為難似地。

這倒是小張比他內行了，「大人！」他是「做此官，行此禮」，將「大人」二字叫得非常親切自然；等蔣益澧轉臉相看時，他才又往下說：「做當家人很難，有時候要糧與餉，明知道不能給，卻又不便駁，只好批示照發；糧台上也當然遵辦。但實在無銀無餉，就只好婉言情商。胡觀察的意思，就是怕大人為難，先約定暗號，知道了大人的意思，就好想辦法敷衍了。」

「啊，啊！」蔣益澧恍然大悟，「我懂了。我一直就為這件事傷腦筋。都是出生入死的老弟兄，何況是欠了他們的餉；你說，拿了『印領』來叫我批，我好不批照發嗎？批歸批，糧台上受得了、受不了，又是另外一回事。結果呢，往往該給的沒有給；不該給的，倒領了去了。糧台不知有多少回跟我訴苦，甚至跳腳。我亦無可奈何。現在有這樣一個『好人』我做、『壞人』別人去做的辦法，那是太好了。該用甚麼暗號，請雪翁吩咐。」

「不敢當！」胡雪巖答道：「暗號要常常變換，才不會讓人識透。現在我先定個簡單的辦法，薌翁具銜只批一個『澧』字，阜豐全數照付；寫台甫『益澧』二字，付一半；若是尊姓大名一起寫在上頭，就是『不准』的意思，阜豐自會想辦法搪塞。」

「那太好了！」蔣益澧拍著手說：「『聽君一席話，勝做十年官。』」

賓主相視大笑，真有莫逆於心之感。交情到此，胡雪巖覺得有些事，大可不必保留了；因而向小張使個眼色，只輕輕說了一個字：「米！」然後微一努嘴。

小張也是玲瓏剔透的一顆心，察言辨色，完全領會，斜欠著身子，當即開口向蔣益澧說道：「有件事要跟大人回稟，那幾百石米，已經請張千總跟胡觀察的令親在起卸了。暫時存倉，聽候支用。這幾百石米，我先前未說來源，如今應該說明了，就是胡觀察運來的。數目遠不止這些。」

「喔，有多少？」蔣益澧異常關切地說。

「總有上萬石。」胡雪巖說道：「米，我是專為接擠官軍與杭州百姓的。照道理說，應該解繳薌翁，才是正辨。不過，我也有些苦衷；好不好請薌翁賞我一個面子，這批米算是暫時責成我保管；等我見了左制軍，橫豎還是要交給薌翁來做主分派的。只不過日子晚一兩天而已。」

蔣益澧大出意外。軍興以來，特別是浙江，餓死人不足為奇；如今忽有一萬石米出現，真如從天而降，怎不令人驚喜交集。

「雪翁你這一萬石米，豈止雪中送炭！簡直是大旱甘霖！這樣，我一面派兵保護，就請張委員從中聯絡襄助；一面我派妥當的人，送老兄到餘杭去見左大帥。不過，我希望老兄速去速回，這裡還有多少大事，要請老兄幫忙。」

「是！我儘快趕回來。」

「那麼，老兄預備甚麼時候動身？今天晚上總來不及了吧？」

「是的！明天一早動身。」

蔣益澧點點頭，隨即又找中軍，又找文案；將該為胡雪巖做的事，一一分派停留。護送他到餘杭的軍官，派的是一名都司，姓何，是蔣益澧的表姪，也是他的心腹。

於是胡雪巖殷殷向何都司道謝，很敷衍了一番，約定第二天一早在小張家相會，陪同出發。

到了張家，張秀才對胡雪巖自然有一番盡釋前嫌、推心置腹的話說。只是奉如上賓，只有在禮貌上盡心，沒有甚麼酒食款待。而胡雪巖亦根本無心飲食，草草果腹以後，趁這一夜功夫，還有許多大事要交代；苦恨人手不足，只好拿小張也當作心腹了。

胡雪巖沒有功夫跟他們從容研商，只是直截了當地提出要求。

「第一件大事，請小張費心跟你老太爺商量，能找到幾位地方上提得起的人物，大家談一談，想法子湊現銀給蔣方伯送了去，作為我阜豐暫借。要請大家明白，這是救地方，也是救自己；十萬銀子的責任都在我一個人身上，將來大家肯分擔最好，不然，也就是我一個人認了。不過，此刻沒有辦法從上海調款子過來，要請大家幫我的忙。」

「好的。」小張連連點頭，「這件事交給我們父子好了。胡先生仁至義盡，大家感激得很；只要有現銀，一定肯借出來的。」

「其次，阜康馬上要復業，阜豐的牌子要掛出去。這件事我想請三爺主內，小張主外。」胡雪巖看著劉不才說：「先說內部，第一看看阜康原來的房子怎麼樣？如果能用，馬上找人收拾，再寫兩張梅紅箋，一張是『阜康不日復業』，一張是『阜豐代理藩庫』，立刻貼了出去。」

「藩司衙門的告示呢？」

「到復業那天再貼。」胡雪巖又說：「第二，準備一兩千現銀；頂要緊的是，弄幾十袋米擺在那裡。然後貼出一張紅紙：『阜康舊友，即請回店。』來了以後，每人先發十兩銀子五斗米。我們這台戲，就可以唱起來了。」

「那麼，」小張搶著說道：「胡先生，我有句話聲明在先，您老看得起我，湯裡來，火裡去，唯命是從。不過，我也要估計估計我自己的力量，錢莊我是外行，功夫又怕抽不出來，不要誤了胡先生的大事。那時候胡先生不肯責備我，我自己也交代不過去。」

「不要緊。我曉得你很忙，只請你量力而為。」胡雪巖放低了聲音說：「我為甚麼要代理藩庫？為的是要做牌子。阜康是金字招牌，固然不錯，可是只有老杭州才曉得。現在我要吸收一批新的存戶，非要另外想個號召的辦法不可。代理藩庫，就是最好的號召，浙江全省的公款，都信託得過我，還有啥靠不住的？只要那批新存戶有這樣一個想法，阜豐的存款就會源源不絕而來；應該解蔣方伯的犒賞和代理藩庫要墊的款子，就都有了。」

看著事情都交代妥當了，劉不才有句話要跟胡雪巖私下談；使個眼色，將他拉到一邊，低聲說道：「你跟蔣薌泉搞得很好，沒有用；我今聽到一個消息，頗為可靠，左制軍要跟你算帳，已經發話下來了，弄得不好，會指名嚴參。」

「你不要擔心！」胡雪巖夷然不以為意，「我亦沒有啥算不清的帳。外面的話聽不得。」

劉不才見他是極有把握的樣子，也就放心了。小張卻還有話問。

「胡先生的算計真好。不過，說了半天，到底是怎麼樣的新存戶呢？」

「長毛！」胡雪巖說：「長毛投降了，這兩年搜括的銀子帶不走，非要找個地方去存不可！」

胡雪巖所要吸收的新存戶，竟是長毛！小張和劉不才都覺得是做夢亦想不到的事，同時亦都覺得他的想法超人，但麻煩亦可能很多。

那種目瞪口呆的帶些困惑的表情，是說明了他們內心有些甚麼疑問？胡雪巖完全了解；但是，這時候不是從容辯理的時候，所以他只能用比較武斷的態度：「事情絕不會錯！你們兩位儘管照我的話去動腦筋。動啥腦筋，就是怎麼樣讓他們死心塌地拿私蓄存到阜豐來？兩位明白了吧？」

「我明白。不過……」劉不才沒有再說下去。

「我也明白。杭州的情形我比較熟，找幾個人去拉這些存戶，一定不會空手而回。不過，在拉這些客戶以前，人家一定要問，錢存到阜豐會不會泡湯？這話我該怎麼說？」小張這樣問說。

「你告訴他：絕不會泡湯。不過朝廷的王法，也是要緊的，如果他自己覺得這筆存款可能有一天會讓官方查扣，那就請他自己考慮。」胡雪巖停一下又說：「總而言之一句話：通融方便可以，違犯法條不可以。戶頭我們不必強求，我們要做氣派，做信用。信用有了，哪怕連存摺不給人家，只憑一句話，照樣會有人上門。」

劉不才和小張都覺得他的話一時還想不透，好像有點前後不符。不過此刻無法細問，而且也不是很急的事，無須在這時候追根究柢去辨清楚。因此，兩人對看了一眼，取得默契，決定稍後再談。

「做事容易做人難！」胡雪巖在片刻沉默以後，突如其來地以這麼一句牢騷之語發端，做了很重要的一個提示，也是一個警告：「從今天起，我們有許多很辛苦，不過也很划算的事要做；做起來順利不順利，全看我們做人怎麼樣？小張，你倒說說看，現在做人要怎麼樣做？」

小張想了一會，微微笑道：「做人無非講個信義。現在既然是幫左制軍，就要咬定牙關幫到底。」

「我們現在幫左制軍，既然打算幫忙到底，就要堂堂正正站出來。不過這一下得罪的人會很多。」劉不才說。

「面面討好，面面不討好！唯有摸摸胸口，如果覺得對得起朝廷，對得起百姓，問心無愧，那就甚麼都不必怕。時候不早了，上床吧！」

這一夜大家都睡不著，因為可想的事太多。除此以外，更多的是情緒上的激動。上海、杭州都已拿下來，金陵之圍的收緣結果，也就不遠了。那時是怎樣的一種局面？散兵游勇該怎麼料理，遣散還是留用，在在都是疑問，實在令人困惑之至！

忽然，胡雪巖發覺牆外有人在敲鑼打梆子，這是在打更。久困之城，剛剛光復，一切還都是兵荒馬亂的景象，居然還有巡夜的更夫；聽著那自遠而近「篤、篤、鏜；篤、篤、鏜」的梆鑼之聲，胡雪巖有著空谷足音的喜悅和感激。而心境也就變過了，眼前的一切都拋在九霄雲外；回憶著少年時候，寒夜擁衾，遙聽由西北風中傳來的「寒冬臘月，火燭小心。」的吆喝，真有無比恬適之感。

那是太平時世的聲音。如今又聽到了！胡雪巖陡覺精神一振，再也無法留在床上。三個人是睡一房，他怕驚擾了劉不才和小張。悄悄下地，可是小張已經發覺了。

「胡先生，你要做啥？」

「你沒有睡著？」

「沒有。」小張問道：「胡先生呢？」

「我也沒有。」

「彼此一樣。」劉不才在帳子中接口，「我一直在聽，外面倒還安靜；蔣藩司言而有信，約束部下，已經有效驗了。」

「這是胡先生積的陰德。」小張也突然受了鼓舞，一躍下床，「這兩天的事情做不完，哪裡有睡覺的功夫？」

等他們一起床，張家的廚房裡也就有燈光了。洗完臉，先喝茶，小張以為胡雪巖會談未曾談完的正事，而他卻好整以暇地問道：「剛才你們聽到打更的梆子沒有？」

「聽到。」小張答道：「杭州城甚麼都變過了，只有這個更夫老周沒有變；每夜打更，從沒有斷過一天。」

胡雪巖肅然動容，「難得！真難得！」他問：「這老周多大年紀？」

「六十多歲了。身子倒還健旺；不過，現在不曉得怎麼樣了。」

「他沒有餓死，而且每天能打更，看來這個人的稟賦，倒是得天獨厚。可惜，」劉不才說：「只是打更！」

「三爺，話不是這麼說。世界上有許多事，本來是用不著才幹的，人人能做；只看你是不是肯做，是不是一本正經去做？能夠這樣，就是個了不起的人。」胡雪巖說：「小張，我託你，問問那老周看，願意不願意改行？」

「改行？」小張問道：「胡先生，你是不是要提拔他？」

「是啊！我要提拔他，也可以說是借重他。現在我們人手不夠，像這種盡忠職守的人，不可以放過。我打算邀他來幫忙。」

「我想他一定肯的。就怕他做不來啥。」

「我派他管倉庫。他做不來，再派人幫他的忙；只要他像打更那樣，到時候去巡查就是。」

說到這裡，張家的男傭來擺桌子開早飯。只不過拿剩下的飯煮一鍋飯泡粥；佐粥的只有一樣鹽菜，可是「飢者易為食」，尤其是在半夜休息以後，胃口大開，吃得格外香甜。

「我多少天沒有吃過這樣好吃的東西了！」胡雪巖很滿意地說：「劉三爺說得不錯，『用得著就好』！泡飯鹽菜，今日之下比山珍海味還要貴重。」

這使得小張又深有領悟，用人之道，不拘一格；能因時因地制宜，就是用人的訣竅。他深深點頭，知道從甚麼地方去為胡雪巖物色人才了。

何都司是天亮來到張家的，帶來兩個馬弁，另外帶了一匹馬來；「提起此馬來頭大」，是蒙古親王僧格林沁所送，蔣益澧派人細心餵養，專為左宗棠預備的坐騎，現在特借給胡雪巖乘用。

何都司同時也帶來了一個消息，餘杭城內的長毛，亦在昨天棄城向湖州一帶逃去。左宗棠親自領兵追剿，如今是在瓶窯以北的安溪關前駐紮。要去看他，得冒鋒鏑之危，問胡雪巖的意思如何？

「死生有命，左大帥能去，我當然也能去。用不著怕！」

「不過，路很遠，一天趕不到，中途沒有住宿的地方，也很麻煩。」

「盡力趕！趕不到也沒有辦法；好在有你老兄在，我放心得很。」

這本是隨口一句對答之詞，而在何都司聽來，是極其懇切的信任。因而很用心地為他籌畫，好一會方始問道：「胡大人，你能不能騎快馬？」

「勉強可以。」

「貴管家呢？」

「他恐怕不行。」

「那就不必帶貴管家一起走了。現成四個弟兄在這裡，有甚麼差遣，儘管讓他們去做。」何都司又說：「我們可以用驛遞的辦法，換馬走；反而來得快。」

緊急驛遞的辦法是到一站換一匹馬；由於一匹馬只走一站路，不妨盡全力馳驅，因而比一匹馬到底要快得多。僧王的這匹名駒雖好，也只得走一站，換馬時如果錯失了找不回來，反是個麻煩，因此胡雪巖表示另外找一匹馬。

「這容易，我們先到馬號去換就是。」

於是胡雪巖辭別張家，臨走時交代，第三天早晨一定趕回來。然後與何都司同行，先到藩司行台的馬號裡換了馬，出武林門，疾馳到拱宸橋；何都司找著相熟的軍營，換了好馬，再往西北方向行進。

一路當然有盤查，有阻礙，也有驚險，但都安然而返。下午三點鐘到了瓶窯，方始打尖休息，同時探聽左宗棠的行蹤：是在往北十八里外的安溪關。

「這是條山路，很不好走。」何都司懇切相勸，「胡大人，我說實話，你老是南邊人，『南人行船，北人騎馬。』你的馬騎得不怎麼好。為求穩當，還是歇一夜再走。你看怎麼樣？」

胡雪巖心想，人地生疏，勉強不得；就算趕到安溪，當夜也無法謁見左宗棠，因而點頭同意，不過提出要求：「明天天一亮就要走。」

「當然。不會耽誤你老的功夫。」

既然如此，不妨從容休息。瓶窯由於久為官軍駐紮，市面相當興盛，飯攤子更多；胡雪巖向來不擺官架子，親邀四名馬弁，一起喝酒。而那四名弟兄卻深感侷促，最後還是讓他們另桌而坐。他自己便跟何都司對酌，聽他談左宗棠的一切。

「我們這位大帥，甚麼都好，就是脾氣不好。不過，他發脾氣的時候，你不能怕，越怕越糟糕。」

「這是吃硬不吃軟的脾氣。」胡雪巖說：「這樣的人，反而好相處。」

「是的。可也不能硬過他頭！最好是不理他，聽他罵完、說完，再講自己的道理，他就另眼相看了。」

胡雪巖覺得這兩句話，受益不淺，便舉杯相敬，同時問說：「老兄，你跟蔣方伯多少年了？」

「我們至親，我一直跟他。」

「我有句冒昧的話要請教，左大帥對蔣方伯怎麼樣？是不是當他是自己的替手？」

「不見得！」何都司答說：「左大帥是何等樣人？當自己諸葛亮，哪個能替代他？」

這兩句閒談，在旁人聽來，不關緊要；而在胡雪巖卻由此而做成了一個很重要的決定。他對於自己今後的出處，以及重整旗鼓、再創事業的倚傍奧援，一直縈迴腦際，本來覺得蔣益澧為人倒還憨厚，如果結交得深了，便是第二個王有齡，將來言聽計從，親如手足，那就比伺候脾氣大出名的左宗棠，痛快得多了。

現在聽何都司一說，憬然有悟，左宗棠之對蔣益澧，不可能像何桂清之對王有齡那樣，提攜唯恐不力。一省的巡撫畢竟是個非同小可的職位，除非曾國荃另有適當的安排，蔣益澧本身夠格，而左宗棠又肯格外力保，看來浙江巡撫的大印，不會落在蔣益澧手裡。

既然如此，唯有死心塌地，專走左宗棠這條路子了。

半夜起身，黎明上路。十八里山道，走了三個鐘頭才到。

左宗棠的行轅，設在一座關帝廟裡。雖是戎馬倥傯之際，他的總督派頭，還是不小；廟前擺著一頂綠呢大轎，照牆下有好幾塊硃紅「高腳牌」，泥金仿宋體寫著官銜榮典，一塊是「欽命督辦浙江軍務」，一塊是「頭品頂戴兵部尚書兼都察院右都御史閩浙總督部堂」，一塊是「兼署浙江巡撫」，一塊是「賞戴花翎」，再一塊就不大光采，也是左宗棠平生的恨事，科名只是「道光十二年壬辰科湖南鄉試中式」，不過一名舉人。

再往廟裡看，兩行帶刀的親兵，從大門口一直站到大殿關平、周倉的神像前；藍頂子的武官亦有好幾個。胡雪巖見此光景，不肯冒犯左宗棠的威風，牽馬在旁，取出「手本」，拜託何都司代為遞了進去。

隔了好久，才看見出來一個「武巡捕」，手裡拿著胡雪巖的手本；明明已經看到本人，依然拉起官腔問道：「哪位是杭州來的胡道台？」

胡雪巖點點頭，也擺出官派，踱著四方步子，上前答道：「我就是。」

「大帥傳見。」

「是的。請引路。」

進門不進殿，由西邊角門中進去，有個小小的院落，也是站滿了親兵，另外有個穿灰布袍的聽差，倒還客氣，揭開門簾，示意胡雪巖入內。

進門一看，一個矮胖老頭，左手捏一管旱菸袋，右手提著筆，在窗前一張方桌上揮毫如飛。聽得腳步聲，渾似不覺；胡雪巖只好等著，等他放下筆，方撈起衣襟請安，同時報名。

「浙江候補道胡光墉，參見大人。」

「喔，你就是胡光墉！」左宗棠那雙眼睛，頗具威嚴，光芒四射似地，將他從頭望到底，「我聞名已久了。」

這不是一句好話，胡雪巖覺得無須謙虛，只說：「大人建了不世之功，特為來給大人道喜！」

「喔，你倒是得風氣之先！怪不得王中丞在世之日，你有能員之名。」

話中帶著譏諷，胡雪巖自然聽得出來，一時也不必細辯；眼前第一件事是，要能坐了下來——左宗棠不會不懂官場規矩，文官見督撫，品秩再低，也得有個座位；此刻故意不說「請坐」，是有意給人難堪，先得想個辦法應付。

念頭轉到，辦法便即有了；撈起衣襟，又請一個安，同時說道：「不光是為大人道喜；還要跟大人道謝。兩浙生靈倒懸，多虧大人解救。」

都說左宗棠是「湖南騾子」的脾氣，而連番多禮，到底將他的騾脾氣擰過來了，「不敢當！」他的語聲雖還是淡淡的，有那不受奉承的意味，但亦終於以禮相待了，「貴道請坐！」

聽差是早捧著茶盤等在那裡的，只為客人不曾落座，不好奉茶，此時便將一碗蓋碗茶擺在他身旁的茶几上。胡雪巖欠一欠身，舒一口氣；心裡在想：只要面子上不難看，話就好說了。

「這兩年我在浙江，很聽人談起貴道。」左宗棠面無笑容地說：「聽說你很闊啊！」

「不敢！」胡雪巖欠身問道：「請大人明示所謂『闊』是指甚麼？」

「說你起居享用，儼如王侯；這也許是過甚之詞。然而也可以想像得知了。」

「是！我不瞞大人，比起清苦的候補人員來，我算是很舒服的。」

他坦然承認，而不說舒服的原因，反倒像塞住了左宗棠的口；停了一下，他直截了當地說：

「我也接到好些稟帖，說你如何如何！人言未必盡屬子虛，我要查辦；果真屬實，為了整飭吏治，我不能不指名嚴參！」

「是！如果光墉有甚麼不法之事，大人指名嚴參，光墉亦甘願領罪。不過，自問還不敢為非作歹，亦不敢營私舞弊。只為受王中丞知遇之德，誓共生死，當時處事不避勞怨，得罪了人亦是有的。」

「是不是為非作歹、營私舞弊，猶待考查。至於你說與王中丞誓共生死，這話就令人難信了。王中丞已經殉難，你現在不還是好好的嗎？」

「如果大人責光墉不能追隨王中丞於地下，我沒有話說；倘或以為殉忠、殉節，都有名目，而殉友死得輕如鴻毛，為君子所不取，那麼，光墉倒有幾句話辯白。」

「你說。」

「大人的意思是，光墉跟王中丞在危城之中共患難；緊要關頭，我一個人走了，所謂『誓共生死』，成了騙人的話？」

「是啊！」左宗棠逼視著問：「足下何詞以解？倒要請教！」

「我先請教大人，當時杭州被圍，王中丞苦苦撐持，眼睛裡所流的不是淚水，而是血，盼的是甚麼？」

「自然是援軍。」

胡雪巖用低沉的聲音說：「當時有李元度一軍在衢州，千方百計想催他來，始終不到。這一來，就不能不做堅守的打算；請問大人，危城堅守靠甚麼？」

「自然是靠糧食。『民以食為天』。」

「『民以食為天』固然不錯；如果羅掘俱窮，亦無非易子而食。但是，士兵沒有糧食，會出甚麼亂子？不必我說，大人比我清楚得多。當時王中丞跟我商量，要我到上海去辦米。」胡雪巖突然提高了聲音說：「王中丞雖是捐班出身，也讀過書的；他跟我講史記上趙氏孤兒的故事，他說，守城守不住，不過一死而已，容易；到上海辦米就跟『立孤』一樣比較難。他要我做保全趙氏孤兒的程嬰。這當然是他看得起我的話；不過，大人請想，他是巡撫，守土有責，即使他有辦法辦得到米，也不能離開杭州。所以，到上海辦米這件事，只有我能做；不容我不做。」

「嗯，嗯！」左宗棠問道：「後來呢？你米辦到了沒有？」

「當然辦到。可是……」胡雪巖黯然低語：「無濟於事！」

接著，他將如何辦米來到了杭州城外的錢塘江中，如何想盡辦法，不能打通糧道，如何望城一拜，痛哭而回；如何將那批米接濟了寧波。只是不說在寧波生一場大病，幾乎送命；因為那近乎表功的味道，說來反成蛇足了。

左宗棠聽得很仔細；仰臉想了半天，突然冒出一句話來，卻是胡雪巖再也想不到的。

「你也很讀了些書啊！」

胡雪巖一楞，隨即想到了；這半天與左宗棠對答，話好像顯得很文雅，又談到史記上的故事，必是他以為預先請教過高人，想好了一套話來的。

這多少也是實情；見了左宗棠該如何說法，他曾一再打過腹稿。但如說是有意說好聽的假話，他卻不能承認，所以這樣答道：「哪裡敢說讀過書？光墉只不過還知道敬重讀書人而已！」

「這也難得了。」左宗棠說：「人家告你的那些話，我要查一查。果真像你所說的那樣子，自然另當別論。」

「不然。領了公款，自然公事上要有交代。公款雖不是從大人手上領的，可是大人現任本省長官，光墉的公事，就只有向大人交代。」

「喔，你來交代公事。是那筆公款嗎？」左宗棠問：「當時領了多少？」

「領了兩萬兩銀子。如今面繳大人。」說著，從身上掏出一個紅封袋來，當面奉上。

左宗棠不肯接紅封袋，「這是公款，不便私相授受。」他說：「請你跟糧台打交道。」

當時便喚了糧台上管出納的委員前來，收取了胡雪巖的銀票，開收據，蓋上大印，看來是了卻了一件公事，卻不道胡雪巖還有話說。

「大人，我還要交代。當初奉令採辦的是米，不能拿米辦到，就不能算交差。」

「這……？」左宗棠相當困擾，對他的話，頗有不知所云之感，因而也就無法做何表示。

「說實話，這一批米不能辦到，我就是對不起王中丞的在天之靈。現在，總算可以真正有交代了！」胡雪巖平靜地說：「我有一萬石米，就在杭州城外江面上，請大人派員驗收。」

此言一出，左宗棠越發困惑，「你說的甚麼？」他問：「有一萬石米在？」

「是！」

「就在杭州城外江面上？」

「是！」胡雪巖答說：「已有幾百石，先撥了給蔣方伯，充作軍糧了。」

左宗棠聽得這話便向左右問道：「護送胡大人來的是誰？」

「是何都司。」

於是找了何都司來，左宗棠第一句話便是：「你知道不知道，有幾百石軍糧從錢塘江上運到城裡？」

「回大帥的話，有的。」何都司手一指：「是胡大人從上海運來的。」

「好！你先下去吧。」左宗棠向聽差吩咐：「請胡大人升匠！」

禮數頓時不同了！由不令落座到升匠，片刻之間，榮枯大不相同；胡雪巖既感慨、又得意，當然對應付左宗棠也更有把握了。

等聽差將蓋碗茶移到匠几上，胡雪巖道謝坐下；左宗棠徐徐說道：「有這一萬石米，不但杭州的百姓得救；肅清浙江全境，我也有把握了。老兄此舉，出人意表，功德無量。感激的，不止我左某一個人。」

「大人言重了。」

「這是實話。不過我也要說實話。」左宗棠說：「一萬石米，時價要值五六萬銀子；糧台上一時還付不起那麼多。因為剛打了一個大勝仗，犒賞弟兄是現銀子。我想，你先把你繳來的那筆款子領了回去；餘數我們倒商量一下，怎麼樣個付法？」

「大人不必操心了。這一萬石米，完全由光墉報效。」

「報效？」左宗棠怕自己是聽錯了。

「是！光墉報效。」

「這，未免太破費了。」左宗棠問道：「老兄有甚麼企圖，不妨實說。」

「毫無企圖。第一，為了王中丞；第二，為了杭州百姓；第三，為了大人。」

「承情之至！」左宗棠拱拱手說：「我馬上出奏，請朝廷褒獎。」

「大人栽培，光墉自然感激，不過，有句不識抬舉的話，好比骨鯁在喉，吐出來請大人不要動氣。」

「言重，言重！」左宗堂一疊連聲地說：「儘管請說。」

「我的報效這批米，絕不是為朝廷褒獎。光墉是生意人，只會做事，不會做官。」

「好一個只會做事，不會做官！」這一句話碰到左宗棠的心坎上，拍著匟几，大聲地說；讚賞之意，真個溢於言表了。

「我在想，大人也是只曉得做事，從不把功名富貴放在心上的人。」胡雪巖說：「照我看，跟現在有一位大人物，性情正好相反。」

前半段話，恭維得恰到好處；對於後面一句話，左宗棠自然特感關切，探身說道：「請教！」

「大人跟江蘇李中丞正好相反。李中丞會做官，大人會做事。」胡雪巖又說：「大人也不是不會做官，只不過不屑於做官而已。」

「啊，痛快，痛快！」左宗棠仰著臉，搖著頭說，是一副遇見了知音的神情。

胡雪巖見好即收，不再奉上高帽子，反而謙虛一句：「我是信口胡說，在大人面前放肆。」

「老兄，」左宗棠正色說道：「你不要妄自菲薄，在我看來滿朝朱紫貴，及得上老兄識見的。實在不多。你大號是哪兩個字？」

「草字雪巖。風雪的雪，巖壑的巖。」

「雪巖兄，」左宗棠說：「你這幾年想必一直在上海，李少荃的作為，必然深知；你倒拿我跟他比一比看。」

「這，」胡雪巖問道：「比哪一方面？」

「比比我們的成就。」

「是！」胡雪巖想了一下答道：「李中丞克復蘇州，當然是一大功；不過，因人成事，比不上大人孤軍奮戰，來得難能可貴。」

「這，總算是一句公道話。」左宗棠說：「我吃虧的有兩種，第一是地方不如他好，第二是人才不如他多。」

「是的。」胡雪巖深深點頭，「李中丞也算會用人的。」

「那麼，我有句很冒昧的話請教，以你的大才，以你在王中丞那裡的業績，他倒沒有起延攬之意？」

「有過的。我不能去！」

「為甚麼？」

「第一，李中丞對王公有成見，我還為他所用，也太沒有志氣了。」

「好！」左宗棠接著問：「第二呢？」

「第二，我是浙江人，我要為浙江出力；何況我還有王中丞委託我未了的公事，就是這筆買米的款子，總要有個交代。」

「難得，難得，雪巖兄，你真有信用。」左宗棠說到這裡，喊一聲：「來呀！留胡大人吃便飯。」

照官場中的規矩，長官對屬下有這樣的表示，聽差便得做兩件事，第一件是請客人更換便衣，第二件是準備將客人移到花廳甚至「上房」中去。

在正常的情況之下，胡雪巖去拜客，自然帶著跟班；跟班手中捧著衣包，視需要隨時伺候主人更換。但此時只有胡雪巖一個人，當然亦不會有便衣；左宗棠便吩咐聽差，取他自己的薄棉袍來為「胡大人」更換。左宗棠矮胖，胡雪巖瘦長，這件棉袍穿上身，大袖郎當，下襬弔起一大截，露出一大截沾滿了黃泥的靴幫子，形容不但不雅，而且有些可笑。但這份情意是可感的。所以胡雪巖覺得穿在身上很舒服。

至於移向花廳，當然也辦不到了。一座小關帝廟裡，哪裡來的空閒房屋，閩浙總督的官廳，簽押房與臥室，都在那裡了。不過，廟後倒有一座土山，山上有座茅亭，亦算可供登臨眺望的一景；左宗棠為了避免將領請謁的紛擾，吩咐就在茅亭中置酒。

酒當然是好酒。紹興早經克復，供應一省長官的，自然是歷經兵燹而無恙的窖藏陳釀；菜是湖南口味，雖只兩個人對酌，依然大盤長筷，最後廚子戴著紅纓帽，親自來上菜，打開食盒，只是一小盤湖南臘肉。不知何以鄭重如此？

「這是內子親手調製的，間關萬里，從湖南送到這裡，已經不中吃了。只不過我自己提醒我，不要忘記內子當年委屈綢繆的一番苦心而已。」

胡雪巖也聽說過，左宗棠的周夫人，是富室之女；初嬪左家時，夫婿是個寒士。但是周夫人卻深知「身無半畝，心憂天下」的左宗棠，才氣縱橫，雖然會試屢屢落第，終有破壁飛去的一日；所以鼓勵慰藉，無所不至。以後左宗棠移居岳家，而周家大族，不會看得起這個脾氣大的窮姑爺。周夫人一方面怕夫婿一怒而去，一方面又要為夫家做面子，左右調停，心力交瘁，如今到底也有揚眉吐氣的一天了。

這對胡雪巖又是一種啟示。左宗棠如今尊重周夫人，報恩的成分，多於一切；足見得是不會負人，不肯負人而深具性情者，這比起李鴻章以利祿權術駕馭部下來，寧願傾心結交此人。

因此，當左宗棠有所詢問時，他越發不做保留，從杭州的善後談到籌餉，他都有一套辦法拿出來，滔滔不絕，言無不盡。賓主之間，很快地已接近脫略形跡、無所不談的境地了。

一頓酒喝了兩個時辰方罷。左宗棠忽然嘆口氣說：「雪巖兄，我倒有些發愁了。不知應該借重你在哪方面給我幫忙？當務之急是地方善後，可是每個月二十五、六萬的餉銀，尚無的款，又必得仰仗大力。只恨足下分身無術！雪巖兄，請你自己說一說，願意做些甚麼？」

「籌餉是件大事，不過只要有辦法，凡是操守靠得住的人，都可以幹得。」胡雪巖歉然地說：「光墉稍微存一點私心，想為本鄉本土盡幾分力。」

「這哪裡是私心！正見得你一副俠義心腸。軍興以來，杭州被禍最慘，善後事宜，經緯萬端，我兼攝撫篆，責無旁貸，有你老兄這樣大才槃槃，而且肯任勞任怨，又是為桑梓效力的人幫我的忙，實在太好了。」左宗棠說到這裡，問道：「跟蔣薌泉想來見過面了？」

「是！」

「你覺得他為人如何？」

「很直爽的人。我們談得很投機。」

「好極，好極！」左宗棠欣然問道：「地方上的一切善後，總也談過了？」

「還不曾深談。不過承蔣方伯看得起，委託我的一個小小錢莊，為他代理藩庫；眼前急需的支出，我總盡力維持。」

「那更好了。萬事莫如賑濟急；如今有一萬石米在，軍需民食，能維持一兩個月，後援就接得上了。再有寶號代為支應藩庫的一切開銷，扶傷恤死，亦不愁無款可墊。然則杭州的賑濟事宜，應當馬上動手。我想，設一個善後局，雪巖兄，請你當總辦，如何？」

「是！」胡雪巖肅然答說：「於公於私，義不容辭。」

「我就代杭州百姓致謝了。」左宗棠拱拱手說：「公事我馬上叫他們預備，交蔣薌泉轉送。」

這樣處置，正符合胡雪巖的希望。因為他為人處世，一向奉「不招忌」三字為座右銘；自己的身分與蔣益澧差不多，但在左宗棠手下，到底只算一個客卿，如果形跡太密，甚至越過蔣益澧這一關，直接聽命於左宗棠，設身處地為人想一想，心裡也會不舒服。現在當著本人在此，而委任的札子卻要交由蔣益澧轉發，便是尊重藩司的職權，也是無形中為他拉攏蔣益澧，僅不過公事上小小的一道手續，便有許多講究，足見得做官用人，不是件容易的事。

這樣想著，他對左宗棠又加了幾分欽佩之心；因而願意替他多做一點事，至少也得為他多策畫幾個好主意。心念剛動，左宗棠正好又談起籌餉，他決定獻上一條妙計。

這一計，他籌之已熟；本來的打算是「貨賣識家」，不妨「待價而沽」。這也就是說，如果沒有相當的酬庸，他是不肯輕易吐露的；此刻對左宗棠，多少有知遇之感，因而就傾囊而出了。

「籌餉之道多端，大致不外兩途，第一是辦釐金，這要靠市面興旺，無法強求；第二是勸捐，這幾年捐得起的都捐過了，『勸』起來也很吃力。如今我想到有一路人，他們捐得起，而且一定肯捐；不妨在這一路人頭上，打個主意。」

「捐得起，又肯捐，那不太妙了嗎？」左宗棠急急問道：「是哪一路人？」

「是長毛！」胡雪巖說：「長毛盤踞東南十幾年，搜括得很不少；現在要他們捐幾文，不是天經地義？」

這一說，左宗棠恍然大悟，連連點頭：「對，對，請你再說下去。」

於是胡雪巖為他指出，這十幾年中，頗有些見機而作的長毛，發了財退藏於密；洪楊一旦平定，從逆的當然要依國法治罪。可是叛逆雖罪在不赦，而被裹脅從逆的人很多，辦不勝辦。株連過眾，擾攘不安，亦非大亂之後的休養生息之道；所以最好的處置辦法是，網開一面，予人自新之路。

只是一概既往不咎，亦未免太便宜了此輩；應該略施薄懲，願打願罰，各聽其便。

「大人曉得的，人之常情，總是願罰不願打；除非罰不起。」胡雪巖說：「據我知道，罰得起的人很多。他們大都躲在夷場上，倚仗洋人的勢力，官府一時無奈其何，可是終究是個出不了頭的『黑人』，如果動以利害，曉以大義；反正手頭也是不義之財，捨了一筆，換個重新做人的機會，何樂不為？」

「說得是。」左宗棠笑道：「此輩不甘寂寞，不但要爬起來做人，只怕還要站出來做官。」

「正是這話。」胡雪巖撮起兩指一伸，「像這種人，要捐他兩筆。」

「怎麼呢？」

「一筆是做人，另外一筆是做官。做官不要捐嗎？」

左宗棠失笑了，「我倒弄糊塗了！」他說：「照此看來，我得趕快向部裡領幾千張空白捐照來。」

「是！大人儘管動公事去領。」

「領是領了。雪巖兄，」左宗棠故意問道：「交給誰去用呢？」

胡雪巖不作聲，停了一會方說：「容我慢慢物色好了，向大人保薦。」

「我看你也不用物色了，就是你自己勉為其難吧！」

「這怕……」

「不，不！」左宗棠揮手打斷了他的話，「你不必推辭了！雪巖兄，你遇見我，就容不得你再做主張。這話好像蠻不講理；不是的！足下才大如海，我已深知。不要說就這兩件事，再多兼幾個差使，你也能夠應付裕如。我想，你手下總有一班得力的人；你儘管開單子來，我關照蔣薌泉，一律照委。你往來滬杭兩地，出出主意就行了。」

如此看重，不由得使胡雪巖想起王有齡在圍城中常說的兩句話：「鞠躬盡瘁，死而後已。」便慨然答道：「既然大人認為我幹得了，我就試一試看。」

「不用試，包你成功！」左宗棠說：「我希望你兩件事兼籌並顧。浙江的軍務，正在緊要關頭上，千萬不能有『鬧餉』的活把戲弄出來。」

「是。我盡力而為。」胡雪巖說：「如今要請示的是，這個捐的名目。我想叫『罰捐』。」

「罰捐倒也名符其實。不過……」他沉吟著，好久未說下去。

這當然是有顧忌；胡雪巖也可以想像得到，開辦「罰捐」可能會惹起浮議，指作「包庇逆黨」。這是很重的一個罪名。然而是否「包庇」，要看情節而定；與予人自新之路，是似是而非的兩回事。

他心裡這樣在想，口頭卻保持沉默；而且很注意左宗棠的表情，要看他是不是有擔當？

左宗棠自然是有擔當的，而且這正也是他平時自負之處。他所考慮的是改換名目；想了好一會，竟找不出適當的字眼，便決定暫時先用了再說。

接著，又有疑問；「這個罰捐，要不要出奏？」他問：「你意下如何？」

「出奏呢，怕有人反對，辦不成功；不出奏呢？又怕將來部裡打官腔，或者『都老爺』參上一本。」胡雪巖說：「利弊參見，全在大人做主。」

「辦是一定要辦；不過我雖不怕事，卻犯不上無緣無故揹個黑鍋，你倒再想想，有甚麼既不怕他人掣肘，又能為自己留下退步的辦法？」

「凡事只要秉公辦理，就一定會有退步。我想，開辦之先，不必出奏；辦得有了成效，再奏明收捐的數目，以後直接咨部備案，作為將來報銷的根據。」

「好！准定這樣辦。」左宗棠大為讚賞，「『凡事只要秉公辦理，就必有退步。』這話說得太好了。不過，你所說的『成效』也很要緊；國家原有上千萬的銀子，經常封存內庫，就為的是供大征伐之用。這筆鉅款，為賽尚阿之流的那班旗下大爺揮霍一空；所以『皇帝不差餓兵』那句俗語，不適用了！如今朝廷不但差的是餓兵，要各省自己籌餉，而且還要協解『京餉』。如果說，我們辦得有成效的稅捐，不准再辦；那好，請朝廷照數指撥一筆的款好了。」

這番話說到盡頭了；胡雪巖對左宗棠的處境、想法、因應之道亦由這番話中有了更深的了解。只要不是傷天害理，任何籌餉的辦法，都可以得到他的同意。

胡雪巖在左宗棠行轅中盤桓了兩天，才回杭州。歸來的這番風光，與去時大不相同；左宗棠派親兵小隊護送，自不在話下，最使他驚異的是，到了武林門外，發現有一班很體面的人在迎接，一大半是杭州的紳士，包括張秀才在內；其餘的都穿了官服，胡雪巖卻一個都不認識。此外，還有一頂綠呢大轎，放在城門洞裡，更不知做何用處？

胡雪巖頗為困惑，「是接我的嗎？」他問何都司。

不用何都司回答，看到劉不才和小張，胡雪巖知道接自己是不錯了。果然，小張笑容滿面地奔了上來。一把拉住馬頭上的嚼環，高聲說道：「這裡前天晚上就得消息了！盼望大駕，真如大旱之望雲霓！」

是何消息，盼望他回來又為何如此殷切？胡雪巖正待動問，卻不待他開口；首先是一名武巡捕在馬前打躬，同時說道：「請胡大人下馬，換大轎吧！」

「是這樣的，」小張趕緊代為解釋，「這是蔣方伯派來的差官，綠呢大轎是蔣方伯自己用的，特為來伺候。」

「是！」那名武巡捕打開拜匣，將蔣益澧的一份名帖與一份請柬遞了上來，「敝上派我來伺候胡大人；特為交代，本來要親自來迎接，只為有幾件緊要公事，立等結果，分不開身。敝上又說：請胡大人一到就會個面，有好些事等著商量。」

這一說胡雪巖明白了，小張所說的「消息」，是指他奉委為善後局總辦一事；大家如此殷切盼望，以及蔣益澧立等會面，當然是因為「萬事莫如賑濟急」，一切善後事宜，都待他來做了決定，方能動手興辦。

領會及此，他覺得不宜先跟蔣益澧見面。但此刻的蔣益澧等於一省長官，這樣殷勤相待，如果不領他的情，是件很失禮的事，必得找一個很好的藉口才能敷衍得過去。

他的心思很快，下馬之頃，已想好了一套說詞，「拜煩回覆貴上，」他說：「我也急於要進見，有好些公事請示。不過，這幾天來回奔波，身上髒得不成樣子；這樣子去見長官，太不恭敬。等我稍微抹一抹身子，換一套乾淨衣服，馬上就去。貴上的綠呢大轎，不是我該坐的；不過卻之不恭，請你關照轎班，空轎子跟著我去好了。」

於是先到張家暫息，將善後應辦的大事，以及要求蔣益澧支持的事項，寫了個大概，方始應約赴宴。

相見歡然，蔣益澧當面遞了委札；胡雪巖便從身上掏出一張紙來，遞了過去，上面寫的是：「善後急要事項」，一共七條：

第一，掩埋屍體，限半個月完竣。大兵之後大疫，此不僅為安亡魂，亦防疫癘。

第二，辦理施粥，以半年為期。公家撥給米糧，交地方公正紳士監督辦理。

第三，凡糧食、衣著、磚瓦、木料等民生必需品類，招商販運，免除釐稅，以廣招徠。

第四，訪查殉難忠烈，採訪事蹟，奏請建立昭忠祠。

第五，賊營拔出婦女，訪查其家，派妥人送回。

第六，春耕關乎今年秋冬生計，應盡全力籌辦。

第七，恢復書院，優待士子。

「應該，應該！」蔣益澧說：「我無不同意。至於要人，或者要下委札，動公事，請雪翁告訴我，只要力之所及，一定如命。」

「多謝薌翁成全浙江百姓。不過眼前有件事，無論如何要請薌翁格外支持。」胡雪巖率直說道：「弟兄們的紀律一定要維持。」

蔣益澧臉一紅，他也知道他部下的紀律不好；不過，他亦有所辯解：「說實話，弟兄們亦是餓得久了……」

「薌翁，」胡雪巖打斷他的話說：「餉，我負責；軍紀，請薌翁負責。」

蔣益澧心想，胡雪巖現在直接可以見左宗棠，而且據說言聽計從；倘或拿此事跟上面一說，再交下來，面子就不好看了。既然如此，不如自己下決心來辦。

於是他決定了兩個辦法：一是出告示重申軍紀，違著就地正法；二是他從第二天開始，整天坐鎮杭州城中心的官巷口，親自執行軍法。

這一來，紀律果然好得多了。善後事宜，亦就比較容易著手；只是苦了胡雪巖，一天睡不到三個時辰，身上掉了好幾斤的肉，不過始終精神奕奕，毫無倦容。

左宗棠是三月初二到省城的；一下了轎，約見的第一個人就是胡雪巖。

「慘得很！」左宗棠臉上很少有那樣沮喪的顏色，「軍興以來，我也到過好些地方；從沒有見過杭州這樣子遭劫的！以前杭州有多少人？」

「八十一萬。」胡雪巖答說。

「現在呢？」

「七萬多。」

「七萬多？」左宗棠嗟嘆著，忽然抬眼問道：「雪翁，不說八萬，不說六萬，獨說七萬多；請問何所據而云然？」

「這是大概的估計。不過，亦不是空口瞎說。」胡雪巖答道：「是從各處施粥廠、平糶處發出的『籌子』算出來的。」

「好極！」左宗棠極為嘉許，「雪翁真正才大心細。照你看，現在辦善後，當務之急是哪幾樣？」

「當務之急，自然是振興市面；市面要興旺，全靠有人肯來做生意；做生意的人膽子小，如果大人有辦法讓他們放心大膽地到杭州來，市面就會興旺，百姓有了生路，公家的釐金稅收，亦會增加。於公於私，都有莫大的好處。」

「這無非在整飭紀律四個字，格外下功夫，你叫商人不要怕，儘管到杭州來做生意。如果吃了虧，准他們直接到我衙門來投訴，我一定嚴辦。」

「有大人這句話，他們就敢來了。」胡雪巖又問：「善後事宜，千頭萬緒，包羅太廣；目前以賑撫為主，善後局是否可以改為賑撫局。」

「不錯！這個意見很好。」左宗棠隨即下條子照辦；一切如舊，只是換了個名字。

賑撫局的公事，麻煩而瑣碎，占去了胡雪巖許多的功夫，以致想見一次左宗棠，一直找不到適當的時間。

這樣遷延了半個月，專摺奏報克復杭州的摺差，已由京裡回到杭州，為左宗棠個人帶來一個好消息，「內閣奉口諭：閩浙總督左宗棠自督辦浙江軍務以來，連克各府州縣城池。茲復將杭州省城、餘杭縣城攻拔，實屬調度有方。著加恩賞太子少保銜，並賞穿黃馬褂。」此外，蔣益澧亦賞穿黃馬褂，「所有在事出力將士，著左宗棠查明，擇優保舉。」

消息一傳，全城文武官員，夠得上資格見總督的無不肅具衣冠，到總督行轅去叩賀。左宗棠穿上簇新的黃馬褂，分班接見，慰勉有加；看到胡雪巖隨著候補道員同班磕頭，特為囑咐戈什哈等在二堂門口，將他留了下來。

等賓僚散盡，左宗棠在花廳與胡雪巖以便服相見。一見少不得再次致賀；左宗棠自道受恩深重，對朝廷益難報稱，緊接著又向胡雪巖致歉，說克復杭州有功人員報獎，奏稿已經辦好，即將拜發，其中並無胡雪巖的名字，因為第一次保案，只限於破城將士，以後奏保辦理地方善後人員，一定將他列為首位。

胡雪巖自然要道謝，同時簡單扼要地報告辦理善後的進展，奉「以工代賑，振興市面」八個字為宗旨，這樣一方面辦了賑濟，一方面做了復舊的工作。左宗棠不斷點頭，表示滿意。然後問起胡雪巖有何困難？

「困難當然很多，言不勝言，也不敢麻煩大人；只要力所能及，我自會料理，請大人放心。不過，人無遠慮，必有近憂；如今已經三月下旬了，轉眼『五荒六月』，家家要應付眼前。青黃不接的當口，能夠過得去，都因為有個指望，指望秋天的收成，還了債好過年；大人，今年只怕難了！」

一句話提醒了左宗棠，悚然而驚，搓著手說：「是啊！秋收全靠春耕。目前正是插秧的時候，如果耽誤了，可是件不得了的事！」

「大人說這話，兩浙的百姓有救了。」

「你不要看得太容易，這件事著實要好好商量。雪翁，你看，勸農這件事，該怎麼樣做法？」

「大人古書讀得多，列朝列代，都有大亂；大亂之後，怎麼幫鄉下人下田生產，想來總記得明明白白？」

「啊，啊，言之有理。」左宗棠說：「我看，這方面是漢初辦得好，薄太后的黃老之學，清靜無為，才真是與民休息。就不知道當今兩宮太后，能否像薄太后那樣？」

胡雪巖不懂黃老之學，用於政務，便是無為而治；也不知道薄太后就是漢文帝的生母。不過清靜無為、與民休息這兩句成語是聽得懂，便緊接著他的話說：「真正再明白不過是大人！要荒了的田地有生氣，辦法也很簡單，三個字：不騷擾！大人威望如山，令出必行，只要下一道命令，百姓受惠無窮。」

「當然，這道命令是一定要下的。雪翁，你且說一說，命令中要禁止些甚麼？」

「是！」胡雪巖想了一下答說：「第一，軍餉的來源是釐金、是殷實大戶的捐獻，與種田的老百姓無干。今年的錢糧，想來大人總要奏請豁免的；就怕各縣的『戶書』假名追徵舊欠。那一來，老百姓就嚇得不敢下田了！」

「那怎麼行？」左宗棠神色凜然地，「若有此事，簡直毫無心肝了，殺無赦！」

「第二，怕弟兄們抓差拉伕。」

「這也不會。我早就下令嚴禁；徵差要給價。如今我可以重申前令，農忙季節，一律不准騷擾，而且還要保護。」左宗棠：「還有呢？」

「還有就是怕弟兄們殺耕牛！」

「那也不會，誰殺耕牛，我就殺他。」

「大人肯這樣衛護百姓，今年秋收有望了。至於種籽、農具，我去備辦；將來是由公家貨放，還是平價現賣，請大人定章程。好在不管怎麼樣，東西早預備在那裡，總是不錯的！」

「不錯，不錯。請你去預備，也要請你墊款。」左宗棠說道：「除了錢以外，我這裡甚麼都好商量。」

「是！」胡雪巖答道：「我是除了錢以外，甚麼事都要跟大人商量，請大人做我的靠山。」

「那還用說，要人要公事，你儘管開口。」

「有件事要跟大人商量。湖州府屬的絲，是浙北的命脈；養蠶又是件極麻煩的事，以蠶叫『蠶寶寶』，嬌嫩得很，家家關門閉戶，輪流守夜，按時餵食，生客上門都不接待的。如今蔣方伯正帶兵攻打湖州，大軍到處，可能連茶水飯食都不預備；可是這一來，蠶就不能養了。還有，養蠶全靠桑葉，倘或弟兄們砍了桑樹當柴燒，蠶寶寶豈不是要活活餓死？」

「噢」左宗棠很注意地，「我平日對經濟實用之學，亦頗肯留意；倒不知道養蠶有這麼多講究。照你所說，關係極重；我得趕緊通知蔣薌泉，格外保護。除了不准弟兄騷擾以外，最要防備湖州城裡的長毛突圍亂竄，擾害養蠶人家。」

「大人這麼下令，事情就不要緊了！」胡雪巖欣慰地說：「江南是四月裡一個月最吃重，唱山歌的話：『做天難做四月天』，因為插秧、養蠶都在四月裡，一個要雨，一個要晴。託朝廷的鴻福，大人的威望，下個月風調雨順，軍務順手，讓這一個月平平安安過去，浙江就可以苦出頭了！」

「我知道了，總想法子如大家的願就是。」說到這裡，左宗棠眉心打了個結，「倒是有件事，雪翁，我要跟你商量；看看你有沒有高招，治那一班蠹吏！」

「蠹吏」二字，胡雪巖沒有聽懂，瞠然不知所答。及至左宗棠做了進一步的解釋，才知道指的是京裡戶部與兵部的書辦。

「戶部與兵部的書辦，盼望肅清長毛之心，比誰都殷切；在他們看，平了洪楊，就是他們發財的機會到了。正月廿一日，曾老九克了天保城，金陵合圍，洪秀全已如釜底游魂。李少荃的淮軍，攻克常州，亦是指顧間事；常州一下，淮軍長驅西進，會合苦守鎮江的馮子材，經丹陽馳援曾九，看起來可以在江寧吃粽子了。」

「沒有那麼快！」胡雪巖接口便答。

這一答，使得左宗棠錯愕而不悅：「何以見得？」他問。

胡雪巖知道自己答得太率直了。左宗棠有句沒有說出來的話：莫非論兵我還不如你？因而很見機地改口：「大人用兵，妙算如神，我何敢瞎議論。不過，我在上海那兩年，聽到看到，關於李中丞的性情，自以為摸得很透。常州如果攻了下來，他未必肯帶兵西進；因為，他不會那麼傻，去分曾九帥一心想獨得的大功。」

「啊！」左宗堂重重一掌，拍在自己大腿上，「你也是這麼想？」

「只怕我想得不對。」

「不會錯！」左宗棠嘆口氣，「我一直也是這麼在想，不過不肯承認我自己的想法；我總覺得李少荃總算也是個翰林，肚子裡的貨色，雖只不過溫熟了一部詩經，忠君愛國的道理總也懂的，而況受恩深重，又何忍辜負君父滅此大盜、以安四海的至意？如今你跟我的看法不約而同，就見得彼此的想法都不錯。論少荃的為人，倒還不致巴結曾九；只為他老師節制五省軍務，聖眷正隆，不免功名心熱，屈己從人。至於他對曾九，雖不便明助，暗底下卻要幫忙，助餉助械，盡力而為；所以金陵克復的日子，仍舊不會遠。」

「是的。這是明擺在那裡的事；江寧合圍，外援斷絕，城裡的存糧一完，長毛也就完了。照我看，總在夏秋之交，一定可以成功。」

「那時候就有麻煩了。你先看著這個。」

說著左宗棠從懷中掏出一封信來，厚甸甸地，總有十來張信箋；他檢視了一下，抽出其中的兩張，遞了給胡雪巖。

這兩張信箋中，談的是一件事；也就是報告一個消息。說兵部與戶部的書辦，眼看洪楊肅清在即；軍務告竣，要辦軍費報銷，無不額手相慶。但以湘淮兩軍，起自田間，將領不諳規制，必不知軍費應如何報銷？因而有人出頭，邀約戶兵兩部的書辦，商定了包攬的辦法，多雇書手，備辦筆墨紙張；專程南下，就地為湘淮兩軍代辦報銷。一切不用費心，只照例奉送「部費」即可。在他們看，這是利人利己的兩全之計，必為湘淮兩軍樂予接納，所以不但已有成議，而且已經籌集了兩萬銀子，作為「本錢」，光是辦購置造報銷的連史紙，就將琉璃幾家紙店的存貨都搜空了。

「這個花樣倒不錯！」胡雪巖有意出以輕鬆的姿態，「不過這筆『部費』可觀。我替殉節的王中丞經手過，至少要百分之二。」

「就是這話囉！」左宗棠說：「我要跟你商量的就是這件事。我前後用過上千萬的銀子，如果照例致送，就得二十萬銀子。哪裡來這筆閒錢，且不去說它；就有這筆閒錢，我也不願意塞狗洞。你倒想個法子看，怎麼樣打消了它！」

「打消是容易，放句話出去擋駕就是。可是以後呢？恐怕不勝其煩了！軍費報銷是最嚕囌的事，一案核銷，有幾年不結的。大人倒仔細想一想，寶貴的精神，犯得著犯不著花在跟這些人打交道上頭？」

「不！」左宗棠大不以為然，「我的意思是，根本不要辦報銷。軍費報銷，在乾隆年間最認真，部裡書辦的花樣也最多。不過此一時，彼一時，那時是『在人簷下過，不敢不低頭』；如今我又何必低頭？戶部也沒有資格跟我要帳！」

這話說得太霸道了些。誠然，湘軍和淮軍的軍費，都是在地方自籌，戶部並沒有支付過；但在地方自籌，不管是釐金、捐募，總是公款，何至於戶部連要個帳都沒有資格？胡雪巖不以左宗棠的話為然，因而沉默未答。

「雪翁，」左宗棠催問著，「有何高見，請指教！」

這就不能不回答了，胡雪巖想了一下答道：「那不是大人一個人的事。」

「是啊！不過事情來了，我可是脫不了麻煩。」

「就有麻煩，也不至於比兩江來得大。」

這一說，左宗棠明白了，「你的意思是，策動曾相去頂？」他問。

這是指曾國藩，他協辦大學士兼領兩江總督，也算入閣拜相，所以稱之為「曾相」；胡雪巖正是此意，點點頭答說：「似乎以曾相出面去爭，比較容易見效。」

「我也想到過，沒有用。曾相憂讒畏譏，膽小如鼠；最近還有密摺，請朝廷另簡親信大臣，分任重責。你想，他怎麼肯不避嫌疑，奏請免辦報銷？何況時機亦還未到可以上摺的時候？」

「難處就在這裡。」胡雪巖說：「軍務究竟尚未告竣，貿然奏請免辦報銷，反會節外生枝，惹起無謂的麻煩。」

「可是消弭隱患，此刻就得著手。倘或部裡書辦勾結司員，然後說動堂官，再進而由軍機奏聞兩宮，一經定案，要打消就難了。」

胡雪巖覺得這番顧慮，絕不能說是多餘，而且由他的「書辦勾結司員」這句話，觸機而有靈感，不假思索地答說：「既然如此，不妨在第一關上就拿書辦擋了回去。」

「嗯，嗯！」左宗棠一面想，一面說：「你這話很有意味。然而，是如何個擋法呢？」

「這等大事，書辦不能做主；就如大人所說的，得要勾結司官。司官給他們來盆冷水，迎頭一澆；或者表面上敷衍，到緊要關頭，挺身出來講話，只要有理，戶部堂官亦不能不聽。」

「話是有理。難在哪裡去找這麼一位明大體、有膽識的戶部司官？」

「不一定要明大體、有膽識。」胡雪巖答說：「只要這位司官，覺得這麼做於他有利，自然就會挺身而出。」

「著！」左宗棠又是猛拍自己的大腿，「雪翁，你的看法，確是高人一等，足以破惑。」略停一下，他又說道：「聽你的口氣，似乎胸有成竹，已經想到有這麼一個人了。」

「是的。就是杭州人。」

「杭州人，」左宗棠偏著頭想，「在戶部當司官的是誰？我倒想不起來了。」

「這個人是咸豐二年的進士，分發戶部，由主事做起，現在是掌印郎中了。他叫王文韶，大人聽說過此人沒有？」

左宗棠凝神了一會，想起來了：「似乎聽人提起過。」他問：「他的號，是叫夔石嗎？」

「正是。王夔石。」

「此人怎麼樣？很能幹吧？」

「很能幹，也很圓滑；人緣不錯。加以戶部左侍郎沈桂芬是他鄉試的座師，很照應這個門生，所以王夔石在戶部很紅。」

「既然人很圓滑，只怕不肯出頭去爭！」左宗棠說：「這種事，只有性情比較耿直的人才肯做。」

「大人見得是。不過，我的意思不是鼓動王夔石出頭去力爭，是託他暗底下疏通。我想，為了他自己的前程，他是肯效勞的。」

「何以見得？雪翁，請道其詳。」

照胡雪巖的看法，做京官若說不靠關係靠自己，所可憑藉者，不是學問，便是才幹。當翰林靠學問，當司官就要靠才幹。這才幹是幹濟之才，不在乎腹有經綸，而是在政務上遇到難題，能有切切實實的辦法拿出來。至少也要能搪塞得過去。王文韶之所長，正就是在此。

可是，做京官憑才幹，實在不如憑學問。因為憑學問做京官，循資推轉，處處得以顯其所長；翰林做到兼日講起注官，進而「開坊」升任京堂，都可以專摺言事，更是賣弄學問的時候。也許一道奏疏，上結天知，就此飛黃騰達，三數年間便能戴上紅帽子。而憑才幹做官，就沒有這樣便宜了！

「為啥呢？因為英雄要有用武之地。做部裡司官，每天公事經手，該准該駁，權柄很大；准有准的道理，駁有駁的緣故，只要說得對，自然顯他的才幹。可是司官不能做一輩子；像王夔石，郎中做了好多年了，如果升做四品京堂，那些鴻臚寺、通政司，都是『聾子的耳朵』，沒有它不像子，有了它毫無用處。王夔石就有天大的本事，無奈冷衙門無事可做，也是枉然。」

胡雪巖略停一下又說：「司官推轉，還有一條出路就考御史；當御史更是只要做文章的差使，王夔石搞不來。而且他也不是甚麼鐵面無情的人，平時唯恐跟人結怨，哪裡好當甚麼都老爺？」

「我懂了！」左宗棠說：「王夔石是不願做京官，只想外放？」

「是的。外放做知府，做得好，三兩年就可以升道員。」胡雪巖笑笑說道：「做外官，就要靠督撫了！」這一下，左宗棠一心領神會，徹底明瞭。因為做外官靠督撫，沒有比他更清楚的。清朝的督撫權重，京官外轉府道；督撫如果不喜此人，從前可以「才不勝任」的理由，奏請「調京任用」，等於推翻朝旨。乾隆初年，雖曾下詔切責，不准再有這樣的事例；可是督撫仍舊有辦法可以不使此人到任，或者奏請調職。至於未經指明缺分，只分省候補任用的，補缺的遲早、缺分的優瘠，其權更操之督撫。

因此可以想像得到，王文韶如果志在外官，就必須與督撫結緣；而能夠設法搞成免辦平洪楊的軍費報銷，正是可遇而不可求的良機。因為這一來，湘淮將領，無不感戴；而天下督撫，就眼前來說，兩江曾國藩、閩浙是左宗棠自己、江蘇李鴻章、直隸劉長佑、四川駱差章、湖廣官文、河南張之萬、江西沈葆楨、湖北嚴樹森、廣東郭嵩燾，哪一個都花過大把銀子的軍費；能夠免辦報銷，個個要見王文韶的情，等他分發到省，豈有不格外照應之理？

想到這裡，左宗棠心頭的一個疙瘩，消滅了一半，「王夔石果然是能幹的，就得好好抓住這個機會，普結天下督撫之緣。」他又回想了一下胡雪巖的話，發現有件事令人驚異，便即問道：「雪翁，你到京裡去過沒有？」

「還不曾去過。」

「那就怪了！你沒有上過京，又是半官半商，何以倒對京官的推遷陞轉，如此熟悉？」

「我本來也不懂。前年跟王夔石在上海見面，長談了好幾夜；都是聽他說的。」

「原來如此！不過能說得清源流，也很難得的了。」左宗棠又問：「你跟王夔石很熟？」

「是的。」胡雪巖又說：「不過並無深交。」

「看你們談得倒很深。」

「有利害關係，談得就深了；交情又另是一回事。王夔石沒有甚麼才氣，也沒有甚麼大志，做人太圓滑，未免欠誠懇。我不喜歡這個人。」

左宗棠覺得胡雪巖這幾句話，頗對自己的胃口；同時對他的本性，也更為了解，確是個可以論大事、共患難的人。因而不斷點頭，表示心許。

「大人的意思是，」胡雪巖問道：「讓我寫封信給王夔石，請他從中盡力？」

「是的。我有這個意思。不過，我怕他一個人的力量不夠，四處去瞎撞木鐘，搞得滿城風雨，無益有害。」

「他一個人的力量，誠然不夠；不過事情的輕重，他是識得的。他的本性也是謹慎小心一路，絕不至於飛揚浮躁，到處瞎說。大人這樣說，我信上格外關照，叫他祕密就是。」

「能這樣最好。」說到這裡，左宗棠向左右吩咐：「拿『縉紳』來！」

縉紳是京師書坊刻的一部職官錄，全名叫做「大清縉紳全書」。由「宗人府」開始，一直到各省的佐雜官兒，從親王到未入流，凡是有職銜的，無不有簡歷記載。左宗棠索取縉紳，是要查戶部的職官。

翻到「戶部衙門」這一欄，頭一行是「文淵閣大學士管理戶部事務倭仁」。左宗棠頓時喜孜孜地說：「行了！此事可望有成。」

「喔，」胡雪巖問道：「大人參透了甚麼消息？」

「這倭相國是蒙古人。他家一直駐防開封，所以跟河南人沒有甚麼兩樣。河南是講理學的地方，這倭相國規行矩步，雖然有點迂，倒是不折不扣的道學先生；先帝對此人頗為看重，所以兩宮太后亦很尊敬他。能得此老出頭說話，事無不成之理。」

「那麼，」胡雪巖問道：「這話可以不可以跟王夔石說？」

「這些情形，王夔石比我們清楚得多。說亦可，不說亦可。」左宗棠又說：「這倭相國與曾相會試同榜，想來他亦肯幫幫老同年的忙的。」

「既然如此，何不由大人寫封信給曾相，結結實實託一託倭中堂？」

「這也是一法。我怕曾相亦有道學氣，未見得肯寫這樣的信。」

「是！」胡雪巖口裡答應著，心中另有盤算。茲事體大，而又不與自己相干。甚至左宗棠亦不必太關切；天塌下來有長人頂，曾氏弟兄所支銷的軍費，比左宗棠所經手的，多過好幾倍；要辦軍費報銷，曾氏弟兄，首當其衝，自然會設法疏通化解。如今自己替左宗棠出主意，不須太起勁；不求有功，先求無過，最為上策。

這樣一轉念，步子便踏得更穩了，「為求妥當，我看莫如這麼辦，先寫信透露給王夔石，問問他的意思，看看能不能做得到？要做，如何著手，請他寫個節略來！」

「這樣做再好都沒有。可是，」左宗棠懷疑地問：「他肯嗎？」

「一定肯！我有交情放給他。」

「你不是說：你們沒有深交嗎？」

「放交情」是句江湖上的話，與深交有別，左宗棠不懂這句話，胡雪巖便只好解釋：「我是說，王夔石欠下我一個情在那裡；所以我託他點事，他一定不會怕麻煩。」

「那就是了。此事能辦成功，與你也有好處；曾相、李少荃都要見你的情。」說罷，左宗棠哈哈一笑。

這一笑便有些莫測高深了。胡雪巖心想，大家都說此公好作英雄欺人之談；當然也喜歡用權術。他說這話，又打這麼一個莫名其妙的哈哈，莫非有甚麼試探之意在內？繼而轉念，不管他是不是試探？自己正不妨藉此機會，表明心跡，因而正色說道：「大人！我跟王夔石不同，王夔石是想做官上頭飛黃騰達，我是想做大生意。因為自己照照鏡子，不像做官的材料。所以曾相跟李中丞見不見我的情，我毫不在乎；他們見我的情，我亦不會去巴結他們的。如今，我倒是只巴結一個人！」說到這裡，他有意停了下來，要看左宗棠是何反應？

左宗棠當然要問，而且是很關切地問：「巴結誰？」

「還有誰？自然是大人。」胡雪巖說：「我巴結大人，不是想做官，是報答。第一，大人是我們浙江的救星，尤其是克復了杭州；飲水思源，想到我今天能回家鄉，王雪公地下有知，可以瞑目，不能不感激大人。第二，承蒙大人看得起我，一見就賞識，所謂『士為知己者死』，不巴結大人巴結誰？」

「言重，言重！你老哥太捧我了。」左宗棠笑容滿面地回答。

「這是我的真心話。大人想來看得出來。」胡雪巖又說：「除此以外，當然也有我的打算，很想做一番事業，一個人如果要想有所成就，一半靠本事，一半靠機會。遇見大人就是我的一個機會，當然不肯輕易放過。」

「你的話很老實，我就是覺得像你這路性情最投緣。你倒說與我聽聽，你想做的是甚麼事業？」

這一問，很容易回答；容易得使人會覺得這一問根本多餘。但照實而言，質直無味；胡雪巖雖不善於詞令，卻以交了嵇鶴齡這個朋友，學到了一種迂迴的說法，有時便覺俗中帶雅。好在他的心思快，敏捷可濟腹笥的不足；此時想到了一個掌故，大可借來一用。

「大人總曉得乾隆皇帝南巡，在鎮江金山寺的一個故事？」

左宗棠笑了。笑的原因很複雜，笑的意味，自己亦不甚分明。不稱「高宗」或者「純廟」，而說「乾隆皇帝」是一可笑；乾隆六次南巡，在左宗棠的記憶中，每次都駐蹕金山寺，故事不少，卻不知指的是哪一個？是二可笑：「銅錢眼裡翻跟斗」的胡雪巖，居然要跟他談南巡故事，那就是三可笑了。

可笑雖可笑，不過左宗棠仍持著寬容的心情，好比聽稚齡童子說出一句老氣橫秋的「大人話」那樣，除笑以外，就只有「姑妄聽之」了。

「你說！」他用一種鼓勵的眼色，表示不妨「姑妄言之」。

胡雪巖當然不會假充內行，老老實實答道：「我也不曉得是哪一年乾隆皇帝南巡的事？我是聽我的一個老把兄談過，覺得很有意思，所以記住了。據說……」

據說：有一次乾隆與金山寺的方丈，在寺前閒眺，遙望長江風帆點點；乾隆問方丈：江中有船幾許？方丈答說：只有兩艘，一艘為名，一艘為利。

這是揚州的鹽商，深知乾隆的性情，特意延聘善於鬥機鋒的和尚，承應皇差的佳話。只是傳說既久，變成既俗且濫的一個故事；胡雪巖引此以喻，左宗棠當然知道他的用意，是說他的事業，只是「做大生意」圖利而已。

然而，他沒有想到，胡雪巖居然另有新義，「照我說，那位老和尚的話，也不見得對。」胡雪巖很起勁地舉手遙指：「長江上的船，實在只有一艘，既為名，亦為利！」

「噢！」左宗棠刮目相看了，「何以見得？」

「名利原是一樣東西。」胡雪巖略有些不安地，「大人，我是瞎說。」

這比「既為名，亦為利」，企求兼得的說法，又深一層了。左宗棠越感興味，正待往下追問時，但見聽差悄悄掩到他身邊，低聲問道：「是不是留胡老爺便飯？」

「當然。」左宗棠問道：「甚麼時候了？」

「未正！」

未正就是午後兩點，左宗棠訝然，「一談談得忘了時候了。」他歉然地問：「雪翁，早餓了吧？」

「大人不提起，倒不覺得餓。」

「是啊！我亦是談得投機，竟爾忘食。來吧，我們一面吃，一面談。」

於是午飯就開在花廳裡。左宗棠健於飲啖，但肴饌量多而質不精；一半是因為大劫以後，百物皆缺，亦無法講求口腹之欲，席中盛饌，不過是一大盤紅辣椒炒子雞。再有一小碟臘肉，胡雪巖知道是左宗棠的周夫人，遠自湖南寄來的，客人非吃不可，而且非盛讚不可，所以下箸便先挾臘肉。

臘肉進口，左宗棠顧不得聽他誇讚周夫人的賢德，急於想重拾中斷的話題，「雪翁，」他說：「你說名利原是一樣東西，這話倒似乎沒有聽人說過；你總有一番言之成理的說法吧？」

「我原是瞎說。」胡雪巖從容答道：「我常在想，人生在世應該先求名，還是先求利？有一天跟朋友談到這個疑問，他說：別的我不知道，做生意是要先求名，不然怎麼叫『金字招牌』呢？這話大有道理，創出金字招牌，自然生意興隆通四海，名歸實至。豈非名利就是一樣東西？」

「你把實至名歸這句話，顛倒來說，倒也有趣。」左宗棠又問：「除了做買賣呢？別處地方可也能用得上你這個說法不能？」

「也有用得上的。譬如讀書人，名氣大了，京裡的大老，都想收這個門生，還不曾會試，好像就注定了一定會點翰林似地。」

說到這裡，胡雪巖記起左宗棠數上春官，鎩羽而歸，至今還是一個舉人，所以聽見人談中進士、點翰林，心裡便酸溜溜地不好受；自己舉這個例，實在不合時宜。好在他的機變快，就地風光，恰有一個極好的例可舉。

「再譬如大人。」他說：「當年我們遠在浙江，就聽說湖南有位『左師爺』，真正了不起！大人名滿天下，連皇上都知道，跟貴省的一位翰林說：叫左某人出來給我辦事。果不其然，不做官則已，一做便是撫台。從來初入仕途，沒有一下子就當巡撫的；大人的恩遇，空前絕後。這也就是名歸實至的道理。」

這頂高帽子套在左宗棠頭上，頓時使他起了與天相接之感，彷彿在雲端裡似地，飄飄然好不輕快！不自覺地拈著花白短髭，引杯笑道：「雖蒙過獎，倒也是實情。一介舉人而入仕便是封疆大吏，這個異數，老夫獨叨，足令天下寒儒吐氣！雪翁，來，來，我敬你一杯！」

就這杯酒交歡之間，左宗棠與胡雪巖的情誼又加深了；深到幾乎可以推心置腹的地步。因而說話亦越發無所隱諱顧忌。談到咸豐曾向湖南一位翰林表示，「叫左某人出來給我辦事」時；胡雪巖問說，這位翰林可是現任廣東巡撫郭嵩燾？

「正是他！」左宗棠的聲音不自覺地高了，似乎有些激動似地。

這使得胡雪巖不免困惑。因為他曾聽說過，郭嵩燾救過左宗棠；對於已有恩的故交，出之以這種的異樣口吻，聽來真有些刺耳。

左宗棠也是善於察言觀色的人，而且心裡也有牢騷要吐，所以很快地接下來問：「他跟我的淵源，想來你總知道？」

「知道得不多。」

「那麼，我來說給你聽。是咸豐八年的事……」

咸豐八年春天，湖南永州鎮總兵樊燮，貪縱不法，又得罪了勢焰薰天的「左師爺」，因而為左宗棠主稿上奏，嚴劾樊燮，拜摺之時，照例發炮；駱秉章坐在簽押房裡聽見聲音，覺得奇怪。看時候不是午炮，然則所為何來？

聽差的告訴他說：「左師爺發軍報摺。」

左宗棠在駱秉章幕府中，一向這樣獨斷獨行；因而又有個外號叫「左都御史」——巡撫照例掛兩個銜：一個是兵部右侍郎，便於管轄武官；一個是右副都御史，便於整飭吏治，參劾官吏。而「左師爺」的威權高過駱秉章，稱他「左都御史」是表示右副都御史得要聽他的。這一次參劾樊燮，駱秉章事前亦無所聞；此時才要了奏摺來看，措詞極其嚴厲，但也不是無的放矢，譬如說樊燮「目不識丁」，便是實情。既已拜摺，沒有追回來的道理，也就算了。

其時朝廷正倚任各省帶兵的督撫，凡有參劾，幾乎無一不准；樊燮就此革了職。只以左宗棠挾有私怨，大為不服，便向湖廣總督衙門告了一狀，又派人進京向都察院呈控，告的是左宗棠，牽連到駱秉章，說湖南巡撫衙門是「一官兩印」。

這是大案，當然要查辦。查辦大員一個是湖廣總督官文，另外一個是湖北鄉試的主考官錢寶青。官文左右已經受了樊燮的賄，形勢對左宗棠相當不利。幸虧湖北巡撫胡林翼，與官文結上一層特殊的關係——官文的寵妾是胡老太太的義女，所以連官文都稱胡林翼為「胡大哥」。這位胡老太太的義女，常對官文說：「你甚麼都不懂！只安安分分做你的官，享你的福；甚麼事都託付給胡大哥，包你不錯。」官文亦真聽她的話；所以胡林翼得以從中斡旋，極力排解，幫了左宗棠很大的一個忙。

「總而言之，郭筠仙平地青雲，兩年之間，因緣時會，得任封疆，其興也暴；應該虛心克己，以期名實相稱。不然，必成笑柄，甚至身敗名裂！我甚為筠仙危。」說到這裡，左宗棠忽然忍俊不禁了，「曾相道貌儼然，出語亦有很冷雋的時候了。前幾天有人到營裡來談起，說郭筠仙責備『曾滌生平生保人甚多，可惜錯保了一個毛寄雲。』這話傳到曾相耳裡，你道他如何？」

「以曾相的涵養，自然付之一笑？」

「不然，曾相對人說：『毛寄雲平生保人亦不少，可惜錯保一個郭筠仙！』針鋒相對，妙不可言。」

左宗棠說完大笑。胡雪巖亦不由得笑了，一面笑一面心裡在想，郭嵩燾做這個巡撫，可說四面受敵，虧他還能撐得下去！看起來是一條硬漢，有機會倒要好好結識。

左宗棠卻不知怎麼，笑容盡歛，憂形於色，「雪翁，」他說：「我有時想想很害怕！因為孤掌難鳴。論天下之富，蘇、廣並稱，都以海關擅華洋之利。如今江蘇跟上海有曾、李，廣東又為曾氏兄弟餉源。郭筠仙雖然官聲不佳，但如金陵一下，曾老九自然要得意；飲水思源，以籌餉之功，極力維持郭筠仙，亦是意中之事。照此形勢，我的處境就太侷促了！雪翁，你何以教我？」

這番話，左宗棠說得很鄭重，很深；胡雪巖亦聽得很用心、很細。話外有話，意中有意；是有關左宗棠的前程，也可能有關自己利害的一件大事，不宜也不必遽爾回答，便以同樣嚴肅的神色答道：「大人看得很遠；要讓我好好想一想，才能奉答。」

「好！請你好好替我想一想。」左宗棠又說：「不足為外人道。」

「當然！」胡雪巖神色凜然，「我不能連這個道理都不懂。」

「是，是，」左宗棠歉疚地，「我失言了。」

「大人言重。」胡雪巖欠一欠身子，「等著見大人的，只怕還很多，我先告辭。」

「也好！」左宗棠說：「以後你來，不必拘定時刻，也不一定要穿公服。還有，剛才我跟你談的那件事，不必急，且看看局勢再說。」

第九章

局勢的發展，在在出人意表。第一，常州在李鴻章部下郭松林、劉銘傳、周盛波、張樹聲、李鴻章及常勝軍戈登合力猛攻之下，於四月初六克復，接著久守鎮江的馮子材進克丹陽。大家都以為這兩支軍隊會師以後，一定乘勝西趨，直撲金陵，為曾國荃助攻。哪知李鴻章儘管朝旨催促，卻以傷亡過重，亟須整補為名，按兵不動。這是為左宗棠、胡雪巖所預料到的，李鴻章不願分曾國荃一心想獨得的大功，有意作態。

第二，是「天王」洪秀全忽然下了一道有如夢囈的「詔令」，說「即上天堂，向天父天兄，領到天兵，保固天京」。過了兩天，「天王」服毒自盡，實現了他「上天堂」的諾言。接位的是洪秀全的十六歲兒子，名叫「洪天貴福」，稱號喚做「幼天王」。

消息外傳，都知道曾國荃成大功在即，頗有人高吟杜少陵的「青春作伴好還鄉」，作亂後重整家園之計。而京裡重臣、京外督撫，有良心、肯做事的，亦都在默默打算，曾國荃一下金陵，太平天國十餘年的積聚，盡萃於「天王府」，足可用來裁遣將士，恢復地方；固然，金陵所得，必是用於江南及湘軍，但應解的協餉，可以不解，就等於增加了本地的收入。

像左宗棠就是打著一把如意算盤，認為曾國荃一克金陵，廣東便將復成浙江的餉源。他曾跟胡雪巖談過，到那時候，要專摺奏，派他到廣東去會辦釐捐。胡雪巖口頭一諾無辭，其實不當它一回事；在他看來，此事渺茫得很，只是不便掃左宗棠的興，所以只是唯唯敷衍而已。

在李鴻章所撥借的砲隊協攻之下，曾國荃所部在五月底攻占了「龍脖子」，其地在江寧城外東北的鍾山之巔，居高臨下，俯瞰全城。此地一失，「忠王」李秀成束手無策了。

曾國荃用兵，獨得一「韌」字；苦苦圍困到這般地步，要韌出頭了，更不肯絲毫怠慢，下令各營，由四面收束，直往裡逼，逼近城下，晝夜猛攻。而真正的作用是，藉無時或已的砲聲，遮掩他挖掘地道的聲響。

金陵圍了兩年，曾國荃從朝陽門至鍾阜門，挖過三十多處地道，有時是「落磐」，挖地道的士兵隨死隨埋，叢葬其中；有時是為長毛所發覺，煙薰水澆，死者論百計。有一次快成功了，地道內的士兵，忽然發現一枝長矛刺了下來；其實是長毛行軍休息，隨意將矛一插，而官軍輕躁沒腦筋，使勁將那枝矛往下拉，長毛始而大駭，繼而大喜，掘地痛擊，攻敗垂成，死了四百人之多：都是朱洪章的部下。

朱洪章是貴州人，也是曾國荃部下高級將領中，唯一的非湖南人。因為孤立其間，不能不格外賣力，免得遭受排擠。曾國荃亦很看重他，一直保到提督銜記名總兵，派他經理營務處。此時再挖地道，由他與記名提督河南歸德鎮總兵李臣典共同負責。

從六月初八開始，日夜不停，挖了七天才挖成，填塞炸藥，可以做最後的攻擊了。曾國荃問部下諸將：哪一營「頭敵」，哪一營「二敵」？

諸將默無一言。便按官職大小，個別徵詢。官階最高的是蕭孚泗，已經補上福建陸路提督，他依舊沉默，便只好問李臣典了。

李臣典倒願打頭陣，但要朱洪章撥一兩千精兵給他。朱洪章表示：「既然如此，不如我來當頭。」事情便這樣定局，還立了軍令狀，畏縮不前者斬！

六月十六日正午，由朱洪章下令施放炸藥。地道中的炸藥有三萬斤之多，進口之處用巨石封固；另外以極粗的毛竹伸入地道，內用粗布包炸藥填塞，作為引線，引線點燃以後，但聞地底隱隱如雷聲，卻不爆發。天空中的驕陽，流火爍金一般，炸藥絕無不燃之理；萬千將士揮汗屏息，等得焦灼不堪。這樣過了一個鐘頭之久，地底連那隱隱雷聲都消失了。

過去亦常有不能引發炸藥的情事，這一次看起來又是徒勞無功。各營將士，無不失望，正準備先撤退一批部隊，分班休息時；突然間，霹靂之聲大作，彷彿天崩地裂似地，太平門的一段城牆，約有二十多丈長，隨煙直上，聳得老高，成為聞所未聞的奇觀。

這有個說法。明太祖建都南京，洪武二年始建都城，徵發大量民夫，花了四年功夫，方始完工，周圍六十一里，不但比北平城周四十餘里、西安城周二十四里都大，而且亦是世界第一大城。

南京城不但大，而且高，平均都在四十尺以上。大與高之外，最大的特色是堅，城以花崗石為基，特為燒製的巨磚為牆；磚與磚之間，用石灰泡糯米漿水砌合。全城告成，再以石灰泡糯米漿水塗敷，所以在城外隨便指一處敲擊，都會顯出白印。五百年來刀槍不入、水火不侵的城牆，畢竟還敵不過西洋的炸藥；只是被炸以後，磚磚相砌，過於堅牢，所以才會造成二十餘丈長的整段城牆，飛入空中的奇觀。後來知道，這段城牆飛出一里多外，裂成數段落地，打死了數百人之多。

在當時，朱洪章奮身向前，左手執旗，右手操刀，大呼上城。於是九門皆破，有所謂「先登九將」，除朱洪章、李臣典、蕭孚泗以外，還有記名總兵武明良、熊登、伍維壽、提督張詩日、記名按察使劉連捷、記名道員彭毓橘。

捷報到京，自然要大賞功臣。據說文宗在日，曾有諾言：平洪楊者封王。但清朝自三藩之後，異姓不王，甚至封公爵的亦沒有。因此，親貴中頗有人反對實現文宗的諾言，形成難題。最後是慈安太后出了個主意，將一個王爵，析而為四，曾國藩功勞最大，封侯；其次是曾國荃，封伯；接下來是一個子爵、一個男爵，封了李臣典和蕭孚泗。

朝旨一下，朱洪章大為不服。論破城當日之功，他實在應該第一，首先登城，生擒偽勇王洪仁達，占領「天王府」。而曾國荃奏報敘功時，卻以李臣典居首；據說，當朱洪章占領「天王府」，看守到黃昏時分，李臣典領兵馳到，自道「奉九帥之命接防」。於是「天王府」歸李臣典的控制，看守到第二天上午八點鐘，光天化日之下，「天王府」無緣無故起火，燒得精光。事後曾國荃奏報，搜索「天王府」除了一顆偽璽以外，甚麼都沒有了。

李臣典敘功居首的奧妙是如此！朱洪章在「先登九將」中甚至不如蕭孚泗還落得一個五等爵

末位的「一等男」；他所得的恩典，是「無論提督總兵缺出，盡先提奏；並賞穿黃馬褂，賞給騎都尉世職」，雖亦不薄，但名列第三，太受委屈。

一口氣嚥不下，朱洪章去找「九帥」理論。曾國荃大概早有防備，應付之道甚絕，他說：「我亦認為你應居首功。但敘功的奏摺，是由我老兄拜發；聽說是他的幕友李某搗鬼。」說著，從靴頁子裡拔出一把雪亮的刀子，倒持著遞向朱洪章，「你去宰了那個姓李的。」

朱洪章為之啼笑皆非。但李臣典亦如黃粱一夢，錫爵之恩；黃馬褂、雙眼花翎之榮，竟不克親承寵命，恩旨到時，已經一命嗚呼。據曾國荃奏報，說他攻城時，「傷及腰穴，氣脈阻滯」，因而於七月初二日不治出缺。卻又有人說，李臣典死在「牡丹花下」——破城之日，玉帛子女，任所取攜；李臣典一日夜之間，御十數女子，溽暑不謹，得了「夾陰傷寒」，一命嗚呼！當然，這是私下的傳說；反正死因如出於床笫之間，真相是再也不能水落石出的。

蕭孚泗的封男爵，亦有一段故事。

當城破無可為計時，李秀成在亂軍中帶著一個親信書僮，出通濟門往東南方向逃走；目的是越過茅山，經溧陽、長興到湖州，與由杭州遁走的長毛會合。

走到一處叫方山的地方，撞見八個樵夫，其中有人認識他，卻確不定，便冒叫一聲：「忠王！」

李秀成一看行藏被人識破，便長跪相求：「哪位領路帶我到湖州，我送三萬銀子酬謝。」

說著，他與他的書僮都將袖子抹了上去；但見四條手臂上，戴滿了金鐲子；另外有一匹馬，馱著一隻箱子，看上去並不大，可是壓得馬的腰都彎了，可以想見其中裝的是金銀珠寶。

這八個樵夫見此光景，大起貪心，一方面想侵吞李秀成的錢財，一方面還想報功領賞。於是這八個人將李秀成主僕騙入山下的「澗西村」，公推一個姓陶的去向官軍報信，目的地是駐紮太平門外的李臣典營中，因為姓陶的有個同族弟兄是李臣典的部下，託他轉報，比較妥當。

姓陶的經過鍾山，又饑又渴；想起這裡是蕭孚泗的防區；營中有個伙夫，因為供應柴草的關係而熟識，不妨到他那裡歇腳求食。

姓陶的得意忘形，休息閒談之間，透露了生擒李秀成的經過。這個伙夫便轉告親兵，親兵轉報蕭孚泗，姓陶的便注定要做枉死鬼了。

一番祕密囑咐，將姓陶的好酒好肉款待；蕭孚泗自攜親兵二十多人，烈日下疾馳到澗西村，將李秀成手到擒來，價值十餘萬銀子的金銀珠寶，亦歸掌握。姓陶的被一刀斬訖，藉以滅口；不過蕭孚泗總算還有良心，沒有殺那個伙夫，給了他五顆上好的珠子，一匹好馬，暗示他連夜「開小差」，走得越遠越好。

蕭孚泗的得封男爵，就以生擒李秀成之功。曾國荃到後來才知道真相，吩咐賞那八家樵夫，每家一百兩銀子，結果為親兵吞沒大半，只拿出去一個「大元寶」——五十兩銀子，由八家均分。

如果李秀成真是為蕭孚泗憑一己之力所生擒，這分功勞，就真值得一個男爵了。因為「天京」雖破，「幼天王」未獲，只說已死在亂軍之中，對朝廷似難交代。幸好有個李秀成，論實際，其人之重要又過於「幼天王」，差可彌補元凶下落不明之失。

其時曾國藩已由安慶專船到江寧，撫循將士、賑濟百姓以外，另一件大事，就是處置李秀成，委派道員龐際雲、知府李鴻裔會審，李鴻裔，就是曾國荃向朱洪章所說「搗鬼」的「李某」。

從六月二十七到七月初六，十天的功夫，審問的時間少，李秀成在囚籠寫「親供」的時候多；每天約寫七千字，總計約七、八萬言。卻為曾國藩大刪大改，所存不過三分之一；方始奏報。其中談到城破以後，洪秀全兩個兒子的下落，說是「獨帶幼主一人，幼童無好馬，將我戰馬交與騎坐」。「三更之後，捨死領頭衝鋒，帶幼主衝由九帥攻倒城牆缺口而出。君臣數百人，捨命衝出關外，所過營塞，疊疊層層，壕滿壘固。幼主出到城外，九帥營中，營營炮發，處處喊聲不絕；我與幼主兩下分離，九帥之兵，馬步追趕，此時雖出，生死未知。十六歲幼童，自幼至長，並未騎過馬，又未受過驚慌，九帥四方兵進，定然被殺矣，若九帥馬步在路中殺死，亦未悉其是幼主，一個小童，何人知也？」

這段供詞，與曾國藩奏報「幼逆已死於亂軍之中」，有桴鼓相應之妙；不道弄巧成拙，反顯刪改之跡——「幼天王」未死，逃到湖州了。

在曾國藩封侯的同時，又有恩旨賞賚東南各路統兵大帥及封疆大臣；親王僧格林沁，加賞一貝勒；湖廣總督官文，賜封一等伯爵，世襲罔替；江蘇巡撫李鴻章一等伯爵；陝甘總督楊岳斌、兵部右侍郎彭玉麟賞給一等輕車都尉世職，並賞加太子少保銜；四川總督駱秉章、浙江提督鮑超，一等輕車都尉世職；西安將軍都興阿、江寧將軍富明阿、廣西提督馮子材，均賞給騎都尉世職。

東南大員，向隅的只有左宗棠和江西巡撫沈葆楨，上諭中特為交代：「俟浙贛肅清後再行加恩。」這雖是激勵之意，但相形之下，未免難堪；尤其是李鴻章封爵，使得左宗棠更不服氣。往深一層去想，曾國藩節制五省軍務，江西、浙江亦在其列；這兩省既未肅清，就是曾國藩責任未了，何以獨蒙上賞？

再有一件事，使左宗棠氣惱的是，江寧潰敗的長毛，只有往東南一路可逃；因而湖州一帶，本來打得很順利的，忽然增加了沉重的壓力。如果事先密商，曾國荃定於何時破城，進兵圍剿的策略如何？都能讓左宗棠知道，先期派兵填塞缺口，伏路攔截，又何至於讓潰敗的長毛，如山倒堤崩般湧過來？然則曾軍只顧自己爭功，竟是「以鄰為壑」了！

朝中當國的恭王，以及上獲信任，下受尊重，確能公忠體國，為旗人中賢者的軍機大臣文祥，卻不知東南將帥之間，存著如此深刻的矛盾；緊接著大賞功臣的恩詔之下，又有一道督責極嚴的上諭，讓左宗棠看了，更不舒服。

上諭中說：「江寧克復，群醜就殲，無逸出之賊」，這幾句話，便使左宗棠疑心，曾氏弟兄奏報克復江寧的戰功，不知如何鋪張揚厲，誇大其詞？因此對於後面「著李鴻章將王永勝等軍，調回長興，協防湖郡；左宗棠當督率各軍，會合蘇師，迅將湖州、安吉之賊，全行殄滅，克復堅城，勿令一賊上竄」的要求，越起反感。

「你看，」他對胡雪巖說：「曾氏兄弟，不但自己邀功，還斷了別人的建功之路。照字裡看，大功已經告成，浙江可以指日肅清；湖州長毛如毛，攻起來格外吃力，即使拚命拿下來，也討不了好。因為有曾氏兄弟先入之言，說江寧的『群醜就殲，無逸出之賊』；朝廷一定以為我們虛報軍功。你想，可恨不可恨？」

胡雪巖當然只有勸慰，但泛泛其詞，不能發生作用；而諜報一個接一個，盡是長毛的某「王」、某「王」，由皖南廣德，竄入浙江境界，越過天目山，直奔湖州的消息。最後來了一個消息，是難民之中傳出來的；飛報到杭州，左宗棠一看，興奮非凡。

這個報告中說：「幼天王」洪天貴福，在江寧城破以後，由「干王」洪仁玕、「養王」吉慶元、「譽王」李瑞生、「揚王」李明成「保駕」，六月廿一那天，到達廣德；然後由守湖州的「堵王」黃文金，在五天以後親迎入湖州城內，並且已得知「忠王」李秀成為官軍所獲的消息，所以改封洪仁玕為「正軍師」。

這一下，左宗棠認為可以要曾氏弟兄的好看了；當即囑咐幕友草擬奏稿，打算飛騎入奏，拆穿曾國藩所報「幼逆已死於亂軍」中的謊言。而正當意氣洋洋、解顏大笑之際，胡雪巖正好到達行轅，聽得這個消息，不能不掃左宗棠的興，勸他一勸。

「大人，這個奏摺，是不是可以緩一緩？」

「何緩之有？元凶行藏已露，何敢匿而不報？」左宗棠振振有詞地說。

胡雪巖知道用將帥互許、非國家之福的話相勸，是他聽不入耳的，因而動以利害，「我們杭州人有句俗語，叫做『自扳石頭自壓腳』，大人，你這塊石頭扳不得！」他說：「扳得不好，會打破頭。」

「這是怎麼說？」

「大人請想，這樣一奏，朝廷當然高興，說是『很好！你務必拿幼逆抓來；無論如何，不准漏網。抓到了，封你的侯』，大人，抓不到呢？」

「啊，啊！」左宗棠恍然大悟，「抓不到，變成元凶從我手中漏網了！」

胡雪巖是有意不再往下說。像左宗棠這樣的聰明人，固然一點就透，無煩詞費；最主要的，還是他另有一種看法使然。

他這一次上海之行，聽到許多有關曾氏兄弟和李鴻章的近況，皆由曾、李的幕友或親信所透露。有許多函札中的話，照常理而論，是不容第三人入耳的，而居然亦外洩了！這當然是曾李本人毫無顧忌，說與左右，深沉的只為知者道；淺薄的自詡接近大僚，消息靈通，加枝添葉，說得活龍活現，無端生出多少是非，也沒來由地傷害了好些人的關係，因為如此，胡雪巖對左宗棠便有了戒心。

他在想，這位「大人」的口沒遮攔，也是出了名的。如果自己為他設計，離間曾李之間的感情；說不定有一天，左宗棠會親口告訴別人如何如何。這豈非「治一經，損一經」；無緣無故得罪了曾、李，就太犯不著了！

而左宗棠有他這句話，已經足夠。當時很高興地，一疊連聲地說：「吾知之矣！吾知之矣！」

這樣的回答，在胡雪巖卻又不甚滿意；他希望左宗棠有個具體的打算說出來，才好秉承宗旨，襄助辦事。因而追問一句：「大人是不是覺得愚見還有可採之處？」

「甚麼愚見？你的見解太高明了！」左宗棠沉吟著說道：「不過，在我到底不是翻手為雲覆手為雨的人；而況李少荃一向為我……」

他也沒有再說下去，只是知道他平日言論的人，都能猜想得到，李鴻章一向為他所渺視。如今與他修好，彷彿有求於人似地，未免心有不甘。

胡雪巖認為從正面設詞規勸，與在私底下說人短處不同，即令密語外洩，亦是「檯面上」擺得出去的話，並無礙於自己的名聲，因而決定下一番說詞，促成左、李的合作。

「大人，」他有意問道：「如今唯一的急務是甚麼？」

「你是指公事，還是指我自己的事？」

「公事也是如此，大人的私事也是如此。一而二，二而一，無大不大的一件大事是甚麼？」

「自然是肅清全浙。」

「是，肅清全浙只剩一處障礙，就是湖州。拿湖州攻了下來，就可奏報肅清。那時候，大人也要封侯拜相了。」

「拜相還早，封侯亦不足為奇。果然膺此分茅之賞，我是要力辭的。」

胡雪巖不知道他這話是有感而發，還是故作矯情，反正不必與他爭辯，唯有順著他的語氣想話來說，才能打動他的心。

「大人這一著高！」他翹著大拇指說：「封侯不希罕，見得富貴於我如浮雲，比曾相、李中丞都高一等了。不過，朝廷如無恩命，大人又怎能顯得出高人一等的人品？」

「這話倒也是。」左宗棠深深點頭。

左宗棠終於鬆了口，胡雪巖也就鬆了口氣。至於如何與李鴻章合作？就不用他費心了；一切形勢，左宗棠看得很清楚，而且談用兵，亦不是他所能置喙的。他只提醒左宗棠一點，會攻江寧，李鴻章忤了朝旨，目前急圖補救，所以即使左宗棠不願與他合作，他自己亦會派兵進窺湖州，表示遵從朝廷所一再提示的，「疆臣辦賊，絕不可有畛域之分」的要求。

左宗棠亦實在需要李鴻章的支援。

第一是兵力。湖州已成為東南長毛的逋逃藪，殘兵敗將集結在一起，人數超過左軍好幾倍。而且逼得急了，會作困獸之鬥，絕不可輕視。

第二是地形。湖州四周，港汊縱橫，處處可以設伏邀擊，本是易守難攻之地；當年趙景賢孤城堅持，因勢制宜，將地形的利用，發揮到了極致。如今長毛守湖州的主將黃文金，亦非弱者；且假「幼主」洪天貴福瑱名號以行，指揮容易。而且湖州所貯存的糧食，據報可以支持一年，這又比趙景賢當時的處境好得多了。

這進取湖州的兩大障礙，都不是左宗棠獨力所能克服的；而亦唯有李鴻章可以幫助他克服這兩大障礙。論兵力，有蘇軍的協力，才可以完成對湖州的包圍——當然不是像曾國荃攻金陵那樣的四面包圍。如果採取這樣的方略，即使兵力部署上能夠做得到，亦是不智之舉；從古以來，圍城往往網開一面，因為不放敵人一條生路，必然做生死的搏鬥，就算能夠盡殲敵人，自己這方面的傷亡，亦一定是慘重無比。反過來看，留下一個縱敵的缺口，正可以激起敵軍的戀生之念，瓦解他的鬥志。而況在預先安排好的敵人逃生路上，可以處處設伏，反為得計。

論地形，湖州外圍的第一要隘是北面出太湖的大錢口；當年趙景賢雪夜失大錢，導致湖州的不守。以今視昔，情勢不殊，要破湖州須先奪大錢；而奪大錢，蘇軍渡太湖南下，比左軍迂道而北要方便得多。同時最大的關鍵是，攻大錢必須要用水師，而這又是左軍之所短，蘇軍之所長。

李鴻章當然要用他之所長，盡力有所作為，既以彌補常州頓兵之咎，亦以無負錫封爵位之恩。左宗棠自與胡雪巖深談以後，默默打算；自己這方面地利、人和都不及李鴻章，如果不能大包大攬，放下諾言，限期獨力攻克湖州，就不能禁止李鴻章馳驅前路，自北面攻湖州。兩軍不能合作，便成爭功的局面；李鴻章爭不過無所謂，自己爭不過，讓李鴻章喧賓奪主，那就一世英名付之流水了。

他想來想去，因人成事，利用李鴻章相助，是為上策。自己只要盡到了地主的道理，客軍不能不處處情讓，即使蘇軍先攻入湖州，李鴻章亦總不好意思，逕自出奏。只要光復湖州的捷報由自己手中發出，鋪敘戰功，便可以操縱了。

打定了主意，暫且做一個能屈能伸的大丈夫；左宗棠親自提筆，寫了一封極懇切的信給李鴻章，在商略掃蕩東南餘孽的策略中，透露出求援之意。李鴻章亦很漂亮，答應將他部下的「郭劉潘楊四軍」，全數投入湖州戰場。

郭劉潘楊——郭松林、劉銘傳、潘鼎新、楊鼎勳四軍，是淮軍的中堅；其實李鴻章投入湖州戰場的，還不止這四軍，另有以翰林從軍的劉秉璋，與曾國藩的小同鄉，江南提督黃翼升的水師，亦奉委派，分道助攻。李鴻章的心思與左宗棠大致相同，有意大張聲勢，將進攻湖州一役，看得不下如金陵之復，一方面像押寶似地，希望能俘獲「幼逆」、掘得「金穴」；一方面亦是有心掃掃曾軍的興頭。

在湖州的長毛，號稱二十萬，至少亦有六折之數；左李兩方，正規軍合起來不下八萬，加上隨軍的文員、夫役，總數亦在十萬以上。彼此旗鼓相當，發生惡戰是意中之事；但勝負已如前定，而且長毛敗退的情況，大致亦在估計之中。因為由於地形的限制，進取的方向，只能順勢而行。左宗棠所部由湖州東南、西南兩方面進逼；蘇軍則由東北、西北分攻，並從正北進扼大錢口，以防長毛竄入太湖。湖州的東面，是東南最富庶的地區，有重兵防守，而且東到海濱，並無出路；在湖州的長毛，唯一的出路，只是向西，如能衝過廣德，則江西有李世賢、汪海洋，都是長毛中有名的悍將，能會合在一起，或者還有苟延殘喘的可能。

戰場如棋局，不但敵我之間，爾虞我詐；就是聯手的一方，亦在鉤心鬥角——李鴻章畢竟還是下了一著專為自己打算的棋，將劉銘傳的二十營，陸續拔隊，指向浙皖之交；名為進攻廣德，斷賊歸路，其實是想攔截黃文金，俘「幼逆」，奪輜重。

湖州終於在七月二十六克復了。

如事先所估計的，黃文金果然開湖州西門遁走。大隊長毛分三路西竄，到了廣德，又分兩路，一路向皖南；一路是由黃文金帶著「幼逆」，由寧國過西天目山，經開化、玉山竄入江西境內。劉銘傳竄追不捨；其他各軍為了爭功，亦無不奮勇當先，連追五日五夜，長毛潰不成軍，黃文金死在亂軍之中了。

但是洪天貴福卻還是下落不明；比較可靠的傳說是由江西南下，打算與竄至廣東、福建邊境的李世賢、汪海洋會合。然後西趨湖北；與「扶王」陳德才聯結，自荊襄西入陝西，在關中另起一個局面。這當然是一把如意算盤；但即令打不成功，這樣竄來竄去，如與安徽、河南的捻匪合流亦是大可憂之事。因此，朝廷對兩次三番，窮追猛打，而竟未能捉住「幼逆」，置之於法，深為惱火。

更惱火的是左宗棠。「全浙肅清」的摺子已經拜發，而洪天貴福未獲，就不能算克竟全功，一時還難望分茅之賞。

辨明了「十萬軍」之說，再論糾參部下的責任，言詞更為犀利：「至云杭城全數出竄，未聞糾參，尤不可解。金陵早已合圍，而杭州則並未能合圍也；金陵報『殺賊淨盡』，杭州報『首逆實已竄出』也！」僅是這兩句話，便如老吏斷獄，判定曾國荃有不容賊眾逸出的責任，而曾國藩有謊報軍情的罪過。但在結尾上，卻又筆鋒一轉，故弄狡猾：「臣因軍事最尚質實，故不得不辯。至此後公事，均仍和衷商辦，臣斷不敢稍存意見，自重愆尤。」這段話是所謂「綿裡針」，看來戒慎謙和，其實稜角森然，句句暗隱著指責曾國藩的意思在內。

這通奏摺發出，不過半個月便有了回音。由恭王出面的「廷寄」，措詞異常婉轉，不說一時還不能封左宗棠的爵，卻說「左宗棠自入浙以來，克復城隘數十處，肅清全境，厥功甚偉。本欲即加懋賞，恐該督以洪幼逆未滅，必將固辭；一俟餘孽淨盡，即降恩旨。」是很明顯地暗示，左宗棠封爵，不過遲早間事。

關於他與曾國藩的爭辯，亦有溫諭：「朝廷於有功諸臣，不欲苛求細故。該督於洪幼逆之入浙，則據實入告；於其出境則派兵跟追，均屬正辦。所稱此後公事仍與曾國藩和衷商辦，不敢稍存意見，尤得大臣之禮，深堪嘉尚。朝廷所望於該督者，至大且遠；該督其益加勉勵，為一代名臣，以副厚望。」

上諭中雖未責備曾國藩，但是非好惡，已表現得很清楚。而許左宗棠以「一代名臣」，更是上諭中難得一見的字樣。總之這一場御裁的筆墨官司，左宗棠占盡上風；而與曾國藩的怨，自然也結得更深了。

曾左結怨，形諸表面的，是口舌之爭；暗中拚命抵拒的，是地盤之爭。而又像在夾縫中受擠、又像首當其衝的是曾國荃。

曾國荃的本職是浙江巡撫。用兵之時，為了鼓勵將帥，不按建制任職；此省大員在他省領兵，事所常有。但戰事告一段落，情形就不一樣了。

照常理而論，曾國荃即令破江寧以後有過失，到底百戰功高；應該讓他赴浙江巡撫本任，才是正辦。無奈左宗棠以閩浙總督兼署浙左巡撫，絕無退讓之意。而曾國藩為曾國荃告病，雖由於憂讒畏譏，以急流勇退作明哲保身之計；其實亦是看透了老弟有「妾身不分明」的隱衷，估量他絕不能到任，不如自己知趣。在朝廷卻又有左右為難之苦。一方面東南軍務結穴於湖州克復、全浙肅清，不能不敷衍左宗棠的面子；一方面卻又覺得真個讓簇新的一位伯爵，解甲歸田，不是待功臣之道。因此，對於曾國荃告病，一直採拖延著不做明確的處置；希望曾左之間，能夠消釋嫌怨，言歸於好，由左宗棠出面奏請交卸撫篆，飭令曾國荃到任。

這是個不能實現的奢望。朝廷看看拖著不是回事，決定成全曾國藩的心願，許曾國荃辭職。可是空出來的浙江巡撫這個缺，由誰替補？卻頗費斟酌。

朝廷也知道左宗棠的意思，最好是讓蔣益澧由藩司升任；而浙江藩司一缺，則由左宗棠保薦。無奈蔣益澧的資望還淺；並且這樣處置，在曾國藩的面子上太難看。朝廷調和將帥，絕不肯輕易予人以偏袒某人的印象，所以左宗棠的意願是不考慮的了。

要考慮的是：第一，新任浙江巡撫確需清廉練達的幹才，因為洪楊所蹂躪的各省，浙江被禍最慘，善後事宜亦最難辦，非清廉幹練，不足以勝任。第二，此人要與左宗棠沒有甚麼恩怨，而又能為曾國藩，甚至李鴻章所支持，然後浙江的善後事宜，才能取得鄰省的援助。第三，大亂已平，偃武修文，浙江巡撫是洪楊平後委派的第一員封疆大吏，也是恢復文治的開始，所以此人最好科甲出身。如果有過戰功，更為理想。

結果選中了一個很理想的人。此人名叫馬新貽，字穀山；先世是回回，從明太祖打天下有功，派在山東衛所當武官，定居曹州府荷澤縣，已歷四百餘年之久，因此，馬新貽除了信回教以外，徹頭徹尾是個山東土著。

在馬新貽的新命傳至浙江的同時；江西來了一個重要而有趣的消息，「幼逆」洪天貴福終於落網了。

收束平洪楊的軍務，卻還有相當艱鉅的戡亂大任需要部署。

恭王、文祥的計議，猶有三處叛亂要平服，才能臻於太平盛世。這三處叛亂是：第一是南竄的洪楊餘孽，第二是擾亂中原的捻匪，第三是荼毒生靈、為患西陲的回亂。

幸好人才之盛，冠絕前朝；恭王與文祥決定託付四個人去平這三處的叛亂。

第一個仍然是曾國藩。在十月初一曾國荃功成身退，率領裁撤的湘軍回湖南的同時，朝中有一道廷寄遞到江寧，說「江寧已臻底平，軍務業經蕆事，即著曾國藩酌帶所部，前赴皖鄂交界，督兵剿賊，務期迅速前進，勿少延緩」。這所謂「賊」，便是捻匪。

捻匪原以皖北為老巢，自經僧王全力攻剿，流竄到湖北、河南一帶。張洛行雖死，他的姪子張總愚亦非弱者；加以陳玉成的舊部賴文光由關中回竄，因為「天京」已破，成了喪家之犬，自然而然地與捻匪合流，大為猖獗。朝廷深知僧王的馬隊，追奔逐北，將捻匪攆來攆去的打法，並非善策；一旦疲於奔命，為捻匪反撲，非大敗不可。同時，又因為僧王的身分尊貴，連西宮太后都不能不格外優容，是位極難伺候的王爺，指授方略，則「將在外君命有所不受」；稍加督責又怕惹惱了他，索性獨斷獨行。因此，倒不如設法讓他交卸軍權，回京享福，才是公私兩便之計。

能代僧王指揮數省的，只有一個曾國藩。不僅威望足夠；而且他那「先求穩當，次求變化」，以靜制動，穩紮穩打的作風，亦正可救僧王之失。至於籌餉之責，朝廷也想到了一個必不可少的人。

這個人就是李鴻章。上諭派他接替曾國藩，暫署兩江總督；江蘇巡撫則調慈禧太后的恩人，漕運總督吳棠署理。上諭中雖未明言，曾國藩帶兵駐紮皖鄂交界，後路糧台由李鴻章負其全責；可是這樣部署的用意是很明白的，第一，曾、李師生，「有事弟子服其勞」，天經地義；第二，李鴻章帶兵，曾國藩替他籌過餉，如今曾國藩帶兵，自然該李鴻章籌餉；第三，兩江最富，是海內最主要的一處餉源，所以誰當兩江總督，都有籌餉的責任。

這樣的安排，就大局而言，不能算錯；只是委屈了曾國藩，便宜了李鴻章與吳棠，可也就顧不得那麼許多了。

再有一個是楊岳斌。他是與彭玉麟齊名的水師名將，本名楊載福；因為同治皇帝這一輩，玉牒譜系上第一字為「載」，不免有犯諱的不便，所以改名岳斌。當江寧未克復以前，他已升任陝甘總督；打算賦以敉平回亂的重任。回亂不僅生於陝甘，也生於雲南與新疆。雲南將次平服，而新疆方興未艾；朝廷寄望於新封子爵的鮑超，特降溫旨，認為新疆平亂，「非得勇略出群如鮑超者，前往剿辦，恐難壁壘一新」，所以命曾國藩傳旨鮑超，在他回籍葬親的兩月假期一滿，「即行由川起程，出關剿辦回亂。」恭王和文祥知道鮑超好名，特地拿乾嘉名將楊遇春，與他相提並論，很灌了一番米湯。

上諭中說：「從前回疆用兵，楊遇春即係川省土著，立功邊域，彪炳旂常。鮑超務當督率諸軍，肅清西陲，威揚萬里，以與前賢後先輝映。該提督忠勇性成，接奉此旨，必即遵行，以副朝廷委任。」話說得很懇摯，而命曾國藩傳旨，亦有暗示他幫著催勸之意。無奈曾國藩對湘軍的急流勇退，明哲保身，早有定算；鮑超是他的愛將，當然要加意保全，所以只是照例傳旨，並不勸駕。

再有一個朝廷寄以重望的，便是左宗棠。他是現任的閩浙總督，由江西瑞金為鮑超所敗，而竄入福建境內的李世賢、汪海洋兩大股，順理成章地該由他負責清剿。

左宗棠不是怕事的人，對此亦自覺當仁不讓，義不容辭；可是朝廷一連串的處置，卻使他既氣又急，憤憤不平。

首先大失所望的是，浙江巡撫派了馬新貽；蔣益澧落了空，也就等於是他失去了浙江這個地盤。其次是李鴻章調署兩江，名位已在己之上，使他很不舒服。復次是在江西的陝甘總督楊岳斌，奉旨迅即到任；朝廷責成浙江每月撥給陝甘協餉十萬兩，並先籌措八兩萬銀子，作為楊軍的開拔費用。

為此，左宗棠的肝火很旺，每日接見僚屬，大罵曾國藩、李鴻章和郭嵩燾。這樣罵了幾天，怒火稍減；想想既不肯辭官歸田，就得有聲有色地大幹一番。軍務是有把握的，就是餉源越來越絀，得要找個足智多謀的人，趁馬新貽未曾到任以前，好好籌畫妥當。

這個人自然非胡雪巖莫屬。「雪翁，」他說：「你看，擠得我無路可走了！你算算看，我該到哪裡籌餉？哪裡都難！」

兩個人將十五行省一個一個地算。除開窮瘠的省分，有餉可籌的富庶之地，都已為他人早著先鞭；江蘇、安徽是兩江轄區，曾李師弟的勢力，根深蒂固；江西沈葆楨，對待曾軍的前例，足以令人望而卻步；山東山西供應京餉，而且兩省巡撫閻敬銘、沈桂芬清剛精明，都不是好相與的人；湖北食用川鹽，在沙市設局徵鹽釐，收入相當可觀，可是官文是督撫中唯一的一個旗人，有理無理，皆受朝廷袒護，不容易打得進去；至於天府之國的四川，有駱秉章在那裡，顧念舊日賓主之誼，自然不好意思唱一齣「取成都」。

「福建窮得很；我能籌餉的地方，只有貴省與廣東了。廣東該給我的餉不給；可恨郭筠仙，心目中只認得曾滌生、李少荃。此恨難消！」左宗棠停了一下又說：「至於馬穀山，聽說倒還講理；不過既是曾滌生所保，又是李少荃的同年，不見得肯助我一臂。雪翁，你看我該怎麼辦？」

胡雪巖默然。因為他覺得自己的處境很難，左宗棠的知遇要報答；而浙江是自己的家鄉，為左宗棠設謀畫策，可不能挨地方父老的罵。

胡雪巖一向言詞爽利，而且不管天大的難事，一諾無辭；像這樣遲疑不答的情形，可說絕無僅有。左宗棠微感詫異，不免追問緣故。

「不瞞大人說，我很為難。大人現在只有浙江一個地盤，糧餉當然出在浙江，籌得少了不夠用；籌得多了，苦了地方。說起來是我胡某人出的主意；本鄉本土，我不大好做人。」胡雪巖又說：「如果大人兼署浙江巡撫，我還可以出出主意，截長補短，見機行事，總還兼顧得到。現在換了馬中丞，我又是分發江西的試用道，是大人奏調我在浙江當差；大人一離浙江，我當然不能再問浙江的公事，善後局的差使亦要交卸，何況其他？」

他一路說，左宗棠一路點頭，等他說完，做個「稍安毋躁」的手勢答道：「你剛才所說的情形，我完全清楚，我們要好好談談。萬變不離的宗旨是：雪翁，你仍舊要幫我的忙。怎麼個幫法，我們回頭再商量，現在先談你的難處；誠如所言，我現在只有浙江一個地盤，糧餉只有著落在浙江，而且要定一個確數，按月一定匯到，連日子都錯不得一天。雪翁，凡事先講理，後講情；情理都站得住，還爭不過人家，我當然也有我的手段。」

胡雪巖不知他最後這幾句話，意何所指？只能就事論事，問一聲：「大人預備定一個啥數目？」

「你看呢？」左宗棠放低了聲音說：「我們自己人，我告訴你實話：我的兵，實數一萬八千，不過籌餉要寬，照兩萬三千人算。」

胡雪巖的心算極快。士兵每人每月餉銀、軍糧、器械、彈藥、馬乾，加上營帳、鍋碗等等雜支，平均要五兩銀子；兩萬三千人就是十一萬五千兩。另加統帥個人的用途，文案、委員的薪水伙食，送往迎來的應酬費用，每個月非十五萬銀子不可。

這筆鉅數，由浙江獨力負擔，未免太重；胡雪巖便很婉轉地說道：「閩浙一家。福建撥給浙江的協餉，前後總計，不下三百萬兩之多；如今福建有事，當然要幫忙。而況大人帶的又是浙江的兵，理當由浙江支餉。不過，浙江的情形，大人是再明白不過的；如果能夠量出為入，事情就好辦了。」

成語是量入為出，胡雪巖卻反過來說，倒也新鮮；左宗棠便撚著八字鬍子，含笑問道：「何以謂之量出為入？倒要請教。」

「譬如一碗湯，你也舀，他也舀，到嘴都有限……。」

「啊！」左宗棠搶著說道：「我懂了！我亦本有此意。第一，陝甘的協餉，絕不能答應；第二，廣東解浙江的協餉，有名無實，我要奏請停撥。」說到這裡，他眼珠打轉，慢慢地笑了，笑得極其詭祕。

這一笑，大有文章。胡雪巖覺得非搞明白不可，便有意套問一句：「廣東的協餉是個畫餅，雖不能充飢，看看也是好的。」

「不然！奏請停撥，就是要讓朝廷知道，這是個畫餅。雪翁，」左宗棠突然興奮了，「你看老夫的手段！畫餅要把它變成個又大又厚，足供一飽的大麵餅。你信不信？」

「怎麼不信？」胡雪巖緊接著問：「大人變這套戲法，可要我做下手？」

「當然！少了你，我這套平地摳餅，外帶大鋸活人的戲法就變不成了。」

「大鋸活人」四字，雖是戲言，卻也刺耳，胡雪巖便用半開玩笑的語氣問道：「大人，你要鋸哪一個？」

「哪一個？」左宗棠有種獰笑的神色，「鋸我那位親家。」

胡雪巖駭然。他早知左宗棠跟郭嵩燾有心病，而此心病，不但未能由時光來沖淡，反有與日俱深之勢；但何至於說出「大鋸活人」這樣的話來？因此一時楞在那裡作聲不得。

左宗棠的臉上，也收起嬉笑之態，變得相當認真，眼睜得好大，嘴閉得好緊；但眼神閃爍，嘴唇翕動，竟似心湖中起了極大的波瀾似地。這就使得胡雪巖越發貫注全神，要聽他如何「大鋸活人」了。

「雪巖！」左宗棠第一次改口，以別字相呼，表示對胡雪巖以密友看待，「你的書讀得不多，我是知道的；不過『世事洞明皆學問』，照這一層來說，我佩服你。」

「不敢當。」胡雪巖有些侷促，但也很率直，「大人有甚麼話要說，儘管吩咐；拿頂『高帽子』套在我頭上，就有點吃不消了。」

「你我之間，何用要甚麼送高帽子的手段？我的意思是，我的為人，我的處世，只有你能明白五分；還有五分，你不但不明白，或許還會大不以為然。這就因為你少讀書；如果你也多讀過一點書，就會明白我那另外五分，而且諒解我不得不然，勢所必然！」

原來如此，胡雪巖倒有些受寵若驚了，「大人，」他說：「你老跟我談『大學之道，在明明德』，我是不懂的。」

「我不跟你談經，我跟你談史。雪巖，我先請問你兩句成語：『大義滅親』、『公而忘私』怎麼講？」

胡雪巖無以為答，覺得也不必答，老實回覆：「大人不要考我了。就從這兩句成語上頭，談你老的打算。」

「我不是考你，我的意思是，我的行事，照世俗之見，或許會大大地罵我。不過，我的行事，於親有虧，於義無悖；於私有慚，於公無愧。這都非世俗之見所能諒解，而只有讀過書的人，才會在心裡說一聲：左某人命世之英，不得不然。」

這段話很掉了幾句文，不過胡雪巖也大致還能聽得懂；而且聽出意思，他對郭嵩燾要下辣手了！所想不通的是，他有何辣手可對郭嵩燾？

他的疑問，立刻得到了解答；左宗棠起身坐在書桌前面，伸毫鋪紙，很快地畫成一幅地圖，在那些曲線、圓點之中，寫上地名；胡雪巖看出是一幅閩粵交界的形勢圖。

「李世賢在漳州。漳州是九月十四淪陷的，總兵祿魁陣亡；汀漳龍道徐曉峰殉難。李世賢大概有八千多人，不可輕敵。」左宗棠又指著長汀、連城、上杭這三角地帶說：「汪海洋在這一帶；照我的看法，他比李世賢更凶悍。然而，不足為慮，賊不足平！雪巖，你這幾年總也懂得一點兵法了！你看李、汪二賊的出路在哪裡？」

這一下好像考倒了胡雪巖。他仔細看了半天，方始答說：「他們是由西面江西逃過來的；往東是出海，有好長一段路，再說沒有船也出不了海。北面呢，大人帶兵壓了下來，啊，」胡雪巖恍然大悟，很有把握地說：「這兩個長毛的出路，只有南面的廣東，嘉應州首當其衝！」

左宗棠深深點頭，拈髭微笑，「對，」他說：「嘉應州首當其衝！到了那時候充飢的就不是畫餅了！」

語中有深意。左宗棠沒有說下去，胡雪巖不便問——怕自己猜錯了，冒昧一問，是大大的失言。

誰知左宗棠毫不忌諱，真的拿胡雪巖當可共極端機密的心腹看待，「郭筠仙一直擔心曾滌生『驅寇入粵』，他沒有想到『驅寇入粵』的是他的親家。」他說：「雪巖，到那時候，又另是一番局面了。」

胡雪巖不自覺地打了個寒噤，覺得左宗棠的手段真是太辣了些！雖然，這正是他所猜想到的，但測度是測度，聽別人親口證實，感覺又自不同。

「雪巖，」左宗棠問道：「你倒說說看，到那時候是怎麼樣的一番局面？」

「是。」胡雪巖想了想說：「到那時候，朝廷當然借重大人的威望，拜欽差大臣，節制福建、浙江、廣東三省的軍務。郭中丞……」他沒有再說下去；意思是郭嵩燾在左宗棠「大鋸活人」的擺布之下，非吃足苦頭不可。

「不錯，此亦是勢所必然之事。到那時候，雪巖，我不會再累浙江了，不怕郭筠仙不乖乖替我籌餉。不過，」左宗棠沉吟了好一會，「也說不定！郭筠仙愚而好自用，怕他仍舊執迷不悟。」

「果然如此，大人又怎麼辦？」

「那就不能怪我了！可惜！」

前後兩句話不接氣，胡雪巖再機敏也猜不透他的意思；只以此事於減輕浙江的負擔，關係甚大，不能不追問：「大人，可惜些甚麼？」

「可惜，我夾袋裡沒有可以當巡撫的人物。」

這是說，如果將來郭嵩燾不能替左宗棠籌得足夠的餉，他不惜攻倒他派人取而代之。這樣做法，卻真是「公而忘私」、「大義滅親」了。

「到時候看吧！言之還早。」左宗棠對著他手繪的地圖凝視了好一會，突然拍案而起，「對，就是這麼辦！」

接著，左宗棠談了他的突如其來的靈感。他指著地圖為胡雪巖解釋，自己的兵力還不夠；倘或想用三面包抄的辦法，將長毛向廣東方面擠，相當吃力。萬一有個漏洞填塞不住，長毛一出了海，不管在福建或浙江的海面，自己都脫不了干係，豈不是弄巧成拙？

因此，左宗棠想請李鴻章的淮軍助以一臂。克復湖州之役，彼此合作得還滿意；如今再申前請，想來李鴻章不至於拒絕。

「不過，這話我不便開口。」左宗棠說：「如果是我出面相邀，就得替客軍籌餉；譬如他派一萬人，一個月起碼就得五六萬銀子，再加上開拔的盤纏，第一筆就非撥十萬銀子不可，實在力有未逮。倘或朝廷有旨意，讓淮軍自備糧餉，來閩助剿；我們至多備五萬銀子作犒賞，面子上也就很好看了。雪巖，你說，我這把如意算盤如何？」

「是好算盤。不過淮軍自備糧餉，恐怕李中丞不肯。他出餉，我們出糧；李中丞就沒話好說了，因為他的軍隊閒擱在那裡，一樣也是要發餉的。至於請朝廷降旨，只有請福建的京官在京裡活動。」

「那怕不行。」左宗棠搖搖頭，「福建京官，目前沒有身居高位的，說話不大有力量。閩浙唇齒相依。浙江在京的大老，雪巖你倒想想看，有甚麼人可託？」

「浙江在京的大老，自然要數許六大人；不過，他的吏部尚書交卸了。倒是他的大少爺，在南書房很紅；還有他一位姪少爺，是小軍機，專管軍務……」

「對！對！」不等胡雪巖話完，左宗棠便搶著說：「這條路子再好都沒有，請你替我進行。許家是杭州望族，你總有熟人吧？」

「他家的人很多，我倒認得幾位；不過像這樣的大事，也不好隨便亂託人。」胡雪巖想了一會說：「大人，我想到上海去一趟，去看許七大人。一面拿大人交辦的事託他，一面想拿許七大人搬到杭州，出面來辦善後。」

左宗棠想了一下，覺得胡雪巖這個辦法極好——所謂「許七大人」就是小刀會劉麗川起事之時的江蘇巡撫許乃釗；如今逃難在上海，他的胞兄，也就是胡雪巖口中的「許六大人」許乃普，以吏部尚書致仕，因為鬧長毛不能南歸；在京裡是浙江同鄉的「家長」。而且科名前輩，久掌文衡，京中大老，頗加尊禮。許乃普的長子許彭壽，是李鴻章的同年，也是道光二十七年丁未這一榜的會元；許乃普還有個胞姪許庚皋，在「辛酉政變」中出過大力，如今是極紅的「小軍機」——軍機章京領班之一，熟諳兵事，精於方略，對軍務部署有極大的發言權。所以走這條路子，路路皆通；必要時還可以請許彭壽以同年的交情，寫封切切實實的信給李鴻章，更無有不能如願之理。

至於將許乃釗請回杭州來主持善後，這也是一著非下不可的好棋。因為馬新貽一到任，胡雪巖有不得不走之勢；而要找替手，最適當的人選就是許乃釗。第一，他做過封疆大吏，科名是翰林出身，名副其實的「縉紳先生」；第二，馬新貽不僅是許乃釗的後輩，而且與他的胞姪許彭壽同榜，以「老世叔」的身分去看馬新貽，照例應受「硬進硬出」——開中門迎送的禮遇，這樣為地方講話就有力量得多了；第三，許乃釗公正廉潔，德高望重，足以冠冕群倫。

因此，左宗棠欣然接納胡雪巖的建議；而且自己表示，要親筆寫封很懇切的信，向許乃釗致意。

談完了公事談「私事」；而私事也就是公事：胡雪巖的出處。左宗棠打算將他調到福建；但不必隨他一起行動，專駐上海，為他經理一切。胡雪巖毫不遲疑地答應了下來。

從第二天起，左宗棠便照商定的步驟，積極開始部署；除了戰報以外，一連拜發了好幾道奏摺。第一道是：浙江的兵餉軍需，十分困難，自顧不暇；應該撥給陝甘的協餉，請飭戶部另籌改撥。第二道是，請飭新任浙江巡撫馬新貽，從速到任，至於馬新貽未到任前，浙江巡撫請由藩司蔣益澧「護理」。第三道是，奉旨撥解楊岳斌的「行資」八萬兩，於無可設法之中，勉強設法籌撥半數。

第四道奏摺與浙江無關——每到夏秋之交，戶部照例催各省報解「京餉」；京餉不止於發放在京八旗禁軍的糧餉，舉凡王公大臣、文武百官的廉俸，大小衙門辦公的經費，宗廟陵寢的祭祀費用；以及專供兩宮太后及皇帝私人花用，每年分三節呈上的「交進銀」，無不出在京餉之內，所以協餉可欠，京餉不可欠。福建欠海關稅銀十萬兩、茶稅二萬兩，上諭催解：「務於十二月內，盡數解齊。倘仍飾辭宕延，致誤要需，即由戶部查照奏定章程，指名嚴參。」

雖奉這樣的嚴旨，左宗棠仍要欠上一欠；因為非如此，不足以表示福建之窮，必須浙江接濟。當然，欠有欠的方法，不是硬頂可以了事的；左宗棠的方法是，哭窮之外，將他閩浙總督應得的「養廉銀」一萬兩，由票號匯到戶部，作為京餉報解。

第五道是請停止廣東解浙的協餉。主要的作用是藉此機會讓朝廷知道，廣東的協餉，對浙江來說是個「畫餅」。所以，停止的理由，不過「現在浙省軍務肅清，所有前項協餉，自應停止」這樣一句話；而「停止」以前的帳目，卻算得很清楚，從同治元年正月到這年八月，連閏共計三十三個月，廣東應解浙江協餉三百三十萬兩，可是實收僅二十八萬。其中由釐金所撥者是二十二萬兩；曾國藩奏道，廣東釐金開辦起至這年八月底止，共收一百二十萬，是則浙軍「所得不過十成之二」。

第六道是部署到福建以後的人事。奏摺的案由是「辦理餉需各員，請旨獎勵」；附帶請求調用。其中當然有胡雪巖，他本來是「鹽運使銜」的「江西試用道」；左宗棠奏請「改發福建以道員補用，並請賞加按察使銜」，這報獎的文字，看來並不如武官的「請賞戴花翎」、「請賞加巴圖魯稱號」來得熱鬧起眼，其實是幫了胡雪巖很大的一個忙，因為由「試用道」改為「以道員補用」，只要一准，立刻可以補任何實缺；而「賞加按察使銜」，便可以署理臬司，成為實缺道員更上層樓的「監司大員」。在左宗棠來說，這一保，起碼等於三年的勞績。

不過左宗棠拜發這道奏摺時，胡雪巖並不知道；因為他人已到了上海。拿著左宗棠的親筆函件去見「許七大人」，談得十分融洽。將左宗棠所託之事，一一辦妥；只不過耽擱了兩夜，陪老母談一談劫後的西湖，與古應春盤桓了半天，便即原船回到杭州。

回到杭州，第一個要想見他的不是左宗棠，而是藩司「護理撫篆」的蔣益澧；他早就派人在阜康錢莊留下話，等胡雪巖一到，立刻通知，以便會面。

「雪翁，」與胡雪巖見著了面，蔣益澧哭喪著臉說：「你非幫我的忙不可！大帥交代下來了，浙江每個月解福建協餉二十萬兩；按月十二號匯出，遲一天都不准。這不是強人所難嗎？」

聽得這話，胡雪巖也嚇一跳。洪楊之亂，浙江遭劫特深；滿目瘡痍，百廢待舉，何來每月二十萬兩銀子，供養入閩之師？當時估計，每月能湊十萬兩銀子，已經至矣盡矣；不想左宗棠獅子大開口，加了一倍，而且日子都不准拖，這就未免太過分了。

「雪翁，」蔣益澧又說：「於公於私，你都不能不說話，私，老兄在大帥面前言聽計從；公，俗語說的『羊毛出在羊身上』，真是逼得非解這個數目不可，只有讓地方受累。雪翁，你也於心不忍吧！再說，我到底不過是藩司。」

最後這句話，才是蔣益澧真正的苦衷。目前巡撫的大印握在手裡，令出即行，辦事還容易；等馬新貽一到任，認為協餉數目太大要減，他當藩司的，不能不聽命。而另一方面左宗棠又是一手提拔他的恩主，且有承諾在先，不能不維持原數。這一下豈非擠在夾縫裡軋扁了頭？

想了一會，胡雪巖覺得這個麻煩非攬下來不可，便點點頭說：「好的。我來想辦法。」

「這一來有救了！」蔣益澧如釋重負，拱拱手問說：「雪翁，諒來胸有成竹了。是何辦法，可以不可以先聞為快？」

「當然，當然！原要請教。」胡雪巖答說：「第一，我想請左大人酌減數目。」

「酌減？」蔣益澧問：「減多少？」

「總得打個七折。」

「打個七折，每月亦還得要十四萬兩。」蔣益澧說：「如今軍務肅清，我這個藩司不必帶兵打仗，要在本分上做點事。你看……」

蔣益澧細數他該做的事，最有關國計民生的要政，便是興修水利。浙江全境皆是土田，近山者瘠，近水者腴。兼以蠶絲之利，首重栽桑；而桑樹的栽培灌溉，與水田的要求，沒有甚麼兩樣。所以自古以來，在浙江做官，而遺愛在民，久留去思的，無不是因為在水利方面大有成就之故。

浙江的水利重在浙西，浙西的水利又重在海塘。乾隆六次南巡，都以巡視浙江海塘為名，可以想見其關係的重大。海塘欲求完固足以捍禦海潮，須用石塘；洪楊作亂以來，海寧一帶的石塘沒有修過，日漸坍圮，現在要及時修復，估計費用須上百萬銀子；迫不得已，只有先辦土塘，暫且將就。

「就是辦土塘，亦要三十萬銀子。土塘料不貴，人工貴；大亂之後，壯丁少了，就是人工貴。」蔣益澧說：「雪翁，這件事我亦要跟你好好商量；怎麼得籌一筆款子，拿海塘修一修？萬一海塘潰決，可是件不得了的事，一想起來，我真連覺都睡不著。」

聽蔣益澧這樣表示，即令是矯飾之詞，胡雪巖亦覺得十分可敬。「三代以下唯恐不好名」，他的本心不必問。只聽他的語氣是想做好官；正不妨與人為善，趁此機會捧他一捧、扶他一扶，拿他逼到好官的路上，亦正是地方之福。

想到這裡，他毫不遲疑地答道：「請放心。我來策畫一下，大家量力捐辦，不是難事。」

「那就再好沒有。」蔣益澧很欣慰地，「還有西湖的疏濬，也不能再拖了。西湖水利，關乎杭州、海寧的水田灌溉；明年春天以前，一定要整理好，這也得好幾萬銀子。雪翁，你倒想，我這個藩司難做不難做？有啥開源之道，真要好好向你請教。」

「如今只有在鹽上動腦筋。」胡雪巖答說：「倘能照我的辦法，可以救得一時之急，一年半載，福建軍務，告個段落；浙江不必再負擔協餉，那時候就輕鬆了。」

「我也是這麼想。不過，鹽法我不大懂，大帥倒是內行。」

「左大人是內行？」胡雪巖很驚異地問。

「這也無足為怪的。雪翁，你莫非不知道？大帥是陶文毅公的兒女親家。」

「啊！啊！原來如此！」

胡雪巖恍然大悟，左宗棠對鹽法內行，淵源有自。在他廿六歲時，兩江總督陶澍在江西閱兵事畢，請假順道回湖南安化原籍掃墓；經過醴陵，縣官照例「辦差」，布置公館時，請主講醴陵淥江書院的左宗棠，做了一副對聯，陶澍一見，激賞不已；問知縣官，出自左宗棠的手筆，當時便請來相見。

果然，一談到浙江的鹽務，左宗棠立即表示，在他交卸浙江巡撫兼職以前，有幾件必辦的事，其中之一就是整頓浙江鹽務，改引行票，打算從同治四年正月起，先試辦一年。

「我的辦法，一共四款：第一是緝私，第二是革浮費，第三是減價，第四是清查煎鹽的灶戶。至於鹽課收入，全數提為軍餉；除去開銷每個月至少有十萬銀子，夠我一半的數目了。」

這就是說，左宗棠援閩之師，每個月要浙江負擔二十萬兩的餉銀。與蔣益澧的話，完全相符。胡雪巖很沉著，暫且放在心；先談鹽務。

「大人這四款辦法，後面三條是辦得到的；就是緝私有些難處。浙鹽行銷松江；松江是江蘇地面，鞭長莫及。這一層可曾想過？」

「當然想過。」左宗棠答道：「我正要跟你商量，你不是跟我提過，有個松江漕幫的首腦，人很誠樸能幹嗎？他肯不肯幫幫浙江的忙？」

「此人姓尤，只要大人吩咐，他一定樂予效勞。」胡雪巖問道：「就不知道這個忙怎麼幫法？」

「自然是帶隊伍緝私。」

胡雪巖是明知故問；等左宗棠有了答覆，因話答話，故意搖搖頭說：「這怕辦不到。他本人是個『運子』，不是官兒的身分；說到規矩，見了把總都要尊稱一聲『總爺』。大人請想，他怎麼帶隊伍？就算他肯帶，分撥過去的官兵，也不服他的指揮。」

「這話倒也是。」左宗棠躊躇了，「不過，若非帶隊伍緝私，又有甚麼可以借重他之處？」

「漕幫的底蘊，大人向來深知。尤某的手下，都聽他一句話；如果有個名義，對松江一帶的緝私，成效是一定有的。」

「喔，我明白了。」左宗棠想了一會說：「這樣辦也沒有甚麼不可以；讓尤某自己去招人，當然也不能太多，招個兩三百人，保尤某一個官職，讓他管帶。這件事，我交代鹽運使去辦；尤某那裡，請你去接頭。至於餉銀公費，一概照我營裡的規矩，由鹽務經費裡面開支。」

胡雪巖很高興；這不但為尤五找到了一條出路，而且於公事亦有裨益，所以欣然應諾。然後談到蔣益澧所託之事，亦就是浙江按月協解福建餉銀的數目。

「從前浙江靠福建協餉，前後用過三百萬之多；如今浙師援閩，餉銀自然應該由浙江接濟。大人是怎麼個主意，請交代下來，好趁早籌畫。」

「我已經跟薌泉談妥當了，浙江每個月接濟我二十萬。」

「二十萬不多，只恨浙江的元氣喪得太厲害！」胡雪巖故意沉吟了一會；然後突如其來地問說：「大人是不是打算到了福建，要奏調蔣楊兩位去幫忙？」

這話問得左宗棠莫名其妙，立即答說：「我並沒有這樣的打算。而且蔣楊兩位，也巴結到監司大員了，一則福建無可位置；二則，朝廷也未見得會准。再說，我又何苦為馬穀山鋪路，騰出這麼兩個緊要缺分，好方便他援引私人？」

這番回答，原在胡雪巖意料之中；尤其是最後一點，更有關係——蔣益澧留任浙江藩司，並保楊昌濬為浙江臬司，原是左宗棠所下的一著「先手棋」，用來箝制馬新貽，保護他在浙江的餉源，豈有自我退讓？而胡雪巖所以明知故問，亦正是因話答話，好引入正題的一種手法。

「這就是了！但願蔣楊二公，安於其位，就等於大人仍舊兼攝浙江撫篆一樣。不過，大人，我有句話，只怕忠言逆耳。」

「不要緊，你我無話不可談。而況你必是為我打算的好話。」

「是，我是替大人打算；細水長流，穩紮穩打。」胡雪巖很從容地答說：「浙江的收入不但有限，而且沒有確數可以預估。地丁錢糧，已經奉旨豁免；鹽課收入，總要明年春末夏初，才有起色；米捐要看鄰省肯不肯幫忙？靠得住的，只有釐金；市面越來越興旺，收數自然越來越多，但也要看經手人的操守。至於支出，第一是善後，第二是海塘，都要大把花銀子。大小衙門，文武官員的經費俸祿，更不能不籌；地方上總也還要養些兵。大人倒想一想看，倘或每個月先湊二十萬銀子解糧台，藩庫一清如洗，甚麼事都動不了，蔣薌泉這個藩司，怎麼還當得下去？」

「這，」左宗棠呆了半晌，方始說下去，「這也不至於如你所說的那樣子艱窘吧？」

「當然。我是說得過分了一點。不過，大人，請你也要替馬中丞想一想；人家剛剛巴結到方面大員，自然也想做番事業。如果處處捉襟見肘，動彈不得，那時候怎麼辦？只有逼蔣薌泉；逼蔣薌泉就是逼大人。」胡雪巖停了一下又說：「從前江西沈中丞是曾中堂一手提拔的，本省的釐金說截留就截留，朝廷也不曾責備他耽誤了曾家弟兄的『東征』。馬中丞為人雖不如沈中丞那樣子剛烈，然而也不是肯得過且過的人。」

提到沈葆楨與曾國藩交惡的往事，左宗棠不能不起警惕之心。他是最講究利害關係；冷靜思量，馬新貽的腳步站得很穩，亦無弱點可攻，果然為此有所爭執，自己不見得能占上風。而且一鬧開來，蔣益澧首當其衝；他一調離了浙江，每月又何有二十萬銀子可得？

轉念到此，便心平氣和地問道：「那麼，雪巖，你說呢？我該怎麼辦？」

胡雪巖率直答道：「只有減個數目。」

「減多少呢？」左宗棠問。

「這我就不敢說了。」胡雪巖答道：「唯有請大人交代下去，官兵弟兄先委屈些；只要局面一好轉，必然補報。」

「好！」左宗棠點點頭，「我也不忍太累浙江；就照你的意思，讓糧台重新核算，減到減無可減為止。不過，雪巖，我的處境你是知道的，一直孤立無援；總要打開一條出路才好。」

「是！」胡雪巖毫無表情地應聲。

「你要大大地幫我的忙！」左宗棠問道：「你看，我的出路該怎麼打？」

「大人不是已有成算了嗎？」

那是指謀取廣東而言。左宗棠微微皺著眉說：「驅郭不難，難在孰可取代？薌泉的資望，當方面之任，總嫌不足。萬一碰個釘子，我以後就難說話了。這一層關係很大，沒有把握以前，我不便貿然動手。然而，這話又不能向薌泉透露。」

胡雪巖很用心地聽著；細細體會，辨出味外之味，蔣益澧如果想當廣東巡撫，還得另外去找一份助力。這也就是說，只要朝中有奧援，保證左宗棠將來舉薦時不會駁回；他是樂於出奏的。

想到這裡，便又自問：是不是該幫幫蔣益澧的忙？這個忙幫得上幫不上？前者無須多做考慮；能讓蔣益澧調升廣東巡撫，於公於私都大有好處。至於幫得上忙、幫不上忙？此時言之過早；反正事在人為，只要盡力，就有希望。

想停當隨即說道：「大人是朝廷柱石，聖眷一直優隆。我在上海聽京裡的人說起，恭王很看重大人，醇王尤其佩服。想當初，曾中堂可以保他督辦軍務有關省分的巡撫，如今大人又為甚麼不可以？至於說到鄭泉的資望，由浙藩升粵撫，亦不算躐等，馬中丞不就是個現成的例子？當然，廣東因為粵海關的收入與內務府很有關係，情形與他省不同；但是，只要京裡有人照應，亦不是沒有希望的事。」

「就是這話囉，要京裡有人照應！鄭泉在這一層上頭，比較吃虧。」

「就眼前燒起冷灶來，也還不晚。」

左宗棠深深看了他一眼；沉吟又沉吟，終於說了句：「你不妨與鄭泉談談！」

「是！」

「他的事要靠你。」左宗棠又說：「我更少你不得。你在我這裡，既不帶兵，又不管糧台；可是比帶兵管糧台更要緊。雪巖，等我一走，你也要趕緊動身，長駐上海；糧台接濟不上，要餉要糧要軍裝，我就只靠你一個人了！」

這份責任太重，胡雪巖頓感雙肩吃力；可是說甚麼也不能有所猶豫，便硬著頭皮答一聲：「是！大人請放心！」

「有你這句話，我真的可以放心了。」左宗棠舒了口氣，然後問道：「你有甚麼事，要我替你辦的？我預備月底動身，還有半個月的功夫。有話你趁早說。」

胡雪巖早就想過了，左宗棠一走，雖是蔣益澧護理巡撫的大印，有事仍舊可以商量得通；然而究竟不如託左宗棠來得簡捷有力。這半年的相處，自己從無一事求他；如今卻不能再錯過機會了。更何況是他先開口相問，倘再不言，反顯得矯飾虛偽，未免太不聰明。

有此了解，便決定「暢所欲言」；先使個以退為進的手法，「想求大人的事情很多，」他說：「又怕大人厭煩，不敢多說。」

「不要緊，不要緊！」左宗棠連連擺手，「一向都是我託你，欠你的情很多；你儘管說。」

「是！」胡雪巖說：「第一件，從前的王中丞，死得太慘。當時蒙大人主持公道，查明經過，據實參奏。不過這一案還沒有了，想請大人始終成全。」

「喔，」左宗棠有些茫然；因為事隔兩年有餘，記憶不清，只好問說：「這一案怎麼沒有了？」

「就是同治元年四月裡，大人所奏的『訊明王履謙貽誤情形』那一案……」

「啊，」左宗棠被提醒了，「你等一下。」

他掀開馬褂，從腰帶上去取鑰匙——鑰匙表示權威，大而至於「神機營」、「內務府」，被指定為「掌鑰」，即表示賦予首腦之任；小而至於一家大戶人家的管家——或者像紅樓夢中的王熙鳳，都以掌管鑰匙為實權在握的鮮明表示。只是鑰匙甚小，不足以顯示其權威的地位，所以多加上些附麗之物；通常都是「以多取勝」，弄些根本無用的鑰匙拴在一起；甚至弄個大鐵環串連，拎在手裡「鏘朗鏘朗」地響，彷彿「牢頭禁子」的用心，只要拎著那串鑰匙一抖動，就足以懾服群囚。

可是，真正能見鑰匙之重的，卻往往只有一枚，左宗棠亦是如此，他只有一枚鑰匙，用根絲繩子穿起，掛在腰帶上；此時往外一拉，以身相就，湊近一個書箱，打開來取出一大疊紅簿冊；胡雪巖遙遙望去，只見上面寫著四個大字：「奏稿留底」。

檢到同治元年四月的那一本，左宗棠戴上墨晶老花眼鏡細看了一遍，方始發問：「雪巖，你說此案未了，未了的是甚麼？」

「請大人再檢當時的批迴，就知道了。」

批迴一時無從檢取，左宗棠答說：「想來你總清楚，說給我聽吧！」

「是！」胡雪巖倒有些為難了。

因為當王有齡苦守杭州時，主要的餉源是在紹興；而在籍團練大臣王履謙，卻不甚合作。同時紹興有些擅於刀筆的劣紳，包圍王履謙，視王有齡以一省大吏徵餉為不恤民困，勒索自肥，無形中官民之間竟成了敵對的局面。

因此，紹興府知府廖宗元的處境極其困難；當長毛由蕭山往紹興進攻時，官軍的砲船與團練竟發生了衝突。兵力懸殊，寡不敵眾，廖宗元的親兵被殺了十二個，廖宗元本人亦被打破了頭。這本來是應該由王履謙去彈壓排解的，而居然袖手旁觀。不久，紹興淪陷，廖宗元殉難；而王履謙則先期逃到寧波，出海避難在福建。紹興不該失而失，以及王履謙的處處掣肘，不顧大局，使王有齡深惡痛絕，在危城中寄出來的血書，表示「死不瞑目」。胡雪巖亦就因為如此，耿耿於懷，一直想為王有齡報仇雪恨。

當然，就是胡雪巖不作此想，朝廷亦會追究杭州淪陷的責任，不容王履謙逍遙法外。第二年——同治元年春天，閩浙總督慶瑞奉旨逮捕王履謙，解送衢州的新任浙江巡撫左宗棠審問，覆奏定擬了充軍新疆的罪名。朝旨准如所講，算是為王有齡出了一口氣。

可是這一案中，首惡是紹興的富紳張存浩，誣賴廖宗元所帶的砲船通賊，以及殺親兵、打知府，都是他帶的頭。左宗棠在覆奏中說：「張存浩等因廖宗元催捐嚴緊，挾忿懷私，膽敢做出那些不法之事，罪不容赦。應俟復紹興府後，嚴拿到案，盡法懲處。」

如今不但紹興早已光復，而且全浙亦已肅清。可是嚴拿張存浩到案一節，卻無下文。胡雪巖所說的「這一案未了」，即是指此而言。

而此刻他的為難，卻是一念不忍。論到亂世中人與人的關係，誰負了誰，誰怎麼虧欠誰？本就是難說的一件事。事隔數年，而彼此又都是大劫餘生；似乎應該心平氣和，看開一步了。

他這臨時改變的心意，左宗棠當然不會猜得到，便催問著說：「既然你託我的事很多，就一件一件快說吧！不要耽誤功夫。」

這一下他不能不說實話了。口中談著，心中又湧現了新的主意；所以在談完原來的想法以後，接著又說：「張存浩雖可以請大人寬恩饒他，可也不能太便宜他。我在想，他也應該將功贖罪，罰他為地方上做些公益。大人看，是不是可行？」

「當然可行。」左宗棠問道：「此人家道如何？」

「從前是富紳；現在的情況，聽說也不壞。」

「那好！我來告訴薌泉，轉知紹興府，傳他到案；責令他量力捐輸，為地方上做件功德之事。」

「能這樣，於公於私都過得去了。至於兩次殉難的忠臣義士，善後局採訪事蹟，陸續稟報；亦要請大人早日出奏，安慰死者。」

「當然。這件事我在動身以前，亦是要做好的。」左宗棠又說：「你再講第二件。」

第二件是公私牽連，彼此有關的大事，胡雪巖從馬新貽的新命下達，浙江政局開始變動之初，就希望不再代理藩庫；無奈蔣益澧不肯放他，略一提到，便連連拱手，要求「繼續幫忙」。胡雪巖最重情面，不能不勉為其難。

「如今不同了。」胡雪巖談過前半段的衷曲，接著又說：「大人命我長駐上海，要糧要餉要軍械，緩急之際，唯我是問；這個責任太重，沒有餘力再為浙江藩庫效勞了。」

所謂「效勞」，就是青黃不接之際，得要設法墊款。左宗棠當然明白他的意思；但卻有不同的看法，「雪巖，浙江藩庫每個月要撥我十四萬協餉，由你的錢莊轉匯糧台。照這樣子，你代理浙江藩庫，等於左手交付右手，並不費事，何必堅拒呢？」他停了一下又說：「依我看，你代理浙江藩庫，對我有利無害；有款子收入，隨時可以撥解。如果前方有急用，你調度也方便。」

「不！」胡雪巖說：「第一，我既蒙大人奏調，歸福建任用，就不便再代理浙江的藩庫；其次，唯其管了大人這方面的供應，我要跟浙江劃分得清清楚楚。萬一將來有人說閒話，也不至於牽涉到大人的名譽。」

「承情之至！你真是處處為我打算。既然你一定堅持，我關照薌泉就是。」

得此一諾，胡雪巖如釋重負。因為整個情況，只有他看得最清楚；援閩之師的協餉雖已減去六萬，對浙江來說，仍是極重的負擔。新任巡撫蒞任後，自必有一番新猷展布，縱不能百廢俱舉，光是整修海塘，便須一筆極大的經費。眼前霜降已過，河工是「報安瀾」的時候；一開了年，可就要立刻動手了！不然從「桃花汛」開始，春夏之交，洪水大漲，可能招致巨禍。那時的藩庫，豈是容易代理的？

當然，海塘經費他可以表示無力代墊；但如馬新貽說一句「那麼福建的協餉請胡道台的錢莊墊一墊」，不論於公於私，他總是義不容辭的吧？事實確是如此，而且即使不代理浙江藩庫，他亦仍得為左宗棠墊款。只是同為一墊，說法不同。

在浙江來說，既是代理藩庫，理當設法代墊；在左宗棠來說，胡雪巖是為浙江墊款，他不必見情。這一來落得兩頭不討好。倘或浙江解不出協餉，跟他情商代墊，那是私人急公好義；馬新貽會感激，左宗棠亦會說他夠朋友。而最要緊的是，浙江藩庫向他的錢莊借款，有擔保，有利息，不會擔甚麼風險。

「還有甚麼事？你索性此刻都說了吧？」

「不敢再麻煩大人了。」胡雪巖笑嘻嘻地說：「其餘都是些小事，我自己料理得下來。」

話雖如此，胡雪巖經管的公事太多；自己的生意，除錢莊以外，還有絲茶；加上受人之託，有許多閒事不能不管。如今政局變動，又受左宗棠的重託，要長駐上海；在浙江的公私事務，必得趁左宗棠離浙、馬新貽未到任這段期間內，做個妥善的安排。因而忙得飲食不時，起居失常，恨不得多生一張口，多長一雙手，才能應付得下來。

在這百忙裡，左宗棠還是時常約見，有一天甚至來封親筆信，約他第二天上午逛西湖；這下，胡雪巖可真有些啼笑皆非了！但亦不能不踐約；只好通宵不睡，將積壓已久，不能不辦，原來預定在第二天上午必須了結的幾件要緊事物，提前處理。到曙色將透之時，和衣打個盹；睡不多久，一驚而醒，但見是個紅日滿窗的好天氣，急急漱洗更衣，坐上轎子飛快地直奔西湖，來赴左宗棠的約會。

轎子抬過殘破的「旗營」，西湖在望；胡雪巖忽然發現沿湖濱往北的行人特別多。當時喚跟班去打聽，才知道都是去看「西洋火輪船」的。

胡雪巖恍然大悟，並非有逛西湖的閒情逸致，只是約他一齊去看小火輪試航——這件事胡雪巖當然也知道。早在夏天，就聽左宗棠告訴過他，已覓妥機匠，試造小輪。他因為太忙，不暇過問；不想三、四個月的功夫，居然有了一艘自己製造的小火輪。這是一件大事！能造小輪船，就能造大輪船；胡雪巖的思路很寬也很快，立刻便想到了中國有大輪船的許多好處。越想越深，想得出了神，直到停轎才警覺。

下轎一看，是在西湖四大名剎之一的昭慶寺前。湖濱一座篷帳，帳外翎頂輝煌，刀光如雪；最觸目的是夾雜著幾名洋人，其中一個穿西裝；一個穿著三品武官服色，大帽子後面，還綴著一條假辮子。胡雪巖跟他們很熟，這兩個洋將都是法國人，一個叫日意格，已改武就文，被委充為寧波新關的稅務司，所以換穿便服；另一個叫德克碑，因軍功保到參將，願易服色，以示歸順，頗為左宗棠所器重。

看到湖中，極粗的纜繩繫著一條小火輪，已經升火待發。胡雪巖亦隨眾參觀，正在指點講解時，左宗棠已經出帳；在文武官員肅立站班的行列中，緩緩穿過，直到湖邊站定，喊一聲：「請胡大人！」

胡雪巖被喚了過去，行完禮，首先道歉：「沒有早來伺候。」又笑著說：「曾中堂、李中丞都講究洋務，講究堅甲利兵，現在都要落在大人後頭了。」

這句話恭維得左宗棠心花大開，「我就是要他們看看！」他摸著花白短髭點頭，「所以我特意要請你來看，只有你懂得我的用意。」

胡雪巖不敢再接口，因為隨口恭維，無甚關係。一往深處去談，不知道左宗棠到底有甚麼主意；而且他自己對此道亦還不甚了解，不如暫且藏拙為妙。

好在此刻亦不是深談的時候，主要的是要看。一聲令下，那條形式簡陋的小火輪，發出「卜卜卜」的響聲，激起船尾好大一片水花；但機器聲時斷時續，就像衰邁的老年人咳嗽那樣，有些上氣不接下氣的模樣。

這時在湖邊屏息注視的官員、士兵、百姓，不下上萬之多，都為那條只響不動的小火輪捏把汗，唯恐它動不了，四名負責製造的機器匠，更是滿頭大汗，不斷地在艙中鑽進鑽出；忙了好半天，終於聽得機器聲音響亮了起來，而且節奏勻淨。然後驀地裡往前一衝，胡雪巖情不自禁地說了句：「謝天謝地，動了！」

動是動了，卻走不快；蹣蹣跚跚，勉強拖動而已。費了有兩刻鐘的功夫，在湖面上兜了個圈子，駛回原處。承辦的一名候補知府，領著戴了紅纓帽的機器匠來交差；臉色很深沉的左宗棠，仍舊吩咐，賞機器匠每人二十兩銀子。

大家看左宗棠不甚滿意，都覺得意興闌珊；胡雪巖也是如此。站班送走了左宗棠，急急趕回城去忙自己的公私事務。哪知到得傍晚，左宗棠又派了戈什哈持著名片來請，說的是：「大帥要等胡大人到了才開飯。」

到了行轅，很意外地發現兩位客卿都在，此外就是一個姓蔡的通事。胡雪巖先見左宗棠；然後與德克碑、日意格行禮，彼此一揖，相將入席。左宗棠雖是主人，仍據首座，左右兩洋將，胡雪巖下首相陪；蔡通事就跟戈什哈一樣，只有站立在左宗棠身後的分兒子。

「辦洋務要請教洋人。」左宗棠對胡雪巖說：「我請德參將與日稅務司下船看過，說仿製的式樣，大致不差，機器能夠管用，就很難為他們了。不過，要走得快，得用西洋的輪機。德參將正好有本製船的圖冊，你不妨看看。」

「是！」胡雪巖試探著問：「大人的意思是……？」

「你先聽聽他們的說法。」左宗棠答非所問；然後略略回頭，囑咐蔡通事：「你問他們，我想造輪船機器，他們能不能代雇洋匠？」

於是蔡通事用法語傳譯。德克碑與日意格立即作答，一個講過另一個講；舌頭打捲，既快且急，顯得十分起勁。

「回大帥的話，」蔡通事說道：「德參將與日稅務司說，不但可以代雇洋匠，而且願意代辦材料，設廠監造。如果大人有意，現在全浙軍務告竣；德參將打算退伍回國，專門為大人奔走這件事。」

「喔！」左宗棠點點頭，向胡雪巖深深看了一眼。

胡雪巖會意，隨即向兩位洋客提出一連串的問詢；最著重的是經費。德克碑與日意格亦只知大概，並不能有問必答。不過洋人倒是守著中國「知之為知之，不知為不知」的古訓，絕不模棱兩可地敷衍。因此以胡雪巖的頭腦，根據已知的確實數字，引伸推比，亦能獲知全盤的概算。

這一頓飯吃到起更方散。左宗棠送走洋客，留下胡雪巖；邀到簽押房裡坐定，第一句話就說：「雪巖，我想自己造兵輪。」

胡雪巖嚇一跳，「這談何容易？」他說：「造一個船廠，沒有五十萬銀子下不來；造一條兵輪總也得二三十萬銀子——也不能為造一條兵輪設個船廠；不說多，算造十條，就是兩三百萬。閩浙兩省，加上兩江，也未見得有這個力量。」

「不錯！不過，你不要急；等我說完，你就知道我的打算不但辦得通，而且非如此打算不可。雪巖，」左宗棠顧盼自喜地說：「李少荃的學問，是從閱歷中來的，不過這幾年的事；他點翰林，不過靠一部詩經熟。我做學問的時候，只怕他文章還沒有完篇。說到汪洋大海中的艨艟巨舶，我從道光十九年起，就下過功夫……」

這年林則徐在廣東查毀鴉片，英國軍艦犯境，爆發了鴉片戰爭；也就是這一年，陶澍病歿在兩江總督任上，左宗遷居陶家，代為照料一切，得能遍讀印心石屋的遺書，凡唐宋以來，史傳、別錄、小說；以及入清以後的志乘、載記、官私文書，凡是有關海國故事的，無不涉獵。所以談到「汪洋大海中的艨艟巨舶」，他不算全然外行。

「如今洋人的火輪兵船，於古無徵；不過舉一反三，道理是一樣的。海船不可行於江河，不然必致擱淺。可笑的是，袞袞諸公，連這點淺近的道理都不懂，以致為洋人玩弄於股掌之上！說起來，李少荃的洋務，懂得實在也有限。」

這番話在胡雪巖聽來，沒頭沒腦，無從捉摸；他跟左宗棠的關係，已到熟不拘禮的程度，當即老實問道：「大人指的是哪件事？」

「不就是咸豐末年跟英國買兵輪那件事嗎？」

「喔，我想起來了，是有那麼一回事。當時杭州被圍，後來杭州失守，我在寧波生一場大病，一切都隔膜了；只知有這樣一件事，對來龍去脈，完全不清楚。」

「我很清楚。這重公案的始末經過，我細看過全部奏摺。可以約略跟你說個大概，是英國人李泰國與赫德搗鬼，英國代辦中號火輪三隻、小號火輪四隻，船價講定六十五萬銀子，李泰國擅作主張，一加再加，加到一百零七萬銀子。至於火輪到後，輪上官兵薪餉、煤炭雜用，每個月要用十萬銀子。這還不算，火輪上的官兵，都要由英國人管帶……」

「我打句岔，」胡雪巖截斷了話問：「這為了甚麼？」

「喏，你看看這個就知道了。」左宗棠真是有心人，已將前幾年購買英國兵輪的有關上諭與奏摺，抄輯成冊；這時隨手翻開一篇，遞給胡雪巖，讓他自己去細看。

這一篇抄的是同治二年五月間，總理各國事務大臣恭親王及文祥等人會銜的奏摺，一開頭就說：竊臣等前以賊氛不靖，力求制勝之方，因擬購買外洋砲船，以為剿賊之資，於咸豐十一年五月間專摺奏明，奉上諭：「東南賊勢蔓延，果能購買外洋砲船，剿賊必可得力，實於大局有益。」等因，欽此；遵即咨行各該督撫。

旋據兩江督臣曾國藩覆奏，「購買外洋船砲為今日救時第一要務。」

讀到這裡，就不必再往下看了。胡雪巖說道：「如用於剿賊，只須能航行長江的小砲艇；何至於要花到一百萬銀子？」

「就是這話囉！袞袞諸公瞶瞶不明，於此可見。你再看這一篇！」

左宗棠指給胡雪巖看的是，同治二年八月下旬曾國荃的一道奏摺，說的是：查前年廷旨購辦輪船七號，不惜鉅資，幸而有成，聞皆將到海口矣！唯近見總理衙門與洋人李泰國商定往復；除輪船實價百萬之外，所用西人兵士每月口糧七萬餘兩，每年大率不下百萬兩，俱於海關支扣。竊計國家帑藏空虛，倏而歲增鉅款，度支將益不給。當始議購買之時，原以用中國人力，可以指揮自如，且其時長江梗塞，正欲藉此巨器，以平鉅寇。自今夏攻克九洑洲，仰仗皇上威福，江路已通，江邊之城，僅金陵省會，尚未恢復；然長江水師，帆檣如林，與陸軍通力合作，一經合圍，定可剋期掃蕩。臣竊見輪船經過長江，每遇沙渚回互，或趨避不及，時有膠淺之虞。蓋江路狹窄，非若大海之得以施展如意。譬猶健兒持長矛於短巷之中，左右前後，必多窒礙，其勢之使然也。平時一線直行，猶且如此；臨陣之際，何能盤旋往復，盡其所長？是大江之用輪船，非特勢力少遜，究亦有術窮之時。今會其入江，實有不藉彼戰攻之力；若頓諸海口，則又安閒無所事事。

看到這裡，亦可以掩卷了。購造大輪船，非是為了剿匪；當曾國荃上此奏摺時，金陵將次合圍，蘇州亦正由李鴻章猛攻之中，大功之成，已有把握，曾國荃自然不想有人來分他的功。而況他所作的譬喻，如「健兒持長矛於短巷之中，左右前後，必多窒礙」，衡諸海輪行江的實況亦甚貼切。朝廷正以李泰國狡詐，難以與謀；得此一奏，當然會毅然決然地，打消此議。

「然而，今昔異勢，」左宗棠說：「福建沿海，非兵輪不足固疆圉、禦外敵。雪巖，你以為如何？」

「是！大人見得遠。」胡雪巖答說：「督撫擔當方面軍務；如今內亂將平，外患不可不防。倘或外人由閩浙海面進犯，守土之責，全在大人。如果不作遠圖，雖不至於鬧出葉大人在廣東的那種笑話來，可也傷了大人的英名。」

所謂「葉大人」是指「不戰不和不守，不死不降不走」，客死在印度的兩廣總督葉名琛。拿他作比，稍覺不倫；但就事論事，卻是前車可鑒。左宗棠很起勁地說：「你說得一點不錯！益見得我責無旁貸，雪巖，我決計要辦船廠。」

「只要經費有著，當然應該辦。」

「經費不必愁。當初購船，是由各海關分攤；如今當然仍照舊章。不過，閩浙兩海關，格外要出力。」

「那是一定的。不過……」胡雪巖沈吟著不再說下去了。

左宗棠知道，遇到這種情形，便是胡雪巖深感為難、不便明說的表示；可是他也知道，到頭來，難題在胡雪巖也一定會解消。最要緊的是，讓他無所顧慮，暢所欲言。因此，他出以閒豫的神態，「不必急，我們慢慢談。事情是勢在必行，時間卻可不限。」他神祕地一笑，「等我這趟出兵以後，局面就完全掌握在我手裡了；要緊要慢，收發由心。」

這最後兩句話，頗為費解；就連胡雪巖這樣機警的人，也不能不觀色察言，細細去咀嚼其中的意味。

看到左宗棠那種成竹在胸，而又詭譎莫測的神態，胡雪巖陡然意會；所謂「要緊要慢、收發由心」，是指入閩剿匪的軍務而言。換句話說，殘餘的長毛，他不但自信，必可肅清；並且肅清的日子，是遠是近，亦有充分的把握，要遠就遠，要近就近。

這遠近之間，完全要看他是怎麼樣一個打算？勤勞王事，急於立功，自是窮追猛打，剋日可以肅清；倘或殘餘的長毛有可以利用之處，譬如藉口匪勢猖獗，要餉要兵，那就必然「養寇自重」了。

想到這裡，就得先了解左宗棠的打算；「大人，」他問：「預備在福建做幾年？」

「問得好！」左宗棠有莫逆於心之樂；然後反問一句：「你看我應該在福建做幾年？」

「如果大人決心辦船廠，當然要多做幾年。」

「我也是這麼想。」

「做法呢？」胡雪巖問：「總不能一直打長毛吧？」

「當然，當然！釜底游魂，不堪一擊；遷延日久，損我的威名。不過，也不必馬到成功。」說到這裡，左宗棠拈髭沉思；臉上的笑容盡斂，好久才點點頭說：「你知道的，廣東這個地盤非拿過來不可；兵事久暫，只看我那位親家是不是見機？他肯急流勇退，我樂得早日克敵至果；不然就得多費些餉了。你懂我的意思嗎？」

「懂！」胡雪巖說：「我就是要明白了大人的意思，才可以為大人打算。」

「那麼，如今你是明白了？」

這是提醒胡雪巖該做打算了。他精神抖擻地答說：「只要廣東能聽大人的話，事情就好辦了。我在想，將來大人出奏，請辦船廠，像這樣的大事，朝廷一定寄諭沿海各省督撫，各抒所見。福建、浙江不用說；如果廣東奏覆，力贊其成。大人的聲勢就可觀了。」

「正是！我必得拿廣東拉到手，就是這個道理。南洋沿海有三省站在我這面，兩江何敢跟我為難？」

「兩江亦不敢公開為難，必是在分攤經費上頭做文章。說到辦船廠的經費，由海關洋稅項下抽撥，是天經地義的事。北洋的津海關，暫且不提；南洋的海關，包括廣東在內，一共五大關：上海的江海關，廣州的粵海關，福建的閩海關跟廈門關，我們浙江的寧波關。將來分攤經費，閩、廈兩關以外，粵海關肯支持，就是五關占其三；浙江歸大人管轄，馬中丞亦不能不賣這個面子。這一來，兩江方面莫非好說江海關一毛不拔？」

「對了！你的打算合情合理；其間舉足重輕的關鍵，就在廣東。雪巖，我想這樣，你把我這個抄本帶回去，參照當年購船成例，好好斟酌，寫個詳細節略來；至於甚麼時候出奏，要等時機。照我想，總要廣東有了著落，才能出奏。」

「是的。我也是這麼想。」胡雪巖說：「好在時間從容得很，一方面我先跟德克碑他們商量，一方面大致算一算經費的來源。至於籌備這件大事，先要用些款子，歸我想辦法來墊。」

「好極！就這麼辦。不過，雪巖，江海關是精華所在；總不能讓李少荃一直把持在那裡！你好好想個法子，多挖他一點出來！」

「法子有。不過，」胡雪巖搖搖頭，「最好不用那個法子！」

「為甚麼？」

「用那個法子要挨罵。」

「這你先不必管。請說，是何法子？」

「可以跟洋人借債。」胡雪巖說：「借債要擔保。江海關如說目前無款可撥，那麼總有可撥的時候。我們就指著江海關某年某年收入的多少成數，作為還洋債的款，這就是擔保。不過，天朝大國，向洋人借債，一定有人不以為然。那批都老爺群起而攻，可是件吃不消的事。」

這番話說得左宗棠發楞，接著站起身來踱了好一回方步，最後拿起已交在胡雪巖手裡的「抄本」，翻到一頁，指著說道：「你看看這一段！」

指的是恭親王所上奏摺中的一段，據李泰國向恭王面稱：「中國如欲用銀，伊能代向外國商人借銀一千萬兩，分年帶利歸還。」可是恭王又下結論：「其請借銀一千萬兩之說，中國亦斷無此辦法。」

「大人請看，」胡雪巖指著那句話說：「朝中絕不准借洋債。」

「彼一時也，此一時也！」說到這裡，左宗棠突然將話鋒扯了開去，「雪巖，你要記住一件事，辦大事最要緊的是拿主意！主意一拿定，要說出個道理來並不難；拿恭王的這個奏摺來說，當時因為中國買船，而事事要聽洋人的主張，朝中頗有人不以為然，恭王已有打退堂鼓的意思，所以才說中國斷無借洋債的辦法。倘或當時軍務並無把握，非借重洋人的堅甲利砲不可，那時就另有一套話說了；第一，洋人願意借債給中國，是仰慕天朝，自願助順；第二，洋人放債不怕放倒，正表示信賴中國，一定可以肅清洪楊，光復東南財賦之區，將來有力量還債。你想想，那是多好聽的話，朝廷豈有不欣然許諾之理？」

這幾句話，對胡雪巖來說，就是「學問」；心誠悅服地表示受教。而左宗棠亦就越談越起勁了。

「我再跟你講講辦大事的祕訣。有句成語，叫做『與其待時，不如乘勢』；許多看起來難辦的大事，居然順順利利地辦成了，就因為懂得乘勢的緣故。何謂勢？雪巖，我倒考考你；你說與我聽聽，何謂勢？」

「這可是考倒我了。」胡雪巖笑道：「還是請大人教導吧！」

「有些事，我要跟你請教；有些事我倒是當仁不讓，可以教教你。談到勢，要看人、看事、還要看時。人之勢者，勢力，也就是小人勢利之趨。當初我幾乎遭不測之禍，就因為湖廣總督的官文的勢力，比湖南巡撫駱秉章來得大，朝中自然聽他的。他要參我，容易得很。」

「是的。同樣一件事，原是要看甚麼人說。」

「也要看說的是甚麼事？」左宗棠接口，「以當今大事來說，軍務重於一切；而軍務所急，肅清長毛餘孽，又是首要，所以我為別的事說話，不一定有力量，要談入閩剿匪，就一定會聽我的。你信不信？」

「怎麼不信？信，信！」

「我想你一定信得過。以我現在的身分，說話是夠力量了；論事則還要看是甚麼事？在甚麼時候開口？時機把握得恰到好處，言聽計從。說遲了自誤，說早了無用。」左宗棠笑道：「譬如攆我那位親家，現在就還不到時候。」

「是的。」胡雪巖脫口答道：「要打到福建、廣東交界的地方，才是時候。」

左宗棠大笑。笑完了正色說道：「辦船廠一事，要等軍務告竣，籌議海防，那才是一件大事。但也要看時機。不過，我們必得自己有預備，才不會坐失時機。你懂我的意思了吧？」

胡雪巖不但懂他的意思，而且心領神會，比左宗棠想得更深更遠。結合大局，左宗棠的勛名前程，和他自己的事業與利益，了解了一件事：左宗棠非漂漂亮亮地打勝仗不可！這是一個沒有東西可以代替的關鍵。

由於這個了解，他決定了為左宗棠辦事的優先順序；不過，這當然先要徵得同意，因而這樣說道：「大人的雄心壯志，我都能體會得到；到甚麼時候該辦甚麼事，我亦大致有數，事先會得預備。如今我要請問大人的是，這趟帶兵剿匪，最著重的是甚麼？」

這句話將左宗棠問住了，想了一會答道：「自然是餉！」

「餉我可以想法子墊。不過，並不是非我不可；各處協餉，能夠源源報解，何必我來墊借，多吃利息？」

「啊，我懂你的話了。」左宗棠說：「工欲善其事，必先利其器；兵堅而器不利，則能守而不能攻。我要西洋精良兵器，多多益善；雪巖，這非你不可！」

「是！愚見正是如此。」胡雪巖欣慰地答說：「我替大人辦事，第一是採辦西洋兵器，不必大人囑咐，我自會留意。至於砲彈子藥，更不在話下；絕不讓前方短缺。第二是餉，分內該撥的數目，不管浙江藩庫遲撥早撥，我總替大人預備好。至於額外用款，數目不大，當然隨時都有；如果數目太大，最好請大人預先囑咐一聲，免得措手不及。此外辦造廠之類，凡是大人交代過的，我都會一樣一樣辦到；請大人不必費心，不必催，我總不誤時機就是。」

「好極了！」左宗棠愉悅異常，「漢高成功，功在蕭何。我們就這樣說了；你儘管放手去做，一切有我擔待。」

第十章

左宗棠在同治三年十月底，交卸了兼署浙江巡撫的職司；在杭州全城文武官員，鳴砲恭送之下，啟程入閩督師。

在此以前，援閩之師分三路出發。西路以幫辦福建軍務浙江按察使劉典所部新軍八千人為主力，會同記名按察使王德榜的兩千五百人，由江西建昌入汀州；中路記名提督黃少春、副將劉明燈兩部共四千六百人，由浙江衢州，經福建浦城、建寧入延平；東路由署理浙江提督高連陞會同候補知府魏光邴，領兵四千五百人，過錢塘江由寧波乘輪船，循海道至福州登陸。

這三路軍隊的目標都是閩南——李世賢踞廈門之西的漳州，丁太洋在福建、廣東、江西三省交界的武平，而汪海洋則在閩南的東西之間流竄。左宗棠的打算是，絕不能讓他們出海；由北、西、東三面收緊，壓迫敵人南竄。

福建之南就是廣東。兩廣總督毛鴻賓與廣東巡撫郭嵩燾，見此光景，心知不妙。左宗棠如果驅賊入粵，則援閩之師，隨賊而至，會形成長毛與「友軍」交困的窘境，所以非常著急。

可是由兩員副將方耀、卓興而率領的粵軍，不過八千之眾；福建延建邵道康國器，雖是廣東人，新統一軍，亦多粵籍，卻不能算粵軍，因為是左宗棠的部下，並不聽命於廣東大吏。毛鴻賓與郭嵩燾迫不得已，一面派方耀、卓興入閩會勦，明阻長毛，暗擋左宗棠；一面打算奏請起用守鎮江的名將馮子材督辦東江軍務，自求振作。

當援閩之師未到以前，福建陸路提督林文察已與李世賢接過仗。林文察是台灣彰化人，咸豐八年以助餉勦淡水的土匪，授職游擊，做了武官；他所統率的台勇擅用火器，慓悍善戰，助林文察當到總兵，獲得「巴圖魯」的名號。王有齡被困杭州時，曾奉命援浙，而阻於衢州；以後歸左宗棠節制，很立了些戰功，補實為福建福寧鎮總兵，不久擢升為福建陸路提督，隨即提兵回台，在他家鄉平亂。

亂黨的首領，是原籍漳州龍溪的戴潮春，他是中國歷史上陰魂不散的老牌亂黨白蓮教的餘孽。在彰化名義上辦團練，實際上與長毛是勾通的。

咸同之交，浙江淪陷，在福建的官軍，多調閩北浙南；戴潮春認為是起事的好機會，三月間由其黨羽林戇晟在大墩起事，五天以後，占領彰化，台灣兵備道孔昭慈被殺。戴潮春自稱「東王」，「南王」是林戇晟，此外還有「西王」與「北王」。下面的官職有「大國師」、「左右丞相」、「六部尚書」等等。

這個略仿太平天國建制，沐猴而冠；彷彿戲台出將入相的場面，由於東南戰局正在緊要關頭，朝廷只應糧道丁日健的力請，派了六百人去攻勦，因而得以維持一時。及至同治二年秋天，左宗棠收復浙江，已有把握，才派林文察回台，號召舊部；福建巡撫徐宗幹，亦派久官台灣的丁日健領兵赴援，並授為台灣兵備道，督辦全台軍務。

於是到了十一月初，彰化收復，繼攻下斗六；到了年底，戴潮春被擒於張厝莊，林贛晟敗死於四塊厝，局面可以算是穩定下來了。

不過肅清殘餘亂黨，亦很費力，尤其是當李世賢占據漳州以後，戴潮春的餘黨準備接應會合，圖謀再舉。左宗棠深恐李世賢、江海洋等人出海，正就是為此。

林文察見此光景，深感為難，一方面要防制死灰復燃，放不得手；另一方面以福建陸路提督為一省最高武官的地位，對於收復漳州、汀州等地，責無旁貸。仔細考慮下來，還是應該回福建；因為能夠消滅李世賢，彰化的亂黨便失去憑藉與指望，不戰而自潰。

打定主意，倉卒內渡，同船只帶了兩百親兵。他與李世賢交過手不止一次，不敢輕敵；原意到了福建，先作部署，然後出擊。那知李世賢早有準備，在萬松關設下埋伏，專等他入網。

而林文察則又改變了主意。因為他自感兵力孤單，一路收容了許多散兵游勇，雜湊成軍；如果糧餉充裕、時間從容，而又有得力的幫手，當然可以將此輩漸漸練成勁旅，否則就只有利用他們急於追求出路，或者懷忿報仇的心理，淬厲士氣，作背城借一之計。林文察老於兵事，默察情勢，認為不得不速戰速決；拖下去徒耗糧餉，且難部勒，將不戰自潰。

本來左宗棠的檄令，是責成他「力保泉廈」，這是很難的任務，因為漳州以東，直到廈門、泉州，地勢平衍，易攻難守，而況彼此兵力眾寡懸殊。就方略講，應該以攻為守；就利害關係來看，以少攻多，雖然吃力，但與其守而敗，不如攻而敗。因此，在十月初便由泉廈而進，在萬松關上紮營。

萬松關又名萬松嶺，在漳州以東二十五里的鳳凰山上，為由泉廈渡江入漳的孔道。紮營剛定，李世賢派一隊人馬來攻，用意在試探虛實；那知副將惠壽不中用，竟讓長毛踩了營盤。林文察迫不得已，退紮叫做玉洲的地方，隔了兩天出隊攻擊，小勝而回。

就在這時候又接到左宗棠的劄子，指示他「深溝高壘，勿浪戰求勝；俟浙軍到後，協力規復漳州」。林文察這時不能不聽命了，駐營在萬松嶺上，靜候援軍；另由水師總兵曾玉明，在九龍江近海澄縣地方的海口鎮，結紮水營，以為犄角之勢。

這樣守到十月底，左宗棠還未進入，而先行出發的浙軍，三路合圍之勢，將次形成。李世賢原來是在萬松關以西設下埋伏，專候林文察入網；見他按兵不動，而浙軍又已入閩，不能不急著打開一條出路，因而在十一月初三，發動突襲。

突襲是分水陸兩路進行。襲擊水營的長毛，皆以煙煤擦臉，有意扮成猙獰可怖的鬼相；同時亦用作為「自己人」的識別。曾玉明的水師，猝不及防，除了用砲艇上的小砲轟擊以外，其餘各營，都垮了下來。

在西面萬松關上的林文察所部，本是越拖越壞的散兵游勇，聽說後路被襲，未戰先亂。副將惠壽，游擊許忠標，壓不住陣，只有溜之大吉；林文察卻不肯逃，結果中槍陣亡。潰散下來的亂兵，勉強集結在九龍江東岸，算是保障泉州門戶。

三月以後，左宗棠到了浦城，正式進入福建境界；預定就以此為行轅。行轅所收到的第一件戰報，便是林文察兵敗殉職。

這不是馬到成功的徵兆，左宗棠大為不悅。在他看林文察是挫了浙軍的銳氣，也傷了他的威名；雖非死有餘辜，卻是絕不可原諒的。因而出奏時，便不肯專敘此事，只用一個「督師行抵浦城，現籌剿辦情形」的案由，在摺子中斥責林文察不聽調度，致有此失；幸虧高連陞一軍已由福州趕到閩南，泉廈可保無虞。至於林文察的恤典，申明另案奏請；但可想而知的，恤典不會優厚。

不過局勢很快地穩住了。左宗棠最擔心的，就是李世賢向東南橫竄入海，所以只要高連陞一軍，能自福州南下，乃時攔堵，先擋得一陣；等蘇軍郭松林、楊鼎勳領兵航海而來，肅清腹地便有十足的把握了。

為此，左宗棠定下東守北攻西壓的策略，最先收復閩南偏北的龍巖；接著會同粵軍方耀所部，收復閩粵交界的永定。

這兩場勝仗打下來，士氣大振，指揮更加靈活；左宗棠開始「驅賊入粵」，首先是由毗連江西的汀洲、連城一帶，將汪海洋部下的長毛，往南攆向與廣東交界的武平、上杭一帶。其時援閩蘇軍已陸續到達，與浙軍高連陞，黃少春所部，劃分防區，而以進取漳州為目標，蘇軍守漳州之南，浙軍守漳州之北。這一來，李世賢出海之路是徹底被遮斷了。

到了四月中旬，浙蘇各軍由南北同時出擊，會攻漳州；到了四月廿一，漳州克復，可是李世賢卻開西門而走，與汪海洋會合在一起，成為「困獸」了。

當時的形勢是東南方面泉、廈、漳沿海一帶，兵力最厚；西北永定有七千餘人防守；東北的漏洞，亦已及時防補，唯有西面最弱，左宗棠幾乎毫無布置。

西面就是廣東的大埔、饒平一帶，雖有粵軍方耀防守，可是絕非李世賢、汪海洋的對手，是誰都看得出來的。然則，左宗棠之意何居？明眼人自然看得出來。

這個明眼人是遠在京城裡的軍機章京領班許庚身，在五月十二那天，看到發下來的一個奏摺，大為詫異；這個奏摺是李鴻章所上，作用是在表功，所以案由是「援閩蘇軍，會合浙軍分路進逼，於四月二十一日克復漳州府城」，奏報進攻情形中，有一句話說：「侍逆李世賢潛開西門而遁。」這與同時收到左宗棠的戰報，情況不符。

左宗棠的奏摺，案由是「進逼漳西大捷，現籌辦理情形」。並未提到漳州克復，更未談到李世賢由漳西門而遁；只說「李逆世賢經官軍疊次擊敗，勢日窮蹙；圖由漳北小路繞犯安溪，以抄官軍後路。其計未成，又圖勾結同安土匪，內訌滋事；經郭松林抽帶所部兩營馳赴同安，會同道員曾憲德將西塘、上宅、滸井各鄉匪巢洗蕩」。

再看拜摺的日期是四月廿六，拜摺的地點是福建省城。福州離漳州不過兩三日路程；廿一克復漳州，在福州的左宗棠不應該到廿五還不知道。如果已經知道，廿六拜摺何以不報捷？

這是莫大的一個疑竇，但稍作參詳，不難明白，左宗棠只為李世賢「漏網」，不肯報捷；先說他想「繞犯安溪」，又想「勾結同安土匪」，最後說由郭松林如何如何，是打算將李世賢「漏網」的責任，輕輕推到郭松林頭上。

至於左宗棠想「整」郭松林的緣故，亦可以推想得到。原來從林文察陣亡以後，福建陸路提督一缺便補了福山鎮總兵的郭松林。雖為署任，總是升官；而如沒有左宗棠的奏請蘇軍援閩，這個武將中最高職銜的提督，未見得輪得到郭松林。照左宗棠的想法，郭松林的升官，既由援閩而來；而所升的官，又是福建的缺分，則不論感恩圖報，還是循名責實，都該照建制歸隸他的部下。無如郭松林雖經福建巡撫徐宗幹一再催促，始終不肯到任。以福建的武官在福建打仗，卻自居於客將的地位，在左宗棠是頗難容忍的；只是當郭楊兩軍航海南來之前，李鴻章特為聲明：郭松林不履任，他亦「不勸駕」。左宗棠曾經同意，此時不便出爾反爾！但又有所憾於郭松林，因而此時先做一個伏筆，一方面隱約其詞地表示，追擊李世賢是郭松林的責任；另一方面可以看將來的情況，果真同安土匪一時不易收拾，便可正式奏請將郭松林留在福建──以本省的提督剿本省的土匪，天經地義，名正言順，朝廷不能不准，李鴻章不能不放，郭松林不能不留。

瞭然於左宗棠暗中的勾心鬥角，再來看李鴻章的「援閩獲勝，會克漳州府」一摺，才會恍然大悟，除表功邀賞以外，還有預先為蘇軍留下卸責餘地的作用。因為摺中鋪敘戰況，對於郭楊兩軍的防區及部署，說得特別詳細，一則謂：「東山在漳州城南十里，係通漳浦大路，郭松林以八營扼之；又十里為鎮門，係東山、海澄、石碼適中之地，楊鼎勳以五營扼之。海澄縣為兩軍後路，有山徑可通漳浦，復派三營分布縣城內外，防賊抄襲。」

再則謂：「總兵劉連捷、臬司王開榜在西北；提督高連陞、黃少春等軍在東路。自蘇軍扼紮東山，南路已斷。」

三則謂：「敗逆向南靖一路紛逃，各營追剿數里，當會同高、黃等軍，折回東南，將東關外放子橋、東岳廟及附近南門新橋各賊壘一律蕩平。」處處可以看出，郭楊兩軍無論防守還是攻剿，都以擔當漳州南面為主，東面其次；然則李世賢開西門而遁，責任誰屬？不問可知。

這樣反覆研判下來，許庚身認為左宗棠是在玩弄可怕的權術。從軍興以來，各省帶兵大員，以驅賊出境為慣技；而左宗棠則似乎有意以鄰為壑，包裝著甚麼禍心。此非早做糾正不可。

因此，他向恭王與文祥等人，指陳利害，奏明兩宮太后，擬發「廷寄」，首先指出李鴻章已有奏報，漳州克復，「侍逆潛開西門而遁」；接下來便說：「漳州雖經克復，而渠魁仍未授首，必將與汪逆合謀，計圖復逞。現在東南兩路局勢既尚穩固；東北一路亦有劉明燈等聯絡扼守，而西面之漳浦、雲霄、詔安、平和等城，均為賊踞，該逆必思由此路竄走，已無疑義。粵省饒平、大埔一帶，雖有方耀等軍防守，尚恐兵力不敷分布，左宗棠等仍當分撥勁旅，繞赴西路，會同粵軍，迎頭攔截，杜其竄越之路。」

到此地步，左宗棠知道攆走郭嵩燾的時機成熟了。在此以前，他曾為蔣益澧下過一次伏筆；並用李鴻章作為陪襯，來提高蔣益澧的地位。這一伏筆，下在九月初，瑞麟與郭嵩燾交惡之時，而於「懇請收回節制三省各軍成命」的奏摺中，附帶一提：「恐兩廣兵事，尚無已時，若得治軍之才如李鴻章、蔣益澧其人，禍亂庶有豸乎！」意思是最好將李鴻章調為粵督，而以蔣益澧升任粵撫；這是隱約其詞的試探，朝廷即令沒有明確的反應，但蔣益澧可當方面之任的印象，卻已在西宮太后與軍機大臣的腦中留下了。

此時當然還不能明保蔣益澧升調廣東；是用夾片的方式，在「陳明廣東兵事餉事」中，攻郭保蔣。首先就說：「廣東一省兵事足觀，而餉事亦不可問。軍興既久，名省兵事或由弱轉強，粵則昔悍而今駑矣！各省餉事或由匱而漸裕，粵則昔饒而今竭矣！」光是這兩句話，便將近兩年的督撫一起攻擊在內；當然，郭嵩燾的責任應更重於瑞麟，因為他在任之日比瑞麟久。

接著便專責餉事，而此正是巡撫的職責；其中並無一語提及郭嵩燾的名字，而大部分的攻擊卻集中在郭嵩燾身上，特別提到廣東富饒之區的潮州釐稅。

左宗棠是這樣指責：「臣抵大埔，接晤潮郡官紳士民，詢及潮郡釐稅，合計雜貨之釐、洋藥之釐、汕頭行釐、船捐，每年所得，共止三萬餘兩，是一年所入，不足六千人一月之餉也。潮州為粵東腴郡，而釐稅之少如此，外此已可類推。」這是有意歪曲事實。從錢江創設就貨征稅的釐金以來，最難辦的就是廣東；當郭嵩燾蒞任之初，就曾會同總督毛鴻賓奏明。廣東辦釐的情形，有異於他省，主要的原因是洋人的牽掣。廣東的形勢，「澳門據其西，香港繞其東，所有省河扼要海口，其地全屬之洋人，而香港尤為行戶屯聚之地。一二大行店皆移設香港，以圖倚附夷人，便其私計，一切勸捐抽釐，從不敢一過問。其有意規避捐輸者，亦多寄頓香港，希圖倖免。統計出入各貨，凡大宗經紀，皆由香港轉輸。是他省但防偷漏之途，而粵東兼有逋逃之藪。」

其次是廣東的風氣與他省不同。廣東的士紳，往往包攬稅捐；釐金開辦之初，亦由劣紳承包，任令侵漁中飽。而公私交受其病。其後收為官辦，則原來包釐的劣紳，因為失去特權，心有不甘，從中煽動搗亂，聚眾搗毀釐局之事，不足為奇；官府膽怯怕事，不敢懲辦禍首，反而撤去委員，或調動府縣地方官，以求妥協。而結果是越遷就，越棘手。

從郭嵩燾到任後，以剔除中飽、講求合情合理的宗旨整頓釐捐，頗有成效，從未設局的瓊州府、廉州以及惠州的河源等地，次第開辦。至於潮州，就廣東而言，偏處東隅，久成化外，直到汪海洋逼近廣東邊境時，方由潮嘉惠道張銑，設法開辦；數目雖少，但總是一個開端。潮州的民風，因勢利導，好話說在前面，無事不可商量；強制硬壓，則偏不服從。張銑的意思是，只要潮州肯承認釐捐，以後可以陸續增加；而況賊勢方急，官府與紳民之間，為此先起爭執，是件極危險的事。這個看法，郭嵩燾深以為然；但左宗棠有意抹煞事實，只強調每年只收得三萬銀子，卻不說這三萬銀子來之不易，而只要能收此三萬，以後三十萬亦有希望。

最惡毒的是，左宗棠又誇大廣東海關的收入：「聞海關各口所收，每歲不下二百萬兩，其解京之數，無從稽考。此項若能由督撫設法籌辦，於正供固期無誤；而於該省籌餉大局，實裨益非淺。特此為二百年舊制，非外臣所敢輕議。」

接下來便是保蔣益澧了。他說：「臣率客軍入粵，偶有聞見，自不敢不據實直陳。至兵餉兼籌，任大責重，非明幹開濟之才，不能勝任。浙江布政使蔣益澧，才氣無雙，識略高臣數等，若蒙天恩，調令赴粵督辦軍務，兼籌軍餉，於粵東目前時局，必有所濟。」

這就是所謂力保。力保之「力」，端在一句話上：「才氣無雙，識略高臣數等。」以節制三省軍務的總督，如此推崇，分量實在太重了。

左宗棠以諸葛武侯自命，目空一切，竟這樣降心推崇，也實在不類他的為人。因此有人傳出來一個內幕，說是閩浙總督衙門主章奏的幕友，受了蔣益澧一萬銀子的紅包，力主加這「才氣無雙，識略高臣數等」十個字；如果流言屬實，算起來是一字千金。

不過，行賄之說，雖不可知；而就事論事，卻非有此十字不可。蔣益澧的才具如何，軍機大臣大都了解；無不以為他難當方面之任。是故雖經左宗棠在奏摺中暗示，他可代郭而為粵撫，並利用李鴻章作陪襯，來抬高他的身價；而朝廷始終裝聾作啞。現在左宗棠的這十個字，分量之重，如雷灌耳，那就裝不得聾、作不得啞了。

不過，裝聾不許，卻可裝傻，朝廷有意不理左宗棠的暗示；只如他表面所請，在同治五年正月初八降旨：「著浙江布政使蔣益澧，馳赴廣東辦理軍務，兼籌糧餉。」

當保薦蔣益澧的奏摺拜發之時，左宗棠對克復汪海洋所盤踞的嘉應州，已有把握。在十二月十二發動總攻，一仗大捷，汪海洋為亂槍所殺；十天以後，克竟全功。左宗棠在年底拜摺：「收復嘉應州城，賊首殲滅淨盡，餘孽蕩平。」

這一下等於肅清了長毛餘孽，左宗棠本人班師回任，各軍遣歸本省；然則蔣益澧「馳赴廣東」，辦何「軍務」，籌何「糧餉」？如果有力者作此一問，蔣益澧的新命，就可能撤銷。左宗棠當然早就計議及此，於是借題發揮，對郭嵩燾逼得更緊了。

所借的題目是「高連陞帶所部赴任」。高連陞的本職是「廣東陸路提督」；如今左宗棠節制三省軍務的任務告一段落，自回本省，則高連陞亦應在廣東履任。提督到職，除了標親兵以外，無須另帶人馬；而左宗棠卻囑咐高連陞盡攜所部赴新任。表面上的理由是大亂初平，民心不定，

「以資鎮壓」；實際上是有意給廣東出難題，因為高連陞所部有五千人，每月至少亦要三萬多銀子的餉銀，當然歸廣東負擔。

可是，廣東歡迎高連陞，卻不歡迎高連陞的部隊。於是左宗棠上奏指責廣東，大發牢騷，說是：「臣捫心自問，所以為廣東謀者，不為不至，而廣東顧難之。欲臣一概檄飭高連陞所部旋閩。茲則臣所不解也。如謂高連陞軍餉仍應由閩支領，則試為廣東籌之，應解協閩之餉，約尚有三十餘萬兩，此次資遣各省難民及嘉應州、鎮平縣賑恤平糶米糧及臣均撥鮑超一軍軍米價銀，應由廣東解還歸款者亦約五萬餘兩。即以此款悉數移充高連陞軍餉，以閩餉濟閩軍，約足一年之需；一年之後，諸患漸平，陸續裁撤此軍，亦未為晚。」各省協餉，哪一省虧欠哪一省，是筆永遠算不清的帳，反正能打仗就有理：打勝仗更有理。左宗棠對這一層了解得最透徹，所以能夠侃侃而言，氣壯更顯得理直。

左宗棠的摺報，常在最後發議論，此摺亦不例外，因為打擊郭嵩燾的緣故，殃及廣東，亦被惡聲：「伏思海疆之患，起於廣東；中原盜賊之患，亦起於廣東，當此軍務甫竣之時，有籌兵籌餉之者，應如何懲前毖後，以圖自強？若仍以庸闇為寬厚，以諉卸為能事，明於小計，暗於大謀，恐未足紓朝廷南顧之憂也。合無請旨敕下廣東督撫熟思審處，仍檄高連陞帶所部赴任之處，出自聖裁。」

這個奏摺，像以前所保蔣益澧的奏摺一樣。左宗棠幕府中得了紅包的人，密抄摺底，寄達浙江；蔣益澧雖是粗材，但畢竟也還有高人，告訴他說：高升之期已不在遠，蔣益澧喜不可言，隨即刻印了廣東巡撫的封條，準備打點上任了。

這個奏摺最厲害之處，是在借瑞麟以攻郭嵩燾。事由瑞麟一咨而起，左宗棠的咄咄逼人的筆鋒，在前面亦都指向瑞麟；這是暗示，如果攻郭無效，便要轉而攻瑞了。瑞麟在廣東的政績如何？朝中大臣，盡人皆知；而恭王與文祥，較之道光、咸豐兩朝若干用事的滿州權貴，雖不知高明多少？但亦認為瑞麟必須保全，因為第一，軍興以來，督撫十分之九為漢人，此是清朝開國以來所未有之事。眼前亦僅衹湖廣、兩廣是旗人；倘或左宗棠對瑞麟參劾不已，逼得朝廷非調不可，一時卻沒有適當的旗下大員，可以承乏。其次，瑞麟有慈禧太后的奧援，動他不得。第三，瑞麟雖是庸材，但很聽話；尤其內務府的經費，跟粵海關有很大的關連，能有個聽話的粵督在廣州，諸事方便。

因此，朝廷就必須安撫左宗棠，不但為了保全瑞麟，亦因為由「恐未足紓朝廷南顧之憂」這句話而起了警惕。所以上諭中責備瑞麟，措詞相當嚴厲：「左宗棠凱旋後，粵省安插降卒，搜誅土匪，善後之事方多；正當留紮勁兵，以資鎮壓。瑞麟既咨催高連陞赴廣東提督本任，何以反令左宗棠將其部曲檄飭回閩？倘閩軍凱撤，而降卒土匪又復滋生事端，重煩兵力，該署督其能當此重咎耶？」

接下來便是悉如左宗棠所請：「高連陞所部五千餘人，計每月餉需不過三萬餘兩。即著左宗棠檄飭該提督帶所部赴任，月餉由瑞麟、郭嵩燾按月籌給，不准絲毫短少虧欠，致有掣肘之患！」

瑞麟的受這頓申斥，當然很失面子，但前程是保住了；保不住前程的是未受申斥的郭嵩燾。

朝廷的意思是決意保全瑞麟，犧牲郭嵩燾來換取左宗棠的「忠誠」。不過上諭於「用人行政」，動輒申明，「一秉大公」，而廣東軍務的貽誤，督撫同罪，不該一個被黜、一個無事。所以運用「打而不罰」，「罰而不打」這個不成文的「公平」之理，對瑞麟嚴加申飭是已打不罰；而對郭嵩燾之不「打」，正是將「罰」的先聲。

不過七八天的功夫，有關廣東的政局，一日連發兩諭，一道是由內閣「明發」，「著郭嵩燾來京，以蔣益澧為廣東巡撫」；另一道是僅次於「六百里加緊」的緊急軍報的「廷寄」，分飭浙江、廣東及福建，寫的是：

馬新貽奏：巡視海口情形，酌議改造戰船；粵省軍事已定，藩司蔣益澧應否前往各一摺。官軍搜捕洋盜，全賴船械得力，方能奏效。馬新貽見擬改造紅單廣艇三十號，合之張其光原帶廣艇十隻，共計四十號，分派溫州等處各要口；並購買外國輪船一兩隻，以為游擊搜剿之用，所籌尚屬周妥，均著照所請行。仍著馬新貽督飭沿海各將弁，就見有師船，認真巡緝，搜捕餘匪，以靖地方，毋得稍涉疏懈。本日已明降諭旨；授蔣益澧為廣東巡撫。即著蔣益澧趕緊交卸起程，前赴新任。蔣益澧經朝廷擢膺疆寄，責任非輕，到任後務將軍務吏治及籌餉各事宜，力加整頓，以期日有起色；毋得稍蹈因循積習，致負委任。將此由五百里各諭令知之。

左宗棠驅逐郭嵩燾是為了想占得廣東這個地盤。這個目的在表面看，算是達到了；其實不然。

朝廷接納左宗棠對蔣益澧的力保，雖說是要挾之下，不得不然；但到底集眾人之力對付獨斷獨行的左宗棠，畢竟有其深謀遠慮的過人之處。沒有多久，明眼人都可以看得出來，到頭來是朝中用事的人，棋高一著。

第一，朝廷已有初步的打算，還要重用左宗棠，因而借他力保蔣益澧這件事上，特加詞色，以為籠絡；第二，廣東的富庶，早就有名，而且一向是內務府公私需索之地。十多年來，洪楊荼毒遍東南，但廣東受災極輕。不過早年為了籌餉，廣東督撫不得不遷就膺專閫之寄的曾國藩的保薦。事平以後，情況不同，收權之時已到；但一則礙著曾國藩，再則以郭嵩燾的出身與居官的績效，如無重大過失，不能隨便調動，尤其是有瑞麟在，相形對比，如說要整飭廣東吏治，首先該調的應該是瑞麟而不是郭嵩燾。即令退一步來看，至少亦該瑞郭同調；否則諭旨中一再申明的「用人行政，一秉大公」等等冠冕堂皇的話，就變成欺人之談了。

難得左宗棠力攻郭嵩燾，卻好可用來作為收權的途徑。黜郭不易，要黜蔣益澧容易得很。因為論他的出身資望與才具，都不適方面之任；將來一紙上諭，輕易調動，絕不會有人說閒話。

再有層好處，便是有蔣益澧的比照，瑞麟當兩廣總督，便顯很夠格了。所以八月間降旨，瑞麟的兩廣總督真除，由署理變為實授。

同一天——同治五年八月十七，另有兩道上諭：一道是陝甘總督楊岳斌奏：「才力不及，病勢日增，懇請開缺」，調左宗棠為陝甘總督。

另一道說：「楊岳斌於人地不甚相宜，辦理未能有效；眷顧西陲，實深廑系。左宗棠威望素著，熟諳韜略，於軍務地方，俱能措置裕如；因特授為陝甘總督，以期迅掃回氛，綏靖邊陲。」是特為表明，賦左宗棠以平服西北的重任。

照歷來的規制，封疆大臣的調動，往往先將預定的人選召赴到京，陛見稱旨，方始明發上諭；然後「請訓」出京。如果不經這一番程序，直接降旨調補，那麼新任就該自請陛見請訓；意思是此一調動，必含有除舊布新的整頓之意在內。朝廷的希望如何，必先探詢明白，所以應該請訓。當然，亦有例外，例如軍情緊急，不容耽誤，便可在上諭中明示：「即赴新任，毋庸來京請訓。」對左宗棠的新命，即是如此。

不過，這是表面的看法，實際上另有文章。因為左宗棠由東南舊任赴西北新任，繞道京師，由山西入奏隴，並不算太費事；而況回亂勢緩，已經歷相當時日，與防患將然，深恐一發不可收拾，愈早撲滅愈好的情況不同。而所以阻止他赴京請訓，只為左宗棠的手段，軍機處及各部院都領教過了，要餉要人，需索不已；一旦到京，非滿足他的要求不到任，豈不麻煩？所以索性不要他上京。

調任的上諭到達福州時，已在二十天之後。其時左宗棠正在大辦「保案」，肅清福建廣東殘匪，出了力的人，固然個個有分；不曾出力的，亦千方百計，夤緣請託，希冀在保案上加個名字。一時福州城內「冠蓋雲集」，熱鬧非凡；及至傳出左宗棠調督陝甘的消息，在福建候補，已搭上了線，可以借軍功升官補缺的人，無不大為失望，因為靠山雖然未倒，卻已移了地方，無可倚恃了。

胡雪巖這時也在福州。左宗棠為了酬謝他在上海接濟軍火糧餉的功勞，特地備好一個「附片」，等他到了，方始隨摺拜發。這個「附片」是專保胡雪巖加官；不列入名單而單獨保薦，稱為「密保」，效用與開單「明保」，大不相同，措詞當然極有分量，說是：「按察使銜福建補用道胡光墉，自臣入浙，委辦諸務，悉臻妥協。杭州克復後，在籍籌辦善後，極為得力；其急功好義，實心實力，迥非尋常辦理賑撫勞績可比。迨臣自浙而閩而粵，疊次委辦軍火軍糈，絡繹轉運，無不應期而至，克濟軍需。」是故懇請「破格優獎，以昭激勵，可否賞加布政使銜」。

加官自是胡雪巖所希望的；不過，使他特別興奮的，還不在布政使這個銜頭，而是加了布政使銜，便可改換頂戴。原銜按察使——臬司是正三品，戴的是亮藍頂子；布政使——藩司是從二品，便可以戴紅頂子了。

捐班出身的官兒，戴到紅頂子，極不容易；買賣人戴紅頂子，更是絕無僅有的事；除非像乾隆年間的鹽商那樣出自特恩，但亦只有一兩個人。是故飲水思源，想起將有得戴的紅頂子，雖出自左宗棠的保薦；但沒有王有齡，何有今日？因而又特地到王有齡的老家去了一趟——贍恤王氏遺屬，是胡雪巖逢年過節的第一件大事；這次登門，完全是感念舊情，哭奠一番。

本來還想親謁墓門，無奈有件大事在辦，忙得不可開交；只好等公事完了再說。

這件大事就是打算自己造輪船。左宗棠的意志強毅，蓄志之事，非見諸實行，不能甘心。當時奉命入閩督師，不能躬親料理，卻並未擱下，委託了一個他最信任的人，就是胡雪巖。

有關跟洋人打交道的事，胡雪巖必求教於古應春，他的路子很廣，認為造輪船不必找日意格、德克碑。方今泰西各國，講到輪船、鐵路、火器的精良，美國有後來居上之勢。同時美國人不似英國人的狡猾、法國人的蠻橫、德國人的頑固、日本人的陰險，比較易於相處。

可是胡雪巖另有看法，外國在華勢力，英國最大、法國其次。要制抑英國的勢力，只有利用法國；美國與英國同種，所以與美國合作，等於幫助英國擴張勢力。同時，日意格與德克碑是原始創議之人，無故背棄，道義有虧。

其實胡雪巖還有一層沒有說出來的意思；古應春與他多年相處，亦能揣摩得到——左宗棠與李鴻章爭權奪利，幾已成不兩立之勢，李鴻章辦洋務，倚總稅務司英國人赫德為重；然則左宗棠如果再請教英國人，將會逃不了仍由赫德經手，而赫德與李鴻章互為表裡，說不定會向總洋務的恭王與文祥建議，製造輪船事務以由兩江經辦為宜。那一來豈不是給李鴻章開了路？

因此，古應春不再有何主張，只實心實力地作胡雪巖跟日意格、德克碑打交道的助手——實際上只跟日意格一個人接頭，因為德克碑已經退伍回國了。一切建船廠的計畫、圖樣及預算，都由德克碑在法國託人辦理，寄給日意格，再找胡雪巖、古應春洽談；一年多下來，已經策畫得很周詳了。

到得左宗棠由廣東班師，胡雪巖立即陪著日意格到了福州；左宗棠一看圖說詳明，非常高興，親自去視察日意格所建議的設廠之地；地在福建海口、馬尾羅星塔一帶，水清土實，宜於開槽建塢。兼以密邇省城，稽察方便，所以一看便即中意。

剩下來的事，就是籌畫經費。造廠買機器、雇募師匠，預算開辦費要三十多萬銀子，廠成開工，材料薪水，每月需銀五六萬兩，一年就是六、七十萬，預計兩年以後造出第一艘船，要花下去一百五十萬銀子。不過以後就可以省了，五年通計，不過三百多萬。

這三百多萬銀子，從何籌集？當然煞費周章；左宗棠的意思是先辦起來再說，只要有一百萬銀子，能應付得了頭一年，此後欲罷不能，不愁朝廷不想辦法。如果朝廷拿不出辦法，好在有胡雪巖，一定可以想出一條維持得下的路子來。

因而粗粗計算，福建海關及本省釐稅，提用之權在自己手裡；浙江分屬自己管轄，不會袖手；蔣益澧是自己一手提拔，更當效勞。有此三處財源，盡可放手辦事了。

因此，左宗棠在五月中旬，便先奏陳「擬購機器，雇洋匠，試造輪船大概情形」。同時應詔陳言，以為剿捻宜用車戰；平回則千里饋糧，轉運艱難，應該採用屯田之策。

覆旨對車戰、屯田之議，不見得欣賞；試造輪船則以為「實係當今應辦急務」，所需經費，准予在閩海關關稅中酌量提用，如果不夠，准再提用福建釐金。同時指示：「所陳各條，均著照議辦理；一切未盡事宜，仍著詳悉奏。」

有此一旨，左宗棠便密鑼緊鼓地幹了起來，一面關照胡雪巖通知已調漢口江漢關稅務司的日意格，與在安南的德克碑，商酌一切細節。

日意格是七月初，冒暑到達福州的。第一件事是勘察船廠地址，擇定馬尾山下，潮平之時水深亦達十二丈的地方設廠；然後議土木、議工匠、議經費，大致妥協，訂立草約，擔保人照胡雪巖的建議，由法國駐上海的總領事白來尼擔保。當然，這個差使必然又落在胡雪巖肩上。

到了八月下旬德克碑直接由安南到達福州，與左宗棠晤見之下，對於所訂草約，並無異詞，但對所選定的建廠地點，卻有意見，認為馬尾山下是淤沙積成的一場陸地，基址不夠堅固。

因而左宗棠決定邀請白來尼、日意格到福州作客，做一個最後的，也是全面的商議，做成定案，正式出奏。

主意既定，先寫信找胡雪巖到福州來談。正在起勁的時候，忽然奉到調督陝甘的上諭；在左宗棠雖覺突兀，但稍一細想，便知事所必然，勢所必至，並非全出意外。同時想起歷史上許多平定西域的史實，雄心陡然，躍躍欲試，相當興奮。

在胡雪巖卻是件非常掃興的事，而且憂心忡忡，頗有手足無措之感。因此，到總督衙門向左宗棠道賀時，雖然表面從容，一切如常；但逃不過相知較深的人的眼光。

其中有一個是他的小同鄉吳觀禮。此人字子儁號至庵，本來是一名舉人；才氣縱橫，做得極好的詩。由於胡雪巖的推薦，入左宗棠幕府，深得信任，擔任總理營務處的職司，是閩浙總督衙門唯一參贊軍務，可說是運籌帷幄的一位幕友。

吳觀禮對左宗棠所了解的，是胡雪巖所不能了解的，這就因為是讀書多少的緣故。看到胡雪巖的眉宇之間有落寞之色，當然也就猜想得到他內心的想法。

「雪巖，」吳觀禮問道：「你是不是怕左公一去西北，你失掉靠山？」

話問得很率直，胡雪巖也就老實答道：「是的！以後無論公私，我都難了！」

「不然！不然！」吳觀禮大為搖頭。

照吳觀禮的看法，出關西征，總得三年五載，才能見功；這當然是一次大征伐，但情勢與剿捻不同。捻匪竄擾中原，威脅京畿，在朝廷看，縱非心腹之患，但患在肘腋，不除不能安心；所以督兵大臣，必得剋日收功。事勢急迫，不容延誤。

西征則在邊陲用兵，天高皇帝遠，不至於朝夕關懷，其勢較緩，公事自然比較好辦。至於私事，無非胡雪巖個人的事業，有近在東南的左宗棠，可資蔭庇，處處圓通。一旦靠山領兵出關，遠在西陲，鞭長莫及，緩急之際呼應為難。吳觀禮認為亦是過慮。

「你要曉得，從來經營西北，全靠東南支持；此後你在上海的差使，會更加吃重，地位也就更非昔比。事在人為。」吳觀禮拍拍胡雪巖的肩說：「你沒有讀過『聖武記』，不知道乾隆年間的『十大武功』。經營邊疆，從前都是派親貴或者滿洲重臣掛帥；如今派了我們左公，是件非同小可的事。洪楊以來的元戎勛臣，曾相高高在上，左李兩位其次；從此以後，只怕曾左要並稱了。」

最後一句話，點醒了胡雪巖；滿腔憂煩，頓時一掃而空。靠山雖遠，卻更高大穩固；了解到這一層，就不必發甚麼愁了。

「多承指點。」胡雪巖很高興地說：「索性還要費你的心，西北是怎麼個情形，請你細細談一談。」

「我們先談造輪船。」左宗棠極堅決果斷地說：「不管朝廷催得怎麼緊，要我趕快出關；這件事非在我手裡先定了局，我不會離開福建。」

「是的。」胡雪巖問道：「定局以後，交給哪位？」

「著！你問在要害上了。我蓄志三年，辛苦數月，才能有此結果。倘或付託非人，半途而廢，我是不甘心的。這一層，我還在考慮；眼前還要請你多偏勞。」

「那何消說得。不過，我亦只能管到大人離福建為止。」

「不然。我離開福建，你還是要管。」左宗棠說：「管的是船廠。這件事我絕不能半途而廢，為李少荃所笑。而且我不知道盤算過多少次，這件事辦成，比李少荃所辦的洋務，不知道要好過多少倍。」

這就很明白的了，左宗棠是出於爭勝之心。他的好勝心是絕不因任何人的規勸而稍減的；胡雪巖知道自己難卸肩膀，非「頂石臼做戲」不可了。不過，剛才那句「問在要害」上的話，並無答覆，還得追問。

「大人這麼說，當然只有遵命。」胡雪巖說：「就不知道將來在福建還要伺候哪位？」

「不要說甚麼伺候的話。雪巖，你最聰明不過；沒有甚麼人不能相處的。唯其我付託了這個人，更得借重你……」

左宗棠沒有再說下去，胡雪巖卻完全懂了他的意思，他所付託的，是個很難「伺候」的人。

這就更急著要問：「是哪位？」

「沈幼丹。」

原來是丁憂回籍守制的前任江西巡撫沈葆楨。這在胡雪巖卻真有意外之感。細想一想，付託倒也得人；不過以本省人做本省官，而且必是大官，為法例所不許。兼以丁憂，更成窒礙。

不知左宗棠是怎麼想來的？他只有付之默然了。

「我知道你的想法，我給你看個奏稿。」

奏稿洋洋千言，暢論造船之利；最後談到主題：臣維輪船一事，勢在必行，豈可以去閩在邇，忽為擱置？且設局製造，一切繁難事宜，均臣與洋員議定，若不趁臣在閩定局，不但頭緒紛繁，接辦之人無從諮防；且恐要約不明，後多異議，臣尤無可諉咎。臣之不能不稍留三旬，以待此局之定者，此也！唯此事固須擇接辦之人；尤必接辦之人能久於其事，然後一氣貫注，眾志定而成功可期；亦研求深而事理愈熟。再四思維，唯丁憂在籍前江西撫臣沈葆楨，在官在籍，久負清望，為中外所仰。其慮事詳審精密，早在聖明洞鑒之中。現在里居侍養，愛日方長，非若宦轍靡常，時有量移更替之事；又鄉評素重，更可堅樂事赴功之心。若令主持此事，必期就緒。商之英桂、徐宗幹亦以為然。臣曾三次造廬商請，沈葆楨始終遜謝不遑。可否仰懇皇上天恩，俯念事關至要，局在垂成，溫諭沈葆楨，勉以大義，特命總理船政，由部頒發關防，凡事涉船政，由其專奏請旨，以防牽制。其經費一切，會商將軍督撫隨時調取；責成署藩司周開錫，不得稍有延誤。一切工料及延洋匠、雇華工、開藝局，責成胡光墉一手經理。胡光墉才長心細，熟諳洋務，為船局斷不可少之人，且為洋人所素信也。

「好！我就交給你了！」左宗棠站起身，一面走向書案，一面說道：「現在要跟你談第一件大事了！」

第十一章

他的第一件大事，便是西征。而凡有大征伐，首先要籌畫的是兵、餉二事。左宗棠連日深宵不寐，燈下沉思，已寫成了一個籌畫的概略；此時從書案抽斗中取了出來，要胡雪巖細看。

這個節略先談兵，次籌餉。而談兵又必因地制宜，西北與東南的地勢，完全不同；南方的軍隊，到了西北，第一不慣食麥，第二不耐寒冷。因此，左宗棠在東南轉戰得力的將領部隊，特別是籍貫屬於福建、廣東兩省的，都不能帶到西北。

帶到西北的，只有三千多人；另外他預備派遣原來幫辦福建軍務，現已出奏保薦幫辦陝甘軍務的劉典回湖南，召募三千子弟兵，帶到西北。這六千多人，左宗棠用來當作親兵；至於用來作戰的大批部隊，他打算在本地招募，要與「關中豪傑」一共事業。

看到這裡，胡雪巖不由得失聲說道：「大人，照你老人家的辦法，要甚麼時候才能平得了回亂？」

「你這話，我不大懂。」

「大人請想，招募成軍，不是一朝一夕的事；練成精銳，更是談何容易？這一來，要花一兩年的功夫。」

「豈止一兩年？」左宗棠說道：「經營西域，非十年不足以收功。」

「十年？」胡雪巖嚇一跳，「那得……」

他雖住口不語，左宗棠也知道，說的是要費多少餉？笑笑說道：「你不要急！我要在西北辦屯墾，這是長治久安之計。就像辦船廠一樣，不能急功圖利；可是一旦見效，你就知道我的打算不錯了。」

「是！」胡雪巖將那份節略擱下，低著頭沉思。

「你在想甚麼？」

「我想得很遠。」胡雪巖答說：「我也是想到十年八年以後。」

「著！」左宗棠拊掌欣然，「你的意思與我不謀而合；我們要好好打算，籌出十年八年的餉來。」

胡雪巖暫且不答，撿起節略再看，大致了解了左宗棠在西北用兵的計畫。他要練馬隊，又要造「兩輪砲車」，開設「屯田總局」——辦屯墾要農具、要種子、要車馬、要墊發未收成以前的一切糧食雜用，算起來這筆款子，真正不在少數。

「大人，」胡雪巖問道：「練馬隊、造砲車，是致勝所必需，朝廷一定會准。辦屯墾，朝廷恐怕會看作不急之務吧？」

「這，你就不懂了。」左宗棠說：「朝中到底不少讀書人，他們會懂的。」

胡雪巖臉一紅，卻很誠懇地說：「是！我確是不大懂，請大人教導。」

於是左宗棠為胡雪巖約略講述用兵西域的限制，自秦漢以來，西征皆在春初，及秋而還。因為第一，秋高馬肥，敵人先占了優勢；其次就是嚴寒的天氣，非關內的士兵所能適應。

「就是為了這些不便，漢武帝元朔初年征匈奴，幾乎年年打勝仗，而年年要出師，斬草不能除根，成了個無窮之累。」左宗棠一番引經據典以後，轉入正題，「如今平回亂，亦彷彿是這個道理：選拔兩三萬能打的隊伍，春天出關，盡一夏天追奔逐北，交秋班師，如當年衛霍之所為，我亦辦得到。可是，回亂就此算平了嗎？」

「自然沒有平。」胡雪巖瞭然了，「有道是『野火燒不盡，春風吹又生。』只要花大功夫拿那塊地徹底翻一翻，野草自然長不出來了。」

「一點不錯！你這個譬喻很恰當。」左宗棠欣慰地說：「只要你懂我的意思，我就放心了。你一定會把我所要的東西辦妥當。」

這頂「高帽子」出於左宗棠之口，彌覺珍貴；然而也極沉重。胡雪巖知道左宗棠的意思是要他負籌餉的主要責任。凝神細想了一會，覺得茲事體大，而且情況複雜，非先問個明白不可。

「大人，將來要練多少營的隊伍？」

「這很難說，要到了關外看情形再說。」

第一個疑問，便成了難題；人數未定，月餉的數目就算不出來。胡雪巖只能約略估計，以五萬人算，每人糧餉、被服、武器，以及營帳鍋碗等等雜支，在五兩銀子以內開支，每月就要二十五萬兩。

於是他再問第二問：「是帶六千人出關？」

「是的。大概六千五百人。」左宗棠答說：「三千五百人由閩浙兩省動身；另外三千人在湖南招募成軍以後，直接出關。」

「行資呢？每人十兩夠不夠？」

「我想，應該夠了。」

「那就是六萬五千兩，而且眼前就要。」胡雪巖又問第三問：「大人預備練多少馬隊？」

「馬隊我還沒有帶過，營制也不甚了然。只有自初步打算，要練三千馬隊。」

「那就至少要有三千匹馬。」胡雪巖說：「買馬要到張家口，這筆錢倒是現成的，我可以墊出來。」

「怎麼？你在張家口有錢？」

「是的。」胡雪巖說：「我有十萬銀子在張家口，原來打算留著辦皮貨、辦藥材的，現在只好先挪來買馬。」

「這倒好。」左宗棠很高興地說：「既然如此，我立刻就可以派委員去採辦了。」

「是！大人派定了通知我，我再派人陪著一起去。」胡雪巖又問：「兩輪砲車呢？要多少？」

「『韓信將兵，多多益善』。塞外遼闊，除精騎馳騁以外，砲車轟擊，一舉而廓清之，最是掃穴犁庭的利器！」

聽這一說，胡雪巖覺得心頭沉重。因為他也常聽說，有那不恤民命的官軍，常常拿砲口對準村落，亂轟一氣。窩藏在其中的盜匪，固然非死即傷或逃；而遭受池魚之殃的百姓，亦復不少。左宗棠所部的洋槍洋砲，多由胡雪巖在上海採辦；推原論始，便是自己在無形中造孽，為了胡雪巖的購辦殺人利器，胡老太太不知道勸過他多少次；胡雪巖十分孝順，家務鉅細，母命是從，唯獨談到公事上頭，不能不違慈命。好在胡老太太心地亦很明白，知道不是兒子不聽話，實在是無可奈何。因此，只有盡力為他彌補「罪過」，平時燒香拜佛，不在話下；夏天施醫施藥施涼茶，冬天捨棉衣、散米票，其他修橋鋪路，恤老憐貧的善舉，只要求到她，無不慷慨應諾。

但是，儘管好事做了無其數；買鳥雀放生，總抵償不了人命，所以胡老太太一提起買軍火，便會鬱鬱不樂。胡雪巖此時聽左宗棠說得那麼起勁，不由得便想起了老母的愁顏，因而默不作聲。

「怎麼？」左宗棠當然不解，「你是不是覺得我要造兩輪砲車，有困難？」

「不是。我是在想，砲車要多少，每輛要多少銀子？這筆預算打不出來。」

「那是以後的事。眼前只好算一個約數，我想最好能抽個二十萬銀子造砲車。」

「那麼辦屯田呢？請問大人，要籌多少銀子？」

「這更難言了。」左宗棠說：「好在辦屯田不是三年五載的事，而且負擔總是越來越輕。我想有個五十萬銀子，前後周轉著用，一定夠了。」

「是的。」胡雪巖心裡默算了一會，失聲說道：「這樣就不得了！不得了！」

「怎麼？」

「我算給大人聽！」胡雪巖屈指數著：「行資六萬，買馬連鞍轡之類，算他一百二十兩銀子一匹，三千匹就是三萬六千。造砲車二十萬。辦屯田先籌一半，二十五萬。糧餉以五萬人計，每人每月五兩，總共就是二十五萬，一年三百萬。合計三百五十四萬，這是頭一年要籌的餉。」

這一算，左宗棠也楞住了。要籌三百五十四萬兩的餉，談何容易？就算先籌一半，也得一百七、八十萬，實在不是一筆小數目了。

「而且我想，西北運輸不便，凡事都要往寬處去算。這筆餉非先籌好帶去不可！大人，這不比福州到上海，坐海輪兩天功夫就可以到，遇有緩急之時，我無論如何接濟得上。西北萬里之外，冰天雪地之中，那時大人乏糧缺食，呼應不靈，豈不是急死了也沒用？」

「說得是，說得是！我正就是這個意思。雪巖，這筆餉，非先籌出來不可；籌不足一年，至少也要半年之內不虞匱乏才好。」

「只要有了確實可靠的『的餉』，排前補後，我無論如何是要效勞的。」

接著，胡雪巖又分析西征軍餉，所以絕不能稍有不繼的緣故。在別的省分，一時青黃不接，有釐稅可以指撥，有錢糧可以劃提，或者有關稅可以暫時周轉，至不濟還有鄰省可以通融。西北地瘠民貧，無可騰挪，鄰省則只有山西可作緩急之恃，但亦有限，而且交通不便，現銀提解，往往亦須個把月的功夫。所以萬一青黃不接，飢卒譁變，必成不可收拾之勢。

這個看法，亦在左宗棠深思熟慮的預見之中。因而完全同意胡雪巖的主張，應該先籌好分文不短，一天不延的「的餉」；也就是各省應該協解的「甘餉」。

談到這一層上頭，左宗棠便很得意於自己的先見了；如果不是攆走了他的「親家」郭嵩燾，便頂多只有福建、浙江兩個地盤，而如今卻有富庶的廣東在內。要籌的餉，自然先從這三省算起。

三省之中，又必先從福建開始。福建本來每月協濟左宗棠帶來的浙軍軍餉四萬兩；閩海關每月協濟一萬兩。從長毛餘孽肅清以來，協浙的四萬兩，改為協濟甘肅；現在自是順理成章歸左宗棠了。至於海關的一萬兩，已改為接濟船廠經費；此事是他所首創，不能出爾反爾，這一萬兩只得放棄。

其次是浙江。當楊岳斌接任陝甘總督，負西征全責時，曾國藩曾經代為出面籌餉，派定浙江每月協解兩萬。上年十月間左宗棠帶兵到廣東，「就食於粵」的計畫既已實現，在胡雪巖的側面催促之下，不得不守減除浙江負擔的諾言。在浙江等於每月多了十四萬銀子；馬新貽是很顧大局的人，自請增撥甘餉三萬兩，每月共計五萬銀子。

「浙江總算對得起我，馬穀山為人亦很漂亮，每月五萬銀子協餉，實在不能算少了，不過，」左宗棠停了一下說：「有兩筆款子，在浙江本來是要支出的，我拿過來並不增加浙江的負擔，你看如何？」

「這要看原來是給甚麼地方？」

「一筆是答應支持船廠的造船經費，每月一萬兩。現在設廠造船，全由福建關稅、釐金提撥；這一萬兩不妨改為甘餉。」

這是變相增加福建負擔的辦法。胡雪巖心裡好笑，左宗棠的算盤，有時比市儈還精；但只要不累浙江，他沒有不贊成之理。因而點點頭說：「這一層，我想馬中丞絕不會反對。」

「另一筆協濟曾相的馬隊，也是一萬兩。照我想，也該歸我。雪巖，你想想其中的道理。」

「曾相從前自己定過，江蘇協濟甘餉，每月三萬；聽說每月解不足。大人是不是想拿浙江的這一萬兩，劃抵江蘇應解的甘餉？」

「是呀！算起來於曾無損，為甚麼不能劃帳？」

就事論事，何得謂之「與曾無損」？胡雪巖本想勸他，犯不上為這一萬兩銀子，惹得曾國藩心中不快。轉念又想，若是這樣開口一勸，左宗棠又一定大罵曾國藩。正事便無法談得下去。因而將到口的話又縮了回去。

這下來就要算廣東的接濟了。廣東的甘餉，本來只定一萬；造船經費也是一萬，仿照浙江的例子協甘，共是兩萬。左宗棠意思，希望增加一倍，與福建一樣，每月四萬。

「這一定辦得到的。」胡雪巖說：「蔣中丞是大人一手提拔，於公於私，都應該盡心。事不宜遲，大人馬上就要寫信。」

「這倒無所謂，反正蔣薌泉不能不賣我的面子，現在就可以打入預算之內。」

「福建四萬、浙江七萬、廣東四萬、另加江海關三萬，目前可收的確數是十八萬；一年才兩百十六萬。差得很多。」

「當然還有。戶部所議，應該協甘餉的省分，還有七省。江西、湖北、河南三省，等我這次出關路過的時候，當面跟他們接頭；江蘇、河南、四川、山東四省的甘餉，只有到了陝西再說。我想，通扯計算，一年兩百四十萬銀子，無論如何是有的。」

「那，我就替大人先籌一半。」胡雪巖若無其事地說。

「一半？」左宗棠怕是自己沒有聽清楚，特意釘一句：「一半就是一百二十萬銀子。」

「是，一百二十萬。」胡雪巖說：「我替大人籌好了帶走。」

「這，」左宗棠竟不知怎麼說才好了，「你哪裡去籌這麼一筆鉅數？」

「我有辦法。當然，這個辦法，要大人批准。等我籌畫好了，再跟大人面稟。」

左宗棠不便再追著問。他雖有些將信將疑，卻是信多於疑；再想到胡雪巖所做的承諾，無一不曾實現，也就釋然、欣然了。

「大人甚麼時候動身，甚麼時候出關？」

「我想十一月初動身，沿途跟各省督撫談公事，走得慢些，總要年底才能到京。」

「到京？」胡雪巖不解地問：「上諭不是關照，直接出關。」

「這哪裡是上頭的意思？無非有些人挾天子以令諸侯。他們怕我進京找麻煩，我偏要去討他們的厭；動身之前，奏請陛見。想來兩宮太后絕不至於攔我。」左宗棠停了一下又說：「至於出關的日期，現在還不能預定。最早也得在明年春天。」

「那還有三四個月的功夫。大人出關以前，這一百二十萬一定可以籌足；至於眼前要用，

二、三十萬銀子，我還調度得動。」

「那太好了！雪巖，我希望你早早籌畫停當，好讓我放心。」

這又何消左宗棠說得？胡雪巖亦希望早早能夠定局。無奈自己心裡所打的一個主意，雖有八成把握，到底銀子不曾到手。俗語說的「煮熟了的鴨子飛掉了」，自是言過其實；但凡事一涉銀錢，即有成議，到最後一刻變卦，亦是常有之事。一百二十萬兩不是個小數目，西征大業成敗和左宗棠封爵以後能不能入閣拜相的關鍵都繫於此，關係真個不輕。倘或功敗垂成，如何交代？興念及此，胡雪巖深深失悔，何以會忘卻「滿飯好吃，滿話難說」之戒？如今既不能打退堂鼓，就得全力以赴加緊進行。

所苦的是眼前還脫不得身，因為日意格、德克碑與中國官場打交道，大至船廠計畫，小至個人生活，都要找他接頭。在左宗棠，對洋人疑信參半；而有些話怕一說出來，洋人戇直，當場駁回，未免傷他的身分與威望，因而亦少不得胡雪巖這樣一個居間曲曲轉達的人。

這就難了！左思右想，一時竟無以為答，坐在那裡大大發楞。這是左宗棠從未見過的樣子，不免詫異；卻又不好問得。主賓二人，默然相答；使得侍立堂下的戈什哈亦驚愕不止，因為平日總見左宗棠與胡雪巖見了面，談笑風生，滔滔不絕，何以此刻對坐發獃？

於是，有個左宗棠親信的戈什哈上前問道：「可是留胡大人在這裡便飯？」

這下使胡雪巖驚醒了，「不，不，多謝！」他首先辭謝，「我還要到碼頭去送客。」

「送甚麼人？」左宗棠問。

「福州稅務司布浪。」

「喔，他到上海去。」

「是的。」胡雪巖答說：「是駐上海的法國總領事白來尼找他談公事。」

「談甚麼公事？」左宗棠問道：「莫非與船廠有關？」

胡雪巖靈機一動，點點頭答說：「也許。」

「那可得當心。」左宗棠說：「洋人花樣多。日意格、德克碑辦理此事，起先越過他們總領事，直接回國接頭；白來尼當然不高興。而此刻一切合同，又非白來尼畫押不可；恐怕他會阻撓。」

「大人深謀遠慮，見得很是。我看……」胡雪巖故意躊躇著，「辦不到的事。算了！」

「怎麼？」左宗棠問：「甚麼事辦不到？」

「我想最好我也走一趟，釘住布浪。只是這裡不容我分身。」

左宗棠摸著花白短髭，沉吟了一會，徐徐說道：「速去速回，亦自不礙。」

聽得這話，胡雪巖精神一振，「是！」他立即答說：「我遵大人吩咐，速去速回。如果布浪談的公事與輪船無關，不過三、五天功夫，就可以回福州。」

「好！」左宗棠說：「你就請吧！我還有好些大事，跟你商量；尤其是那一百二十萬銀子，一天沒有著落，我一天心不安。」

胡雪巖這一次不敢再說滿話了，只答應儘速趕回。至於在福州，唯一不放心的日意格與德克碑有萌退之意，深恐事生周折，斡旋無人，以致決裂；而左宗棠卻勸他不必過慮，同時拍胸擔保，必定好言相勸，善為撫慰。如果有甚麼意見不能相合之處，自會暫且擱下，等胡雪巖回到福州以後再說。

得此保證，胡雪巖才算放心；回到寓處，匆匆收拾行裝，趕到碼頭，與布浪同船，直航上海。

到上海第一件事是訪古應春密談。

古應春近年又有新的發展，是英商滙豐銀行的買辦；照英文譯名，俗稱「康白度」，在銀行中是華籍職員的首腦；名義上只是管理帳目及一切雜務，其實凡與中國人的一切交涉，大至交接官場，小至雇用苦力，無不唯買辦是問。而中國人上外國銀行有業務接頭，更非找買辦不可。因此，古應春在滙豐銀行權柄很大；他又能幹而勤快，極得洋東信任，言聽計從，這就是胡雪巖所以首先要找他的緣故。

「我要請幾家外國銀行的『檔手』吃飯。」他一開口就說：「你倒替我開個單子看！」

「小爺叔，」古應春問道：「是不是為船廠的事？」

「不是！我要跟他們借錢。」

平時向外國銀行借錢，一、二十萬銀子，只憑胡雪巖一句話，就可以借到。如今特為要請洋人吃飯，可見得數目不小。古應春想了一下，拿出一本同治四年的洋商行名簿，翻到「銀行」這一欄問道：「是不是十家都請？」

胡雪巖看這十家外國銀行：一、阿加剌銀行。二、利中銀行。三、利商銀行。四、滙泉銀行。五、麥加利銀行。六、滙隆銀行。七、有利銀行。八、法蘭西銀行。九、滙豐銀行。十、麗如銀行。

這一著，他倒躊躇了。因為通稱外國銀行，而國籍不同；尤其英法兩國，一向鉤心鬥角，各自擴張勢力，如今為了左宗棠設廠造船，更加不和。如果請在一起，彼此猜忌，不肯開誠布公相見，豈不是白費功夫？

於是他問：「分開來請如何？」

「當然可以。不過，小爺叔，照我看，只請有用的好了。一次弄妥當了，其餘的就不必理了。」

「那麼，你說，哪些是有用的呢？」

古應春提筆在手，毫不考慮地在五、七、九這三家銀行上面一鉤。這也在胡雪巖意中，因為滙豐銀行在古應春是必不會少的；既有滙豐，便有麥加利與有利兩家，因為這兩家是英國銀行，與滙豐的淵源較深。

但是，滙豐銀行卻並非純然英國銀行。它原名「香港上海銀行有限公司」，同治三年創設總行於香港，資本定為港幣五百萬元，由英國的怡和洋行、仁記洋行，美國的旗昌洋行，以及德國、中東的商人投資。華商亦有股份加入，古應春即是其中之一，而且以此淵源，得以充任上海分行的買辦。

香港上海銀行的上海分行，較總行遲一年成立，派來的總經理名叫麥林，是英國人；與古應春是舊識，久知他幹練可靠，且又是本行的股東，因而延攬他出任買辦。古應春接事後第一個建議是「正名」；香港上海銀行的名稱，照英文原名直譯，固無錯誤，但照中國的習慣，開店不管大小，總要取個吉利的名字；用地名，而且用兩個地名作為銀行的名稱，令人有莫名其妙之感。如果「香港上海銀行」之下，再贅以「上海分行」四字，更覺不倫不類，文理不協，難望成為一塊「金字招牌」。

麥林從善如流，接納了古應春的意見，依照中國「討口采」的習俗，取名香港上海匯豐銀行；簡稱匯豐銀行或匯豐，無論南北口音，喊起來都很響亮。而且南北口音，都無甚區別；不比麥加利銀行的麥加二字，在上海人口中便與北方人並不一致。

古應春的第二個建議是，股東的國籍不同，彼此立場不同，就會意見紛歧，形成相互掣肘，無可展布的不利情況。所以主張以英國為主體，逐漸收買他國股份；同時聯絡友行，厚集勢力，相互支援。亦為麥林所欣然接納。

匯豐所聯絡的兩家友行，當然是英國銀行，亦就是麥加利與有利兩行。有利是上海資格最老的外國銀行，創設於咸豐四年。它是英國的海外銀行之一，總行設在倫敦；在印度孟買及上海都有分行。

麥加利銀行是英皇發布敕令，特許在印度、澳洲、上海設立分行的股份有限公司。總行設在倫敦；咸豐七年在上海開設分行，廣東人稱它為「喳吖銀行」；喳吖是英文「特許」一詞的音譯；可是上海人卻嫌喳吋二字拗口，索性以它第一任總經理麥加利為名，叫它麥加利銀行。

麥加利銀行完全是為了便利英商在印度、澳洲、上海的貿易而設，所以跟胡雪巖在阜康錢莊的同行關係以外，還有「銷洋莊」生意上的往來。

「這三家銀行當然有用。」胡雪巖躊躇說：「只怕還不夠。」

「還不夠？」古應春這時才發覺，談了半天，是怎麼回事，還沒有弄明白；只憑彼此相知既久，默契已深，猜測著談論，畢竟是件可笑的事，因而扼要問道：「小爺叔，你要借多少銀子？」

「至少一百二十萬。」

「這是銀行從來沒有貨放過的一筆大數目。」古應春又問：「是替誰借？當然是左大人？」

「當然！」

「造輪船？」

「不是！西征的軍餉。」

即令是通曉中外、見多識廣的古應春，也不由得楞住了，「向外國人借了錢來打仗，似乎沒有聽說過。」他很坦率地說：「小爺叔，這件事恐怕難。」

「我也知道難。不過一定要辦成功。」古應春不再勸阻了。胡雪巖從不畏難，徒勸無效；他知道自己唯一所能採取的態度，便是不問成敗利鈍，盡力幫胡雪巖去克服困難。

於是他問：「小爺叔，你總想好了一個章程，如何借，如何還；出多少利息，定多少期限？且先說出來，看看行得通行不通？」

「借一百二十萬，利息不妨稍微高些。期限一年，前半年只行息；下半年按月按本，分六期拔還。」

「到時候拿甚麼來還？」

「各省的西征協餉。」胡雪巖屈指算道：「福建四萬、廣東四萬、浙江七萬；這就是十五萬，只差五萬了。江海關打它三萬的主意，還差兩萬，無論如何好想法子。」

「小爺叔，你打的如意算盤。各省協餉是靠不住的！萬一拖欠呢？」

「我阜康錢莊擔保。」

「不然！」古應春大搖其頭，「犯不著這麼做！而且洋人做事，講究直截了當；如果說到阜康擔保的話，洋人一定會說：『錢借給你阜康錢莊好了。只要你提供擔保，我們不管你的用途。』那一來，小爺叔，你不但風險擔得太大，而且也太招搖。不妥，不妥！」

想想果然不妥，很能服善的胡雪巖深深點頭，「外國銀行的規矩，外國人的脾氣，你比我精通得多；你看，是怎麼個辦法？」他說：「只要事情辦通，甚麼條件我都接受。」

「洋人辦事跟我們有點不同。我們是講信義通商，只憑一句話就算數，不大去想後果。洋人呢，雖然也講信義，不過更講法理；而且有點『小人之心』，不算好，先算壞，拿借錢來說，第一件想到的事是，對方將來還不還得起？如果還不起又怎麼辦？這兩點，小爺叔，你先要盤算妥當；不然還是不開口的好。」

「我明白了。第一點，一定還得起，因為各省的協餉，規定了數目，自然要奏明朝廷；西征大事，那一省不解，貽誤戎機，罪名不輕。再說，福建、廣東、浙江三省，都有左大人的人在那裡，一定賣賬。這三省就有十五萬；四股有其三，不必擔心。」

「好，這話我可以跟洋人說。擔保呢？」

「阜康既然不便擔保，那就只有請左大人自己出面了。」

「左大人只能出面來借，不能做保人。」

「這就難了！」胡雪巖靈機一動，「請協餉的各省督撫做保；先出印票，到期向各省藩司衙門收兌。這樣總可以了吧？」

「不見得！不過總是一個說法。」古應春又說：「照我看，各省督撫亦未見得肯。」

「這一層你不必擔心，左大人自然做得到。『挾天子以令諸侯』的花樣，他最擅長。」

「好的。只要有把握，就可以談了。」古應春說：「我想，請吃飯不妨擺在後面；我先拿匯豐的大闆約出來跟小爺叔見個面，怎麼樣？」

「大闆」是「大老闆」的簡稱；洋行的華籍職員，都是這樣稱他們的「洋東」。匯豐的「大闆」麥林，胡雪巖也曾會過，人很精明，但如上海人所說的很「上路」，凡事只要在理路上，總可以談得成功。所以胡雪巖欣然表示同意。不過還有些話要交代明白。

「老古，」他說：「我的情形本來瞞不過你；這年把你兼了匯豐的差使，對我個人的情形有些隔膜了。我如今是個『空心大老倌』，場面扯得太大，而且有苦難言。福建這面，現銀接濟跟買軍火的墊款，通扯要虧我二三十萬；浙江這面，代理藩庫的帳，到現在沒有結算清楚。有些帳不好報銷，也不好爭，因為礙著左大人的面子；善後局的墊款，更是只好擺在那裡再說。這樣扯算下來，又是二三十萬，總共有五十萬銀子的宕帳在那裡，你說，怎麼吃得消？」

「有這麼多宕帳！」古應春大吃一驚，「轉眼開春，絲茶兩市都要熱鬧；先得大把銀子墊下去。那時候，小爺叔，阜康倘或周轉不靈，豈不難看？」

「豈但難看？簡直要命！」胡雪巖緊接著又說：「說到難看，年內有件事鋪排不好，就要顯原形。我是分發福建的道員，本不該管浙江的鹽務；不過浙江總算閩浙總督管轄，勉強說得過去。如今我改歸陝甘總督差遣了，將來必是長駐上海，辦西北軍火糧餉的轉運；浙江鹽務，非交卸不可。要交卸呢，扯了十幾萬的虧空，怎好不歸清？」

「這就是說，年內就要十幾萬才能過門。」

「還只是這一處，其他還有。一等開了年，阜康總要五十萬銀子才周轉得過來。如果這筆借款成功，分批匯解，我可以先用一用；一到明年夏天，絲茶兩市結束，貨款源源而來，我就活絡了。」

古應春鬆了口氣。「好！」他毅然決然地說：「我一定想法子，拿這筆借款弄成功。」

「有你，一定可以成功。老古，我還有點意思，說給你聽，第一，這件事要做得祕密，千萬漏不得一點風聲，不然，京裡的『都老爺』奏上一本，壞事有餘。我告訴你吧，這個做法連左大人自己都還不知道……」

此言一出，古應春大為詫異，「那麼，」他憂慮地說：「到談成功了，如果左大人說『不行』，那不是笑話！」

「你放心！絕不會鬧笑話，我有十足的把握，他會照我的話做。」

「好！再說第二件。」

「第二件，我想託名洋商；其實，有人願意放款，也不妨搭些份頭，多賺幾個利息。」

「這要看情形，如今還言之過早。」

「只要你心裡有數就是。」胡雪巖說：「左大人的功名，我的事業，都寄託在這筆借款上了。」

為了保持機密，古應春將麥林約在新成立的「德國總會」與胡雪巖見面；一坐下來便開門見山地談到正題。麥林相當深沉，聽完究竟，未置可否，先發出一連串的詢問。

「貴國朝廷對此事的意見如何？」

「平定回亂在中國視為頭等大事。」胡雪巖透過古應春的翻譯答說：「能夠由帶兵大臣自己籌措到足夠的軍費，朝廷當然全力支持。」

「據我所知，中國的帶兵大臣，各有勢力範圍。左爵爺的勢力範圍，似乎只有陝西甘肅兩省，那是最貧瘠的地方。」

「不然。」胡雪巖不肯承認地盤之說：「朝廷的威信，及於所有行省，只要朝廷同意這筆借款，以及由各省分攤歸還的辦法，令出必行，請你不必顧慮。」

「那麼，這筆借款，為甚麼不請你們的政府出面來借？」

「左爵爺出面，即是代表中國政府。」胡雪巖說：「一切交涉，要講對等的地位；如果由中國政府出面，應該向你們的『戶部』商談，不應該是我們在這裡計議。」

麥林深深點頭，但緊接著又問：「左爵爺代表中國政府，而你代表左爵爺；那就等於你代表中國政府。是這樣嗎？」

這話很難回答。因為此事，正在發動之初，甚至連左宗棠都還不知道有此借款辦法；更談不到朝廷授權。如果以訛傳訛，胡雪巖便是竊冒名義，招搖辱國，罪名不輕。但如不敢承認，便就失去憑藉，根本談不下去了。

想了一會，含含糊糊地答道：「談得成功，我是代表中國政府；談不成功，我只代表我自己。」

「胡先生的詞令很精采，也很玄妙，可是也很實在。好的，我就當你中國政府的代表看待。這筆借款，原則是我可以同意；不過，我必須聲明，在我們的談判未曾有結論以前，你們不可以跟任何另一家銀行去談。」

「可以，我願意信任你。」胡雪巖說：「不過我們應該規定一個談判的限期；同時我也有一個要求，在談判沒有結果以前，你必須保守祕密。」

「那是彼此都應該接受的約束。至於限期，很難定規，因為細節的商談，往往需要長時間的磋商。」

「好！我們現在就談細節。」

這等於已確定麥林是做了借款的承諾；連古應春都笑了，「小爺叔，」他說：「我看交涉是你自己辦的好；我只管傳譯。麥林很精明，也只有精明的人才能讓他佩服。」

於是即時展開了祕密而冗長的談判；前後三天，反覆商議，幾於廢寢忘食。麥林原來就佩服精明的人，此時更為胡雪巖的旺盛企圖心所感動；更為胡雪巖的過人的精力所壓倒，終於達成了協議。

這一協議並未訂成草約，亦未寫下筆錄，但彼此保證，口頭協定，亦具有道義上的約束力量，絕無反悔。商定的辦法與條件是：

第一，借款總數，關平一百二十萬兩；由滙豐銀行組成財團承貨。

第二，月息八釐，付款先扣。

第三，由胡雪巖、古應春介紹華商向滙豐銀行存款，月息明盤四釐、暗盤六釐。

第四，各海關每月有常數收入，各稅務司多為洋人，因此，借款筆據，應由各海關出印票，並由各省督撫加印，到期向各海關兌取。

第五，自同治六年七月起，每月拔本二十萬兩，半年清償。

這五條辦法中，第三條是洋商與胡雪巖、古應春合得的好處，明盤四釐，暗盤六釐，即是中間人得二釐的佣金；這也就是說，洋商向中國人借了錢，轉借與中國官場，四釐入，八釐出，所得四釐好處，各半均分。

至於印票必出自海關，是麥林堅決的主張。因為他雖相信胡雪巖與左宗棠，卻不相信有關各省的督撫，到時候印票如廢紙，無可奈何；而海關由洋人擔任稅務司，一經承諾，沒有理由不守信用。

這在胡雪巖卻是個難題，因為除江海關每月協解三萬兩，可以情商上海道先出印票以外，其餘各海關並無協餉之責，就不見得肯出印票。想來想去只有一個辦法，就是奏明朝廷，每月由各省藩司負責將應解甘餉，解交本省海關歸墊。

幸好協餉各省都有海關，每月閩粵兩海關各代借二十四萬；浙海關代借四十二萬兩；加上江海關本身應解的十八萬兩，共計一百零八萬兩，所缺只有十二萬。胡雪巖建議左宗棠要求湖北每月協餉兩萬，由江漢關出十二萬兩的印票，合成一百二十萬整數。

這些辦法，左宗棠完全同意；但等奏准，已在開春，絲茶兩市方興，正須放款，因而利息提高到一分三釐。這是從未有過的高利貨，於是流言四起，說胡雪巖從中漁利；尤其是李鴻章一派的人，不但展開口頭的攻擊，而且亦有實際的破壞行動。

這個行動很簡單，卻很有效，就是策動江海關稅務司拒絕出具印票。一關如此，他關皆然，幾於功敗垂成。

經過胡雪巖的巧妙斡旋，這筆大借款還是做成功了。是為中國借外債的開始；而左宗棠的勛業，以及胡雪巖個人的事業，亦因此而有了一個新的開始。但福者禍所倚，「紅頂商人」胡雪巖的結局，相當悽慘；種因亦在於此！

高陽作品集・胡雪巖系列

紅頂商人 新校版

2020年5月三版 定價：新臺幣平裝380元
精裝500元

著者	高陽
叢書編輯	黃榮慶
校對	鍾莉庭
內文排版	極翔
封面設計	兒日
副總編輯	陳逸華
總經理	陳芝宇
社長	羅國俊
發行人	林載爵

出版者	聯經出版事業股份有限公司
地址	新北市汐止區大同路一段369號1樓
叢書編輯電話	(02)86925588轉5307
台北聯經書房	台北市新生南路三段94號
電話	(02)23620308
台中分公司	台中市北區崇德路一段198號
暨門市電話	(04)22312023
台中電子信箱	e-mail：linking2@ms42.hinet.net
郵政劃撥	帳戶第0100559-3號
郵撥電話	(02)23620308
印刷者	世和印製企業有限公司
總經銷	聯合發行股份有限公司
發行所	新北市新店區寶橋路235巷6弄6號2樓
電話	(02)29178022

行政院新聞局出版事業登記證局版臺業字第0130號

本書如有缺頁，破損，倒裝請寄回台北聯經書房更換。
電子信箱：linking@udngroup.com

ISBN 978-957-08-5436-7 (平裝)
ISBN 978-957-08-5437-4 (精裝)

國家圖書館出版品預行編目資料

紅頂商人　新校版/高陽著．三版．新北市．聯經．2020
年5月．456面．14.8×21公分（高陽作品集·胡雪巖系列）
ISBN　978-957-08-5436-7（平裝）
ISBN　978-957-08-5437-4（精裝）

863.57　　108019681